相信阅读，勇于想象

“幻想家”世界科幻译丛

MAPPED SPACE
映射空间

IN EARTH'S SERVICE

地球使命

[澳] 史蒂芬·伦内贝格 / 著
秦含璞 / 译

北京理工大学出版社
BEIJING INSTITUTE OF TECHNOLOGY PRESS

史蒂芬·伦内贝格（Stephen Renneberg）

澳大利亚著名科幻小说作家，天文学、管理学硕士，柯克斯蓝星荣誉得主。

二十几岁时，史蒂芬背上背包开始环游世界之旅，足迹先后踏及亚、欧、美许多国家，这极大地丰富了他的阅历，为其作品内涵的深度与广度提供了保证。

史蒂芬的创作以明快的节奏、复杂的情节、精妙的架构和有趣的人物而闻名，每部作品中的科学技术细节都经过了仔细调查，为其故事增添了强烈的真实感。这种真实感和书中高层次的科幻概念以及出人意料的故事情节实现了完美的结合。

FANTASY
幻想家

中文序言

上高中的时候，父母为了支持我对天文学的热情，给我买了一个小型的折射望远镜。我在无数个夜晚用它观测恒星和星系，好奇太空中究竟有什么。数年以后的一个晚上，在悉尼北部的一个小镇里，我看到三个明亮的球体划过天际。它们在空中稍作悬浮，然后垂直加速脱离了大气层。这一幕看起来像好莱坞电影里的桥段，但这的确是事实。

从那之后，我就知道至少有一个地外文明正在观察人类。鉴于宇宙的年龄和实际尺度，这些外星人可能已经观察我们很长时间了，而且真正观察我们的外星文明不止一个。

在我看来，人类就像是广阔大洋中一个孤岛上的原始人部落，我们的视野受限于地平线。但是在我们看不到的地方还有另一个世界，那里充满活力，有各种不为我们所知的奇观，我们的一举一动都在那个世界的注视之下。

这就是我写“映射空间”的灵感源头。

《母舰》的时间设定在近未来。1998年，这本书完全是作为一个剧本来完成的。一年后，我将它改成了一本小书。坠落在地球上的巨型外星母船不是入侵地球的侵略军，而是一块在太空中漂浮的残骸。这艘飞船终结了人类的纯真岁月，向还没有做好准备的人类展示了宇宙的奥秘。

《母之海》的时间设定比前一本晚了十年。这一次人类面对的是一群高度进化、非常残暴的外星敌人，这些外星人虽然没有高科技，却依然威胁了人类位于生物链最顶端的地位，他们可谓是人类自从消灭尼安德特人之后最大的威胁。这种设定的初衷就是，宇宙的实际年龄远比地球生物进化的时间要长。

这两本书主要设定在人类的近未来，同时略微提及整个银河系的背景设定。有些读者希望了解更多关于地球以外的情况，而且我一直想写一部太空歌剧，所以我在之后的系列小说中保留了之前的宇宙背景设定，但将时间线推到了更遥远的未来。

考虑到整个宇宙的年龄，人类在几千年之后才能全面普及星际旅行，所以人类可能是银河系中最年轻、科技水平最低的太空文明。如果我们认为人类在几千年之后，就可以达到其他更古老的星际文明的科技水平，那无疑是非常不现实的。所以，在“映射空间三部曲”中，人类是“巨人中的婴儿”，我在书中就是如此描述人类的困境的。

这听起来未免有些悲观，但随着文明不断进步，就会变得越发开明，可能会为类似人类的后来者提供一定的空间。“映射空间”系列丛书就采取了类似的设定，书中大多数文明都加入了银河系议会。这是一个星际文明合作共赢的联合体，而不是帝国或者联邦。

当出现冲突的时候，只有最古老、最强大的文明才能同台竞争，弱小的文明完全无法控制事态的发展。设定为遥远未来的“映射空间三部曲”以《安塔兰法典》为开端。书中主人公西瑞斯·凯德是地球情报局的秘密特工，一直致力于保护人类的未来，他在银河系各大势力间周旋，打击各种犯罪活动，同时还不能让自己的密友和爱人知道自己真正的身份。

按照我的设想，凯德所处的宇宙就是人类掌握了足够的科技、阔步迈向宇宙之后，很有可能会低估在太空中遇到的其他外星文明的历史和实际实力。“映射空间”系列丛书描绘了一个并不美好的现实、一个残酷的宇宙，并提供了一个美好的愿景，人类可能会被邀请加入银河系文明大家庭。距离这一天真正到来还很远，我们现在能做的就是畅想各种可能性。让我们一起畅想未来吧！

史蒂芬·伦内贝格

澳大利亚，悉尼

2020 年 7 月

致艾莲诺，我永远的爱

映射空间时间线

340 万年前至公元前 6000 年

地球石器时代（GCC0）

公元前 6000 年至公元 1750 年

前工业时代（GCC1）

1750—2130 年

行星级工业文明崛起（GCC2）

第一次入侵战争——入侵种族未知

《母舰》

封锁

《母之海》

2130 年

跨行星级文明开始（GCC3）

2615 年

太阳系宪法获得通过，建立地球议会（2615 年 6 月 15 日）

2629 年

火星空间航行研究院（Marineris Institute of Mars，简称 MIM）建成了第一台稳定的空间时间扭曲力场（超光速泡泡）设备。MIM 的发现为人类打开了星际文明的大门（GCC4）

2643 年

跨行星级文明扩张至全太阳系

2644 年

第一艘人类飞船到达比邻星，与钛塞提观察者接触

2645 年

地球议会与银河系议会签订准入协定

第一次考察期开始

钛塞提人提供以地球为中心 1200 光年内的天文数据（映射空间）和 100 千克新星元素（Nv,147 号元素）作为人类飞船燃料

2646—3020 年

人类文明在映射空间内快速扩张

由于多次违反准入协定，人类被迫延期加入银河系议会

3021 年

安东·科伦霍兹博士发明了空间时间力场调节技术

科伦霍兹博士的成果让人类进入早期星际文明时期（GCC5）

3021—3154 年

大规模移民导致人类殖民地人口激增

3154 年

人类极端宗教分子反对星际扩张，攻击了马塔隆母星

钛塞提观察者阻止了意欲摧毁地球的马塔隆人的巡洋舰队

3155 年

银河系议会终止了人类的跨星际航行权，为期 1000 年（禁航令）

3155—3158 年

钛塞提飞船运走了储存在地球的所有新星元素，并将所有飞船进行无效化处理（在飞船降落到宜居星球之后）

3155—4155 年

人类与其他星际间文明联系中断。太阳系以外人类殖民地崩溃

4126 年

民主联合体建立地球海军开始保卫人类

地球议会接管地球海军

4138 年

地球议会建立地球情报局

4155 年

禁航令全面终止

准入协议重新启动，人类重返星海

第二次观察期启动，为期五百年

4155—4267 年

地球寻回幸存的殖民地

4281 年

地球议会颁布旨在保护崩溃的人类殖民地的《受难世界救助法令》

4310 年

商人互助会成立，旨在管理星际间贸易

4498 年

人类发现量子不稳定中和（远远早于其他银河系势力的预计）

人类进入新兴文明时期（GCC6）

人类星际间贸易进入黄金时代

4605 年

文塔里事件

《安塔兰法典》

4606 年

特里斯克主星战役

封锁结束

《地球使命》

4607 年

南辰之难

希尔声明

《分崩离析的星系》

注：GCC：银河系文明分类系统。

目录

01 卡瑞利欧—尼斯

尼斯克殖民世界

天龙座星区，天龙座偏远地区

0.94 个标准地球重力

距离太阳系 918 光年

1120 亿甲虫类生物

卡瑞利欧—尼斯还是我记忆中的那副样子：灰色的天空，远处是黑色的山脉，目之所及的全是泥巴和真菌——只有那群巨型穴居虫子才会喜欢这幅阴郁的画面。

眼前的景象让人觉得压抑。银边号刚刚降落，两只低智商的尼斯克甲虫从升起的平台上爬出来直奔空港气闸。微风带着雨水吹打着我的脸。两只甲虫在地面上看着我，全然不顾打在自己甲壳上的雨水和六条黑色长腿上沾染的泥巴。

远处是风雨笼罩的停机坪，色彩单调，停满了外星飞船，没有一艘是尼斯克人的。他们的船没有停在这，一部分原因是他们的船太大了，不过主要原因是他们不喜欢和两足类的生物挤在一起，所以他们都把船停在安全屏障之外，而且从来不会在太空港现身。尼斯克人从来不造很多船，但是造出的每一艘船都是庞然大物。互助会的报告上说，一艘尼斯克人的飞船就能占满所有的停机坪。造这么大的船也和尼斯克人的习惯有关系：要是去什么地方，肯定是好多尼斯克人挤在一艘船上。

我猜，他们是不喜欢寂寞吧！

但是你在尼斯空港完全感觉不到这一点。因为这里不是尼斯克人的聚居地，只是为外星访客建立的而已。在机场边上有一栋破败的单层航站，它是实用主义的极致体现，完全没有美感可言。在航站的后面，是一片肮脏破旧的建筑，全都不是尼斯克风格。你要是想和尼斯克人做生意，那你就得自己盖楼。这就解释了为什么这里所有的建筑都是用预制材料建成——为了保证实用，所以每一栋建筑都能丑到让你觉得眼睛疼。倒也有几栋建筑让人觉得耳目一新，但是对于这群毫无建筑美感概念的大甲虫来说都是白费力气。

空港周围的力场屏障不是为了保证我们的安全，而是确保我们不会在不该出现的地方走动而设立的。尼斯克人没有排外综合征，他们不讨厌更不会仇恨外星人，只不过是想和外星人保持最低限度的交流罢了。鉴于人类对虫子普遍存有厌恶情绪，更不要说这里都是些超大型爬虫，我倒是非常同意他们的安全措施。

就算我想在这转转，也没什么好看的。尼斯空港是这颗被灰色云团笼罩着的看上去极为原始的世界上唯一的一块人类可居住地。在星球的每一块大陆上，威严的高山耸立在遍布沼泽的平原上，混杂着泥水的河流汇入黑色的大海——这一切都是满是实干精神的尼斯克人的杰作。从轨道上看，卡瑞利欧—尼斯就是一片潮湿的废土，而不是一千多亿智慧生物的家园星球，因为他们都在地底安家。

地壳都被他们挖成了蜂窝，然后在其中修建巨型都市，而整个地表则被他们改造成了菌类和蓝绿藻类的种植园。这些基因改造过的地表生命覆盖了每一寸陆地，堵塞了所有的水道，挤满了每一片海洋，为地表下的居民制造出了大量食物和氧气。这就是为什么卡瑞利欧一尼斯的大气含氧量远远高于地球，而我还得在鼻子和嘴巴上戴一个呼吸器以免氧中毒的原因。

少数几名人类大使被允许进入地下城市递交国书，但是普通访客禁止进入地下。我们可以在尼斯港降落，完成交易，然后在三天内离开星球。这种时间限制是因为有太多外星飞船要求降落，还有一部分原因是尼斯克人对贸易不是很感兴趣，毕竟，他们是银河系里最能自给自足的种族之一。

幸运的是，他们喜欢吃甜食。

他们喜欢糖和蜂蜜，这些是人类唯一能够引起他们兴趣的货物。这就是为什么银边号的货舱和拖拽的三个真空辐射货柜里面全都是红糖。作为回报，我们可以得到十千克的尼斯克胶，这是一种尼斯克皇家才能拥有的神秘胶质溶液。这东西可是整个映射空间里最昂贵的奢侈品之一，人类制药公司把它们制作成功效强大的抗衰老药膏，但是我们却无法合成这玩意。我们怀疑这肯定和他们吃的那种超级菌类有关系，但是无论我们如何出价，他们就是不卖哪怕一份样本，所以我们也不好下结论。他们的借口是为了保护我们，因为这种超级菌类能在宜居星球上像一种不可阻挡的超级生物武器一样增殖，要不了多久就能把星球变成一片菌类丛生的沼泽。那些蓝绿藻也是同样如此，它们能把一个星球上的氧气含量提升到剧毒的浓度。这可能是事实，也可能是他们想确保自己的垄断地位。不管怎样，很多人像我一样，拉着几吨的糖千里迢迢来到尼斯克人的偏远世界，只换了几千克的液体黄金罢了——不过，我还有其他的事情要办。

我的副驾驶员亚斯 · 洛根，会处理货物交接工作。尼斯克工人会检查货物质量和重量，然后装上相应重量的尼斯克胶作为报酬。通常情况下，12 个小时之后我们就可以脱离这颗星球，但是我在个别红糖的真空包装上戳了几个洞，故意弄脏货物，给那些笨头笨脑的尼斯克工人制造点麻烦。一旦出现任何异常，他们都会呼叫管理员评估情况。我希望之后的纠纷能让我们在这待够三天，以免我的联络人迟到。

最起码，计划如此。

伴随着一阵机械部件的响动，银边号的机腹舱门向下打开，形成一个斜坡，在船尾的三个真空防辐射包装在辅助龙门架的帮助下缓缓降下。五个尼斯克工人很快爬了上来开始卸货，对于带进我们货舱的泥巴完全不在意。

总的来说，尼斯克人是银河系议会中非常和平、深受尊敬的一个种族，也是映射空间之内唯一一种甲虫类智慧生物。但是每次看到它们都让我感到毛骨悚然——他们黑色的眼睛和不停摆动的节肢类的腿让人很难受。这大概就是他们把外来的两足类访客限制在围墙之内的原因吧。或许他们知道我们的想法，又或许他们也对我们有同样的感受？

尼斯克人不会使用任何机器人。他们宁愿去培育专门的工人，也不会在机器上浪费资源。这不是技术水平的问题，完全是出于文化选择而已。这颗行星上百分之九十的人口都是工人。其他的都是管理员，他们负责监督工人，确保几百万皇室成员的安全和舒适。人类大使还没有见过皇室成员，估计以后也不会见到。和我们打交道的是管理社会的管理员，比如法律仲裁者、工程师、科学家，以及在必要情况下，才能见到统领强大尼斯克军事部队的指挥官。管理者和皇室成员非常聪明，智商远在人类之上，而那些工人则可以说是智商非常低下。那些富有美学造诣的皇室成员负责繁育后代和创作无穷无尽的对称艺术作品，这些东西对人类来说毫无意义，但是管理者非常喜欢。尼斯克人并不存在一个我们所熟悉的所谓的政府，他们是个体岗位由基因决定，职责由个体阶级对应。

单单是卡瑞利欧—尼斯一颗星球上的尼斯克人就是人类在映射空间内总数的三倍，这里的工业产能已经超过了人类文明的总产能。但是对于尼斯克人来说，卡瑞利欧—尼斯不过是一颗无足轻重的偏远星球，在整个猎户座旋臂上只有这么一颗星球属于尼斯克人。我们不知道他们的家园世界在哪里，更不知道他们在银河系中有多少殖民地，只知道他们对于银河系的生活并不是很关心。人们不敢想象他们如果是一个好战的种族，又或者有人不顾准入协议惹毛了他们之后，银河系会变成什么样子。要说银河系文明中有个沉睡的巨人的话，那么一定就是尼斯克人了。

我让黄褐色的工人去忙自己的事，然后坐上停机坪的重力升降梯下到泥泞的地面，急忙赶到航站完成登记。在着陆之前，我被要求递交我、亚斯和埃曾的个人资料。我不知道战争时期尼斯克人有没有遭受入侵者的攻击，然后对埃曾的种族怀恨在心，但是就算他们真的如此的话，也没有表现出来。

我走过一座巨大的拱门，它足以容纳两名尼斯克人穿过，然后一个工人对我进行了身份扫描确认。这名工人比我高一米，长着六条多节的胳膊和两只纤细的触角，这两只触角还能用来操作各种设备。他的下颚转向我，说：“银边号的人类，西瑞斯·凯德，为什么要带武器来尼斯？”他用一种奇怪的合成版联合语问我。

我看了一眼挂在腿上的MAK P-50。我完全是出于习惯才带着它，而不是为了应付麻烦，虽然为列娜 · 福斯（我在地球情报局的上司）干活总是与风险相伴。所以，我对尼斯克人说：“不过是为了自卫而已。”

“银边号的人类，西瑞斯 · 凯德，严禁在尼斯开放区使用武器。”

我看着这个工人，等着他后面的话，但是他只是直直地盯着我。我不安地扭了扭身子，感觉他的大嘴随时能把我整个吞下去。“我明白了。”

工人回头看着自己的工作台，完全没有收缴我的武器的意思。过了一会儿，他给了我一个灰色的小碟子，上面画着相互交错的对称线条。“银边号的人类，西瑞斯 · 凯德，在尼斯开放区期间必须全程佩戴身份识别定位器。”他死死盯着我，等着我下一步行动。

“没问题。”我说，这才反应过来这家伙不仅少言寡语，而且除了自己分内的事，其他什么都不会做。

“银边号的人类，西瑞斯 · 凯德，现在允许你进入尼斯开放区。”他说完，就完全忘掉了我的存在。

既然能够自由通行了，我就继续执行自己的任务。你可以从满是泥巴的地板上看到各个外星种族的脚印，我都怀疑这群头脑简单的工人是不是从来不知道打扫卫生是怎么回事。航站是尼斯克极简主义的最佳体现，你在这里绝对找不到人类建筑的优雅，除了光秃秃的墙壁和头上的屋顶别无他物。

几十个外星种族聚成小团体在航站里晃悠，一边偷偷看着彼此，一边望着窗外的细雨和烂泥。通过他们观察身材高大的工人的眼神，你可以知道他们也不想在这地方多待一秒，原来和这些大甲虫做生意感到不舒服的人不止我一个。我体内的基因探测器扫描了在场的所有人，发现他们大多来自猎户座旋臂，还有几个来自更远地方的未知种族。其中有几个穿着全套防护服，所以我无法扫描他们，但是在场没有人注意到我。

航站外面，两个全副武装的尼斯克哨兵和几个外星人在雨篷下避雨，相对于我，他们的注意力更多还是放在眼前的小镇上。他们对我的不在意更让我确信这次的任务和往常并没有不同，不过是一次常规的数据收集工作。

九天前，列娜向我发出了任务请求。她说这不过是一次简单的数据收集和撤离任务，对我来说就是绕绕路罢了。我只需要和她的特工进行短暂的身体接触——握个手就足够了，然后我就可以走了。这事我干过不少次。作为自由特工，考虑到这次还有尼斯克胶作为报酬，这活儿的油水还算不错。对于这里的尼斯克人来说，我不过是一个靠着同类的虚荣想要发一笔横财的两足生物罢了。亚斯和埃曾对于我来这个虫子星球的真实目的一无所知。虽然有时候有些麻烦，但是我向他们隐瞒我是地球情报局的情报人员的事实有一年了。我不想对他们撒谎，但是保证自己的身份不被发现还是有必要的。

这里离太阳系太过遥远，唯一能代表人类法律的是地球海军的护卫舰，但是又很难看到他们的踪影。这里有不少外星飞船，有些还非常庞大，但是未来 49 年里，人类还无法与之打交道。只要我们能好好表现，能够加入银河系议会，成为正式的银河系公民，到时候就能涉足以前无法去的地方。这取决于我们是否能够遵守准入条约所规定的银河系律法。鉴于还有不少身处底层的人想在远离地球的地方大发横财，这事还真是困难重重。不仅仅没人想帮我们，而且想看我们出错，然后再一次失败的却大有人在。虽然外星政府会汇报人类的违规行为，但是当我们遇到麻烦的时候，他们只会冷眼旁观。

不过，这也不是他们的工作。我和列娜才是干这活的人。

我用脑内插件从记忆中调出尼斯空港的网格地图。穿过沾满泥巴的金属护栏，向着南边 1 千米外人类的预制建筑区进发。你可以在那找到人类的大使馆，贸易互助会的办公室，它主要负责管理和尼斯克人的贸易，提供床位和仓库。那里找不到其他人类贸易基地的常规设施，没有维修泊位，没有酒吧，没有商人，没有药商或者妓院。尼斯克人不允许其他人在尼斯建立永久基地，因为这么多人聚在一起，一次攻击就会破坏他们在这里的文明。

人类和尼斯克人恰恰相反。我们在映射空间里犹如扩散的云团一般扩张，而尼斯克人就好像扔石头一样在银河系里播撒自己的种子。他们可能算是昆虫，但是人类在这方面更像是蜂群。我们的人口在大约2400光年内的范围内散布稀薄，以至于即便是损失了一百个殖民地，我们的文明也不会伤筋动骨，当然，如果是地球另当别论。一旦人类古老的发源地发生了不测，那么很多殖民地都会崩溃，很多人都会死，这种情况将会持续几千年。人类也许正在紧锣密鼓地进行着大迁徙，但是地球的地位在未来很长时间内都无法替代。

人类之所以让某些种族感到不悦，是因为作为最年轻、科技最不发达的跨星际种族，扩张的速度实在是太快了。古老到难以想象的银河系律法保护着人类，扩张的需求驱动着人类不断前进，寻找一切可能的机会，这就是为什么人类要在能够触及的空间之内不断扩张。唯一能阻挡我们的是钛塞提人给我们的星图。多亏了它，我们才能规避太空航行的危险，躲开那些能够在1纳秒之内摧毁超光速飞船的重力干扰。在星图范围之外航行是非常危险的，其中的风险远高于收益。再过半个世纪，一切都会改变。等人类成为银河系议会的正式成员，我们就能进入更广阔的空间，人类的迁徙大潮将会进入一个高潮，虽然不能涉足整个银河系，但至少大部分都可以了。

这就是我为什么要为地球情报局做事，这就是我为什么要来这里，在尼斯空港脏兮兮的小街上穿行。这里几乎被废弃了，几个外星旅行者裹紧自己的外衣，顶着雨水和激起的水雾在走路。时不时开过一辆车激起地上的泥水，全然不顾旁边路人的感受。街边可以看到一排乱糟糟的外星建筑，高塔、圆顶屋，一扇窗子都没有的方形建筑，以及其他各种金属建筑，你可以从这看到猎户座旋臂各个种族的建筑风格，以及其他更偏远地区文明的审美。所有的建筑上都安装了传感器和通信器材，虽然居住在卡瑞利欧——尼斯的人日子过得并不是很舒服，但是他们监视邻居和尼斯克人的热情倒是很高。

当我走了一半路程的时候，我的监听器在我的脑内插件界面上做了一个黄色的标记，提醒我身后一直有一个声音。我的基因探测器并没有发现任何东西，但是高度灵敏的生化插件让我听到金属格栏上的脚步声。他们模仿着我的动作，我加速，他们也加速，我放慢脚步，他们也放慢脚步。在尼斯空港不太可能有人会等我，因为我九天前才知道要来这里，但是我也不会寄希望于巧合。

我在下一个街角停了下来，然后四处张望，装作迷路的样子。监听器上的标记也停住了，我躲在建筑物的阴影下，静静等待。

列娜的特工将准点到达互助会办公室，一方面去看有什么留给他的信息，另一方面去交易所看看有什么雇佣合同。这就让我们能够在不引起别人注意的前提下会面，看起来就好像两个偶遇的老友。现在我得决定是否放弃任务，不然就会让她的特工暴露身份。有人跟踪就意味着行动被人渗透了，但是究竟是谁呢？只有列娜的人才能这么干，但是列娜是个高级灵能者。敢和她撒谎的人都死了。

或者有人活下来了？

我转向旁边的一条小街，希望能甩掉跟踪我的人，但是我的监听器开始报警，显示跟踪我的人就算不能看到我，但还是紧紧地跟在我后面。他肯定是用了高科技设备才能这么做，街边的小混混绝对做不到这一点。汇合点离我只有几分钟之遥，而身后还有人在跟踪我，我明白，如果我去接头，那么就有可能会暴露列娜手下特工的身份。为了保证他的身份不会暴露，我必须抛弃任务。不到万不得已，我绝对不会这么做。

在下一个街角，我看到了人类的预制建筑，几座五层楼高的白色高塔，两侧还有黑色的窗户。它们和周围的外星建筑比起来更新更干净，有些外星建筑在尼斯空港已经吃了几千年的灰了。大家并没有试图隐藏安装在屋顶上的监听设备，因为那完全是徒劳的。虽然我们的科技是最落后的，但是我们也和那些科技最高端的种族一样热衷于监听。大使馆驻扎着一队地球情报局的监听小队，虽然有科技装备，但是却没有装备和我类似的生化插件，所以列娜无法用他们完成数据收集任务——没有生化插件就意味着无法完成握手传输。再说了，相比于大使馆工作人员，我这种落魄的互助会商人更不容易引人注目。

正准备转身离开，监听器传来的数据却吓了我一跳。监听器一直在研究声波数据，分析路面格栏传来的金属靴子的走路声，测量步伐之间的延迟，然后算出跟踪者的步伐和身高，最后根据脚步的强度算出身体密度。最后我的脑内插件界面上闪出了一条信息：

警告：检测到未知生物声波信号。未检测到人类上肢信号。

“确认信息。”我给插件又下了一条指令，并停下了脚步。

“目标种族：人类可能性 16%，非人类可能性 84%。”

要是这次任务可能会和非人类种族接触的话，列娜应该会告诉我，除非她并不知道这件事！我转身望着身后的街道，想确认我的监听器到底发现了什么。两个街区之外，一个大高个儿躲到了一栋建筑物后面，他穿着一身深灰色的金属全身服，头戴一个盖住了整张脸的头盔。不管他是什么种族，他的移动速度都非常快，如果是人类的话，肯定接受了基因改造。他的衣服不可能是压力服，因为太重了，也不可能是人类科技制造的全身护甲，因为太轻了。不管他穿的是什么，肯定要比我身上的复合纺织物要重。

一百米外，在长方形广场的另一边，可以看到互助会的星图标记在一楼安检门上方闪耀。我可以在跟踪我的人抓到我之前就冲进去，但是这会让他发现列娜的特工。我在想，要是把跟踪我的人干掉的话，当地的尼斯克卫兵要花多久才能赶到这里。虽然他们可能头脑简单，但是却装备了尼斯克人制造的武器，这足以让尼斯克工人也能成为强大的战士。我可不想和这些家伙动手。

所以，我决定放弃任务。就连之后的 72 小时内也不可能和特工碰头了。我现在已经引起了太多的注意力，不能冒险再去找他了。我能做的就是回到银边号上，尽快离开尼斯空港，然后把坏消息告诉列娜。她的特工现在只能靠自己了，但是至少他还能活着。

我开始朝东进发，想把那个人形大块头从汇合点引开。我还没走出十步，就听到有人从预制建筑那边向我跑过来。一发大口径子弹从我边上飞过，打在了身后的建筑上。我一开始以为是有人向我开火，然后看到一个人穿着普通的太空服从互助会的交易所跑了过来。两男一女之前一直躲在街道远处的藏身处里，等待着这个人现身。三个人都带着 JAG-40，一种发射大口径子弹的轻型军用突击步枪。这可是特种部队才会用的武器，对新人来说难以控制，但在专家的手里其攻击性非常可怕。

虽然他们三人都带着呼吸器，但是我的探测器还是可以确定他们的身份。一个红色的定位方块套在中间的人脸上，他是唯一一个出现在宇宙通缉犯名单上的人。他叫多玛尔·崔斯克，和我一样高，非常健壮，宽宽的胸膛让他看上去就像个举重运动员，还留了一头军队样式的短发。他因为重罪被民联军通缉，但是我可没时间去研究他的犯罪记录，因为他正向我冲过来。

崔斯克端起自己的 JAG-40 细细瞄准，然后一枪击中了正在逃跑的那人的肩膀，把他打得向前摔了一下。他俯下身子，动作娴熟地就地一滚，然后站起来继续跑，被打中的胳膊无力地垂在一边。我的基因检测器确认了他的身份，一个绿色的方块套在了他的脸上，他就是我的 EIS 联络人，只不过为了在各种环境下生存而接受了必要的改造。过了一会儿，崔斯克身边两人的脸周围亮起了白色的识别标记，说明他俩不在任何通缉名单上。两人中有一个是女人。

逃命的特工和我四目相视，我俩虽未曾谋面，但是基因检测器会识别出彼此的编码。我的名字一定浮现在他脑内插件的界面上，因为我现在也知道他的名字了。

迪亚哥 · 索维诺，外部星区 060 小队。

060 小队接受列娜的指挥，也就是我所在的小队，主要负责自天球北方 0 度至 60 度的广阔空间，距离地球有 500 光年。这是一片广阔的空间，两个潜伏特工见面的概率微乎其微，在这种场合下见面更是前所未有。

我的联络人假装摔倒，这是告诉追击者，自己已经虚弱不堪，但是他的脸上却非常机警，红光满面。我对这副模样最清楚不过了。他的生化植入物已经控制了他的身体机能，肾上腺素充斥他的身体，能够无视疼痛，爆发出惊人的力量和速度。JAG-40 开火的声音在大街上回响，那女人开枪的时候我的联络人娴熟地滚到了一边。当他站起身又开始奔跑的时候，子弹从他身边擦过，从我身边飞了过去。虽然肩膀上中了一枪，但是还能这样跑来跑去躲子弹，说明他也接受了超级反应改造——我也接受了同样的改造。

我知道他没带武器，不然他就会还击。我一边计算着角度和距离，一边伸手去拿自己的 P-50。他身后的追击者排出一条散兵线，射击手法专业，协同推进，展现出专业的近战技巧，普通的通缉犯可没有如此高的专业素质。鉴于我可以打他们一个措手不及，我完全可以先打死一个，但是另外两个人马上就会把枪口转向我。我只能开火、翻滚，然后再开火，同时祈祷他们的枪法没有那么好。

逃命中的联络人发现我正准备掏枪，猜到了我在想什么。他微微一摇头，命令我不要开枪，不要暴露自己的身份。这违背我的本能，但是他才是在执行任务的特工。他知道其中的风险，而我什么都不知道。我遵循着他的命令，把手从枪上移开，装出一副不明所以的路人样子。

他轻轻点了点头，对我的行动表示赞同。

两发曳光弹从他脑袋边飞过。每当监听器警告他危险靠近的时候，他就会翻滚躲避。他靠近我的时候假装摔倒，而我装作很惊讶的样子，挡住了他的去路。我们两人撞在一起，他抬起手摸向植入我耳朵中的生化监听器。我装作因为害怕而退缩的样子，把头扭到一边去，然后他一巴掌拍到了我耳朵上。他的手停在那一秒钟，手掌中的生化纤维和我耳朵里的植入物完成了连接。就在这么一瞬间，他把加密数据包传入了我的系统，然后把自己系统里的残留数据全部删除了。

“别帮我！”他悄悄地说，“他们会杀了你的！阿列夫零！”

阿列夫零？

他把我的脑袋粗暴地一推，把我踹到边上，继续逃命。我假装笨手笨脚地爬到一边然后摔在路上，他要把追击者引到另一边去。此时此刻，我俩都明白一点，我所携带的情报和我的性命远比他要重要。

又一发子弹打中了他的大腿，他在地上滚了起来。他的超级反应改造再次控制了身体，让他能够恢复平衡，继续一瘸一拐地跑，速度只比刚才慢了一点。他的肌肉在生化疼痛抑制器的控制下疯狂工作，让他能够有时间引走猎杀小队。

我慢慢地坐起来，捂着自己的肩膀，装出一副摔伤的样子。我看着他一瘸一拐地跑开，努力遏制住自己转身攻击三名杀手的冲动。

多玛尔·崔斯克从我身边跑过的时候毫不在意地看了我一眼，丝毫没有发现自己现在在追捕一个错误的目标。那个女人身材高大，肌肉发达，一头金发剪得短短的。她先是朝着一瘸一拐的特工开火，然后跟上崔斯克，她从我身边经过的时候，看都没看我一眼。过了一会儿，右边那个身材敦实，宽下巴的家伙朝我跑了过来，然后用枪托朝我后脑勺狠狠砸了一下。我脸朝下倒了下去，重重地砸向地面上的金属格栏，插件界面闪出了重度骨折的警告。

我被扔在泥巴和雨水中等死，血从破碎的颅骨里流个不停，而在两个街区外，一名手无寸铁的地球情报局特工为了一条不在他手上的情报被乱枪打死。现在这条加密情报被锁在我的记忆系统深处。

\·\·\·\·\·\

随着我渐渐恢复意识，一阵嘈杂的声音将我耳朵中的轰鸣声渐渐赶走。我隐隐约约感觉自己飘在空中，动弹不得。我睁开眼，发现自己躺在一束刺眼的锥形光柱下，我又不得不眯起眼睛。我飘在离地两米的空中，房间是从岩体中切割出来的，非常粗糙，门口传来走廊里无数尼斯克人说话时的嘁嘁咔咔声。从头顶到下巴我都感觉非常麻木，插件界面不停警告体内发现外星科技的入侵，但是我动弹不得，无法阻止它。

一个尼斯克人靠近了我，用一个冰凉的金属制品在我前额轻轻地碰了一下，消除了最后一丝疼痛。他发出一阵轻松的嘶嘶声，然后就从一个出口出去了。我虽然不是专家，但是知道矮个的尼斯克人那浅栗色外壳代表着他是一名管理者。他的胳膊上带着不知名的金属仪器，空洞的黑眼睛上还带着一个类似望远镜的东西。

等这名小个儿的尼斯克人走出了我的视野，阴影中响起了一个合成的声音："人类，西瑞斯·凯德，你受损的骨骼结构已经修复。"

我想转头看向声音的方向，但是光束力场让我动弹不得，唯一能动的只有眼睛。又一只浅栗色的大甲虫慢慢走了过来，他的下颚上戴着一个发声器，充当胳膊的触角上挂着条形的设备。他走到我的面前，然后用力场把我立了起来，和地面保持垂直，脚离地面一米，正好直视他突起的复眼。我努力压制着心里的恶心感，不停地提醒自己"管理者都是智商高度发达的"，而且更重要的是，他们才是管理者。

"我叫卡廷努克，尼斯开放区的管理者。你现在告诉我，在第五街和第二十一街交汇处发生了什么？”

“有人揍了我一顿。”我回答道。我决定还是不让这群虫子抓到拍碎我脑袋的那个家伙，然后再把他肢解了。毕竟，肢解他的人应该是我才对。“我没看清是谁。”

“根据角度分析显示，人类西瑞斯 · 凯德的伤口来自上方后部的打击。解释一下。”他说。这说明尼斯克人不仅治好了我的脑袋，还顺便做了个法医分析。

“我被打翻了。”

“被什么打翻的？”

“另一个人，那是个意外。有人向他开火，然后他就撞上了我。”

“你认识人类迪亚哥 · 索维诺吗？”

“你们抓到他了吗？”我装出一副一无所知的样子。

“人类迪亚哥 · 索维诺已经死了。凶手未知。”

“这还真是个悲伤的故事。”我轻轻地说道，这句话可是发自真心。“我今天是第一次见他。”根据我在 EIS 接受的伪装训练，伪装真相最好的办法就是用另一个真相。我希望这能掩盖我因为听到一位战友的死讯而从心底泛起的愤怒，当他命令我不要开火的时候，我俩都知道他死定了。他之所以这么做，是因为他相信手里的这份情报远比自己的性命重要。

阿列夫零！

“描述攻击迪亚哥 · 索维诺的人。”

“一共有三个人。其他的我没看清。”我认为尼斯克人不过是重新确认早已知道的事实。

“人类西瑞斯 · 凯德装备了原始动能武器。武器没有开火。解释一下。”

我低头看看我的枪套，枪套里的 P-50 已经不见了。“没错。我被告知不能使用武器。一切发生得太快，我都来不及开枪。”

“人类西瑞斯 · 凯德遵守尼斯开放区规定，行为已记录。”尼斯克人说完，发出几声噗噗声。

一个工人拿着一个金属托盘走了上来，然后把它伸进固定我的静滞力场。托盘在我面前飘动，他却退到了后面。

“请确认物品。”卡廷努克命令道。

托盘上是一排 10 毫米合金被甲穿甲弹，是专门为 JAG-40 轻型突击步枪设计的弹药之一。盘子上最少有 20 发，各个都扭曲得不成样子。这些弹药可以打穿 2 厘米的硬化合金装甲，我可不会用它来刺杀某个衣着普通的街边太空商人，但是它们一定是打上了什么非常结实的东西才会变成现在这个样子。

“大口径子弹，”我感觉我说的都是废话，“我的枪可打不了这么大口径的弹药。”

“这些是军用级别的动能弹药。”

“我怎么会知道。我又不是军队的人。从来没参过军。”

“动能弹药杀死了两名警卫。”

我试图隐藏胃里泛起的恶心。人类最不需要的就是让尼斯克人对我们大发雷霆。我们和那些总想消灭我们的马塔隆人已经麻烦不断了。这就解释了为什么崔斯克和他那两个查不到身份的手下要用穿甲弹了，他们不是打算用它干掉索维诺，而是想用它干掉试图插手的虫子。鉴于星球表面之下还有无数尼斯克人爬来爬去，干掉几个尼斯克卫兵这种事情还真是胆大包天，更重要的是，他们居然还能全身而退。

“你确定它们是军用武器？”

“分析不会出错。”

“我们卖东西的时候可不会挑买家，无论是不是人类都可以买。”

“非人类种族不会用动能武器。”

这可不一定！但是我们的原始动能武器干掉了两名尼斯克卫兵，而他俩还没反应过来是怎么回事。“你能证明是人类使用了这些子弹吗？”

“没有相关资料。没有证据。传感器被干扰了。第五街和第二十一街交汇处存在干扰力场。”

一股寒意瞬间从我后背升起。“是什么干扰力场？”

“反谐波共振。”

这玩意我听都没听过，不过正好可以当作脱身的机会。

“人类有这种技术吗？”我问道。我知道答案，但还是想让卡廷努克确认一下。

“人类没有这样的科技。人类西瑞斯 · 凯德，指认武器使用者。”

“他们是人形生物，可能是人类。我就知道这么多了。”

卡廷努克思考了一会儿，然后叫了几声。一个工人拿走了放着JAG-40弹药的托盘，然后我被放回到地板上，摆脱了静滞力场的控制。

“这名卫兵会带人类西瑞斯 · 凯德返回地面。你的飞船着陆权已经取消。”

管理者走进了一条地道，靠石墙站着的卫兵一只手拿着我的P-50，另一只手里拿着一个灰色的环状仪器，非常无礼地对着我。我把P-50插回枪套，卫兵用他的武器指了指右边的通道。这个卫兵没带发声器，所以就不要想和他聊天什么的了，我按照他指示的方向走了过去。

通道非常的宽，足以让两个工人并排走过，里面的灯光非常昏暗。通道和好几个通往下层的斜坡交汇，可以从那看到巨大的洞窟，里面有好几层的金属框架，彼此之间用拱桥相连。几万名工人在里面操作机器，搬运原材料、部件和成品。这些工业洞窟里拥挤混乱，却保持了惊人的工作效率。每当我停下来观察里面的时候，卫兵就会让我继续前进，丝毫不给我打探的机会。

我们很快就来到了一个坡道上，走上前可以看到一扇门，门下面有四个伸缩的柱子。卫兵停了下来，让我站到灰色的灯光下。我从尼斯空港的正中心冒了出来，刚好站在金属格栏铺设的人行道的交汇处。那扇大门又降了下去，和地面融为一体。然后有四个男人向我靠近，我相信他们一直在等我，领头的人衣着得体，没带武器，但是三名随从穿着黑色的制服，用手枪指着我。

“凯德船长。”带头的人说道。他是个皮肤黝黑，头发银白的印裔人，留着短短的胡子，举手投足间带着一副外交官的风范。“我是辛格大使，而你，现在被捕了。”

大使的一名警卫伸手拿走了我的枪，全然不知尼斯克人在把它还给我之前就已经退膛清空了里面的子弹。

“尼斯克人通常不会允许别人在他们的星球上使用武器。”辛格大使对我说，“但是我的安全人员例外，前提是他们只对人类开火。我觉得没必要在你身上行使这种权力。”

我阴郁地一笑，然后举手投降。

在尼斯空港的地球议会大使馆并不宽敞，也不存在拘留室，所以他们只能给我戴上手铐，然后送进大使的办公室进行讯问。两名警卫在一旁监视，而辛格大使坐在一张桌子后面，启动了一个全息力场，调出了一些看起来似乎是官方数据的表格。

“尼斯克人已经告诉我了，”辛格说，“他们没有针对你的直接证据，但是，他们会向地球议会发出一份针对人类公民违反协议的抗议。你知道这意味着什么吗？”

“那群有钱人再也买不到抗衰老的尼斯克药膏了？”

大使黑着脸盯着我："这可能让我们丢掉着陆权。最糟糕的是，他们可能会发出声明，说人类杀了两个他们的公民。到时候就要让银河系议会决定这事是否算得上违反准入协议。如果算的话，那么我们的考察期还得延长。"

我非常清楚可能的结果，但是由于缺乏证据，所以也不可能有什么制裁，而且我怀疑，相比于两个无足轻重的卫兵，尼斯克皇家成员更关心的是能不能吃到我们的糖。尽管如此，任何送达银河系议会的投诉都可能让我们加入银河系大家庭的前景更加复杂。

"我们也死了一个人。"我说。

"死于民联军弹药！人类自相残杀是我们的事，别人管不着，但是人类杀死非人类生物就是另一码事了！"

"他们又不能证明凶手就是人类。"

"你现在可能面临的指控包括在非人类管辖区内携带违禁武器，卷入一名人类和两名非人类被杀的案件，以及破坏和一个主要外星政权的外交关系。如果尼斯克方面向银河系议会发出外交抗议，那么你还要面临额外的有关破坏准入协议的指控。"他很严厉地看了我一眼，"这可是非常严重的指控，凯德船长，你将面临非常严厉的惩罚。"

事情完全可以变得更糟。违反条约不过是去坐牢，但是直接和准入协议背道而驰则是直接判处死刑。

"我不过是这次事件的无辜受害者罢了。"

"你是个走私贩子和麻烦制造者。"辛格说，他完全不相信我的话，"你将被扣押在大使馆，直到被押送到天龙座中转站。在那会有相关机构组成一个正规的法庭对你进行正式的询问。你还有什么要说的？"

我想告诉他，联合政府的民法典对我来说太过无聊，天龙座中转站也拿我没有办法，但是我决定采用更直接的办法。"我想做一个个人陈述。"我意味深长地看了看那两名警卫。

大使看上去吃了一惊："我的警卫队能够应付这种情况，而且还有全套外交权限。"

"我可是非常害羞的。"我说道，同时明确表明除非这些警卫都走开，不然我一个字都不会多说。

辛格不耐烦地看了我一眼,然后对着警卫点点头,示意他们都走开。等房子里就剩我们两个人了，他按下桌子上的一个开关，打开了自己的全息记录仪。"好了，你想说点什么？"

"把记录仪关掉。"

辛格看起来非常惊讶："我以为你想做个声明呢！"

"我确有此意，但那是给你做声明，不是给记录仪。"我说完，对着记录仪点了点头。

"这还真是不寻常。"他关上了记录仪。

"你有植入式全真记忆储存器吗？"

辛格充满好奇地抬起一边的眉毛："当然有了。"

植入式全真记忆储存器是高级外交人员的标准配置，它能够精确记录外交人员看过的每一份文件，对话中的每一句话，能够同时满足外交和情报工作的需要。

"很好，你现在听仔细了。"我从记忆系统里调出一段高度机密的五十位识别码，然后转述给大使。我丝毫不奇怪他为什么脸上会冒出如此惊讶的表情，毕竟他这辈子可能只有这一次机会能接触到这么高级的密码。"拿着这识别码去和你的外交加密本好好核对一下。为了节省你的时间，我建议你从最高级别开始核对。"

他还没离开十分钟就回来了，回来的时候还带着一名警卫。"赶紧把手铐拿下来。"当警卫一脸不解地看着他时，他又不耐烦地说了一句，"然后把武器也还给他。"

警卫拿走了手铐，然后把手枪还给了我。辛格冲他点点头，示意他离开办公室。

“我很抱歉，长官。”门刚关上，他就说，“没人告诉我你会来这。”

有时候，在那些自以为是的官僚面前摆摆架子，能让我感到很有意思，但是大使也不过是完成自己的工作罢了。“没什么好道歉的。毕竟任务特殊，也不可能有人会告诉你我会来这里。”

“需要我为你做点什么？”

“确实有些事情需要你去做。马上回收迪亚哥 · 索维诺的遗体。”要是我们能把尸体冷冻，然后运给 EIS 地区指挥官列娜 · 福斯，那么她的团队就能接入索维诺的生物记忆库，重建他的行动路径。

“这我可做不到。”辛格很不安地说道，“尼斯克人已经处理了尸体。”

“处理？”

“当一名尼斯克人死的时候，尸体会分解为最基本的生物质，可以被星球表面吸收，”他耸了耸肩，“尼斯克人是个了不起的种族，但是他们可不会在乎其他种族的风俗习惯。”

现在，唯一能够说明迪亚哥 · 索维诺曾经去了哪儿的线索，就只剩我记忆库中的加密数据包了。“你有身份登录器吗？”

“是的，长官，每个月都会更新。”

“这座设施有多安全？”

“整个大使馆都处于量子抑制力场的保护下。”

“尼斯克人可能早就突破了抑制力场。”

“我们最多也就是干扰量子签名[①]。要是他们连这都能破解……”

---

① 量子签名：利用量子态的纠缠性、测不准性、不可克隆性等物理特性来避免信息被攻击者截获，同时也可以防止签名者或验证者否认和抵赖签名。

他无助地耸了耸肩。

他说得没错，但是时不待我。“我有三条基因扫描结果需要检查，只有你能过目，不要让你的职员牵扯进来。一旦有结果了，马上给我，然后销毁所有记录。其中一个人叫多玛尔 · 崔斯克，但是另外两个人我一无所知。”要是尼斯克人看到他正在读的东西，那这三个人可就完蛋了。当然，崔斯克的杀手小队可能早就不见踪影了。

“我马上去办，长官。”他充满好奇地看了我一眼，很明显是在想这三个人可能就是杀了索维诺的凶手，但是他足够聪明，知道有些事情还是不知道为好。

“我还得发两条消息。”

“我们有个十四天的数据更新周期，负责数据更新上传的飞船四天后才能到。我可以用外交通信频道把它们发出去。”

“很好。别告诉任何人我来过，就连你的长官也不能说。”

“要是尼斯克人去银河系议会抗议怎么办？”

“这不是你考虑的问题了。”

“是，长官。”他的脸上带着一丝如释重负的表情，“你准备好要发送的信息了吗？”

我点了点头：“把你的记忆储存器关掉。”

“已经关掉了。”辛格确认了一下，然后打开了自己的全息记录仪。

“现在是第一条消息。致雅瑞斯星系，接收人是幸福号货船上的玛丽 · 杜伦。‘我这边计划延误了。很抱歉。下次见面的时候我会补偿你的。不要惹麻烦。西瑞斯。’”这三个月来，我一直很想见到玛丽，但是现在死了个 EIS 的特工，我的记忆系统里还存了一份加密数据包，和她见面暂时是不可能的事情了。下次见面的时候，她一定会因为我的爽约让我付出代价，但是我别无选择。“此条消息结束。”

辛格关上了记录仪，问道：“玛丽 · 杜伦也是 EIS 的人吗？”

“当然不是。”我对他笑了一下，“开始第二条消息。致帕拉索斯星系的地球海军，接收人是列娜 · 福斯。我很抱歉地通知你，迪亚哥 · 索维诺死了。’”索维诺对着我的耳朵悄悄说了“阿列夫零”这几个字，我不知道这代表着什么，但我不能直接把数据包的备份发给列娜。现在尼斯克人损失了两名卫兵，所以无论如何加密，他们一定会监听我们的外交通信。他们的科技太过先进，我不得不假设所有的秘密都有被发现的可能性，唯一安全的地方可能就是储存在我身体细胞结构内的生化改造插件。我最糟糕的预测就是尼斯克人发现索维诺不过是一个无辜的牺牲品，然后决定阻止我离开这颗星球。我绝不能冒这样的风险，这就是我为什么没有告诉辛格大使索维诺也是 EIS 的人。在我看来，尼斯克人已经穿透了抑制力场，能监听我们说的每一句话。单单是把我的识别码给辛格就是一场赌博，但是我不得不这么做，也许这还不足以让尼斯克人有所动作。“‘在帕拉索斯等我。阿列夫零降于你和你的家人。’消息结束。”

就算尼斯克人发现这条消息——而且我确信他们一定会这么做——他们也要过好一阵子才能明白其中真正的含义。但列娜可不会这样，她一定会明白任务搞砸了，我手上有些东西太过重要，不能用外交通信渠道发送情报，而且她必须待在帕拉索斯星系，这样我才能很快找到她。

既然阿列夫零存在于数据包中，那么整个银河系都可能被战争的烈焰吞没，而她肯定不会置身事外。

我和辛格大使告别后，又一头扎进蒙蒙细雨之中，向着空港进发。我的监听器几乎马上听见了身后的脚步声，确认步态模式和之前追踪我的高大人形生物一致。我只能假设他和崔斯克的杀手小队有关系，说不定还负责压制尼斯克人的传感器。

但是他为什么还在这？

我在插件界面上调出尼斯空港的街道网格图，一个闪烁的声学标记表示他正在不断靠近我。我手上只有一把空膛的手枪，而尼斯克人已经开始怀疑我了。他离我有几个街区远，但他像台货船装运机器人一样冲了过来，丝毫不想掩饰自己的行迹。我开始飞奔，希望能拉开我们之间的距离，但是我很快发现他的速度更快，虽然还没有快到离谱的程度，但是完全可以在我赶到航站楼之前就抓住我。

我切入一条旁边的街道，冲进一个街区，拔出了自己的 P-50 手枪瞄准，只等他从拐角冲出来。他一眼就看见了我的手枪，但并没有发现我是虚张声势，于是就跳入空中。他的靴子下面散发出一股蓝色的光芒，带着他跳过街道落到了一个八边形建筑的屋顶上。过了一会儿，他借着自己的高科技装备开始在房顶上跳来跳去。

他看起来像一个高大的人类，但是他的速度和技术装备却告诉我他绝不会是人类。这个人形生物比我更高、更快，而且所用的科技也和我完全不一样。我拿着一把没装子弹的手枪和他纠缠，就是自寻死路。我不想被抓住，所以就开始向空港冲刺。每一次他落在房顶上，我的插件界面上就会闪出一个声学标记，警告我他越来越近了。

当他超过我的时候，我转身溜进旁边的街道，躲在一栋 U 形建筑的雨篷下面。墙上斑驳的字迹告诉我，这里属于猎犬座 α 双星的文明，他们是猎户座附近的一个地区势力。建筑看上去已经被废弃了，但是一个长方形的仪器从封闭门上方飘了出来，一层嗡嗡作响的加速力场包裹着它。它慢慢飘下来，用一道绿色的激光对我进行扫描。

“现在可不是时候。”我小声说着，一边想用手枪握柄把它砸下去。外星扫描器躲开了我的攻击，继续在空中飘来飘去，完成自己的扫描工作。这时，屋顶上传来重物落地的声音。

那家伙现在就在我头顶上！

我的监听器不停地对他进行追踪定位，他在屋檐上走来走去，搜索着街面，试图找到我。尼斯空港的大多数外星建筑都能干扰探测器信号，免得被别人监视。我希望猎户座人的房子也有一样的功能。当我反应过来他根本不知道我就在他下方的时候，我连大气都不敢出一下。他就在屋檐上徘徊，我的监听器放大了他的金属靴子的咔嗒声。这时，猎户座人的扫描器又靠了过来。我抬起一只脚躲开它的扫描激光，结果它开始扫描另外一只脚的脚踝。我一脚把它踩进地里，地上的泥巴挡住了它的绿色光束。在我头顶上，那个人形生物还在等我出现，他又跳到了街对面的屋顶上。在他搜索街面的时候，我只能挤进房子入口处的门洞里。在他以为我已经甩掉他之后，他就开始蹦蹦跳跳朝着空港进发。

猎户座人的扫描器顶开了我的靴子，努力想挣脱要自由。我抬起了脚，它马上就飞回了门洞上方。在我的插件界面上，它渐渐脱离了探测范围，声学标记也渐渐消失了。等了几分钟，标记没有再次出现，我就偷偷走到旁边的街上，沿着空港外围前进，这样我就能从空港的另一边进去了。

当航站进入我的视野，我开始寻找那个人形生物的踪迹，但是一无所获。我朝着入口处两名尼斯克哨兵跑去，这是我自降落尼斯以来，第一次站在这么大一只甲虫旁边还非常开心。在东南方向，可以隐隐约约看到一个健壮的人形生物站在屋顶上看着这一切。我看了一眼身边两位沉默寡言的哨兵，然后向他招了招手，他没有回应，而是转身跳出了我的视野。

我急于离开这片被甲虫统治的沼泽地，匆匆穿过航站，回到了银边号。此刻，我脑子里不停地在想，这个人形生物究竟是谁？为什么要跟踪我?

不管他是谁，我相信以后我们还会再见面。

＼·＼·＼·＼·＼·＼

在我穿过舰桥准备回自己房间的时候，亚斯愤怒地大喊道：“这群六条腿的毛贼强盗！”我的这位金发副驾驶坐在自己的抗加速座椅上一边骂骂咧咧，一边看着监视器上货舱里的一举一动，“他们说五个货柜的货都被污染了。”

“接受他们的条件。”

“没门，老大！我看过那些货了，一个个都封得严严实实的。他们肯定是故意弄坏了外包装。”

欧瑞斯人以固执好斗而闻名，我可不能告诉他是我弄坏了那些包装，不然他肯定会生气到原地爆炸。

“让他们该装多少胶体就装多少。我想赶紧离开这个星球。”

亚斯看着我，当看到我飞行夹克上黑色斑点的时候，疑惑地皱起了眉头，“那是血吗？”

“没错。”我愠怒地回答道。他的注意力又集中到我的后脑勺上去了。尼斯克人的医生把我后面的头发都剃光了，但是皮肤和骨骼却看不出受伤的痕迹，这还得多亏尼斯克的再生科技。“说来话长。”

还没等他继续发问，我就钻进了自己的卧室。我脱了夹克和沾满泥巴的靴子，就翻身上床假装睡觉。自从一年前列娜把我招募为地球情报局的自由特工，我就在自己的房间内加装了反窃听设备。它们可以防止人类偷听，但是必须假定这些东西对外星科技根本无效，所以我不能用飞船上的数据网络传输数据，最起码在这些大甲虫还在盯着我的时候不能这么做。

我整个人放松下来，调整自己的呼吸，然后从记忆库里调出索维诺的数据包和相应的解密钥匙。等我把二者合在一起，数据包里毫无意义的数据变成了可以阅读的信息。里面的内容出奇的简单：一组天文代码，指向一颗我听都没听过的星球，一组经纬度坐标，以及一个日期。如果还有更多的数据，索维诺可能也没时间完成传输。在数据包的最后，是他对着我耳朵说的那组安全识别码，阿列夫零，这组识别码的级别过高，以至于我从来没听过！

阿列夫零是数学中的一个概念，代表着一个无限基数，EIS 用它来形容最高级别的威胁。数据包里并没有说明是什么样的威胁，但是索维诺为此不惜献出自己的生命，让我不得不相信这一切都是真的。列娜只告诉我索维诺当了两年的卧底特工。不管索维诺到底发现了什么，都值得列娜在天龙座外部星区的帕拉索斯星系待命，因为从帕拉索斯星系出发，他们可以攻击星区内的任何目标。问题是，从帕拉索斯星系出发，就算全速前进，到达目的地还得花三周时间。但是距离索维诺数据包上留下的日期只有六天了。如果我们现在出发，还能赶上日期，但是列娜那边只能等等了。一旦她收到了消息，看到了关于阿列夫零的内容，恐怕为时已晚了。

我想看下辛格大使关于三人暗杀小队的报告，但是我不敢用自己的阅读器看这些资料，因为尼斯克人正在监视我的一举一动。所以，我只是翻过身，然后打开墙上的船内通话器，“亚斯，尼斯克胶都装完了吗？”

“他们正在装呢！”

“等最后一个尼斯克人下船之后，我们起飞。我们有个小活要忙。”

“我希望这活赚钱。”

“一点油水都没有。”

“那和你夹克上的血有关系吗？”

“那是当然。”

他笑了笑：“你还说这次航行会非常无聊呢！我现在就开始准备起飞。”

我要是解释说这次航行是为了报复一次别人挑起的袭击，那么亚斯就不会问为什么，只想参与其中。欧瑞斯人在这方面还是很有意思的。他们为了一点私人恩怨，会毫不犹豫地穿越整个猎户座旋臂去报仇。你可不会想和这种人有纠纷。埃曾只会认为我是想满足报仇的欲望而已。他俩都不会去想背后真正的原因，最起码现在不会想。

我正准备关上通话器，突然脑中闪过一个念头：“你有观察最近离港的飞船吗？”

“我可一刻都没闲着。”观察之前都有哪些飞船离港，能有效预防加速进入轨道的时候被别人打个措手不及。

“我不在的时候，都有谁起飞了？”

“一艘阿瑟兰人的飞船，一艘米卡拉人的飞船，还有两艘技术太先进我没法识别，最后还有条人类货船。”

“最后那条船什么时候起飞的？”

“两个小时之前。”

两个小时足够崔斯克的小队干掉索维诺，然后再返回空港。要是他们把武器藏起来，那么就能骗过那些笨头笨脑的哨兵，而且进入太空港还不会引起任何人的怀疑。“你找到他们的注册信息了吗？”

“当然有。飞船的名字叫天璇星号，但是船上的应答机一直都关着。这名字还是从他们的飞船外壳上看到的。”

应答机关闭就意味着当地安全机构甚至都不知道这条船的存在。“什么类型的船？”

“野牛级。”这是一种重型货运飞船，比银边号还要大四倍，能装不少东西，但是飞不快。

“自从我们降落后，还有其他人类飞船降落或者离开吗？”

“你不在的时候，只有一艘小型货船降落，它就停在天璇星号旁边，两艘飞船都没开应答器。它就停了 20 分钟，从天璇星号上接了一个乘客。我不但没发现它的应答机信号，就连飞船外壳上都擦得干干净净。”

“天璇星号上有卸下什么货物吗？”我问道。

“我看到一个工人卸下一个半吨的集装箱。然后三个人上了船，就起飞了。”

这些糖刚好够尼斯克人允许他们着陆然后交换船员，但是没法解释为什么要派这么大一艘飞船过来。所以，没人注意到另一艘货船只是过来接走了一名乘客，而尼斯克人根本就不关心你在干什么。崔斯克和索维诺也许是坐同一条船来这儿的，但是发生了一些事情导致索维诺暴露了身份，然后丢掉了自己的小命。要是在降落之前，他就暴露了身份，那么崔斯克根本就不会让他下船。而且在尼斯克人忙着修复我的颅骨的时候，亚斯又看到崔斯克的小队返回了船上。

我打开星图数据库，花了很长时间去了解一打我根本不会去的星球，只为让尼斯克人忙于猜测我的真实意图，然后我调出了数据包坐标上的星球。这是一颗位于偏远星系的原始星球，唯一的人类聚落是一个我从未听过的小公司的贸易站。有用的数据并不多，我完全不明白为什么这样一颗星球要被打上阿列夫零的安全识别码。

但是，迪亚哥 · 索维诺偏偏这么做了。

\·\·\·\·\·\

进入超光速两分钟之后，我们已经远离了尼斯克间谍科技能够探测的范围。我把辛格大使给我的数据卡塞进小桌的读卡器。辛格按照基因编码已经确定了三个人的资料，并给每个人建立了独立的档案。

不出所料，他们都曾是军人。

三个人都来自亚斯的家乡，欧瑞斯德，映射空间的雇佣兵之都。

每个欧瑞斯孩子，无论男女都会被送进军事院校。他们还不到六岁就可以开枪，十岁就能使用重武器，到了十五岁就能驾驶战斗载具和战斗服。他们大多数人会加入地球的四支部队之一，但是一些莽撞的家伙会为了钱和冒险而选择成为雇佣兵。亚斯本来也是准备去当雇佣兵的，结果我说服他为我工作。除了前两种人，还有第三种，就是那些最硬核最疯狂的人，他们留在欧瑞斯加入星球本土军队——欧瑞斯德部队。欧瑞斯德部队有时候也被称为 O 部队，人们普遍认为他们是人类历史上最强的特种部队，这也是一个顽强的尚武社会的产物。他们和地球的四支主要地面部队合作密切，特别是和有历史渊源的民联军有广泛的合作。

现在我明白为什么索维诺不让我开火了。崔斯克的小队全是 O 部队的老兵，只要看到我的武器，他们就会面不改色地用手里的枪把我打成碎片。

多玛尔 · 崔斯克，是三个人中唯一名列 EIS 通缉名单的人。他曾经是一支战斗部队的指挥官，因为在一场新自由基地的酒吧斗殴中杀了一名民联军上级军官，而被军事法庭判刑。他杀人的时候身处民联军在太阳系外最大的训练基地——华盛顿基地，基地所有人都是目击证人，监控系统也把杀人现场拍了个清清楚楚。军事法庭的审判不过是走个形式，但是控制住他却需要四名军警、两名突击队员，外加一个在他背后拍闷棍的愤怒酒保。两名军警事后还被送去了医院。虽然被判终身监禁，二十年不得假释，他却没有任何悔意。入狱九个月后，他就越狱逃跑了，杀了一名狱卒，打残了另外一个。在被民联军、O 部队和两名寡妇通缉的情况下，他摇身一变，做起了雇佣军的买卖。除非我们想违反准入协议，不然我们可不想和这种人打交道。

崔斯克的两名手下的历史就没这么丰富了。斯蒂娜 · 科恩和亚乌卡 · 欧隆都是 O 部队的老兵，光荣退伍，没有干过违法的事情，但是在崔斯克入狱之前三人关系密切。从自己星球部队退役之后，他们两个人都从大众的视线中消失了。

亚乌卡·欧隆，一位身材粗矮的前军士长，就是他打碎了我的颅骨。曾经和崔斯克一起共事十多年，是个重武器专家。在接受崔斯克指挥前，他因为犯了些小错而被关了禁闭。他脾气暴躁，为人刻薄，但是在崔斯克的影响下，他的纪录还算干净，甚至可以说得上可圈可点，因为曾在镇压亚丽丝的血腥暴动时表现勇敢而受到嘉奖。

斯蒂娜 · 科恩是战斗服专家。她作为特种教官曾在印度共和国和亚洲人民联邦的部队中服役，进行了六十多次的轨道空降训练，大多数时候是从地球海军的飞船上起跳的。和她的两位队友不同，她的服役纪录简直是荣誉典范。亚联军想要招募她，而 O 部队甚至愿意给她升官，但是她回绝了双方的好意。

当看完了他们的档案，我得到的问题却远多于答案。第一个问题就是，为什么三个前欧瑞斯特种部队成员要在一个外星星球上谋杀一名 EIS 的潜伏特工，干掉两个碍事的当地人，然后从科技发达的当地执法部门的鼻子底下溜走？崔斯克不是好人，但是另外两个人纪录非常不错，虽然欧隆的纪录可能稍微逊色。是出于对崔斯克的忠诚才让他们和他一起行事，还是另有隐情呢？

无论其中的原因如何，我希望六天后能在新潘塔尼尔的沼泽中找到答案。

02
新潘塔尼尔

二叠纪世界

天龙座外部星区，奎萨利星系

1.09 个地球重力

距离地球 937 光年

124 名人类居民

银边号在距离新潘塔尼尔重力井最小安全距离的位置脱离超光速航行，现在距离索维诺数据包里提到的日期还差一天。正当亚斯在布置传感器的时候，一艘发动机呈三角形布置的黄色飞船跃迁到了我们上方。它的应答机反复播放着信号，船上的武器也全部启动，但是却花了好几秒才锁定我们。

“真是胆大包天，”我说，“居然想靠盲目跃迁抓到我们。”

要是我们想开战，而且我们唯一一门主炮已经充能完毕的话，我们大可以趁他们的传感器还没完全展开的时候就开火。护卫艇有厚重的装甲和四门中程武器，火力远远不能击毁一艘海军护卫舰，但是对付海盗绰绰有余。但是眼下，它的火力比我们的更强。

“这是一艘雇佣兵护卫艇，”亚斯一边说，一边研究着应答机的数据，“注册在拉夫哈集团名下。”

拉夫哈集团是第二王权国经营的上千家公司之一，这些公司的足迹遍布整个映射空间。根据互助会的注册信息，贸易站的所有者就在新潘塔尼尔。贸易联合会里聚集着那些独来独往的自由商人，他们倾向于那些远程货运航线，经常雇佣武装船只保护自己的货船，有时候还会去攻击竞争对手的船。但是新潘塔尼尔距离最近的货运航线非常的远。

“他们想要通话。”亚斯说着，回应了他们的呼叫。

屏幕上出现了一个留着精心保养的胡子、头戴红色丝绸头巾的中年男人：“说明自己身份。”

我对着亚斯点了点头，然后打开了我们的应答器。

当他们看到了我们的应答机信号，他说：“说明你们此行目的。”

我的大脑飞速旋转，新潘塔尼尔可不是个繁华的地方，星球表面只有一个小型的贸易站，整个星球就是个还处于进化早期阶段的大沼泽。如果事情真的像它看上去的那样，这地方也不需要一艘雇佣兵护卫艇的保护。

亚斯在我旁边静静地指了指他的传感器界面，他发现了超过 200 艘飞船停在星球表面。我知道这些就够了。

“我们是来参加集会市场的。”我说。

这都是我瞎猜的，但要是猜对了的话，这艘护卫艇应当是为拉什顿（也被称为被引领者，第二王权国一个秘密集团）工作。这个集团手里运营着臭名昭著的拉什顿集会市场。这个市场从一颗偏远的星球转移到另一颗偏远的星球，总能在联合体警察和地球海军赶到之前就逃跑。在映射空间有很多这样的集市，每一个集市都行踪不定，今天在这里消失，过几周又从另外一个地方冒出来，抓他们就好像妄图抓住烟雾一样。但是因为他们主要交易走私的货物，所以 EIS 对他们关注也不多。

“你有什么可以拿来交易？”

“9 500 克的尼斯克胶。”我们携带的值钱货物只有这些，虽然算不上是违禁品，但是拿来换点违禁商品还是不错的。

“你想要点什么？”

这个问题比较棘手。如果我明确指明一种货物，那就说明我不懂这里的规矩，他肯定会向我开火。“正确的引导和隐私。”这就等于告诉他，我知道这里是拉什顿管理的移动黑市，同时我拒绝透露我想寻找什么货物。

护卫艇指挥官点点头：“欢迎你们来到拉什顿集市。着陆之后，把你货物的百分之二交给我们的代理商。”这是给他们的分成，毕竟在这里什么都可以买到，也没人会问任何问题。

“百分之二？”我问。这价格可比我上次到访的一个集市要贵不少。

“联合体警察最近活动频繁，”他说，“额外的保镖可是要花钱的。注意看着点你的通信器。要是地球议会的人来了的话，我们会广播一个警告信息，然后我们这些护卫艇就离开星系。着陆之后，关掉你们的应答器。集市结束之后，只要你还在星系之内，就不要打开它。”

拉什顿希望所有人逃跑的时候都能够隐藏好自己的身份，这样联合体警察或者地球海军就很难追踪参与集市的人。

“这办法不错。”

护卫艇指挥官切断了频道，然后那颜色鲜亮的飞船就转头飞走了。接下来，我们在远离新潘塔尼尔重力井的地方发现了另外四艘护卫艇在巡逻，确保只有那些想来做买卖的黑市商人才能降落到星球表面。更远处是一些雷达船，它们随时准备跃迁，一旦地球海军或者联合体警察进入星系，就会警告黑市上的所有人。

“要是兄弟会出现的话，这些护卫艇会开火吗？”亚斯问。

“这就取决于拉什顿给他们多少钱了。”贸易公司的护卫艇看到兄弟会的船就会开火，因为这是他们的工作，但是拉什顿的炮艇估计只有收了专门的战斗费用之后才会开火。这些雇佣兵看起来仅仅是负责交通管制和预警的工作。

等护卫艇走了之后，我们向着新潘塔尼尔前进。这是一颗深绿色的星球，星球表面有矮矮的山脉、浅海、几千个湖泊和无穷无尽的白云。这是一个闷热而水汽弥漫的世界，最高级的生命体是昆虫和爬行动物。星球表面有很多生物，土壤和水体对人类来说酸度过高。朝向星系恒星的一边，可以看到一块大陆大小的闪光，暴露出周围绿色植被下的浅滩，这说明这颗星球表面就是一片大沼泽。

在我们身后响起了微弱的脚步声，埃曾走进了驾驶舱。他爬上我和亚斯后面的抗加速座椅，然后用凸起的蓝绿色两栖类眼睛盯着屏幕。我的这位坦芬人工程师通常都会待在飞船重要部位记录数据，确保一切正常，在飞船进入大气层的时候尤为如此，但是新潘塔尼尔引起了他的兴趣。

“我给你说了下面有好多水。”我说。

“船长，我虽然是个两栖类生物，但是这不代表着我对每个水量充沛的行星都爱得不得了。”埃曾说道，他的小嘴上戴着一个三角形的发声器。

“这没让你想家吗？”亚斯问。

“地球又不是沼泽，”埃曾义正词严地说，“我的种族出生地世界也不是沼泽。”

埃曾从没见过入侵者世界，地球也和入侵者文明没有任何联系，但是钛塞提人给了我们足够信息了解坦芬人。虽然让坦芬人留下来是非常冒险的，但是自从一艘受损的入侵者飞船几千年前迫降在地球之后，地球人就做出了让他们留下来的决定。坦芬人是当年飞船上幸存者的后代，他们已经在地球上待了太久，以至于我们没法把他们赶走。

“这就是地球，”我说，“不过是三百万年前的样子。”

“生物圈大概和泥盆纪类似，”埃曾说，“当然，地球和我祖先的世界在这个阶段有更为丰富的地形和复杂的生命形式。”

“你不去游泳？”我问。

“星图数据库记录，这里极具攻击性的原始海洋生物。”

亚斯惊讶地转过了头：“你不会被几条鱼吓住了吧？”

“我怀疑下面的那些生物还没进化到会生气的阶段呢！”埃曾说，“我只是不想为了游泳就灭绝了原始水栖生物。”

我和亚斯相视一笑，脑中想着埃曾光着身子在新潘塔尼尔的湿地里跋涉，手持双枪，对着每一片涟漪开火的样子。银边号按照导航光束的引导，冲进了大气层。

我们按照光束的指引穿过了层层白云，飞向了充满原始生物的热带丛林。星球唯一空旷的干燥陆地坐落于一块靠近赤道的低海拔小岛。当我们冲出云层，就看到一片脏兮兮的建筑，它们排列紧密，中间能看到小路，此外还能看到光子采集器和通信阵列。根据星图数据库的资料显示，这个镇子（我们姑且叫它镇子吧）名叫科迪拉。拉夫哈集团的这个贸易站表面上的生意可能是从周围湿地收集生物质，但是利润的真正来源则是这个定期举办的拉什顿黑市。

镇子周围几平方千米的空地是用来停泊飞船的，我们之前探测到的飞船全停在这。环绕小镇建造的太空港很罕见，通常二者之间会保持一个安全距离，但是这里可不是按标准建造的太空港。飞船周围可以看到很多帐篷和凉棚，黑市商人在里面摆摊售卖自己的货物，买家可以和他们讨价还价。这里的帐篷不计其数，都连成了一片，以至于绕着科迪拉镇形成了一个圆圈，看来黑市已经开了好几周，很快就要饱和了。

“你要是想卖了你的中子步枪，埃曾，”我说，“这可来对地方了。”

“找到更好的东西之前我才不会卖呢，船长。”

“还有比你那能把人烤熟的玩意更好的？”亚斯说，“祝你好运！”

在黑市边上还有几块空地足够银边号降落。为了避免引人注意，我选了南边最小的一块空地，刚好在几艘大船和林地边缘之间挤了进去。

“亚斯，”飞船刚刚落地，我就开始吩咐亚斯，“把我们机腹舱门打开，展开雨棚，然后拿出 1 千克的尼斯克胶去卖。”

“你想弄点什么？”

“只要能让我们在任何一个合法港口不被逮捕的东西就行。”

亚斯皱了皱眉头，从拉什顿黑市随便买个东西都能让我们仨蹲监狱！“你不和我一起吗？”

“不，我和埃曾分头去识别这里所有的船，看看有没有我们认识的。”

鉴于这里有几百条船，而且都关闭了应答机，识别这里所有的船可不是件轻松的活。

事实证明，识别每一艘飞船的量子信号比想象的更困难，因为很多船都离得很近，使用类似的能源反应堆。所有飞船都处于准备起飞的状态，只等雇佣兵护卫队发出信号，大家就一哄而散。即便用最强的信号，一半的船还是无法识别，因为他们都是专业的走私犯，互助会的识别目录根本找不到他们。

“你要找的人可能在其中任何一艘船上。”埃曾一边说着，一边盯着眼前的六个屏幕，屏幕上是一排排的白色方块，每个方块里是一个独立的绿色能量信号波纹。

“或者根本不在上面。我们提前一天过来的。”

“还有三小时就到午夜了。”

我站起来，伸了伸腿：“我去睡一会儿。明天我会把尼斯克胶送给拉什顿的代理商。也许我能从他那问到点什么。”

“拉什顿人可是非常谨慎的，船长。”

“他们腐败成性也是出了名的。”

回到自己的房间，我用生化插件马上开始睡觉。无论明天发生什么，我都得好好休息。当你用插件诱导睡眠的时候，你会觉得一切都是一瞬间的事情。忽然，我的船内通信器响了。

“船长，”埃曾说，“又有一艘船降落了，就是那艘在我们之前离开尼斯空港的船，天璇星号。”

现在，天色刚刚破晓。

我的口袋里揣着300克尼斯克胶，走下了机腹舱门，迎面扑来的是甜得发腻的空气。热带的高温和湿度在橙色阳光的映衬下，让人感到越发闷热。亚斯在船尾龙门架上挂起了几张收集光子的幕布，我们通常是在那放三个真空密封货箱。他在阴凉地里架起了一张折叠桌，竖起了一个招牌，声明我们卖的是尼斯克胶，八点钟开始营业。

我走过我们自己的摊位，一头钻进了帐篷组成的城市。这座依托着停泊的飞船长出的城市由无数窄巷和五彩斑斓的帐篷凉亭组成。随着商人们开始摆出他们的珍奇货物，这座临时出现的城市渐渐充满了生机。这里有些货物是偷来的，有些是因为含剧毒、淫秽、充满暴力或者变态低俗而被列为违禁品，你只要把其中一件偷运到一个人类定居的世界都能大赚一笔。拉什顿黑市对于走私犯、收藏家和联合体警察的特工来说都是一座金矿，当然，联合体警察首先得消息灵通，知道黑市下次什么时候在哪开始才行。

当我走过其他摊位的时候，有些商人会举起各种东西向我叫卖，希望能吸引我去买，当我忽视他们的时候，他们脸上就露出一点点的失望。有些阴险的家伙观察着我，好奇我会揣着什么宝贝，但是一看到我的 P-50 手枪，就打消了对我下手的念头。当路过了 7 艘飞船和围绕它们搭建的摊位之后，我终于来到了贸易站脏兮兮的预制外墙边。整个贸易站是由双层仓库和给在这留宿的商人准备的宿舍组成，这些留宿的商人等集市结束后还会留在星系内，一边做着跨星系贸易，一边等着下一次集市开业。

代理商在镇子中央一座白色建筑里居住办公，房子的外墙非常华丽。当我进去的时候，一个衣着得体的年轻人上前收取为代理商准备的分成，但是我坚持和代理商见一面。年轻人并没有显出生气的神色，他领我走进一间非常舒适的办公室，里面有大理石和厚厚的羊毛地毯做装饰。

“西瑞斯 · 凯德船长？我叫亚西姆 · 哈亚尔。”他一边说着，一边伸出一只手向我示好。他留了一脸大胡子，黑色的胡子中夹杂着几丝灰色，身穿紫色的丝绸长袍，缠腰上别着一把曲刃热能匕首。“你想见我？”

“是的。”我说，一边把尼斯克胶放在桌子上。然后我们俩各自找位置坐下。

他算了下眼前货物的重量，然后说，“190 克就足够了。”

我伸手把这些十克一罐的容器分成两队。“给拉什顿集团的。”我看了眼数量较多的那一堆。当他看向较少的那一堆，我说：“这是给代理商的。”

亚西姆·哈亚尔一脸很感兴趣的样子，我就知道我的办法会成功。“那么需要我如何为你效劳呢？”

“我对天璇星号很感兴趣。它在几个小时前刚着陆。”

亚西姆·哈亚尔缓缓地点了点头：“拉什顿集团做事向来很小心，凯德船长。”

“我不过是打听些消息罢了。你只要给我信息，这些东西就都是你的。”我说完，指了指那堆小罐子，这些尼斯克胶的总价值超过了他一年的收入。

亚西姆 · 哈亚尔盯着那些尼斯克胶看了好一会儿，然后问：“你为什么想知道这些事情呢？”

“一些私事。事关个人荣誉。”

“真的吗？”他狐疑地问，“请原谅我，船长，但是小偷和走私犯又哪来的荣誉呢？”

我愠怒地笑了笑：“你没说错，但是我有一位姐姐还带着孩子，她需要一个丈夫。显然这位丈夫不是很忠诚，床上的搭档换个没完，简直就是大街边上传播瘟疫的老鼠。”

哈亚尔一脸同情，感到自己确实能够在这事上助我一臂之力：“天璇星可不是我们这里的常客。每当它来的时候，只会做私人买卖，每次都是同一个客户。”

“原来如此。这种情况持续多久了？”

“大概两三年了。”他耸了耸肩。

“那这位客户是谁呢？”

哈亚尔倒吸了一口气，说：“他叫瑞克斯，一个非常危险的家伙。他的船今天晚点儿就到了。”

我满心感激地点了点头，然后把尼斯克胶推到了他的面前，说：“亚西姆 · 哈亚尔，我代表我姐姐感谢你。”

我俩握了握手，然后我离开了贸易站，穿过帐篷组成的市场，向着天璇星号前进。没走多久，我就看到它的船身高高耸立于一片帐篷之上。它的周围竖起了一片帷帐，把飞船和集市都隔开了。帷帐挡住了里面正在卸载的货物，而且外面还有四名持枪哨兵在巡逻，没人能够靠近。虽然拉什顿黑市并不是以自由交易而闻名的，但是我可以肯定他们因为黑市大赚了一笔。

因为不可能在不被看见的情况下靠近飞船，所以我决定穿过市场，从沼泽地里绕过去。泡在水里的原始森林里全是昆虫和蜥蜴，树木非常茂密，让我能够悄悄地摸在帷帐的边上，不用担心哨兵会发现我。穿过帷帐，我就爬回干燥的地面，终于能够看清天璇星号的全貌了。

天璇星号停在靠近林地的位置，六个粗壮的起落架全部展开。船尾的两台发动机对着树林，船背上的传感器阵列一刻不停地监视着天空。要是这船有任何武器装备的话，那是藏得非常好。船上的四个货柜门全部打开，能看到里面的货物。货运机器人正在忙着搬货，把一堆堆密封的金属货柜堆到飞船前面的空地上。

我用小型单筒望远镜观察越堆越高的货物，发现它们从小型的保险箱到大型的货柜不一而足，这些大型货柜需要两个货运机器人才能搬得动。大多数货物都没有标记，有些标记被刷掉了，还有些根本没有标记，但是无论如何伪装，你都能看到上面的高级安全锁。一些深绿色的货柜上涂着印度共和国军的标记，他们可是地球上四大超级势力之一的地面部队。在旁边，还有一个黑色的集装箱上写着“南京工业”的标志，它可是亚洲人民联邦最大的军火制造商。在它的边上还能看到一个写着纳斯赫体字的集装箱，上面的字说明这是来自第二王权国的货物，按照我的插件翻译，箱子里装的是自寻的榴弹发射器。

四个货运机器人从中间的货舱冒了出来，它们抬着一个半圆形的白色部件，根据记忆系统里的数据比对，我发现这是民联军生产的M-41

型巡洋舰炮塔。几个机器人很小心地把炮塔放在地上，然后返回天璇星号去搬下一个货物。一次能集齐地球上四个联合政府的武器还真是让人刮目相看。虽然武器也是禁运物品，但是真的算不上是阿列夫零级别的威胁。地球情报局通常会把这种事交给联合体警察，因为这些事情并没有违反准入协议。

我开始怀疑迪亚哥 · 索维诺是不是高估了自己的发现。这时候天上响起了轰鸣声，随着声音越来越大，一艘炭黑的飞船从我头顶飞过。飞船看上去就是个矮胖的圆柱，三个姿态控制引擎以等边三角形的布局安装在飞船外壳中部。我在这种飞船里坐了这么多年，一眼就认出了它。这种飞船原本是地球海军的突击艇，一种经过特别设计的重装甲载具，可以顶着密集火力投送地面部队。它的海军涂装已经不见踪影，取而代之的是战斗造成的损伤和围绕姿态控制引擎的一个圈点防御炮塔。飞船慢慢降落，可以看到船背上有一个巨大的炮塔，让货运机器人刚才搬下来的巡洋舰炮塔相形见绌。无论它曾经是什么，现在它是一艘火力凶猛的炮艇，没有任何一艘海军护卫舰是它的对手。我的数据库里没有关于这种船在该区域里活动的记录，也许是因为没有人能活着从它手里逃脱吧！

等飞船的喷嘴彻底安静下来，黑色的突击艇看起来就像一座要塞，俯视着一万四千吨的天璇星号，而且肯定会让黑市上的走私犯刮目相看。还没等尘埃落定，装甲板覆盖的舱门就降了下来。最重型的作战车辆完全可以从上面开下来，你可以借此了解下它的装甲到底有多厚。它这么重，飞起来非常笨拙，但是在战斗中确实是不可小觑。

一个女人穿着紧身的红色战斗盔甲走了出来，一支枪挂在大腿上。她的脑袋右边戴着一个通信器，一半挂在前额，一半消失在她红褐色的头发里。两个全副武装，穿着笨重战斗盔甲的男人跟在她身后，三个人一起走过一排排货柜。过了一会儿，多玛尔 · 崔斯克、亚乌卡 · 欧

隆和斯蒂娜 · 科恩走出了天璇星号。他们身后还跟着一个没带武器的家伙，他脸上的表情看起来非常想离开这里。当崔斯克和穿红盔甲的女人见面之后，我把监听器的接收音量调到最大。

“在我们降落前，你就该把所有的货卸完。”穿红盔甲的女人生气地说道，“瑞克斯不想在地面上待得太久。”

“瑞克斯想什么和我没关系。”崔斯克冷冷地说。

“我们要是在这被抓了，你得第一个死。这一点我可以向你保证。”

“吓唬我没用，安雅，”崔斯克完全不在意安雅的威胁，“这里的船就数独眼巨人号跑得最快。要是有什么意外，你有大把的时间可以逃跑。”

原来这才是他们选择在黑市交易的原因——其他的飞船可以充当他们逃跑时的掩护。

“瑞克斯想听听你对安全漏洞的报告。”安雅说。

“解决了。”崔斯克说，“就这么告诉他。”

“我们的特工说有个船员入侵了天璇星号的导航日志。这可能会害死我们所有人！”

“要是你的人能在尼斯空港多等会儿，而不是落荒而逃的话，他就该知道我们已经干掉了索维诺，数据也都追回来了。”

“他没有逃跑。我们当时起飞完全是因为他要离开罢了。”安雅冷冷地说，“索维诺还联系过什么人？”

“可能和他信的神吧。”亚乌卡 · 欧隆冷笑道。

“街上当时有个商人。”科恩提醒他。

“没错，但是我像敲鸡蛋一样把他的脑袋砸碎了。”欧隆吹嘘道，“他现在和索维诺一样都死透了。”

看来，亚乌卡 · 欧隆不是很了解尼斯克的医疗科技。

“知道索维诺为谁工作吗？”安雅质问道。

“他的装备都是军用品，”科恩说，“但相对联合体警察来说太高级了，大概是海军情报部门吧！”

安雅眼中是熊熊的怒火：“你们要是引来了地球海军，瑞克斯会把你们的脑袋扭下来。”

“你们这些飞龙帮的人总是想得太多。”崔斯克不屑地说。

飞龙帮？他们是海盗兄弟会在天龙座外部地区活动的分部。安雅和她的两个保安看起来像海盗，但是我从没听过飞龙帮和雇佣兵合作。

“你们还没拷问那个间谍就杀了他？”安雅问。

“他绝对不会说的，”崔斯克说，“他这种人从来不会说。”

“瑞克斯可不会高兴。”

“瑞克斯就没高兴过，”崔斯克漠然地说，“一辈子都偷偷摸摸的，每次开战的时候就跑了。”

安雅马上跳起来反击，说：“我要是你，说话会更注意一点。”

“但你不是我。”

我试图锁定安雅的基因，但是她在探测范围之外。

“独眼巨人号要花多久才能完成装货？”崔斯克问道。四个货运机器人搬出一个和巡洋舰炮塔一样大的光滑的白色半球形物体。机器人移动缓慢，如果没有设定成搬运易碎品模式的话，那么这东西就是重得惊人。

“要是天璇星的机器人也能来帮忙的话，两个小时就够了。”安雅说。

我把单筒望远镜聚焦在白色的半球形物体上。它的周围有一圈半透明的带子，底部平坦，中间还有个圆锥状的凸起。我从记忆库里找不出任何相关的信息，单筒望远镜甚至不能分析它的基本成分。我的心里一沉，反应过来这是外星人的科技产物，看它的尺寸，绝对不是什么等闲之辈，这才是真正的阿列夫零级别的威胁。

崔斯克看着四个货运机器人把东西搬出了独眼巨人号空旷的货舱，问道：“另外一个在哪呢？”

安雅摇了摇头说：“他们还没准备好，等下次吧。”

“希望你没骗人。”崔斯克生气地说道，“我们的时间不多了。”他示意让两名手下跟上，然后就走向了独眼巨人号。

安雅看了一眼自己的两名保镖，然后对着崔斯克抬了抬下巴。他俩一言不发地跟着三名雇佣兵走进了独眼巨人号，看来安雅并不希望崔斯克在没人监视的情况下随意走动。等崔斯克走开之后，她转身看着那个在一旁站着的汗流浃背的家伙，他在整场交易中一言不发。她问道：“静滞力场准备好了吗，纳扎里？”

“当然，安雅小姐。一切都是按照瑞克斯船长的吩咐做的。”从他的口音和仪态可以看出他也是个第二王权国的商人。说不定就是他帮助飞龙帮弄到了集市的着陆权。鉴于他们互不信任，为了不让拉什顿集团和兄弟会一见面就动手，这肯定花了不少钱。

安雅看上去很茫然：“瑞克斯什么都没说。他知道的东西和我差不多。”

纳扎里看上去很困惑：“瑞克斯船长把一切都说得非常清楚。如果不是你说的，那么是谁呢？”

“一定是崔斯克的技术顾问。除了瑞克斯，谁都没有见过他。崔斯克安排了十个人昼夜不停地守着他。”

“瑞克斯船长对他有什么看法？”

安雅大笑道：“什么都没说。我从没见过他这么神秘。”

“你想参观安装过程吗？”

“没必要。我能蒙着眼睛驾驶独眼巨人号飞过一个针眼，但是这东西不在我的能力范围之内。”

纳扎里看上去非常疑惑：“我想不通为什么不能用压力控制器。”

“我也不明白。”她说，两人走向天璇星号，“所以，你是怎么和崔斯克一起度过五个星期的？”

“崔斯克先生是个恶棍，但是他并没吓到我。真正吓到我的人是监视我的那个。他是个杀手。”

纳扎里给了安雅一个非常可怕的眼神，然后两个人就走进了天璇星号，彻底脱离了监听器的探测距离。我等了一会儿，但是他们没有再出现。但是，飞龙帮的机器人把更多外星科技设备装进了天璇星号，然后开始把各种武器集装箱搬进独眼巨人号。

根据我的数据库，这种海军突击艇的标准船员配置是 280 人，外加 1 000 名步兵和机器人。为了便于抢掠行动，它最少会带 400 名船员，然后还有很多地方储存抢来的货物。跟踪崔斯克风险太大，但是在天璇星号上的人员一定是按照最低配置，应该不会很多。索维诺不惜牺牲自己也要查清的是船上的外星科技，那些能在映射空间内任意一个武器市场上都能买到的地球武器根本不值得他这么做。

我把单筒望远镜收回口袋，又爬回满是沼泽的丛林，依靠它摸到了天璇星号旁边。按照安雅的说法，飞龙帮的飞船这会儿肯定在扫描太空，更加担心被地球舰队在星球表面抓个正着，而不是被人从地面监视。天璇星号估计也是如此，只不过传感器没有前者那么复杂，而且大多数船员还在自己的房间内休息。两艘船上的人都不会想到有人会从三叠纪的沼泽里冲出来。

我利用货船做掩护，从丛林里冲了出来，然后从天璇星号的引擎下面跑到了离我最近的起落架，爬进了最后面的货舱舱门。巡洋舰的炮塔和成堆的武器集装箱刚好挡住了独眼巨人号的视野，而且我的监听器也确认了货舱里没有人。我很庆幸这里现在只有我一个人，于是从卸货用的坡道溜上了船。

货舱占据了天璇星号很大一部分空间，货舱前后各有长方形的加压门连接各个舱室。天璇星号一个货舱就能放下一艘银边号，但是飞龙帮的突击艇有停车库和停机坪，后者的总容积更大。货舱后面堆满了真空辐射自封集装箱，货舱中间还有一个巨大的金属架子从货舱底部一直延伸到了天花板上。外星科技制造的半球形物体就漂浮在金属架子中间的静滞力场里。除它以外，甲板上的磁力钳子牢牢固定着四个小型正方形货柜和一个顶端透明的长方形大型货柜。所有这些都是从独眼巨人号上运来的。

我想破坏静滞力场的控制台，但是连它的影子都没找到，看来这东西是直接由舰桥上控制的。我掏出 P-50 开了两枪，但是静滞力场吸收了子弹的动能，让弹头悬浮在距离半球体几米处的空中。

“不试试怎么知道。”我嘀咕道，收起枪，朝离我最近的正方形货柜走去。

货柜自带一个内嵌式的简易操作界面，我不停地摆弄着它，终于让集装箱顶层抬了起来，操作界面上也出现了四个圆圈。当我轻轻地按了其中一个圆圈，一个二十厘米长的透明圆管从里面升了起来，它下面还有个金属的底座。圆管里面装了一种闪着蓝光的东西，一层悬浮力场让它避免和管壁接触。我拿出来用眼睛里的扫描仪进行光学扫描。过了一会儿，扫描仪的界面上弹出了一个非常不合理的结论：球形闪电。

我决定拿走一个留着慢慢研究，就把这个圆管塞进了自己夹克的内兜里，然后关上了集装箱，免得暴露自己的行踪。最后，我还得去看看那个长方形的货柜。它微微隆起，半透明的表面覆盖着冰霜，底部发出一种轻微的轰鸣声。我擦掉覆盖在半透明表面的冰霜，看到里面躺着一个冰冻的外星人。因为不清楚他到底是死是活，我就打开了像棺材盖一样的半透明外壳，一阵雾气嘶嘶作响地冒了出来。在外星人头部上方是一个结霜的生命体征显示器，上面的读数显示他现在生命体征微弱，完全靠冷冻舱的超低温才能活命。

我从没见过这个外星种族，我的数据库里也找不到任何与之相符的信息。他有一个方方的脑袋，紧绷的浅褐色皮肤，高高隆起的眼眶里是大大的圆眼睛。眼睛之下是一个扁平的鼻子，只有一个扁平的鼻孔。虽然他的嘴巴看起来和人类差异不大，但是耳朵不过是在颅骨上开了两道竖着的缝隙罢了。

他穿着一套深色的连体服，脚上穿着同样颜色的靴子，腰上系着条腰带，但是上面的东西都被拿走了。几个薄薄的长方形板子放在一旁，这些肯定都是从他的连体服上掉下来的，但是具体功能却不清楚。我拿起其中一块，擦掉了上面的霜，可以看到板子上雕刻着精美的符号，但是我的数据库根本无法确认它的来源。不管这是什么语言，海军情报局肯定从来没和他们打过交道。这些符号看起来就像开关，但是我按下去的时候却没有任何反应。看来这些仪器和它们的主人一样，全都毫无生气。

我估计他大脑和身体的比例和人类差不多，所以就算他们进化程度比人类高，二者也不会相差太多。我试着唤醒他，但是我听到身后加压门传来声音。我收起长方形板子，关上冷冻舱，然后藏到了货舱后端的货柜后面。过了一会儿，安雅和纳扎里穿过了加压门，朝着打开的舱门走去。

“我不会使用那些被标记的导航点。”纳扎里用含糊不清的口音说道，“这样我就可以躲开地球海军的检查。我希望你的飞龙帮朋友能够学会不要烦我。”

“这我可不能保证。”两人走向静滞力场，安雅说，“瑞克斯是个非常敏感的混蛋。他什么都不和我说，而我已经跟了他足足五年。”

“要是有人向我开火，那我就告诉他们我是为伟大的瑞克斯船长工作。”

“他们可不会相信你。就算相信你，也会把你干掉，免得你去向瑞克斯告状。”她意味深长地看了一眼纳扎里，“瑞克斯的字典里可没有‘原谅’这个词。”

“那我就得靠自己了。”纳扎里非常紧张地说。

“你的船速度很快。你会没事的。”

他们停在白色半球体前面端详了好一阵子。我发射的两颗子弹在另一边，所以他们看不到，静滞力场正在把子弹缓缓地推出去。

“你不知道这玩意是什么东西？”纳扎里问道。他完全没有发现几米外的冷冻舱操作界面上的霜都被我擦掉了。

安雅摇了摇头，说：“这只有崔斯克和他的技术顾问才知道，而他们甚至没有告诉瑞克斯。”

他俩走向打开的货舱门，纳扎里拿出一个小小的红色呼吸器，把喷嘴塞进一个鼻孔，深吸了一口气，然后吐出一股猩红的气体。

安雅一脸厌恶地闪到一边：“用这东西的时候小心点，你还要开船呢！”

“这玩意能让我镇定下来。你看到那个瘦子怎么看我的？就好像他要在我的船上切开我的喉咙似的！”

“你带枪了吗？”

“我带了三把枪，”纳扎里说，“但我也不是个战士。”

“你要是用那玩意把自己脑子烧坏了，就永远当不了一个战士了。”安雅说，对着纳扎里的呼吸器点了点头。

纳扎里吸了吸鼻子，擦了下眼睑，然后对着安雅诡异地笑了笑：“试一下？第一口免费！”

安雅皱了皱眉：“谢了，我还是算了，我希望自己保持头脑清醒。”

“我真希望这事赶紧结束，我就能回小熊星座继续贩运违禁品了。”

“完事？”安雅一脸诧异地看着他，“这一切不过是刚刚开始。”

纳扎里一脸悲伤地说："你现在明白了吧？他们什么都不告诉我。我对他们来说一文不值。"

这时候，包裹着外星机器的静滞力场终于把一发子弹推了出来。子弹掉在地上，发出了清脆的声音。

安雅拔枪转身，问："那是什么？"

纳扎里因为麻醉剂的镇定效果缓缓转身，然后毫不在意地挥挥手："哎呀，这破船总能给你折腾出点响动！"

安雅打量着货舱，并没有看到静滞力场里漂着的另一发子弹。她收起枪，看着纳扎里说道："四周之后，我们在低地港碰头，别迟到。"她看着纳扎里充血的眼睛，补了一句，"把这鬼东西戒了吧！你早晚要被它害死。"

天璇星号的船长纳扎里无力地点了点头："有这可能，说不定等我回了小熊星座之后就会死在这上面。"

安雅走下卸货用的坡道，纳扎里转身回到货舱，穿过了刚才那扇加压门。当货舱除我以外再没有其他人的时候，我从自己的藏身处蹑手蹑脚地爬了出来，摸到了货舱大门。安雅这时刚好在供车辆上下的坡道上，而且天璇星号和独眼巨人号中间还有一个正在搬货的机器人。当她走出我的视线之后，我跳到地上，爬到天璇星号下面，然后穿过泥盆纪的原始森林，溜回了帐篷市场。

我回到干燥的地面，穿过帐篷之间的小路，返回银边号。我一边走过各种黑市摊位，一边小心地保护着口袋里的那瓶球形闪电。

一回到银边号，我就直奔工程舱，把外星科技制造的瓶子交给埃曾，让他好好分析下。他把瓶子放在手里细细端详，然后把它放进了粒子分析仪。

“你知道这玩意是拿来干什么的，船长？”他问我，眼睛却一直盯着显示器。

“我还指望你告诉我呢！”

分析仪检测了几轮之后，埃曾说道：“里面有一层隔离力场，我们的分析仪无法穿透。”

“我们能把它打开吗？”

“我可不建议这么做。要是这玩意活性过高的话，说不定会有剧烈的能量释放。要是你真想打开它，船长，我建议你找个偏僻的地方，比如说这颗星球的另一边。”

正当我还在想要怎么办的时候，扬声器响起了警报声。

埃曾看着自己的操作台，寻找究竟是谁触发了警报。“是拉什顿集团发的警报，”他说，“他们发出了全面疏散警报，看来这次的集市结束了。”

“快把那玩意藏到咱们的走私隔断里去。”我一边往外跑，一边指着那瓶球形闪电。

等我回到驾驶舱，已经有 16 艘飞船升空，在空中划出不同的航迹。独眼巨人号也在其中，为了逃命，没有装完的货物都留在原地。剩余飞船的能量信号开始飙升，说明他们也准备起飞。

“亚斯，”我对着通信器说到，“赶紧上来，我们要走了。”

船腹的传感器刚好捕捉到了他。他正在和两个共和国商人用远程视频投影谈生意。一听到我在叫他，亚斯立马终止了谈判，拿起桌子上的尼斯克胶，冲上了坡道。还没等他完全上来，我就升起了坡道，完全密封了货舱。

等他到了驾驶舱，我已经完成了一次基本的起飞前检查。五十多艘飞船都已经起飞了。他们刚一升空，就启动了他们的姿态控制引擎，丝毫没有考虑强烈的气流是否会撕碎地面上脆弱的帐篷。

亚斯钻进自己的抗加速座椅，把手里的雕像放在控制台上方——它看上去像是某种类似恶魔的生物。当亚斯发现我在看雕像时，便说道：“这是阔格尔，苏丽曼地下世界的统治者。这可是个稀世珍宝。”

“你为它花了多少尼斯克胶？”

“8 克。共和国的商人告诉我，这玩意在地球的博物馆值 50 万。我们只要把它送到地球就好了！”

我实在不忍心告诉他被骗了，但是我对此也不感到意外。他的舱室里全是这种所谓的稀世珍宝，只要卖出手就能让他大富大贵。

“重力井外面只有一条船，”亚斯一边说着，一边检查着传感器，“是那条船在发送警报。”

“是雷达船。”

雷达船的位置和我想的一模一样。它一直在星系外部巡逻，只要出现不速之客，就会跃迁到星球上空发布疏散指令。如果这些不速之客离得较远，那么可能要花几个小时才能探测到星球上的能量信号。如果他们跟着雷达船一起跃迁的话，那么他们随时都可能出现。

亚斯完成了起飞前检查，但是我们还没启动引擎，他问：“我们还等什么呢？”

“等天璇星号。”要是他们也在记录引擎的能量信号，而我们就这么起飞了，那么他们通过互助会的登记记录就能知道我们在这。我必须等到它离开之后再起飞，以确保我们不被发现。在我们头顶上，独眼巨人号已经脱离了轨道，开始向着最小安全距离前进。

“它可算起飞了！”亚斯看着天璇星号缓缓升空。等它离地 50 米的时候，主引擎忽然启动，推着它垂直爬升，“拉什顿集团的护卫艇刚刚进入超光速。”

这些人真的说到做到，他们发了一次警告，然后就逃命去了。任务圆满完成。

我们盯着大屏幕，看着一艘艘飞船起飞时撕碎地面上的帐篷，只有银边号还留在地面上。当起飞引起的狂风终于停了下来，地面上到处都是倒塌的帐篷和桌子。这些走私犯撤退的时候太过慌张，以至于很多货物都被抛弃了。而在天上，上百艘飞船好似耀眼的恒星在天空闪耀，飞向四面八方。

“你觉得是谁来了？”亚斯问我，好奇到底是谁的到来让这次集市匆匆收场。

“海军或者联合体警察吧。”我们还是没在轨道检测到任何飞船，这说明这些人非常小心。要是他们还在星系外围徘徊的话，根本不可能知道集市已经结束了。他们只有跃迁到距离星球很近的地方，然后接收到各种能量信号的时候，才知道究竟发生了什么。

这些飞船一个个从天上消失，等天璇星号也飞走之后，我打开了船内通话系统。

“埃曾，启动飞船，我们出发！”

“好的，船长。”

等我们的推进器有了足够动力之后，我们开始爬升。拉什顿集团的贸易站看起来就像一个被打满了补丁的被子所包围的小镇。虽然拉什顿的移动黑市臭名昭著，但是起码这次集市顺利结束，没人被捕。

“咱们不报仇了？”亚斯问。

“仇不是现在报的，我这不也没放弃嘛！”

他很赞同地点了点头：“我现在都开始替这群倒霉蛋觉得难过了。”

“他们都是欧瑞斯人，”我说，“曾经为O部队卖命，现在都成了雇佣军。”

亚斯看上去吃了一惊：“哇，你居然从他们手上捡了条命。”

“多玛尔 · 崔斯克是他们的老大。听说过这人吗？”

“没，我和 O 部队的人交集不多。见过他们几次演习，都是群疯子。”他的语气中略带些崇拜，“说不定你该把这事忘了。”

“好主意，但是我选择拒绝。”

“船长，”船内通话系统里响起了埃曾的声音，“你在附近发现其他的飞船了吗？”

亚斯看了看传感器，然后摇了摇头：“这附近没别人。”

“我在右舷发现了一个高强度磁信号，距离我们一千米，”埃曾说，“然后从同一区域还传来一些反冲余波。”

埃曾一如往常监视着那些自然干扰，那些容易干扰动力和推进系统的更是关注的重点 。如果他发现一股压力波，那么一定是什么东西正在生成这股压力波，而且我们的导航传感器完全看不到它。

亚斯反复检查他的控制台，我把摄像头对准右舷，但是除了显示屏上的一片蓝天别无他物。

“没有检测到中子排放。”亚斯说。这就意味着如果真的有一艘飞船在我们旁边的话，那么它肯定不是使用反应式能量，又或者说明他们的科技已经发展到不需要核动力作为动力源的阶段了，这甚至比钛塞提人更先进。

“他们从我们起飞之后就一直跟着。”

“也许他们是太过好奇。”亚斯说。因为有些高度发达的文明会围观人类飞船，欣赏一下他们早已抛弃的科技，但是这种事情大多是发生在深空导航坐标附近。但是现在情况不同，我们还在一颗星球的大气层之内，离最近的导航点还很远。不管他们是谁，他们的目标就是我们。

“埃曾，给我做个标记。”

驾驶舱的全角屏幕上出现了一个标志，代表着这个不速之客的位置。

“让我们和他们打个招呼。”我说着，决定让他们知道我们并没有想象中的那么瞎。我驾驶着银边号开始做起了翻滚动作，飞船内部加速力场内的加速度陡然飙升，因为我提高了引擎出力，全速撞向那艘隐形飞船。

亚斯抓紧座椅，吓得脸都扭曲了：“老大！”

这艘神秘飞船做了一连串加速动作，代表着它的标记闪到了屏幕的另一边，它竟轻轻松松地躲开了我们。

“我最担心的事情还是发生了。”

“什么？”

“他们飞得太快，你想撞都撞不到。”

亚斯看着我，就好像在看一个疯子：“听到这消息，我简直开心得要死！”

“埃曾，他们还跟着我们吗？”

“是的，还是之前的距离和方位。”

我拉起银边号的机鼻，让它对准跃迁航线。“游戏结束。”我说道。不管这些人是谁，我们都抓不到他们，更别说让他们停止跟踪我们。我认为，当他们准备好和我们坐下来谈一谈的时候，自然会让我们知道他们想要什么。

我们继续爬升，直到脱离大气层，神秘的不速之客我行我素地跟在我们后面。过了一会儿，在最小安全距离外又出现了三个信号。

“就是他们！”亚斯看着屏幕上的三个标记，“他们没开应答机！”

他们不可能是地球海军或者联合体警察，因为这两者都会亮明身份，这样那些遵纪守法的船长才会乖乖听话。

“好好盯着他们。”我说，同时规划航线，避开新来的三艘船。

亚斯重新调整望远镜，然后屏幕上就出现了三艘船的图像。这些船都是采用 V 字形外壳，有着夸张的红色和橙色涂装，每一艘都比拉什顿集团的护卫艇要大。

“湿婆神财团？”亚斯吓了一跳。

湿婆神财团是拉什顿集团的主要竞争对手之一，他们作为一家共和国的财团，非常嫉妒移动黑市的成功。既然我们能看到他们，他们肯定也能观察到我们的一举一动，但是没有向我们冲过来，反而冲向位于贸易站上空的同步轨道空间站。随着我们距离他们越来越远，我终于松了口气，看来他们这次并不打算找我们的麻烦。

“现在怎么办？”亚斯问。

“我们得查清楚那瓶子里究竟是什么东西。”我回来的时候，他也看到了那个瓶子。他的反应和我一样，对瓶子里的东西到底是什么毫无头绪。

“你打算怎么做？”

“找个外星科技专家问问？”我一边说着，一边开始在自动导航系统里输入新的坐标。

当亚斯看懂坐标代表的目的地时，他用一脸难以置信的表情看着我：“他们永远都不会让我们进门的！”

我报之以了然的微笑。要是个身份卑微的人类商人去的话，亚斯的话确实不错。但是，一名地球的大使就是另一回事了。

在我们进入超光速航行之前，三艘湿婆神集团的炮艇开始对星球表面发动轨道轰炸。亚西姆 · 哈亚尔和他的手下应该已经躲进了掩体，在地下感受每一次轰炸引起的地震。等他们过几周钻出掩体的时候，科迪拉镇不过就是一片冒着热气的弹坑。六个月后，弹坑旁边就会建起一个新的科迪拉镇，等待着下一次黑市的到来。

这就是拉什顿集团的经营方式。

03 安萨拉

受限星系——禁止所有通信

小熊星座外部地区，佩拉尼星系

0.89 个标准地球重力

距离太阳系 904 光年

钛塞提

银边号在佩拉尼星系太阳风顶层脱离了超光速航行，这里不仅是这个星系的最外层，也是法律规定的边界。随着船体外壳快速冷却，我们展开了探测器。佩拉尼星就好像一个黄色的小球，出现在驾驶舱全角屏幕的中央。屏幕上一个圆形的标记标志着这个星系内唯一一颗行星，在它的轨道上有很多人造物体组成了一个又一个向心圆。这场面没几个人类能有机会看到，因为只有我们的外交船才能进入这里。就像很多与人类保持接触的银河系议会成员一样，只要人类还不是议会的正式成员，那么钛塞提人就不会让我们自由出入他们的世界。

“1.4亿千米外只有一颗行星。”亚斯研究着传感数据，“没有卫星，没有小行星带，没有气态行星，望远镜倒是发现了不少东西，全都不是天然形成的。唯一的中微子源是星系内的恒星。”

这一点都不奇怪。人类的祖先才开始在非洲大陆游荡的时候，钛塞提人就已经放弃了反应式能源。

“不过是个钛塞提星系罢了。”我安慰着亚斯。根据我的外交训练，所有钛塞提人居住的星系都差不多一个样子。

佩拉尼星系不只是一个殖民地那么简单。钛塞提人在很久之前就已经开发出了一套用于改造星系的模式，他们借此把这个星系变成了自己的乐土。钛塞提人不会只改造一颗星球，他们为了满足自己的生活方式，会改造整个星系。所以说，他们拥有的不是家园世界，而是家园星系。

这颗星球的名字叫安萨拉，它的表面蓝绿相间，没有天然卫星，改造过的生物圈适于鸟类生物生存。曾经有许多行星和卫星环绕着佩拉尼，在周围的太空中还有更多的岩石和冰块。现在，这些都不复存在。以佩拉尼为圆心，一光年半径范围内，除安萨拉星以外空无一物。在他们的领地内，行星轨道上有几千个银色的六棱柱，六个正方形的平面放置在柱体的两端。每个柱体都有几百千米长，中间还有个圆洞作为码头。建造这些柱体的材料来自佩拉尼曾经的行星和卫星，甚至附近的星系也成为材料的来源。有些柱体孤零零地飘在轨道上，其他的则挨在一起，形成了太空中的蜂巢。还有些首尾相连，形成了一个更大的柱体。钛塞提人很久以前就开始使用这种简单，而且可以无限扩张的设计。

银色棱柱是钛塞提人的生产基地，高效率的自动化生产为钛塞提人提供所需的一切。几个人类大使曾经在钛塞提人的家园星系参观过类似设计，这里的棱柱设计和那里一模一样，但是规模更大。

“轨道上有 3460 个物体。”亚斯说。可以看出眼前的一切让他印象深刻，“望远镜还能看到超过 87000 个高速运动的物体。”

“这还是我们能看到的东西。”我补充道，心里十分确信我们的传感器根本看不到他们的星系防御系统。

突然，一股强大的信号截断了银边号的通信系统。我们看不到任何图像，只听到扩声器里响起的一条简短的声频消息。

“准入条令规定考察期种族不得进入二级及更高级宜居星系。鉴于未检测到豁免许可，你方必须马上撤离。如不撤离，你将会被转移到最近的人类星系，你的政府会收到一份正式的抗议。”

“听起来他们不是很友好。”亚斯说。

“他们不是敌人，也不是朋友。他们是观察者。”

观察者是星际法律的仲裁人，银河系议会的最高代表，银河系中最强大的科技力量和军事力量。他们理应是不偏不倚，主持公正，但是我怀疑他们是不是也会对各种规则稍加曲解，为自己行个方便。如果地球是在猎户座旋臂的另一头，而不是距离钛塞提只有12光年的话，他们一定对我们会抱有更大的兴趣。我们除了和他们保持良好的关系，别无他法。如此靠近一个超级文明当然会让人感到紧张，但不可否认的是，在这样一个超级文明善意的注视之下，你在向着太空迈进的过程中也能获得一些好处。

“他们在我们上方，距离500米。”亚斯说，用望远镜对准他们的船。

一艘线条优美的银色飞船停在银边号上方，和我们保持着飞船精确的同步相对位置。从下面看上去，钛塞提人的飞船就像一支飞镖。按照他们的标准，这是一艘小型飞船，船身就像镜子一样光滑。你从船的外部看不到任何武器或者护盾，但是你绝不能被这种假象所欺骗。要是不能让他们相信我的话，那么他们装备的武器就能瞬间击沉我们这艘船。

我关掉了船内通话系统。一般情况下，我都会打开这套系统，这样埃曾就知道我们在驾驶舱里干什么，但是任何电信号都可能被钛塞提人发现。“快去告诉埃曾待在自己的房间里别出来，不许用船内通信系统或者任何能产生电磁信号的东西。”

“好嘞！”亚斯说完，就从自己的抗加速座椅中滑了出去。

埃曾的祖先曾经在两千多年以前攻击了钛塞提人的家园星系。要说钛塞提人讨厌什么，那就是科技高度发达，而且侵略成性的入侵者。当然了，这并不是我让亚斯离开舰桥的原因。想从钛塞提人的眼皮底下把埃曾藏起来根本没用，因为他们早就把一切都看在眼里。我真正想要的是和他们单独对话的机会。

等亚斯走了之后，我开始呼叫巡逻船：“我请求通过外交渠道进入安萨拉。我的识别码如下……”我从数据库里挑出来一个识别码背给钛塞提人听。

星系边界守卫很快就回复了我：“安萨拉不接受跨种族使节团。所有外交事宜请前往钛塞提星系。”

“这我明白，但是现在事情紧急。要是我现在去钛塞提，靠这艘船要飞八个月。但是我现在就需要帮助，这事关乎准入协议。”

“你有什么紧急情况？”

他终于同意继续谈话了，说不得能给我网开一面。

“我正在为地球议会调查一起可能的违反准入协议的案件。我需要钛塞提人的技术援助，才能确认这次违规事件的严重程度。”

“有关准入协议的事宜属于钛塞提观察者理事会的责任范围。”

“如果事情是这样的话，那么在接下来为期八个月的航行中，如果发生任何违规事件，我希望能够获得完全豁免权。”

我决定把麻烦扔给他们处理，因为钛塞提人永远不会赋予人类这种免罪金牌。我对于他们到底会不会赋予人类豁免权还不确定，但是他们也不能否认我们正在自己的技术水平内履行协议规定的义务。这是一招能把他们拉下水的诡计，而且他们也一定清楚这一点。但是他们必须按照我的计划去做，因为观察者绝对不能回避责任。

边界守卫一言不发，似乎在和位于安萨拉的长官沟通，尽管二者之间还有好几光年的距离。过了几分钟，他说："鉴于你的情况，准许授予你临时外交通道。"

我喘了口气，心里的一块大石头终于落地："十分感谢。我该按照哪条航线进入安萨拉？"

"没有航线。在佩拉尼星系之内，你的时空扭曲驱动装置将无法使用。"

没有超光速？"为什么不行？"我问道。

"一个覆盖全星系的抑制力场保护着安萨拉。我们会把你的船搬到星球上去，大使，请等待。"

确认钛塞提人拥有破坏时空扭曲的科技是一条非常有诱惑力的情报，虽然我们要花很久才能复制这种科技，但是这并不能阻止海军情报局组建一支团队研究相关科技。

舰桥的全角屏幕闪过一阵白噪声，然后一个花园世界就出现在我们的下方。它看起来就好像是数万年前的地球，那时候人类还没开始重塑地表。安萨拉四块大陆上覆盖着温带和热带雨林，绿色的陆地被原始的海洋包围。白雪皑皑的高山山脉将两块大陆一分为二，但是地表却看不到荒地的踪影。更奇怪的是，这里没有城市，没有农田，没有污染，没有任何文明的痕迹。

从高轨道看下去，安萨拉的自然环境得到了很好的保护，完全不像是一个跨星际超级文明的重要居住地。要不是我之前看过相关的外交报告，肯定会大吃一惊。通过参考报告里对他们在钛塞提星系的古老起源世界的描述，我发现眼下这颗星球是对古老故乡的仿制品。对于钛塞提人而言，行星是他们居住的地方，能够满足他们鸟形生物的生活习惯，不应被城市和污染所破坏。

驾驶舱的喇叭里又响起了刚才在佩拉尼太阳风顶层响起的合成声

音，“不要启动你的反应式引擎。另一艘船会带你降至行星表面。”

我控制光学探头寻找着巡逻船的踪迹——它早就不见了踪影。但是，可以在屏幕上看到一条条白色的闪光，那是其他钛塞提飞船在到处奔波，他们的旁边就是一颗天体，但是并不能妨碍他们的高速飞行。因为这些飞船太快，无法追踪，我只好开始研究安萨拉地表环境。在无垠的绿色地表之上，可以看到很多等距分布的灰色小点。还没等我仔细研究，屏幕上又冒出了一片静电雪花。

我并没有碰控制台，银边号就自行伸出了起落架，显示屏也恢复了正常。我们降落在一个灰色的圆形平台上，平台之下是云雾缭绕的丛林。这个平台就是我在轨道上看到的那些灰色小点之一，在视线范围内还有几千个一模一样的平台。平台下面有一个杆子一样的高塔做支撑，所有高塔的高度都是一样。

“船长。”亚斯的声音从船内通信器里传了出来，“反应堆停止工作了。刚才还好好的，这会就彻底没了反应，就好像被吸干了能量一样。”

没有能量，但是灯却亮着？从我的控制台的读数显示来看，生命维持系统、传感器和其他许多系统都能正常运转，但是武器系统、推进系统和反应堆都没有反应。他们似乎可以在不外接线缆的情况下为我们提供能量。

我完全可以理解他们对我们的戒备。3154 年，人类宗教极端分子在马塔隆人的母星世界上引爆了自己的飞船反应堆，造成人类的星际航行权被吊销了一千年，马塔隆人也成了我们的敌人。让一个排外的文明拥有一个目标可不是一个正确的选择。封航令让一些人类殖民地崩溃，还有一些发生了退步，人类文明在这一千年里分崩离析。

“他们不过是以防万一罢了。”我说完，从自己的抗加速座椅上站了起来，“我出去会会我们的鸟人朋友，你上来放哨。”

“来了。”

我去飞船中部的走私隔断拿东西的时候，和亚斯在主走廊上打了个照面。

“你是怎么说服他们，让我们着陆的？”他问。

“因为我长得帅，魅力四射，他们都被我帅翻了。”

“现在我看出来你是在撒谎了。”亚斯说完，继续向驾驶舱走去。

我拿上了外星科技制造的小瓶子，转身前往货舱的机腹舱门。一出飞船，我就发现整个平台被一种隐形的力场覆盖，免受高空强风的袭扰。就在我思考是否能下船的时候，平台中间响起了一个合成的声音。

“待在原地，正在合成联络人。”

我不知道要等多久，就在平台上踱着步，时不时地往平台下面看。浓密的树冠挡住了地面，各种鸟类在天空中飞行。要不是周围都是停机坪，安萨拉看起来就像一个无人居住的世界。

一艘纤细、表面高度反光的飞船从天上飞了下来，降落的时候就好像是突然减速。从外面看上去，根本找不到什么推进器或者外置传感器，就连一扇气密门都找不到，但是过了一会儿，飞船上打开了一扇圆形的大门，一位美丽的人类女性走了出来。她有一双蓝眼睛，一头黑发，身材标致，我完全没料到会在这里看到这等尤物。我回头看了看银边号，明白亚斯一定在上面咒骂我，感叹自己为什么要待在驾驶舱，而不是和我一起下来。

她走到我的面前，微笑着说：“凯德大使，我是你在安萨拉的联络人。”她说完，向我伸出了一只手。

“我没想到安萨拉上会有人类大使。”我说完，和她握了握手。我发现她的手温暖而柔软。

“这里没有人类大使。”她说话的时候带有一种受过良好教育的联合语口音。

她的态度很专业，而且很有女人味。虽然她很漂亮，但是和她在一起，我并没有一种很和善的感觉。人与人之间那种相互喜欢，或者憎恨的感觉踪迹全无，这时候我才想起来他们曾经说过一个词：合成。

“你是机器人？”

“是的。你也知道，钛塞提人无法发出人类的声音。你在安萨拉期间，我将是你的翻译。如果你不喜欢我的样子，我们还能再换另外一个样子。”

“没事，你这样很好。”我说，“我们到这儿之后，他们才开始生产你的？”

她点了点头，说：“安萨拉没有处理与人类相关外交事务的机构，所以就制造了我来处理相关事宜。为了能给你提供更好的服务，我很了解人类的风俗、文化和语言。”

我轻轻地吹了个口哨。我这么做不是因为眼前的机器人是一件完美的工程学杰作，而是因为他们在轨道棱柱工厂里只要几分钟就能造一个高科技产品出来。“你们的效率真高。能问你要点东西吗？”

“大使先生，银河系议会严禁向低等文明转移先进科技，但是也有例外。不幸的是，你的文明当前不符合任何条件。”

“我们要怎么做才能符合条件？”我知道银河系律法禁止高等文明加速原始社会发展，但是让我惊讶的是，居然还有例外情况存在。在一个发展了几百万年的泛银河系文明的法律中，似乎什么事都有对应的法律和特殊情况。

“如果你需要的话，一份银河系议会撰写的有关科技转移相关事宜的汇编将传送到你的船上。”

“很快就能看完吗？”

“附录、注释和历史案例全部翻译完成总字数在4300万单词。”

“听起来很诱人，不过算了。我在这待不了多久。”

“如你所愿。”

“你叫什么？”

“我的设计分类是‘人造后人类种族联络人’。”

“哦……有点无聊，但不是针对你。”

“我完全理解。人类倾向于将无生命的物体人格化。你要是喜欢的话，我可以使用一个更为简单的名字。”

“什么是后人类？”

“指的是超越人类的一个抽象概念。”

“超越？”

“从工程学角度来说，”她轻描淡写地说，“就是领先人类几百万年的意思。”

这还真是钛塞提人的做事风格。“我就叫你麦塔如何？这能满足我从情感上对你进行人格化处理的需求。”

“如你所愿，大使先生。你叫我麦塔就可以了。”

她带我走到平台正中央，然后我们从金属塔内部传送到地面，塔身是由一种灰色的金属构成的。我现在身处一个巨大的圆形房间，房间中央放了一圈躺椅。房屋四周都是落地窗，你可以看到远处雾气弥漫的黑暗丛林。

麦塔带着我穿过圆形的走廊，来到一个铺砖的天井，一个钛塞提人坐在一个小桌旁。他和我见过的那些钛塞提人没有区别：杏绿色的眼睛，苍白的皮肤上点缀着花纹，宽脸上一张小嘴，尖尖的下巴和一个脊状凸起的小鼻子。他起身向我问好，舌头飞速打着转，发出一阵咔嗒咔嗒的声音。

“这位是亚索洛。”麦塔说，“他会帮助你。”

“谢谢你同意和我见面。”

麦塔没有翻译我的话，只有亚索洛用一阵咔嗒咔嗒作为回应。“大使先生，你想问什么事？”麦塔问。

“我想和一名叫司亚尔的观察者聊聊。”

麦塔为亚索洛做了翻译，这更让我确信这是我们之间沟通的唯一渠道。“观察者司亚尔现在不方便见你。”

“他什么时候有空？”我希望和我认识的钛塞提人讨论手上的事情。上一次见面的时候，我觉得他还挺喜欢人类的。

“现在不可能联系到观察者司亚尔。”麦塔说，“中间人亚索洛被指派负责帮助你。请说明你需要什么就可以了。”

鉴于这是最后的机会，我从夹克口袋里拿出了外星科技制造的瓶子，说：“我希望你告诉我这里面装的是什么。”

“为什么？”

“因为这事关一场迫在眉睫的违反准入协议的案件。如果你能帮助我弄明白这里面究竟是什么，我还有可能在事态恶化之前阻止它。”理论上来说，偷窃外星科技，绑架科技所有人已经是违约了，但是钛塞提人没必要知道这些事。最起码现在不用知道。

亚索洛拿过瓶子，用手慢慢地转着它，然后说：“我们会满足你的要求。你希望回到自己的船上等待分析结果吗？”

“不用了，我就在这等。我知道你们工作效率很高。”

\·\·\·\·\·\

麦塔带着我参观亚索洛的房子，而亚索洛还在一边忙着研究瓶子里究竟装了什么。这栋房子从外部看是圆形，分为家庭居住区、个人卧室和工作间。它好像一间乡村小屋，藏匿于雾气笼罩的寂静森林里。你还能看到远处类似的房子，每一栋房子都有自己的停机坪和精心维护的小路，但是看不到花园的踪影。

钛塞提人可能非常喜欢树，但是明显对于花没什么好感。

“亚索洛一个人住吗？”我和麦塔在一条小路上散步，离亚索洛的房子越来越远。

“这房子里住了 7 个人，中间人亚索洛只是其中之一。”麦塔说，“两个人在为安萨拉中队工作，还有一个年事已高。”

当亚索洛的房子消失在雾气中，我看到一个圆形的小车在林中穿行，它的宽度只能坐下一个人。这时候我才意识到，安萨拉表面上的自然风貌不过是精心打造的假象罢了。

“为什么不建造城市呢？”

“我们不喜欢城市。”

“但是你们曾经也拥有城市，不是吗？”

“那是很久以前了。”她承认，“按照地球的标准，安萨拉的人口密度很低，但是从整个行星的角度来看，这里的居民远比任何人类世界上的居民之间联系更为紧密。”

“这里有多少人？”

“8 亿。”

“比我预计的要多。”

“从星球表面移除农业和工业之后，就腾出了大量居住空间。在可控的微重力环境下，农业和工业的生产效率大大提高。”

“你们什么时候完成去城市化？”

“大使先生，我们这样生活已经几百万年了。”

当我第一次看到海军情报局有关钛塞提人的简报时感到非常奇怪，这种高度发达的社会居然超越了城市化阶段，放弃了城市，回归到一种更为简单的生活方式。在我目睹了他们的世界之后，我开始明白其中的原因。他们已经克服了这个宇宙每一个挑战，他们不过是在模仿远古祖先的生活方式。那时候，他们的祖先还在广袤的森林里小群聚居，四处游荡寻找食物。他们原生态的生活方式现在已经和无处不在的科技融合在一起，以满足他们的一切需求。这种乍看之下的退化，实际上是他们的聪明才智和个性发展的伟大胜利。科技不再决定他们如何生活，而是满足他们自己的意志和需求。这是人类还要好好学习的一课。

我俩一言不发地在森林里漫步，地上长满了蕨类植物。在树冠上，叫不上名字的有翼生物在树枝间飞来飞去。你可以听到它们抖动树叶发出的声响和偶尔的鸣叫，这些声音打破了广袤的安萨拉丛林的寂静。

“地球以前也有这样的丛林。”我若有所思地说。

“我知道。”麦塔说，“这里很多树都来自地球。”

“这里还有来自地球的树？”我吃了一惊。

“当然有。在人类开始大规模灭绝活动之前，地球曾是银河系中生物圈物种最为丰富的星球之一。很多文明都从你们的星球获取过一些生物，有些是为了满足自己的行星改造活动，还有些不过是为自己的人民提供食物罢了。”

“这我以前可不知道。”

“地球的动植物在整个银河系都有分布，这也说明了你们的星球就算在全银河系，也是非常特别的。”她指了指我们左边的一棵大树，“这些树来自地球，你们管它们叫古杉树，它们的基因和今天红杉树的基因相似。”

“相似？你们是不是改造了它们的基因？”这树看起来确实和地球上幸存的那些红杉树很像。

“它们来自中新纪的地球，距今足足有 2300 万年。这些树在地球上早就灭绝了。也许我刚才应该说，现在的红杉树都是它们的后代才对。”

“你们把这些树都复活了？”

“并没有。许多文明都会研究记录其他世界上的生命形式。一个星球上的生命形式越丰富，那么研究它的兴趣就越浓厚。我们在改造安萨拉的生态环境的时候，选择的物种除了要适应当地的环境，还要满足美学需求才行。”

我突然意识到，钛塞提人改造安萨拉星的时候，地球正处于中新纪，古杉树还没从地球上灭绝。他们并没有复活古杉树，而是把它移植到了安萨拉。

“请看这边。”她继续说道，“那些长着圆叶子，矮一些的树，是你们所谓的轮叶属。它们来自石炭纪的地球，距今有 3 亿年。”

“嗨！连我都知道钛塞提人没有那么长的历史。”

“这是来自另外一个种族的礼物，他们在自己的星球上充分利用了这些树。”

我简直无法相信 3 亿年前就已经有外星人从地球上采集了植物样本。于是，我问道：“是我们知道的种族吗？”

“他们是一支先驱文明，他们早在钛塞提人之前就已经从茫茫星海中崛起了。”

“看来我们还不了解他们。”

“他们在，只是不再参与银河系议会的事物。他们的责任已经交给我们，以及文明发展程度与我们类似的种族。”她停下脚步，思考了一会儿，然后说：“我能说的只有这么多了。”

“是因为有人偷听吗？”

“在安萨拉，一切信息都是共享的。这是因为我们所有人都是相互关联的。”

“所以你才没有为亚索洛翻译我说的话，只为我翻译他说的话？”

“他通过我的耳朵就能听懂你的语言。”

“他们只让你为我做翻译，却不准你告诉我关于先驱文明的事情。”

“我刚刚说了点不该对你们人类说的话。”

“所以，是你刚才犯了个小错咯？我还有点喜欢你这种略有瑕疵的感觉。这说明你我起码还有些共同点。”

“我的感知力还在逐步整合。”

“和什么在整合？”

“我的外部感知是按照人类的模式设计的，但是内部心智意识是以钛塞提人为模板设计的。二者差异很大。需要花点时间才能让二者工作正常。”

“听起来好像是精神分裂。”

“我的人类感知系统非常想和你分享各自信息。”

“所以，你还在学习引导内部的钛塞提心智意识。”我想暗示她是个得了多重外星人格分裂的机器人，但最后还是抑制住了这个念头。

我俩走到了一个岔路口，她选了一条能环绕亚索洛家的路。

“我走了之后，他们会怎么处理你？”我问。

“所有用于制造我的资源将进行重新分配。”

“他们要拆了你？”

“如果他们认为留着我能促进未来和人类的沟通，他们就会留着我。”

“你对这事有什么看法？”

“我倒是不反对。我除了完成既定的任务，没有别的想法。”

“所以说你也没有继续活下去的意愿咯？”我问她。我居然会反对钛塞提人拆解回收麦塔。

“求生欲望是进化过程中必不可缺的一环，大使先生。但是我甚至算不上活着。”

“你能思考，能辩论，还会犯错误。你怎么就不算活着呢？”

“你对自己飞船上的处理核心也抱有同样的想法吗？”她笑了笑，

继续说，“如果它长得像人类的话，你也许会有这样的想法。”

“说得对，我又把你人格化了。老毛病，改不掉了。”

“而且，思考并不是生命的核心所在，大使先生，灵魂才是关键。”

我停下脚步，吃了一惊：“你是说钛塞提人也有灵魂？”

“每个种族都有一个判断对错的中心基准。要想建立一个有序的宇宙，那么就必须以各个种族都能接受的道德准则和责任为基础，所以这些都是必要的先决条件。要是大家的道德标准五花八门，也就不会有什么银河系文明了。如果这些文明缺少必要的道德中心，那么宇宙就会大乱，弱者将变成强者的盘中餐，各种族无法共存。虽然不是所有的种族对伦理冲动会产生相同的反应，但是大多数还是一样的。”

“那就要变成一个狗咬狗的宇宙，我可不想在那儿待着。”最起码在人类还是这群野狗中最弱的一只的时候，我不希望宇宙开始大乱。

“你不会有机会活在那样的宇宙中的。还没等人类进化完毕，你们的星球就已经被征服了。”

这个想法让我非常震惊。人类能够进化成功，完全是因为我们生活在一个遵守规矩的宇宙里。这个宇宙是由那些古老的种族共同建立的银河系文明。这些种族太过古老，以至于我们见都没见过，也有可能根本不会有见面的机会。我们的祖先完全有可能还没爬出树林，就被外星入侵者当作猎物杀了个干净。有时候，好运气是要付出代价的。

我的耳机里突然响起亚斯的声音，他的口气听起来非常着急：“船长，能听到吗？”

我打开了通信器：“听得很清楚。”

“钛塞提人带走了埃曾！我想阻止他们，但是我的武器根本不管用。”

我转身问麦塔：“到底发生了什么？”

她面无表情，专心于收听安萨拉环球网络上的消息：“埃曾 · 尼

拉瓦 · 卡伦被捕了。”

“罪名？”

“一支入侵者舰队刚刚攻击了位于曼娜西斯星团议会的封锁舰队。埃曾 · 尼拉瓦 · 卡伦作为入侵者种族的一员，已被逮捕。”

\·\·\·\·\·\

“他是地球民联的公民！”我对着站在门口的亚索洛大喊，全然不顾外交礼节，“我是地球大使，而埃曾是我的外交团队中的一员！你不能碰他！”

亚索洛发出一阵咔嗒声，等着麦塔为他翻译。“鉴于埃曾的种族所带来的威胁，埃曾 · 尼拉瓦 · 卡伦被认为是一名间谍，现在被拘留了。”

“他不是间谍！他是个工程师！”

“埃曾 · 尼拉瓦 · 卡伦是银河系最危险的种族的一员，”麦塔代表亚索洛继续说道，“他们曾经入侵了银河系，之后又多次攻击联合舰队。因此，我们认为他也是个威胁。”

我们知道入侵者曾经在21世纪入侵了银河系，但是这些守口如瓶的钛塞提人并没有告诉我们入侵者之后的攻击。“所以这不是他们头一次试图突破封锁？”

“过去的2500年里，他们两次试图突破封锁，”麦塔说，“但是都以失败而告终。”

“你们还会再一次击败他们，不是吗？所以为什么把埃曾关起来呢？”

“议会的封锁舰队伤亡惨重，必须从曼娜西斯星团撤退。”

“你们输了？”我几乎不敢相信自己的耳朵。

“我们吃了个败仗。”

“但是你们的科技远在他们之上！”

麦塔用一种人类才有的眼神看了一眼亚索洛，亚索洛发出了咔嗒一声，她才能继续说话。

“我们的总体发展水平确实存在差异。”她说，“但是，入侵者对军事科技的关注远超其他种族，甚至马塔隆人都比不过他们。无论我们曾经取得怎样的成就，我们本质上还是一个和平的社会，但是入侵者不一样。几千年来，他们一直专注于技术研究和间谍行动，努力超越银河系议会各种族的军事技术水平。在此基础上，我们一直对他们的技术进步保持密切关注，确保在军事技术上的领先地位。但是，他们总能随机应变，而我们的决策却不果断。”

“他们打了你们一个措手不及，对吧？”

“他们在技术上达到了我们的水平，但是真正让他们胜利的却不是技术优势。”

“我不明白。”

“有人背叛了联合舰队。早期预警系统、时空压制力场和舰队分布都被他们摸得一清二楚，他们破坏了我们的探测系统，发动了突袭。唯一可能的解释就是有人把这些情报都告诉了他们。”

“他们怎么可能偷袭你们的战舰？”我狐疑地问。

“奇袭发生在百万亿分之一秒内。”麦塔说，“入侵者对我们舰队的分布了如指掌。他们跃迁到战舰侧舷，然后对着坐标位置盲射。只有在跃迁之前预先知道准确坐标信息，才能做出这样的战术动作。”

“埃曾根本不可能干出这样的事情！”

“埃曾 · 尼拉瓦 · 卡伦是当前钛塞提世界上唯一一名入侵者种族成员。一切看起来太可疑了。”

“你疯了吗！我们的科技甚至分析不出来你的午饭吃了啥，更别说你的舰队在哪儿了！就算我们知道了，我们也不会告诉任何人。你觉得我们得花多久才能把情报发给入侵者舰队。对了，他们在哪来着？”

“用你们的飞船要花 48 年才能飞到曼娜西斯星团，前提是你们有必要的导航数据。”

“我们没有所谓必要的导航数据，因为你们还没给我们！”

银河系中到处都是无法探测的重力井，它们能够撕碎超光速飞行的飞行器——一旦被重力井抓到，后果不堪设想。我们的飞船只能在钛塞提人提供的导航数据所支持的空间范围内航行。换句话说，我们只能在以太阳系为中心 1200 光年范围内进行殖民扩张。这就是为什么映射空间并不单纯是星系坐标，而是人类太空文明的实际空间大小。

“你们可能缺乏和曼娜西斯星团联系的必要手段，但是入侵者恰好掌握了这种技术。如果埃曾 · 尼拉瓦 · 卡伦为他们工作，那么使用他们的技术设备也不足为奇。”

“但是他不是入侵者的间谍！更不会为他们工作！”

“如果他真的是间谍的话，大使先生，你永远都不会知道真相。”

我知道埃曾不是间谍，因为我非常信任他，但是我如果真的这么说，那么他们只会当我是个天真的傻瓜。

“我们并没有联系过入侵者的飞船！我连他们长什么样子都不知道。至于曼娜西斯星团，我今天才听说这名字，连它在哪儿都不清楚。”

“曼娜西斯星团就在银河系星盘上方，距离地球六万五千光年。”

“六万五千光年！”

“也许你觉得这很远，但是入侵者的间谍确实曾经深入银河系。”

“所以他们会定期试探你们的封锁？”

“我们能够封锁他们的作战舰队，但是不可能看住每一艘船，特别是他们还专门设计了用于躲避探测的小型飞船。有些小型飞船穿过了封锁线但大多数都被发现并摧毁了。”

“但是总有漏网之鱼！”我说道。此刻我发现钛塞提人并没有他们曾经向我们说的那样万无一失。

麦塔点了点头，说：“他们的间谍对钛塞提星系非常感兴趣。鉴于地球距离钛塞提星系只有 11.9 光年，而且还有不少入侵者生活在那里，可以说从地球监视钛塞提星系是非常理想的。埃曾 · 尼拉瓦 · 卡伦可能在离开地球之前，就已经和潜伏的入侵者间谍建立了联系。他作为你的船员，能够自由活动，去那些入侵者无法到达的地方，所以他是作为间谍的上佳之选。”

“这都是你们自己的妄想！”

亚索洛发出一连串激烈的咔嗒声，麦塔翻译道：“但是你带来的那个小瓶子却另有话说。”

我迟疑了下，看着麦塔的人类外表，发现自己遗漏了一些重要的事情。我问她：“什么意思？”

“瓶子里的东西是你们的文明当前阶段无法合成的物质。它和破坏我们安全措施的技术有关。”

她的话让我心里一沉。是我给了钛塞提人证据，让埃曾看起来像是入侵者的间谍！是我害他被逮捕的。“那东西是我的，不是他的。他和这事没关系。”

“人类能够获得这种东西本来就让我们很担心了，大使先生。因为这东西在你们手上没有用。但是入侵者的间谍如果拿到了它，事情就完全不一样了。”

我一拳打在墙上，说道：“那又怎样？”

“联合舰队正在银河系边缘重新集结，等待支援。这就是为什么观察者司亚尔无法来见你的原因，他正在指挥钛塞提舰队。”

司亚尔正在指挥银河系中最强大的一支舰队，所以他负责指挥联合舰队也是合情合理。“但是你之前说的安萨拉中队，又是怎么回事？”

“那是这个星系为战争所做出的必要贡献。”

突然，我明白为什么亚索洛那么难缠。麦塔说过他家里有两个人在安萨拉中队服役，但是当时我并没有明白是怎么回事。“所以，亚索洛的亲人也参加了战争？”

“是的，大使先生，一个儿子和他唯一的女儿。”

听到亚索洛自己的亲人也被卷入了战争，我觉得能够释放埃曾的希望微乎其微。我问道：“那么你们打算怎么对付埃曾？”

“我们会讯问他，最终结果将决定他的命运。”

她说话的方式让我觉得埃曾要面对的将不是简单的讯问。无论他们要怎么对付他，埃曾都不会喜欢的。我说：“我要见他！现在！”

当亚斯看到我和麦塔到了停机坪的时候，他马上就从银边号上冲了下来。

“他们带走埃曾的时候，我都不知道他们上了我们的船。”他说完，匆匆扫了一眼麦塔。要是换在平时，他的注意力肯定都放在麦塔身上。

“这不是你的错。”这错误完全在我，“这是麦塔。她是个机器人，说话像人类，但是里面是钛塞提人。”

“理论上来说，我是安装在具有人类感官系统的合成人类内的人工钛塞提意识。”

“我还以为只有人类的女人才让人难以理解呢！”亚斯说完，上下扫了她一眼，然后又看着我，“他们不肯告诉我埃曾被带到哪儿去了。”

“我们现在就去见他。”一艘钛塞提人的飞船从高空冲了下来，然后停在银边号的对面。“看来咱们得坐这个过去。”

“我也一起去。”亚斯说。

“得有人留在船上。”

“为什么？它现在根本飞不起来，他们想怎么收拾它就怎么收拾它。”

他说的没错，银边号现在完全动弹不得。“好吧。”

我们跟着麦塔走进纺锤形的飞船。飞船是典型的钛塞提设计，一切都是光滑的金属表面，完全看不出推进系统的存在。等我们靠近的时候，飞船外壳上就出现了一个椭圆形的舱门，等走进飞船，舱壁马上变得透明，你能把外面的一切都看得清清楚楚。飞船里只能看到地板和两排座椅。

“舱壁屏幕？”舱门关上之后，我问麦塔。

“不。”她说，“量子折射。可见光可以穿过船体外壳。”

“这难道不会让辐射把飞船照个透吗？”

“怎么会呢？”

因为不清楚量子折射是什么东西，我只能放下这个话题。飞船外，安萨拉瞬间被抛在脑后。只过了一会儿，整个行星就变成了一个小点，而飞船还在向着星系外围前进。一个又一个六边形的棱柱形空间站从身边掠过，它们排列成各种不同的组合，没有一个重样的。

“监狱在哪儿？”我问。

“我们没有监狱。埃曾 · 尼瓦拉 · 卡伦在98层的一座医疗设施内。”

“那你们遇到头疼的案子怎么办？”亚斯问，“例如，周六晚上嗑药嗑嗨的那种。”

麦塔带着一脸很好笑的表情看着亚斯：“看来传闻都是真的咯？人类会出于娱乐目的，定期注射有毒化学药物？”

“注射、鼻吸、鼻嗅、直接吞。”亚斯手舞足蹈地说着，“钛塞提的机器人都玩些什么？”

“研究人类。”她面无表情地说。

“哎呀呀。”亚斯一脸痛苦地看着我，“看来这小脸下面确实有颗钛塞提的心了，对吧？”

我点了点头：“然后还有几百万钛塞提人听得正高兴呢！”

“没那么多。”麦塔说，“他们不觉得灵长类动物的行为多有趣。”她一脸好奇地看着我们俩，“你俩谁更接近人类最典型的行为模式？”

“他。”我说。

亚斯深吸一口气说：“我是雄性欧瑞斯人的最佳样本，一个情人和战士。”

“真的吗？”她说道，然后在心里把我俩从进化链上又降了两个级别。

在前方，一个扁平的巨大六边形空间飘在无垠的黑暗之中。远处还能看到几个空间站，但是佩拉尼星已经变成了一个小点，而安萨拉则完全看不到了。我们的飞船飞进了平台中部的环行通道里，穿过一扇大门，来到了一个巨大的柱状船坞，这里面可以容纳几十艘船。我们停在靠边的位置，一座窄窄的栈桥伸了过来，在飞船和空间站之间形成了一道密封的走廊。

“整个空间站都是医院吗？”我们一边走在栈桥上，一边问麦塔。

“和医院相比，这里更像一个实验室。这里可以修复钛塞提人的肢体残疾，进行生物研究以及按需合成替换部件。”

“比如克隆肢体？”亚斯问。

“不，”我们走进了一个长长的走廊，里面的灯光非常柔和，“我们克隆的是患者的基因材料。我们用最基本的基因材料重新制造新的身体零件，直接编辑基因代码，这样就能避免复制原有的缺陷。”

“你也是用同样的方法造出来的？”我问。

“我是生物机器人。我的外部结构和人类类似，但是比你们的皮肤更加持久耐用。我的内部结构是用曲碳制造的。”

“曲碳？”

“这是一种我们大量使用的材料，非常轻，而且比你们用的聚合钢还要结实。它是宇宙中最坚固的人造物。我们的飞船和空间站都是用它建造的。”

“能给份样品吗？”我问。

她微微一笑，觉得这个提议非常有趣，然后带着我们走过一扇滑动门，来到一间黑洞洞的房间。埃曾漂浮在房间里，浑身赤裸，一道柔和的光束将他笼罩。三个弯曲的金属条排成一个环形，它们发出黄色的光束，以一种特定的节奏扫描着埃曾长长的颅骨。我朝他走去，却撞在一个控压力场上，被一股柔和却不可抗拒的力量推了回来。

“你们要对他做什么？”我质问道。

“我们在复制他大脑的电化学结构。”她说，“我向你保证，他什么都感觉不到。”

“这就是你们讯问嫌疑人的办法？”

“这套技术无懈可击。一旦我们复制了他的记忆和心理过程，就会关闭所有来自本体的欺骗和抵抗，复制体会完全服从我们的命令，完全诚实地回答我们的问题。要是埃曾 · 尼拉瓦 · 卡伦是个间谍，他的复制体会承认的。”

“他会为自己辩护吗？”

“辩护在此完全没有必要。”

“所以他的性命全部取决于复制体的证词咯？”

“是的。我们的法律非常看重这类证词，它比他自己的证词还要重要，因为复制体不会撒谎。”

“那么他为自己脱罪的权利呢？”

“我们不承认这种权利。那不过是原始社会让罪犯不受惩罚的法律把戏而已。一个高度发达的社会建立于一个更为广泛接受的概念，正义得不到伸张就是犯罪。无论是这个文明的个体，还是文明本身都是如此。我们寻求真相。一旦我们得到了真相，那么就会依此采取行动。”

“你们没有秘密。”我忽然反应过来，在他们的社会中没人能够撒谎然后逍遥法外。他们要是也对我玩这一套的话，我所知道的一切都会被他们查得一清二楚。我的数据库，我为地球情报局工作，我耍过的每一个把戏和背叛都会被他们看得清清楚楚。

“秘密阻碍了正义。”她说，“在本案中，秘密对钛塞提和银河系的安全造成了威胁。”

“他在睡觉吗？”亚斯问，他透过黑暗看着埃曾。

“他的意识清醒，但是感觉不到任何东西。当前程序要求嫌疑人保持一定程度的认知。”

“他认为发生了什么？”我问。

“他知道自己正在接受拷问，但是对使用的技术一无所知。”

“他能看到我吗？”亚斯试着挥了挥手，然后大喊道，“埃曾！”

“他看不到你，也听不到你的声音。”她说。

“马上释放他。”我义正词严地说。

“在程序完成之后，我们就释放他。”

“你们没权力这么做！”

“我们完全可以这么做。对埃曾 · 尼瓦拉 · 卡伦的拷问完全符合银河系律法，银河系议会也完全同意。我们必须确认这个地球两栖生物是否和曼娜西斯星团有联系。”

“这太疯狂了。”亚斯说，“坦芬人怎么会背着我们干这种事！”

“我们可不这么看。”麦塔很平淡地说。

“这就是你为什么一直跟着我？”我问道。自从埃曾被捕，我就在考虑这个问题。

她非常迷惑地看了我一眼："为什么你会觉得我们在跟踪你们呢？"

"我们的飞船从新潘塔尼尔就被人跟踪。跟踪我们的飞船没有释放出任何中子信号。据我所知，能做到这一点的只有你们。"

麦塔一言不发，倾听钛塞提网络的各种信息。最后她说："没有钛塞提飞船跟踪你们。"

"你觉得我会信吗？"

"你信不信与我们无关，但是事实就是如此。"

作为一个机器人，她完全可以撒谎还不用暴露出人类撒谎时会发出的那些信号，但是我还是选择相信她。钛塞提人有自己的计划，但是他们从没有直接欺骗我们。"谁还有和你们一样的飞船？"

"在猎户座旋臂没有人拥有和我们一样的技术。在银河系的其他地方，还有种族拥有类似科技，但是他们为什么会对你感兴趣呢？"

"那么入侵者呢？"亚斯问。

"他们最近对我们的技术取得了理论性的了解，但是他们还没能将它投入使用。"

该死！"他们正在缩短和你们的技术差距，是吗？而且还不局限于武器技术！"

"他们专心做事的时候非常认真，最起码为了自己想要的东西就是如此。不管怎样，你会发现他们现有的飞船已经非常难以探测了。"

如果那是一艘入侵者飞船，为什么要跟踪我们呢？他们是要试图联系埃曾吗？埃曾是发现他们的人，这就可以证明他没有为入侵者工作了。但是其他的坦芬人，尤其是那些雌性坦芬人，可能会为入侵者工作。入侵者可能会利用地球上的坦芬人作为间谍，监视我们的邻居，而这位邻居恰好是他们最强大的敌人。这个想法让我不寒而栗。

"要是坦芬人里有入侵者的间谍，那么你们会怎么做？"

“船长！”亚斯叫道，“你在胡说什么？”

“埃曾不是间谍。”我说，“但是他是一千万坦芬人中的一个。”

“要是地球上的这些两栖生物和入侵者合作，那么他们就也参与了偷袭联合舰队的事情中。如果确实如此的话，那么坦芬人将会被送回曼娜西斯星团。”

“但是地球才是他们的家！”亚斯说了一句。

“曼娜西斯星团才是他们的家。”麦塔更正道，“他们出现在地球上完全是个历史性错误，当时没有发现他们是我们的错。”

“你们打算怎么送他们回去？”我问，“你们已经丧失了对他们家园星簇的控制。”

“在当前的冲突完全结束之前，他们将会被放置于静滞力场中。”麦塔指了指埃曾，示意他的同胞也会和他一样的待遇。“我们正在建造一个专门用于拘留坦芬人的空间站。”

“你们打算把他们都变成睡觉的僵尸吗？”我问。

“他们不会受到伤害，但是如果他们对我们构成了威胁，那么我们会把他们送回老家。”

“地球议会对此会有什么反应？”

“他们会被告知相关决定，但是不能干扰具体的执行环节。”

“我们要向银河系议会抗议！”

“你们还不是议会的正式成员。就算你们去抗议，也会发现这个决定对大家都好。”

我忽然明白了一切。他们不过是寻找一个理由而已，因为这些坦芬人距离我们可爱的鸟类朋友的世界太近了，让他们感到不安。这是充满羞辱的一课，让我们意识到当别人与我们的利益相冲突的时候，我们是多么的无力。无论埃曾是不是间谍，只要有一个坦芬叛徒存在，那么埃曾和他的族人都要遭受灭顶之灾。

这与正义无关，不过是超级势力秀秀肌肉罢了。

＼·＼·＼·＼·＼·＼

在埃曾无助地漂浮了将近一个小时后，麦塔说：“亚索洛想和你聊一聊。”

“他已经想好怎么对付埃曾了？”我问。

“不，他想和你讨论下你带到安萨拉的那个东西。”

我光顾着因为埃曾被捕而生气了，全然忘记了我来这到底是为了什么，“他知道那是什么了？”

“我只是来带你回去。”

“我不走了，船长，”亚斯说，“我等他们放了埃曾之后一起走。”

我看了眼麦塔，“你意下如何？”

“这没问题。调查期间，我们会提供住宿和饮食。”

我扔下亚斯，然后跟着麦塔回到刚才的栈桥。在我们纺锤形的飞船上方停着一艘巨大的钛塞提战舰。它光滑的金属船身有好几百米长，看起来就像一支飞镖。镜子一般的外壳上布满了黑色的圆形伤疤，尖锐的船头也被打飞了。在船身中部，透过锯齿状的破洞可以看到里面的船舱完全被融化。我见过的另一艘钛塞提飞船是一年前看到的司亚尔的仲裁者号，它让我对钛塞提的军事力量印象深刻。但是眼前这条船让我明白，他们并不是不可战胜的。

“它看上去遭了不少罪。”麦塔承认，“很多较为弱小的舰队战舰都沉没了。”停船之后，一排排银色的胶囊从舱门飞出来，飞进了空间站里，“那些维生组件里装的是我们的伤员。”

怪不得钛塞提人那么生气。希望那些在地球上的坦芬人在这场战争中可别选错了立场。我努力不表现出自己内心的担忧，跟着麦塔回到了我们的飞船。我一直盯着受损的钛塞提战舰，直到我们飞离空间站，开始飞向安萨拉。

“看来你们也没领先入侵者多少。”我说。

“一旦充分了解了宇宙中所有的物理法则，那么技术的高低也就不复存在。”她说，“成熟的文明之间可能在历史的跨度上存在巨大差异，但是技术上的差距就会逐渐缩小。”

“这就是为什么你们对别人的监视非常敏感吗？”

“入侵者一直就是个威胁，现在更是如此。”

“但如果钛塞提人占领了技术高地，那么你们肯定更接近先驱者的技术高度吧？”

“虽然进程非常地缓慢，即便在技术高地上，科技也是在进步的。但是，一千万年的差距还是很难赶上的。”

“那么这些成熟的文明里有谁占据了领先地位吗？”

“只有其他文明停滞或者崩溃的时候才会如此。通常来说，大家都处于进步的状态，虽然速度各不一样，但是向着技术的高地推进的速度本来就很慢。”

所以，无论我们如何尝试，人类在宇宙中的地位是靠一个不可控也不可调的时钟控制着。我又想到了那艘伤痕累累的钛塞提战舰，“你们的盟友活下来了吗？”

“只有叶妮萨人和欧维尼人逃了出来。”

“没听说过他们。”

“他们也是观察者。”她说，我们的飞船扎进了安萨拉的大气层，“叶妮萨人来自天鹅座。2 500 年前他们和我们并肩作战，一起迎击跃迁到太阳系的入侵者舰队。”

“欧维尼人呢？”

“他们的家园世界非常遥远。我都不知道他们是否去过地球。”

“那如果只有你们三方的舰队幸存下来……”

她点了点头：“几百艘属于其他较弱文明的战舰都被摧毁了，其中就有大概 40 艘来自猎户座旋臂的飞船。”

“有我们知道的种族吗？”

“苏曼人、米卡兰人、马塔隆人、猎户座双星人和格纳人都损失了不少战舰。”

“马塔隆人也在那里？”我几乎不敢相信自己的耳朵。我以为他们从不和别人合作。

“自从去年你卷入的文塔里事件之后，他们一直寻求改善和我们的关系，同时寻求加入议会。”

“你不觉得奇怪吗？我的意思是，他们讨厌你们，为什么突然就想要帮你们？”

“我们已经好几次让他们吃亏了。自从文塔里事件之后，他们就寻求和我们改善关系。一个弱小的势力与强大的邻居和睦相处并不是什么坏事，这种决定非常合理而且必要。就算是那些天生好战，讨厌其他人的马塔隆人也不例外。”

那些蛇脑袋说不定就是打算和钛塞提人建立良好关系后，改天打人类一个措手不及。我很讨厌这个主意，但是麦塔似乎对他们策略上的变动并不在意。

“他们损失了几艘船？”

“五艘。马塔隆的战舰数和入侵者的战舰数相比，就好像入侵者的战舰数和我们的战舰数作比较。他们可以选择逃跑，但是却选择留下来战斗。如果不是头脑发热的话，那么这样的勇气值得敬佩。你看，就算那些最排外的种族，也能学会变成合格的银河系公民。”

飞船停到了亚索洛家的停机坪上，我们就坐升降梯回到了地表。亚索洛坐在主房间的沙发上等我们。还没等我坐下，他就发出了一串咔嗒咔嗒的声音。

“他希望知道你是怎么获得这个瓶子的。”麦塔说。

“我从一艘人类飞船上拿到了这东西，当时飞船停在一颗叫作新潘塔尼尔的行星上。”

亚索洛又说了一阵鸟语，然后交给麦塔翻译，“那么这艘人类飞船又是怎么获得这些物质的？”

“我现在还不知道。”要是司亚尔在这，我可能还会提到天璇星号上的走私的低温保存的外星人和奇怪的科技产品。但是亚索洛威胁要把所有坦芬人都变成冬眠的僵尸，我实在是不能相信他的为人。“我当时觉得很可疑。我没法确定它到底是什么，所以才来的这里，因为我相信大家都站在银河大栅栏的同一边。”

“银河大栅栏？”麦塔问。

“只是个比喻罢了。现在联系不到司亚尔了吧？”

“我们已经和观察者司亚尔沟通过了。”

“他会回来吗？”

“不会。他正在银晕边界集结我们的舰队。”银晕离这里还很远呢！对人类来说，就算把信息传到一光年以外，还要依靠中继船，整个流程非常费时间。当她看到我困惑不解的表情时，补充道：“我们的通信手段和你们的不一样。”

这种事情是当然的。“他说了什么？”

“他说，我们可以相信你。”

要是我的机器联络人能够读懂人类表情的话，就一定可以看懂我脸上如释重负的表情。“我早就告诉过你了！”

“但是，”麦塔说，“他无法为埃曾 · 尼拉瓦 · 卡伦做担保。”

“好吧。你相信我，我相信埃曾。现在可以告诉我那个瓶子里都装了些什么吗？”

亚索洛吧嗒了一下嘴巴，让麦塔继续说下去。

“里面装的是惰性负物质和负能量。”

她也许可以为亚索洛翻译，但她要是不停地冒出专业术语的话，我可能就需要埃曾为我翻译一下了。“我完全听不懂。”

“它会和正物质发生反应。”

“所以就是反物质？”

“不，反物质拥有正能量和质量，和正常物质一样。瓶子里的东西拥有的是负物质和能量。相同的电荷会互相排斥，但是这种物质恰恰相反。你们的科学家管这叫奇异物质。”

“这东西危险吗？”

“不危险。如果把它倒出来，特别是在行星大气层以内这么做的话，它会立即消散。和正常的物质不同，奇异物质会被重力排斥。它们对外力的反应和你们所预计的恰恰相反。有些文明在进入跨行星文明之前，都以为它能成为超光速飞行的燃料，但是一旦明白如何增强卡西米尔效应之后，就对它失去了兴趣，人类也是如此。”

那个走私贩子纳扎里用它换武器。也许是场以物换物的交易？“你说这东西不危险，所以你确定这东西不会用来做负物质炸弹？”

“我们很确定。”

“好吧。”我感到心里的一块大石头落地了，“它能干什么？”

“排斥正能量。”

“举个例子。”

“星核改造、虫洞稳定、一些量子机械和个别星际间通信设备需要它。”

鉴于人类并不会使用奇异物质，也没有掌握以上这些技术，我的心里不禁紧张起来。“这东西能支持的通信距离有多远？”

“可以支持两个星系。”她说得很慢。这种技术足够间谍将有关钛塞提人的情报传回曼娜西斯星团，让入侵者好好准备自己的反攻大业了。

“人类可没有这种技术。”我说，“如果有人在地球上想进行这么远距离的通信，那么一定要有人帮他们才行。”

“是的。”麦塔同意我的说法。

天璇星号上那个外星科技打造的半圆形物体就是通信器吗？我问她：“跨星系通信器长什么样？”

麦塔和亚索洛交换起了意见，把我扔在一边。“任何尺寸都有可能。”她说，“可以被做成任何形状。这得取决于微缩化做到了什么程度。”

接下来是胡乱猜想的时间，“谁能制造这种设备呢？”

“很多中等文明都会这种技术。”

“有多少？”

“几千个。”

“必须缩小范围。”我说道。飞龙帮完全可能和其中任何一个文明做交易，用外星科技违禁品从纳扎里手里换取武器。

“以奇异物质为基础的科技需要大量的能量。”麦塔补充道，“完全高于人类当前的产能。”

索维诺的阿列夫零的警告在我耳边回响。钛塞提人认为埃曾是间谍，是因为他是入侵者的后裔，但是他们错过了最明显的答案。间谍可能根本不是坦芬人，而是人类。有太多的人渣积极地与兄弟会和外星科技供应商合作，这些人为了钱完全可以出卖整个人类文明，对于有什么后果则全不在意。

不管他们是谁，我都得尽快找到他们，免得他们肮脏的交易葬送了全人类。

亚索洛让我和麦塔独处了几个小时。麦塔不会说对埃曾的拷问是如何进行的，这让我紧张地不停踱步，麦塔只是站在一边静静陪着我。等到夜幕降临，林中雾气弥漫，偶尔可以看到别人家的灯光。有时候，其他房子里的人也会冒出来，好奇地打量我，等我们四目相对的时候，就退回房子里去。亚索洛最后在大半夜回来了（安萨拉一天有三十个小时），一看到我，就发出一阵咔嗒声。

“联络人亚索洛说对埃曾 · 尼拉瓦 · 卡伦的讯问已经结束了。”麦塔说。

我的心跳开始加速，“然后呢？”

“他没有为入侵者提供情报。”

我就知道他是无辜的，但还是叹了口气：“那么他现在可以走了吧？”

“我们正在把他送回你的飞船。”

“那么装奇异物质的瓶子呢？”

“我们打算把它留下。”

“当初可不是这么说的。”

“我们也没有约定任何事情，大使先生。”

“但那东西是我的。”

“理论上来说，是你偷的。所以也就谈不上什么所有权，我们有权留下它做进一步分析，如果议会要进行进一步调查的话，还可以作为证据。”麦塔停了停，好像在等待获得进一步说话的允许，“我们把它留下还有另外的打算。”

“我听着呢！”

“不管谁制造了它，只要它还在你的船上，就一定具备探测你的飞船的能力。这可能让你的处境非常危险。”

这一点我倒是没有想到。我最不需要的就是脑袋上顶着一个巨大的招牌，告诉那些武装到牙齿的外星间谍一直以来调查他们的人是我。“就当我借给你们的吧！但是未来我可能还会要回来的。”

“我们不会做出任何保证。”她回答道，“如果你想给地球议会做汇报的话，我们随时可以把你和你的飞船送回地球去。”

“谢谢，算了。”无论到底发生了什么，事情的答案都在距离一千光年之外的地方。安雅和纳扎里提到在低地港见面。我唯一知道的低地港离主要航线很远，非常适合避开地球的监视，处理那些见不得人的交易。

“你要是想继续进行你的调查，”她说，“联络人亚索洛会要求你在调查完毕之后提供一份完整的报告。”

“这是当然。”我觉得和钛塞提人合作的好处大于让他们置身事外，当然他们最后得到的不过是我给列娜 · 福斯的报告的删减版。“告诉他，地球会严肃处理那些伤害我们共同利益的人。”

亚索洛想了想我的承诺，然后做出了答复：“大使先生，你可以全权处理有关人类或者坦芬人的事宜。但是，如果人类对其他文明造成了不良影响，那么我们将按照事情的严重程度采取相应的措施。”

这是一条让人无法忽视的警告。要是叛徒就在我们之中，那么我们麻烦就大了。“我知道了。”

“你代表地球政府对事态的缓和所做出的努力，议会也会给一定的考量。”

虽然这并不能提供太多的帮助，但是无疑让人看到了一丝希望。我想告诉亚索洛，不管背叛联合舰队的是人类还是坦芬人，早晚都会付出代价。但是我估计他会把这理解为我原始的复仇欲望，所以我试图让自己的话听起来更加专业：“我向你保证，地球会全力履行准入协议规定的义务。”

“如果一切如你所说，那么我们确实是在银河大栅栏的同一边了。”

麦塔说。

我正准备离开，突然反应过来她再过几分钟就要被回收处理。刚进入这个世界还没多久就要被拆解，似乎是个非常残酷的结局。“我希望下次来的时候，还能看到你。”

“大使先生，你是又在对我进行人格化处理了吗？”她笑了笑，脸上带着人类的笑容。

“你可以当我是个感情丰富的灵长类动物。”

“亚索洛说，鉴于人类的飞速扩张，他会需要一名永久性的联络员负责和人类沟通。”

“很高兴他能做出这个决定。”我听到这个消息松了口气，“我猜你得谢谢人类，毕竟是我让你能继续活着。”

“再见了，大使先生。”她完全没有表现出感激的样子。

我坐着升降梯回到停机坪，看到一艘小型的钛塞提飞船停在一旁，和带我离开医疗空间站的飞船一模一样。亚斯和埃曾已经离开了钛塞提人的飞船，正准备登上银边号。

“埃曾！”我说，“看到你手脚齐全真是太好了！”

“谢谢你，船长，”他回答道，“但是钛塞提人也没把我解剖了啊！”

“他们完全可以这么做！”亚斯厉声说，“你在那儿的样子和实验室里的老鼠差不多！”

埃曾看了一眼亚斯，“我倒是无所谓，但是谢谢你一直陪我。”

“哎呀，我们可是同船好兄弟。”

埃曾琢磨着亚斯的回答，就好像眼前的亚斯换了一个人一样，然后他说：“是的，确实如此。”

不论亚斯是否明白，从那以后埃曾一直用他自己的方式照应着亚斯。他就是用这种办法掩护我的，而我也是用同样的办法掩护他和亚斯的。

“被他们扫描是什么感觉？”我问他。

“我就好像是一个旁观者，有意识，但是却完全无助，所有的记忆都冒了出来。总之，我感到非常生气。”

“好吧，在他们改主意之前赶紧离开这儿。”说完，我就钻进了自己的飞船里。

等我和亚斯回到驾驶舱的时候，船内通话器里响起了一个合成的说话声。“准备进入星际空间。”我们没有进行任何操作，机腹舱门就关上了，然后全角屏幕上一片白噪声雪花。

“这地方我短时间内可不想再来第二回了。”亚斯一边说着一边坐回抗加速座椅，等待重新控制飞船。

“这星球很漂亮。”

“你要是喜欢树的话，确实如此。”他嘀咕道，“下面最有意思的难道不该是那个机器人吗？”

“他们不会拆了她的。”

亚斯很好奇地看了我一眼，“嗯……我很好奇她到底有多像真正的人类。”

“她和真正的人类没有区别。”

亚斯若有所思地说：“早知道我就再讲两个荤段子了。”

等屏幕再次亮起来的时候，我们已经回到了刚进入星系时的位置，而钛塞提人的拖船早就不见了。

“看来他们不喜欢聊天。”亚斯说。

“他们很健谈，但是和我们没什么话说。”

“那你得到想要的了吗？”

“远比预计的收获还要多。”我微微一笑，在自动导航系统中输入了新的目的地坐标。

“船长，”船内通话系统里响起了埃曾的声音，“我又发现了和在新潘塔尼尔一样的磁异常信号。”

我看了眼亚斯：“你发现什么了吗？”

亚斯检查了一遍传感器，摇了摇头，说：“外面什么都没有。”

“它正在靠近左舷气闸，船长。”埃曾说，“他们要准备跳帮了！”

入侵者的战舰会在距离安萨拉这么近的地方就冒险暴露自己吗？我猜这要取决于他们有多想抓到我们。我想过联系钛塞提人寻求帮助，但是如果附近没有他们的飞船，那么信号要花几个小时才能传到最近的空间站。如果入侵者的飞船真的像亚索洛说的那样狡猾的话，那么就算入侵者的战舰锁定了我们，钛塞提人的星系防御系统也不一定会发现它。

“收回传感器！”我下令，同时把姿态控制引擎调到最大出力。三十五倍的加速度可能对钛塞提的飞船不是什么问题，但是我们的飞船需要好几秒才能达到这个状态。我让银边号向着右舷做了个滚筒动作，希望引擎的冲击能让这群跳帮的人措手不及。

“好了！”亚斯喊道。这说明我们宝贵的传感器都安全地收回到了船内。

我启动自动导航，祈祷等我们到了目的地不会被伏击。过了一会儿，超光速泡泡终于成形，屏幕上的数据确认我们已经进入超光速航行。

“他们还在追我们吗？”亚斯问。

没有信号能够穿透超光速泡泡的量子扭曲效应，这就是为什么我们在超光速航行的时候对外界情况一无所知。据我所知，就连钛塞提人都没办法解决这个问题。这种现象让在星际空间内追踪飞船变成一件不可能的事情。但是，埃曾检测到的磁异常信号从新潘塔尼尔一路追到了这里。

“埃曾，”我通过船内通信系统告诉他，“检查每个系统的诊断结果，时间起止是从新潘塔尼尔到这里的这段时间。”

“我要找什么，船长？”

“那混球在跟踪我们。我想知道他们是怎么做到的。在我们到达目的地之前，你有十天时间。”我疲惫地看着亚斯，“要是我没猜错的话，他们会在那里等我们。”

04
重锤星

民联托管殖民地

天龙座外部地区，罗纳特星系

1.43 个地球标准重力

距离太阳系 939 光年

人类居民 58 000 人

我们在距离重锤星 50 万千米的地方脱离了超光速飞行。星球表面的八门防空炮开始追踪我们的航线。从他们锁定我们的速度和星球表面能量的读数来看，在下面等我们的可不是什么业余的农民。我从没想过，在这样一个半死不活的世界上，一个如此小型的殖民地会给我们这么“隆重”的欢迎仪式。

“这里只有我们。”亚斯看了一眼传感器的读数。

“埃曾，你有发现那个磁异常信号吗？”

“还没发现，船长。”埃曾从工程舱回复了我。这十天来，他检查了所有的系统日志，依然不明白我们到底是怎么被跟踪的。

“打开应答机。”我现在急于降落，不想再被别人抓住。

至于地面上的大兵是否喜欢我们，我们永远都没机会知道。只要看到地面上的闪光，我们就已经被击中了，连逃跑的时间都没有。这里距离飞龙帮活动频繁的暗星云冥府深渊非常近，地面上的人反应紧张也是正常。重锤星是民联托管的殖民地，所以有些防御措施也是正常。但是现在锁定着我们的火力，让我感觉地面上的是一个军事基地，而不是一群喜欢种地的自由农民。

全角屏幕在南半球标记了若干个威胁标记，说明所有的防空火力都布置在整个星球上最大的大陆上。当地人管这块大陆叫大草原。整块大陆从南极一直延伸到北半球的热带地区，占据了重锤星三分之一的地表。不断萎缩的海洋和孤立的群岛占据了另外三分之二的面积。在大陆东部，源自高山的河流，蜿蜒而下，穿过大平原，流向荒凉的西海岸。只不过现在只有大陆南部的河流还有水，北部的河流早已干涸，变成了曾经肥沃的大地上的一道道伤疤。

环境的恶化是因为重锤星所在星系的恒星正在逐步衰竭，它的亮度每个世纪都会有一定程度的衰减。重锤星正在被它烤成一片燥热干旱的废土，这就是为什么重锤星之前的居民在人类还没来之前就放弃了这颗星球。如今，只有北部海岸上摇摇欲坠的巨型城市废墟叙说着上一个文明往日的荣光。在赤道的热带雨林和季风能带来充足的雨水的年代，位于赤道的城市非常繁荣。但是，季风带来的雨水和热带雨林在几千年前就已经成为历史。炙热的沙漠已经吞噬了北方地区，现在正在向着中纬度的干旱平原以及南方的草原扩张。

自从重锤星之前的统治者离开之后，星球上的野生动物为了适应恶劣的环境开始了一场生存竞赛。随着北方的草原面积缩减，进化竞赛也越发激烈。捕食者越发凶猛，尺寸也越发惊人，而被捕食的猎物们则长出了厚厚的骨甲，准备随时踩死捕食者。曾经的冻土苔原，变成了星球上最后的草原，长着骨甲的食草动物被迫向南迁移，在它们身后跟着这颗星球历史上最凶猛的捕食动物。

这时候，人类来了。

他们发现野生动物太过凶猛，只好在便于防御的高地上建造堡垒求生。这些堡垒是充满危险的陆地上最后的安全岛。虽然他们的武器可以杀死单只的野兽，但是却无法击退成群的动物，这个问题到了晚上越发明显。所有在南部河流的河岸上建立农场的努力全部以失败而告终。

比凶猛动物还要可怕的是高重力。在民联为移民送来基因增强技术，把当地人都改造成体型健壮，骨骼结实的变种人类之前，殖民者已经被骨折和随便一跳就能丧命的局面折磨了整整三个世代。这颗星球之所以叫作重锤星，一方面是因为高重力，另一方面是因为向第一艘殖民船致敬。第一艘到达这里的殖民船叫大丽花号，自从降落之后就再也没飞起来过。

重锤星是少数几个靠近冥府深渊还有军队防御的地方。这里的人可能已经适应了当地的环境，但是那颗正在死亡的恒星可不会让他们快快乐乐活到最后。这就是人类的命运。作为银河系的后来者，只能捡别人不要的东西，然后试图从中发现点价值。看着屏幕上这颗棕蓝相间的星球，我突然感到很可惜，为什么它不能年轻几百万岁呢？但是，它要是那么年轻的话，也就不会被放弃，我们更不可能在上面建立殖民地。

“银边号，”驾驶舱的通信器里响起了一个女人的声音，“请飞往高地港。我们已经启动了引导光束。不要试图改变航线或者启动你们的武器。为了便于进入大气层，已经允许你们使用护盾。请注意，这里是民联控制区，如果不遵守以上规定，我们会向你开火。请确认。”

我的监听器确认她是来自东欧移民的后裔。她不是地球裔也不是重锤星殖民者的后裔，而是来自安德努斯星系。安德努斯星系是一个距离地球 242 光年的核心星系。在禁航令下达前几个世纪，民联就完成了对安德努斯星系的殖民工作。在禁航令结束后，安德努斯星系依然和民联保持着松散的从属关系。地球海军和民联军都从安德努斯招兵，但是二者都没有在未改造或者高重力世界设防，所以他们出现在这里确实让我吃了一惊。

“我猜他们不会让我们在低地港降落。”亚斯说道。

“她得让我们在她的火力监视之下才放心，免得我们骗她。”

殖民地的四门主炮直直对着高地港的停机坪，而低地港只有一门炮对着降落航向，停机坪反而没有火力掩护。

“重锤星航管，银边号明白。”我回答道，然后开始跟随引导光束降低高度。

降落航线让我们刚好能被八门主炮的火力覆盖，这是为了确保我们能够乖乖听话。距离目的地还有一千千米，我们飞过了层层设防的高地。殖民地的工程师对它进行了平整处理，然后用层层防御把它围了个严严实实。高地上全是一排排排列紧密的温室，为殖民地提供农产品。自耕农家庭负责运营这些温室，高高的峭壁就是他们的自卫手段。这里和主居民区的交通主要依靠空中运输。有些家庭拥有装甲地面载具，它们足以抵挡大型捕食动物的攻击。但是，地面运输路途遥远，而且费用不低。

我们从高空渐渐降低高度，重锤星的殖民地就映入了眼帘。规模庞大的山顶城市叫作壁垒城，小一点的高地叫作哈利的避难所。在被平整过的山脊上还有两个机场，和壁垒城差不多高的叫作高地港，在略微高于平原的高地上修建的那个叫低地港。它们彼此之间依靠重型线缆系统输送胶囊一样的缆车相互联系，所有的货物和人员运输全部交给这套缆车系统。如此一来，就能避开地面的各种危险。

自从殖民者 160 年前来到这里，所有通往高处的自然通道都被摧毁了。想要上去的话，除靠飞行运输以外，只能靠内部的电梯或者供地面载具升降的起重机才可以。民联运来这些起重机是为了能够更方便地出入，但是习惯的力量总是很强大，很多殖民地居民还是很喜欢飞来飞去，虽然他们的多轮载具不仅装甲厚重，而且还装备了自动武器。

壁垒城建在高高的山顶上，山顶被工程师削平以满足建筑需求，而周围则是陡峭的悬崖。我们的降落航线刚好经过城市的北面。直到我们靠近高地港，半圆形的炮塔还在锁定我们。我估计就算整个壁垒城被打成融化的渣子，这几个炮塔还能开火。

“怪不得飞龙帮不会来这地方。”亚斯说，看来他对这些炮塔印象深刻。

“他们看起来很新。”鉴于重锤星几乎没有什么有价值的出产物，而且这么高的重力让其他移民望而却步，这背后操纵一切的人肯定有不少政治纽带，能让民联在这里投入如此多的防御火力。

“那是什么东西？”亚斯问，他指了指在壁垒城和哈利的避难所之间的一个巨大的长方形笼子。在笼子里有一只四足动物，它的体格和一头小象差不多，浑身被鹅卵石一样粗糙的骨板覆盖，三角形的大头上还有一截圆圆的骨头突了出来——看来它的角被锯掉了。

“这儿的人管它叫坦克龙。”

“我看出来了。”

“它是一种无害的食草动物，”我说，“但是你把它惹毛了就另当别论了。”

“我要是把它惹毛了会怎样？”

“它会用角把你的内脏挑出来，然后再把你踩成糨糊。”

“为什么把它关在笼子里？”

我已经好几年没来重锤星了，但是看到坦克龙还是这样被关在笼子里，就说明这里并没有太大变化。

“那是个诱饵陷阱。”

亚斯一脸好奇地看着我，说：“那玩意是个诱饵？拿它能抓什么？”

“晚餐。平原上没什么作物，但是肉类却不少。你要是能在野生动物干掉你之前杀死它们，你就能好好吃一顿。当地人在悬崖上开凿了炮台，谁想碰那个诱饵都会被他们打死。这样既能训练民兵，还能喂饱殖民地的人。”

陷阱周围是长久以来猎杀活动留下来的血迹，一条饱经风霜的轨道连接到悬崖脚下。在轨道之上是一个升降机，人们用它把装甲车放下去或是回收打到的猎物。

我们飞过诱饵陷阱，然后开始降低高度，准备在高地港降落。高地港建立在一座平整过的山脊上，山顶上的空间长而窄，只够两艘飞船并排停靠。一些小型飞船停靠在南边，紧挨着太空港大楼，旁边就是连接高地港和壁垒城的缆车站。北边停放着一艘小型的轨道飞梭和一艘老旧的星系间航行的渡轮，两艘船早就该做报废处理了。等引导光束关闭，港口简陋的停船系统接管指挥，系统命令我们降落到渡轮北边的空地上，紧接着降落管理员向我们发出了强制性警告。

“重锤星是民联托管的殖民地，地球议会的法律在此全部有效。因此，违反准入协议的行为将被处以死刑。你如果要进入荒原，殖民地政府将不负责你的安全，更不会为了你启动任何救援行动。雇佣猎人会协助你，前提是你支付佣金，佣金必须在出发前支付完毕，支付佣金必须使用有效的地球银行账户密匙。请注意，低于民联军七级穿甲弹的弹药将无法打穿个别本土生物外皮。重锤星人欢迎你来到殖民地，希望你会喜欢这里。”

民联七级穿甲弹？我的 P-50 就算装上硬化弹头也只有五级。

“真是群热情好客的人哦。”亚斯说，“我猜这里没啥夜生活吧？”

“如果有的话，我相信你一定能找到。记住，要是你喝多摔到桌子下面，这儿的重力可不是闹着玩的。”他的热情很快就动摇了。然后我还加了一句，“等你把所有系统关闭，就明白我是什么意思了。”

当他关闭飞船的内部惯性力场时，我们都陷进了抗加速座椅。“天啦，这重力真难受。”他说完，举起胳膊测试重力。

人类通常不会到超过地球标准重力百分之十的星球定居，但是，重锤星是个例外，因为第一批殖民者无法离开这颗星球。

“比地球多了百分之四十三。”我说，“虽然不至于让你穿抗加速服，但是你要是摔倒了肯定要进医院。还有，这里的女人都是经过基因改造的。”

“所以呢？她们比我壮？”他脸上浮现出非常好奇的表情，心里一定想着被重锤星的女人征服是什么感觉。

“额外的骨密度和肌肉组织，放大的心脏，更有效率的肺部和更低的身高。”我给他解释。

“哦，这不就是矮人星球吗？埃曾肯定合适。”

船内通信器里马上响起了埃曾的声音：“我得提前说明，我在我的族群里算高的。”

我朝着对讲机靠过去，问：“你还适应这里的重力吗？”

“稍微有点难受，船长。”

“你最好适应它，这里可没有自动扶梯。”我说完，慢慢挪出座椅，检测自己在这个星球的体重。不管我是不是经过了超级反应改造，我都得小心重锤星的重力。“记得把你自己裹起来，我不想你把当地人吓到。”

“鉴于当地人有打猎的习惯，”埃曾说，“他们不太可能会被我的样子吓到。”

“这我可说不准。”我假装很不确定的样子，“坦芬人可比那些裂肉魔还可怕。”

“我认为你的评论还挺讨喜。”

亚斯很警惕地看了我一眼："裂肉魔？"

"食人鱼长几条腿。"我对着他微微一笑，然后准备去低地港打探消息。

我们到达了目的地，但是心里的疑惑却更多了。我是不是猜错了，是不是其他的低地港？我上一次来这儿的时候，重锤星还不过是一个缺少防御的蛮荒之地。现在，它已经变成了一座武装到了牙齿的堡垒。武器走私商和飞龙帮的强盗们怎么可能在这等火力之下还能安然着陆没被打成碎片呢？

他们何必要冒这个险呢？

\·\·\·\·\·\

高地港南边的缆车站不过是巨大的缆线导轨塔下的一栋白色建筑。我们从自动售货机上买了三张票，爬上金属坡道，坐上了向南的缆车，开始向壁垒城出发。从这里到壁垒城要坐 8 千米的缆车。从缆车上看下去，长着骨甲的食草动物好似散布在干旱草原上的一团团黑点。

"要是摔下去的话，我可不想待在那里。"亚斯靠在窗子上，观察地面上的一举一动。

"我建议我们还是不要讨论这种可能性。"埃曾坐得离窗子尽可能的远。他穿了一件连体的压力服，还带上了头盔，盖住了自己的两栖类生物的脸。他下飞船的时候当地人就知道他不是人类，但对他究竟是什么种族却不是很清楚，这样刚好可以避免那些好斗的乡巴佬因为他是个坦芬人就盲目开火。

亚斯脸上闪过恶作剧一般的微笑，想起来埃曾还是个恐高的坦芬人。他说："我们要是摔下去的话，要几秒钟才能落地？十秒还是十一秒？"

“鉴于这里的高重力，”埃曾说，“不到十秒。也许你可以自己跳下去试试。”

我和亚斯笑眯眯地相视一笑，留下埃曾一个人在那受罪。

当我们渐渐靠近壁垒城锈色的悬崖时，我让亚斯注意看靠近地面的岩壁，上面修筑了一个突出的炮台，一群穿着制服的士兵驻守在上面。一名士兵负责操作一门短管火炮，火炮下面还有一个金属圆柱方便调整射程，其他人拿着望远镜在平原上寻找目标。平台下面还有一个窄窄的梯子，通向地面一台十轮的装甲回收车——它随时可以把猎物拖到最近的起重机上。诱饵陷阱里还有一只坦克龙幼崽。它身体的一侧有一个非常可怕的伤口，是猎人为了让肉食动物能闻到血腥味而专门留下的。

亚斯观察周围的平原，然后摇了摇头，说：“看来今晚没肉吃了。”周围的平原上似乎什么也没有。

“它们就在那儿。”我说，“你看不到罢了。”

“既然如此，”亚斯心情舒畅地说：“我很庆幸我不在下面。”

当我们离峭壁越来越近的时候，炮手开火了，一串串曳光弹尖啸着飞向平原。当亚斯试图看清猎人们究竟打到了什么的时候，我的注意力却集中在两座掩护高地港的半圆形炮塔上。它们布置在山顶上，彼此之间间隔 5 千米。现在银边号已经不是威胁了，所以它们又开始搜索着来自空中的威胁。这些都是重型炮塔，能打击亚轨道以及更远的目标，但是对付近距离高速目标就显得捉襟见肘了。对于一个距离飞龙帮活动频繁的冥府深渊这么近的殖民地来说，使用这种防御武器非常奇怪，因为飞龙帮经常使用高速的劫掠船，而不是护卫舰大小的战舰。

最近的炮塔附近可以看到几个民联军士兵在巡逻。他们都是瘦高身材，所以肯定不是重锤星当地人。因为这里的重力原因，我一直以为民联军会训练当地民兵操作这些炮台，而不是使用外来部队。也许当地人相对于参军而言，更喜欢做农活和打猎？反正殖民地居民回避兵役也不是一两次了。

我们经过矮墙环绕的城市，抵达了壁垒城北边的缆车车站。乘客和货运机器人有三分钟换乘的时间，然后透明的车门就会关闭，缆车再次启动。排列整齐的建筑物下是拥挤的街道，这些建筑有些足有十层楼高。在街道之上，还有各种步行桥连接着一栋栋大楼。在这些步行桥组成的网络之中，可以看到花园和娱乐场所，它们为当地居民提供消遣去处，排解城市生活的压力。

体格健硕的当地人和小型的太阳能动力车在街道上穿梭，虽然这里是一个殖民世界，但是没人带武器，这让人不禁感到非常好奇。这是他们为了庆祝高山为自己带来的安全，而逐渐形成的一种习惯。周围人并没有忽视我们带枪的事实，他们投来怀疑的目光，然后就忽视了我们。在我们通往哈利的避难所的漫长旅途开始之前，我们又停了一次车。在更偏南的地方，除了几只漫步的坦克龙，还能看到一辆疾驰的六轮装甲车。即使装甲车已经消失在远方，它掀起的尘土依然久久不能散去。终于，缆车带着我们在天空中画出一个弧线，来到了这片名叫哈利的避难所的台地。这是一片细长的台地，中间略有凸起，上面盖满了单层的石质建筑，星系恒星的灼烧让它们的表面显得格外苍白。顺着台地逐渐变细的一部分朝南看去，还可以看到远处一个更小、地势更低的台地。

缆车停在哈利的避难所北边的车站。一条土路从那延伸到低地港的车站。殖民地的第二套悬浮交通设施将这块较小的居住区和北边的备用空港连接起来。这里和壁垒城截然不同。壁垒城可能像一座矗立于云端的巨型城市，而哈利的避难所看起来就是一座被尘土飞扬的街道所分割的肮脏小镇。街上没有贩卖机，路上车辆寥寥，就连行人也看不到几个。

我们一路向南进发。我发现壁垒城南边的炮塔指向哈利的避难所，但是这座小镇上却没有任何武器指向壁垒城。这就好像设计城市火力分布的人想确保殖民地其他地区对主城的绝对服从。

“怎么了？”亚斯问，很好奇我在看什么。

“没什么。”

避难所的几名居民看着我们，眼中的狐疑较之壁垒城的居民有过之而无不及。他们注视着我们的一举一动，每当我们靠近的时候，他们就会后退。当我们路过的时候，他们就会关上门和窗子。只有我们离开的时候，他们才会探出头，看着我们小声议论。

“我觉得所有人都在看着我们。”等我们登上哈利的避难所的中部高地时，亚斯忽然开口了。

“我知道你想说什么。”

“最起码他们没带枪。”

“他们全都带着枪。”埃曾纠正道，“窗户里还有狙击手。”

“你能看到他们？”我问埃曾的同时还注意到有些窗户虽然开着，但是里面黑洞洞的，什么都看不到。

“是的，船长。他们的武器可能原始，但都是大口径。在这开战可不是个好主意。”

小镇的中央广场是用石头铺砌的，中间还种了一棵来自地球的小树，能提供荫凉。几个在花园里玩耍的孩子被他们的母亲赶到了一边去，这时候我的基因检测器发现我们被跟踪了。跟踪我们的人很容易被发现，他是个魁梧的殖民地人，戴着顶破烂的帽子，皮肤粗糙，左胳膊上还有个饱经风霜的铰链式钳子。他的义肢肯定是在本地生产的，但是看他能够用它在脖子后面挠痒，说明爪子的神经界面和地球的产品一样高效。

亚斯顺着我看的方向瞅了瞅，说：“那个爪子手想干吗？”

“他是这里的管事人。”我说。

“你怎么知道？”亚斯问。

“其他人都在看他，等待信号。”埃曾说。他也注意到了我发现的迹象。

爪子男倚在墙上，等待我们的下一步行动。我想靠近他，但是这可能会触发我无法应对的麻烦。所以，我们决定继续前进，全程都处于全副武装的当地人监视之中。

在台地的南端，一块向外伸出的地面两侧，一座老旧的缆车车站被矮墙和陡峭的悬崖包围。缆线一直延伸到一座叫作孤峰的凸起的巨石，当地人在巨石之上修建了一座支撑线缆的高塔。过了这座高塔，通往低地港的路程就走完一半了。

越过孤峰，就能看到低地港，我拿出单筒望远镜开始观察那片台地。它的最高点距离地面不过 20 米，在工程师摧毁所有自然形成的道路之前，平原上的捕食者一直都是不容忽视的威胁。停机坪上没有飞船，只有两个穿着民联军制服的士兵在悬崖上巡逻站岗。高瘦的身材说明他们都不是接受过基因改造的本地人。

“那边那些骨头是怎么回事，船长？”埃曾问道，他用手指着远处一大片发白的骨头。

我放下自己的望远镜，看着他指的方向。“那是荒骨平原。”我指向东南地平线上一个被烈日灼烤的灰色物体。“那是大丽花号的残骸，它是来这儿的第一艘殖民船，降落时破坏了它的背部结构，撕开了船体。”

亚斯拿过我的望远镜，仔细观察着这块 163 年前的残骸，缓缓地吹着口哨。埃曾极化了自己头盔的一部分，让自己天生就能进行远视的眼睛获得更好的视野。

“他们从残骸一路打到了这里。”埃曾的话完美解释了那些动物骨头是怎么回事。

“是的。”我慢慢地说，“当飞船降落的时候，周围的动物都看到了。殖民者并没有想到自己招来了怎样的麻烦，但是那些裂肉魔就已经钻进了飞船内部。这时候一切都晚了。他们战斗了三天才决定弃船。一些妇女和儿童可以坐车，但是大多数人只能徒步前进。等到他们开始穿越平原的时候，死亡的气息已经招来了附近一百千米内所有肉食动物。”

“我猜他们走投无路了。”亚斯说道。他研究着地平线，然后发现哈利的避难所是距离残骸最近的高地。

“三分之一的人都没能坚持下来，但是这不过是刚刚开始。他们的补给品和设备都还在船上，而在平原上活动就是死路一条，各种动物为了争夺人类和其他动物的尸体打得不可开交。当时，他们都快饿死了。”

“他们很走运啊！”他说完，就把望远镜还给了我。

“他们都是蠢货。”我说，“他们要是能在轨道上对星球表面好好勘测一下的话，那么他们可以在这里或者是壁垒城降落，一个人都不会死。”

“一个代价高昂的错误。”埃曾说。

“准备好继续前进了？”我嘴上问着他们，眼睛却盯着低地港的缆车车站。

等我们到了入口，四个穿着民联军制服的警卫站在那里，手上拿着重型突击武器。他们都不是当地人。

“车站还在维护保养中，不对外开放。”一个挂着中士军衔的人操着安德努斯口音呵斥道。

我看了看几个警卫，然后又看了看控制室和挂在缆线上的缆车。

周围一个机械师都没有，更没有什么机械故障。

“要花多久才能修好？”我问他。

“五天。”

这种拙劣的谎言马上激怒了亚斯，他说：“什么时候维修工作也要武装警卫帮忙了？”

“从我们开始管事那一刻起。”中士一脸傲慢地看了亚斯一眼。亚斯马上把这理解为一种挑衅。

我一只手按住了他的胳膊。我来这可不是为了和不清楚底细的人打架。“五天后我们再来。”我说，对着亚斯和埃曾点了点头，让他们跟上我。

等我们走出他们的听力范围，埃曾说：“我们可以等日落之后再回来。借着夜色收拾他们很容易。”

“现在收拾他们就很容易！”亚斯叫道，“你没看到那个大兵的脸色吗？”

“那你看到他们带的枪了吗？”我问他。

“是的，船长。”埃曾说，“维尔穿甲步枪。”

“那是印度共和国的装备。”亚斯疑惑不解地说。

“印度共和国的标准装备。”我完全同意他的话。这枪的名字取自印度教战争之神的长矛，它可是高端的步兵突击武器。天璇星在新潘塔尼尔给飞龙帮交付的武器也是同类武器，民联军才不会用这种东西。

“所以，这些士兵是？”亚斯拿不定主意。

“冒牌货。”

重锤星确实是民联托管的殖民地，但是它本身的位置就非常偏远。地球上的人可能要好几年才会发现这里被犯罪分子控制了，然后还得再等至少一年才能采取实际行动。怪不得当地人对于外地人总是一脸的警惕！

“船长。”埃曾一边说，一边轻轻指了指南边的天空。他出色的视力发现一艘银灰色的飞船脱离了轨道，开始朝着低地港降低高度。“是天璇星号。”

我用自己的单筒望远镜紧紧地盯着它，看着它降低高度，减速。它飞到了低地港上空，启动助推器，然后降落在停机坪上。飞船的舱门一个都没打开，也没人来迎接它，旁边的两名卫兵继续巡逻，就好像习以为常了一样。

“现在怎么办？”埃曾问。

“你俩回船上去。”我说，“计算下那些炮台的火力网有什么漏洞，万一我们要逃命的时候可以用得上。我得去看看还有谁在重锤星有着陆权。”

我们回到缆车站，一举一动都被爪子男看在眼里，等我们登上返回壁垒城的缆车，他也在缆车的另一头挑了个位置坐下，全然不打算掩饰自己的意图。他盯了我们一路，让我感觉我们好像要被逮捕了一样。等缆车停靠在壁垒城的南侧，我等到车门快关闭的时候一下冲出车厢。爪子男跳起来跟上，但是车门在他面前合上，把他关在车厢里。他很生气地看了我一眼，然后拿出个通信器语速飞快地说着什么，但是缆车带着他离车站越来越远。

亚斯和埃曾继续返回飞船，而我则在壁垒城狭窄而拥挤的街道上穿行。我记忆库里的地图是十年前的版本，因为地球海军很少来这里测绘，但是互助会的办公室五十年来都没搬过家。为了安全起见，互助会要求我在门口先把武器交出来，才能进去。

办公室很小，一层只有四个终端机，上面提供互助会发布的生意合同，合同内容大多是去其他星球运货。但这里是靠近冥府深渊的高危空间，所以完成合同的奖金也非常高。大多数的合同都有民联殖民地政府资助，但是也有少数是由当地迫切需要零配件的农民发布。有些合同的发布日期已经是好几个月之前了，这说明来这里的商人并不多，这反而进一步推高了价格。重锤星也许能让你在很短的时间内大赚一把，但前提是你得冒着被飞龙帮打劫的风险。

我搜索了一遍最近的活动记录，并没有发现有关天璇星号的出入境货运记录。我以为纳扎里会接一些小活，这样我就能查出他来自哪里或者去过哪里，但这种可能性微乎其微。无论他为谁工作，他的雇主给他的报酬都不低，不然他也会到处找私活。

对于互助会来说，天璇星号甚至不应该在天龙座外部地区。天璇星号现在应该在大熊星座为殖民地政府和大公司跑一些无聊的货运工作。互助会自动跟踪所有飞船的应答机，按照他们的记录，这几个月来唯一在这里降落的飞船就是银边号。纳扎里不被互助会跟踪的唯一方法，就是把天璇星号的应答机关闭。但是，任何正规民联军的地面火炮都会击落没有应答的飞船。如果这些火炮并没有因为天璇星号关闭应答机而把它击落的话，那么如果独眼巨人号来这里，它们也会睁一只眼闭一只眼。

我最后一项任务是检查威胁列表，看看有没有关于独眼巨人号的信息。数据库里没有一艘飞船叫这个名字，但是有一艘幽灵船非常符合它的特征。这艘幽灵船和冥府深渊附近所有失踪的飞船都有联系。所有关于它的信息都来自那些具有快速超光速航行系统的现代货船，它们能在幽灵船进入火力射程之前就逃跑。没人知道它的船长是谁，只有若干个猜测的答案，但是没一个叫瑞克斯。无论这位船长到底是谁，他都是个很注意隐私的人，这在海盗之中确实少见，但是这倒解释了为什么我在数据库里找不到有关他和他的飞船的信息。

鉴于查不到进一步信息，我就拿回手枪，离开了互助会的办公室。我的基因检测器刚刚开始进行区域扫描，有四个人就冲了上来。其中两个人抓住了我的胳膊，另外两个人用枪抵着我的肋骨，让我完全没有还手的机会。

“给我们一个不杀你的理由，太空佬。”其中一个人说话时带着很明显的安德努斯口音，他把我的 P-50 抽出了枪套。这人穿着当地人的衣服，但是身高和体型并没有显出基因改造的痕迹。

他们把我的双手扭到背后，然后给我铐上了手铐，一台太阳能三轮车开到了我们面前。三轮车后部货舱门打开之后，他们把我扔了进去，然后关上了舱门。在黑暗之中，我能感觉到太阳能车驶离路沿，然后在壁垒城狭窄的街道间穿行。看来，我给某些人留了个好印象。

他们用动力钳挂住我的手腕，把我吊在一间黑暗的冷冻储藏室里，我的周围挂满了经过辐射杀菌的大型动物尸体。为了避免被冻死，我不得不做起了高抬腿，然后用生化插件激发肌肉震颤，但是作用却不明显。等到早上的时候，我的肩膀开始因为高重力抽筋，脸上结了一层霜，寒气深深地渗入了我的体内。就在我开始以为自己也要变成一块冻肉的时候，冷藏室的金属大门打开了。

一个长着四条铰接式机器腿的机器人慢慢地走了进来。在它身后跟着一个高瘦的男人和把我扔进太阳能三轮车的小混混。他俩走过来的时候，小机器人一直紧紧跟在高个儿男人身后。等到机器人停在我脚下时，我感觉到肩膀上的压力小了很多，我才明白为什么它要寸步不离高个儿男人——这个机器人身上安装了一台个人加速力场，能让周围的重力降低到标准地球重力以下。这种设备在任何地方都是非常奢侈的，更别说在这种不毛之地了。无论是谁来看我，他都不想在这受罪，然后增长肌肉和骨密度来逐步适应重力。

他用一种近乎无情的好奇心打量着我，而我低头看着地板，装出一副低温症的样子。

“这就是西瑞斯 · 凯德？”他问。

“是的，总督，就是他。”

总督？民联托管的殖民地上通常都会选出一个总督负责管理日常事务，但是他们的口音都是安德努斯口音。非当地人口当选总督，通常是为了恢复被腐败和无能所侵蚀的殖民地秩序，但是我认为这里的情况并非如此。我的基因检测器试图确认他们的身份，但是却找不到关于这位总督的资料。他的手下叫史塔西 · 瑞斯卡尼，是被缺席判决五年监禁的民联军逃兵，只要民联军抓到他，就一定会把他扔进大牢。

“我们知道他的底细吗？”

“是个当地的商人，从自己老爹手里接下的生意，资料看起来不像是造假的。”

“他要真是个商人的话，就不会盯着低地港或者在数据库里找天璇星号和独眼巨人号的资料了！”总督愤怒地咆哮着。

互助会非常注意保护自己成员的行踪，而他只有入侵互助会的网络，才能知道我在数据库里的搜索记录。这种行为严重违反了《民联殖民地章程》，任何一个货真价实的殖民地管理者都不会干这种事情。

这位冒牌的总督朝我走了几步，脚下的机器人也跟着调整了下位置。他问我：“凯德，你为什么来这里？”

我继续盯着地板，希望他会以为我快被冻死。

“你把他关在这太久了！”总督愤怒地叫着。

“他还没死呢！”瑞斯卡尼一边说着一边朝前走了几步，晃动我的膝盖：“嗨嗨嗨！凯德！醒醒！”

“关于天璇星号和独眼巨人号，你都知道些什么？”总督问我。

见我还不说话，瑞斯卡尼就把一个短棍状的电击器戳到我肋骨上。

我的身体因为电击绷得很紧，过了好一会儿才放松下来。

“我叫雷卡德 · 梅乐尔，殖民地的总督。你想从这出去，就得回答我的问题。现在你得告诉我，你到底为谁工作？”

“纳扎里。”我气喘吁吁地说。

“你为纳扎里船长工作？”梅乐尔吃了一惊。

“他……欠我钱。”

“你怎么找到他的？”

“给他卖货的毒贩子。”

梅乐尔一下子变得非常生气。“我就知道不能相信那个王权国来的瘾君子！我们得用自己的人！关于独眼巨人号，你知道些什么？”

“纳扎里……不过是送货罢了……只为了钱，不想惹麻烦……”

“他什么都不知道。”瑞斯卡尼淡淡地说。

“也许吧……”梅乐尔还不是非常相信我的话。

“要不我把他扔进食品加工机？”

“不行，互助会知道他在这儿。我们不能让他们来找麻烦，最起码现在不行，我们距离成功已经很近了。”

“那让他去诱饵陷阱如何？”

“这倒不错。另外两个人呢？”

“回到自己的飞船上去了。我们的人正在监视他们。”

“等他们出来找他的时候就把他们都抓起来。”梅乐尔说，“让军队那些人锁定他们的飞船，他们要是想逃跑，就把它打下来。”

“我们可以用他们的船啊，总督大人。”

“哦……好吧，把船抢过来。我会告诉互助会，这艘船在禁武区使用武器。准备好伪造的传感器记录，免得他们问我们要证据。”

“我们得找人帮忙。”

“飞龙帮的杂碎们可能会感兴趣。要是请不动他们，我就从哈迪斯城叫人来。”

瑞斯卡尼点了点头，说：“你说咱们什么时候把凯德扔下去？”

“今晚。”梅乐尔一边说着一边从冷藏室里走了出去，小机器人跟在他身后，“他又不是第一个低估平原有多危险的外地人。”

＼·＼·＼·＼·＼·＼

刚过午夜，史塔西 · 瑞斯卡尼和他的三个手下去掉我手腕、脚腕的镣铐，然后把我带上了屋顶，扔进了一架破旧的运输机里。机身上有两台推进器，前面有一个单座的驾驶舱，机尾还有一台推进器负责姿态控制。两边的舱门都被拆掉了，飞行的时候罡风不停，噪声轰鸣，货舱里全是粪便的臭味和血迹。根据我的插件分析显示，这些血迹都不是人类的血。

我们在壁垒城的上空飞了一会儿，等把悬崖抛在身后，就开始向着南部平原飞去。我们从草原上空飞过，等殖民地的灯光消失在地平线之后，运输机开始减速，然后悬浮在一个被遗弃的诱饵陷阱上空。陷阱的大门挂在扭曲的合页上，锈迹斑斑的金属笼子里面是一头坦克龙的骨头。这是第一代的陷阱——它不仅强度不足，而且距离壁垒城太远，没法把猎物安全运回去。

瑞斯卡尼从口袋里掏出了我的 P-50，然后对着舱门外开枪。“有些人会求我们开枪打死他，这样就不必被野兽活生生吃掉。”他顶着推进器的呼啸声大喊，一脸疑惑地看着我。当看到我一言不发，瑞斯卡尼耸了耸肩，说：“随便你吧，凯德。”他对着外面又开了几枪，然后把手枪扔了出去，看着它在诱饵陷阱的铁栅栏上叮叮当当地掉下去，最后落在平整过的地面上。

一个看守从机舱后端的篷布下面拉出一辆老旧的四轮摩托。他启动了摩托的四台地效器，然后摩托飘了起来。看守推着摩托来到了舱门口，然后摩托又熄火了。另一个看守更换了动力包，然后自己动手开始启动摩托。这次，摩托发出轻微的嗡嗡声，根本不能让自己飘起来。驾驶舱里的驾驶员一直扭头看着这一切，又降低了些高度，然后两名看守把摩托推出了货舱，看着它摔了下去，砸在地面的岩床上。

“你今天下午租了那辆摩托，”瑞斯卡尼解释道，从口袋里掏出了我的账户密匙，“用这玩意结账的。”他把账户密匙塞进了我的口袋，脸上装出一副悲伤的表情，说：“你们这些太空佬什么时候才能学聪明点？这可不是飙车的地方！”他大笑着，示意其他人把我拖到舱门口。

我的脸悬在舱门外，瑞斯卡尼解开了我的镣铐，而我还和刚从冷藏室里搬出来的时候一样——浑身僵硬，看上去非常无助。

“你可以试试自己走回壁垒城。”他说，“要是走运的话，说不得你还真能走回去。”

他的一名同伙笑着说道：“没人有那种运气，瑞斯卡尼。”

瑞斯卡尼拿着镣铐走到后面，好让他的同伙把我扔到地面上去。正当他们手忙脚乱的时候，我用指关节猛击左边看守的喉咙。他瞬间无法呼吸，倒在了一边。还没等另一个人反应过来，我反手一击，用胳膊肘砸在右边看守的前额上。他被砸得晕头转向，向后转着圈倒了下去，鲜血从眼睛上方被砸开的地方涌了出来。

第三名看守冲了上来，但是我就地一滚，用四肢把他控制住，然后扔出了舱门。他抓着着陆用的滑橇，挂在了运输机下面，我弹跳起身，却发现一把短管霰弹枪指着我的脑袋。这枪可以发射穿甲高爆弹，完全能够干掉重锤星上最重的野兽，当然也能把人体打成糨糊。

“你打起架来可不像太空佬。”瑞斯卡尼说着，看了看自己的同伙。一个看守因为缺氧，脸色发蓝，另外一个满脸是血不省人事，还有一个绝望地往回爬。“也许总督说得没错，你没看上去那么简单。”

“我就是不喜欢走路罢了。”我说完，又朝前迈了一步。

瑞斯卡尼抬枪瞄准，发出了一个让我无法忽视的警告。“总督要一切看起来像一场事故，但是我觉得应该在这干掉你，然后把你的尸体扔到更靠南边的地方去，这样谁都不会找到你。这对我来说都一样，反正你会被吃掉。”

“重锤星对安德努斯人有什么特殊意义吗？”

他酸酸地看了我一眼，说：“没有！我讨厌这块地方，但是报酬比在部队里拿得多。”

“等到地球海军知道这里的一切，他们会把你烧成灰的。”

“我们做好准备了。”他的口气里带有一种让人惊讶的自信。

“别抱太大希望。”

“五百光年内的海军军舰都不是我们防御火力的对手。”

这句话确实不是虚张声势。殖民地的八门装甲炮塔足以击沉海军护卫舰，而且是在护卫舰进入自己射程之前。但是谁会把重锤星这么偏远的殖民地变成一座要塞呢？这里虽然离冥府深渊很近，走私犯和飞龙帮活动频繁，但是这里的威胁也就仅此而已了。

瑞斯卡尼对着舱门点了点头，“跳下去！”

我看着外面的地面，犹豫不决。

“要不我就用枪把你轰出去。”瑞斯卡尼恶狠狠地补了一句，“你自己选吧！”

我走到舱门边，踩在滑橇上，然后轻轻地跳到了地上。

瑞斯卡尼扫视着平原，观察着远处的一举一动。“它们已经能闻到你的味道了。”随着运输机渐渐爬升，他站在舱门口，扯着嗓子喊道，“你活不了多久啦！”他对着我咧嘴大笑。运输机掉头飞向灯火通明的壁垒城。

我从破烂的笼门爬了进去，拿回自己的 P-50，检查了一下弹药。

枪里已经没有子弹了。我收起手枪，发现夜晚的平原安静无比。头上的恒星只发出微弱的光芒，冥府深渊挡住了不少恒星发出的光芒。而在北边，壁垒城就像是漂浮在黑暗平原上的一座闪光的小岛。靠近壁垒城的一处亮光是高地港，哈利的避难所和低地港因为太低太远，肉眼看不到它们。我可以花一天时间走回去，但是瑞斯卡尼说得没错，从这里走回去就是自杀。我最大的胜算就是待在笼子里，希望明天早上埃曾和亚斯能找到我。

我把监听器和红外夜视的接收距离调到最大，然后我听到一声低吼声从远处传来。过了一会儿，我在高高的草丛中捕捉到一个热信号，它正在向我靠近。

我很快发现，它还带来了自己的小伙伴。

这些家伙距离我越来越近，而我只能绝望地寻找能当武器的东西。虽然被遗弃在这里一个世纪，但是这个笼子还是可以在三个方向上提供保护，捕食动物只能从坏掉的笼门进来。有些笼杆已经生锈了，其他的笼杆因为被那些比坦克龙还大的生物撞击过，都扭到了一边。笼门上的几个杆子已经松动了，但是却扭不下来。

我在愤怒之下，回头开始在笼子里巨大的动物骨骼上想办法。它的肋骨比我的胸膛还要宽，是我大腿的两倍粗，脊椎的骨节每一个看起来都好像是一个铁砧。在重锤星的重力之下，我实在无法把它们抬起来，但是最后我发现了一块能够充当锤子的骨关节。我把它拖到笼子门口，笼门外右边坐着一只锯齿兽，它注视着我的一举一动，而在不远处，两只四足捕食动物就在高高的草丛中爬行。最危险的是，几只及膝高的红外信号也在远处躁动不安，大多数的裂肉魔都在夜晚睡觉，但是我的气味让它们纷纷醒来。

锯齿兽懒洋洋地低吼一声，然后嗅了嗅空气，这让我不得不开始行动。我用骨锤敲打着笼子门，发出的巨响在夜空回荡，黑暗中潜伏的捕食者们都被吓了一跳。它们转身逃入了夜色，但是那只壮硕的锯齿兽还是坐在草丛中看着我。

我再次举起骨锤，终于把一根弯曲的笼杆砸了下来。铁杆和地上的岩石相撞，发出了刺耳的噪声，过了一会儿我又砸下第二根铁条。我扔下骨锤，抱着这两根简易的长矛回到了笼子里。这些笼杆都是用聚合钢制成的长杆，尖端平齐，没法刺穿坚硬的皮肤，但是长度和中世纪的长矛类似，所以我还能打到较远的目标。

我在坦克龙的骨头后面寻找掩护，希望等天亮的时候增援能到。但是锯齿兽起身开始向我这边走了过来。它的眼睛在红外夜视仪上就是两个巨大的红点，眼睛之下是一个方形的鼻子在不停地嗅来嗅去，仿佛是在品尝我的气味。虽然这里可以看到殖民者，但是这野兽对于人类知之甚少。殖民者要么对平原上的捕食者敬而远之，要么就是直接用穿甲弹消灭它们，重锤星上的各种动物并没有机会学习畏惧人类。

我把一根笼杆靠在坦克龙的骨头上，手里拿着另外一根做好准备。锯齿兽离我越来越近！它在草地边停下，研究着被平整过的岩石地面和并不熟悉的笼子。这种生物看起来有点畸形，它的肩膀宽阔有力，前肢肌肉发达，后肢粗短保持平衡。它的脑袋看上去呈正方形，下巴宽大，嘴里的大牙泛着微黄。虽然锯齿兽没有坦克龙那样粗壮的骨架，但是皮肤非常坚硬，只要扭扭头，就能用自己的大牙把对手的骨甲从肌肉上撕下来。

它试探性地闻了闻，然后又开始前进，等靠近笼子的时候慢慢地摇了摇头，眼睛却一直盯着我。它在破损的笼子门口迟疑了一下，因为我的气味非常陌生，而且它也从没见过铁笼子。但是，作为重锤星干旱平原上的一只肉食动物，饥饿让它战胜了恐惧。锯齿兽用前爪扣了扣笼子门，笼门磕在地面上发出巨大的噪声，然后它弯曲前肢，跳进了笼子里。

这下好了，笼子外面的潜行者变成了笼子里的杀手。

锯齿兽脑袋低垂，眼睛盯着我，嘴唇向后咧着，露出锯齿状的牙齿，口水都流了下来。这只大家伙开始绕着坦克龙的大脑袋打转，我也向后退，努力保持距离。突然，它开始前扑，用巨大的前肢向我扫了过来，但是我依靠超级反应改造提供的速度滚到了一边。我飞速站起来，然后用简易的长矛戳中了它的鼻子。

锯齿兽愤怒地咆哮了一声，因为这突然一击而摇了摇头，而我趁机又一次跳开，保持距离。见到我开始逃跑，它又发动了新一轮的进攻，但是我却绕着坦克龙的骨头和它兜圈子。锯齿兽落地的时候，在平滑的岩石地面上打了一个滑，撞到了笼子的笼杆上，让整个笼子都晃了起来。

“你就喜欢追别人，是吗？”我自言自语，终于明白锯齿兽在进化的过程中已经习惯于猎杀逃命的猎物。它以为我也会逃跑，因为这是平原上的食草动物见到捕食者的第一反应。而当我开始逃跑的时候，它的本能反应就是开始追我。但是脚下的岩床被激光打磨得非常光滑，锯齿兽并不能保持平衡。

锯齿兽站起来，然后我俩开始绕着笼子中间的骨头打转，仿佛是在跳一场死亡的二人舞。等绕完了一圈，我又跑了起来，想验证自己的想法是否正确。锯齿兽果然绕过骨头冲了过来，然后在光滑的岩床上打滑。还没等它爬起来，我就冲上去，把笼杆当一根长矛，对准锯齿兽倾斜的前额戳了下去。

等它怒吼着爬起来的时候，我已经跑到了坦克龙遗骸的胸腔里，再次激发了它追猎的本能。锯齿兽在光滑的岩床上踉踉跄跄，竭尽所能想追上我。等到我的插件威胁警告提示锯齿兽马上要追上我的时候，我转身钻进了坦克龙的肋骨之间，躺在铁砧一样的脊椎骨节上。我就地一滚，往前一钻，从胸腔的另一头冲了出来，伸手抓起了第二根长矛。

锯齿兽跟在我后面，完全没有反应过来我要干什么，只是努力挤进坦克龙的胸腔里，久经风雨的骨头在撞击下应声碎裂。它的胸膛在坦克龙的脊椎上起伏，脑袋挤进粗壮的肋骨之间，肩膀还在努力地扭来扭去。它自身的重量反而压住了脑袋和肩膀，而短小的后肢只能摊在脊椎上，无助地蹬来蹬去。

我抓住机会，高高举起笼杆，狠狠扎进它的眼睛里。锯齿兽怒吼一声，扭动着身子，努力想挣脱坦克龙肋骨的束缚，但是无论它有多少蛮力，就是没法倒退。在重锤星一望无际的平原上，它向前的力量已经无人可比，但是倒退却无能为力。

它无法移动自己的前肢，只能用肩膀顶着夹着它的肋骨。我知道坦克龙的骨架很快就会倒塌，我只能使劲把简陋的长矛努力戳进锯齿兽的眼窝里，试图击穿它的大脑，结果却卡在了它的颅骨上，我只好松手放开。锯齿兽不停地摇着头，笼杆也随着它的摆动在空中划出疯狂的弧线。

等到锯齿兽抬起头将笼杆高高举起时，我高高跳起，抓住笼杆，将自己的重量压在上面。等我越过锯齿兽的脑袋时，用力把笼杆向前一挑，就听到一声巨响。锯齿兽的脖子被我扭断了，它的脑袋无力地垂下来，我赶紧跳到一边。

还没等我站稳，我的基因检测器又发出了警告，这次是从西边出现了好几个目标。它们速度很快，而且还一蹦一跳！已经发现了超过一打的红外信号。锯齿兽的号叫和我的气味已经吸引了它们的注意，而现在大餐的信号让它们欣喜若狂。我不能继续待在笼子里了！我赶紧冲向笼门，草丛里同时冲出来一群小型动物，它们的后肢短小但却有力，蹦蹦跳跳地向我冲了过来。我的监听器放大了它们的脚步声和嘶嚎。草原上的裂肉魔离我越来越近了！

因为无处可逃，我只能向上走。我踩着倒下来的笼门，爬到了笼子的顶端，转身猛踩笼门生锈的合页，试图让笼门和笼子彻底分离。这时，一群裂肉魔从草丛里尖叫着冲了出来。它们踏着光滑的岩床冲向笼子，当最前面的一只踩在笼门上的时候，笼门咔嚓一声掉了下去，那只裂肉魔从笼门上跳起，用前肢尖锐的爪子攻击我的小腿。我及时收腿，然后它的小爪子扑了个空，只能扣在笼子的边上。它努力想爬上来，但是我用靴子跟狠狠砸在它的小圆脸上，裂肉魔被我踹得飞了出去。

一群裂肉魔冲进诱饵陷阱里，发现自己昔日最危险的敌人如今已经死了，你都可以听到它们在兴奋地尖叫。它们爬上锯齿兽的尸体，撕开它厚厚的皮肤，然后对着还有体温的肌肉大快朵颐。笼子里的裂肉魔越来越多，每一只都想分到一口肉，锯齿兽的鲜血洒满了整个岩床。等到这群吵闹的裂肉魔吃完了锯齿兽的尸体，它们的注意力又落到了我的身上。

几十只渴求鲜血的裂肉魔一边尖叫一边寻找爬上来的办法，它们有些顺着笼杆往上爬，有些踩着坦克龙的骨头往上跳。我在笼子顶上虽然无处可去，但是它们也伤不到我。这时候，就算我的 P-50 装满子弹，也不可能干掉所有的裂肉魔，它们的数量实在太多了。当你看到这些裂肉魔的时候，就会明白为什么所有在平原扩展居民点的努力都付诸东流了。

这大概就是重锤星日落西山的平原上不可忽视的残酷真理吧！

虽然距离裂肉魔在笼子里开餐会已经过去了好几个小时，但还有十几只在下面的岩床上一脸失望地看着我。其他的裂肉魔已经躲进了草丛，有些吃饱了就开始打盹，还有些在附近游荡，等待下一个猎物。

在远处，一辆装甲车向南疾驰，车灯刺穿了笼罩平原的黑暗。很长一段时间里，它都没有注意到我，但过了一会开始转向，沿着连接陷阱和殖民地的一条土路向我驶来。

虽然它和我之间还有一段距离，但是我的红外监视器在相反的方向捕捉到一个红外源正在靠近我。随着它越来越近，我发现它比裂肉魔要大，但是比锯齿兽小，正在以不紧不慢的步伐走过来。锯齿兽和裂肉魔都没有显出任何警惕的迹象。很快，我就看清来者是个人形生物，穿过平原的样子就好像全然没有发现前方的危险。

当他距离我只有几百米的时候，停下脚步开始打量我和脚下的裂肉魔。我试图利用基因扫描确认他的身份，但是一无所获。我想大叫向他发出警告，但是担心会叫醒草丛里睡觉的裂肉魔，我向他挥手示意快点后退，但是他却忽视了我的信号，继续前进。他距离我越来越近，我的插件很快就获得了他的体温读数——比人类的正常体温高了几度。

距离陷阱不远处的一块石头上，一只裂肉魔闻到了他的气味，然后跳进了草丛里，另外一只却还盯着他。裂肉魔先是怡然自得地走来走去，然后发出一声兴奋的尖叫，叫醒了其他同类。整个草丛立刻躁动起来，所有的裂肉魔都冲了出去。我脚下的几只也立即对我失去了兴趣，加入了狩猎的队伍，生怕错过了自己的那口肉。

那个人形生物似乎也发现了眼前的危险，他伸手摸向自己的肩膀，双手拿出一个武器。当裂肉魔就快扑倒他的时候，他手中的武器射出一道稳定的能量冲击波，在前方左右反复横扫制造出一道锥形的烈火，范围内所有活物都被烧成了灰。空气中充满了裂肉魔濒死的尖叫，而那个外星人还在有条不紊地烧烤眼前的裂肉魔。熊熊烈焰映照出他黑色的头盔和护甲——和在卡瑞利欧—尼斯上跟踪我的外星人一模一样。

我忽然明白跟踪我们的既不是钛塞提人也不是入侵者。而是他！他从尼斯空港的街道上一路追踪到重锤星的平原，他的目标不是埃曾，而是我！

从右侧又出现了一批红外源，向着外星人扑了过去。我有那么一瞬间以为他没有注意到那些裂肉魔。就当它们要扑到他身上的时候，他却跳到一边去了。当他跳到空中的时候，电离化的亮光在他的靴子底上闪耀，所有裂肉魔的注意力都集中在他的身上。等他落地之后，耐心等着第二波攻击跟上他的步伐，然后他再次开火，有条不紊地消灭了跟在身后的裂肉魔。等到周围只剩他一个活物时，他就收起武器，跳过熊熊燃烧的野草，向诱饵陷阱靠近。

我听到身后有车轮开上了岩床，然后是金属的舱盖打开的声音。我转身看到一台六轮的全地形车停在笼子旁，车顶上还装了四盏探照灯。车身上涂着适用于稀树草原的迷彩，长方形的装甲板让车体看起来四四方方的，车顶还有个圆形的炮塔，上面装了一门75毫米自动炮。

车体两侧画着平原上各种动物的图案和用红油漆书写着“草原奔跑者”几个大字。车顶中间还有一个打开的舱门，敞开的舱盖就像海鸥的一对翅膀，推开舱门的是一只黑色的机械爪。

那个一直在哈利的避难所跟踪我们的人，从装甲车的舱盖里探出了自己饱经风霜的脸。“凯德，”爪子男大喊道，“快来。”他那只完好的手里拿着一把三管的散射枪。但是他没有用枪瞄准我，反而是瞄着更低的地面，随时准备打死第一只跳出来的裂肉魔。

我犹豫了一下，回头看了看向我走来的那个外星人，确信和他动起手来胜算渺茫，于是就从笼子边滑到了地面。我一头钻进装甲车的同时，爪子男关上了舱盖，外星人在靴子的助力下跳到了笼子上面，发出了巨大的金属碰撞声。

草原奔跑者的内部是粗糙的金属防滚架、枪架和弹药箱。车身中间是两个背靠背放置的座椅。我刚落到车厢地板上，驾驶座上一个 20 岁出头的漂亮金发姑娘就给我亮出一个阳光的微笑。

“嘿，先生，真高兴你还没死。”

“我也是。”我拿不准该说什么，就索性坐在了座位上。

“上一个我们想救的家伙，”她说，“等我们到了的时候就已经咽气了！”

“这是艾玛。”爪子男说，“我女儿。漂亮吧？”他对着姑娘点了点头，“回家吧，宝贝女儿！”

艾玛转身加大推进器功率，装甲全地形车发出一声怒吼，冲上光滑的岩床，一头冲向陷阱笼子，然后当车子调整好方向之后，天空中又出现了那双闪光的靴子。

“搞什么鬼？”艾玛一脸的不解。那个外星人降落到了我们的正前方。

“冲上去！”我大喊道。

艾玛看着自己的父亲，拿不定主意：“他可不是自己人。”

“孩子，照他说的做。”

她把推进器开到最大功率，让全地形车对着高个儿外星人直直冲了过去。他撞在正面的倾斜装甲上，然后飞到了半空中。草原奔跑者从石头上弹开，冲进草丛，然后开始加速。透过车后的观察缝，我看到外星人借助自己的靴子漂浮在半空中，看起来毫发无损。

爪子男注意外星人目送我们越跑越远，说：“你朋友？”

“这我可不能确定。”我说，心里非常怀疑全地形车的装甲能否挡住一发来自外星能量武器的攻击。我静静地等着，但是外星人并没有开火。他要么是觉得装甲全地形车是个难以对付的目标，要么他就是想活捉我。

等到尘土彻底掩盖了外星人的踪迹，爪子男转过头对我说：“让我理解一下。你来这还不到一天，梅乐尔和他的手下就想要你的命，而且还有个大个儿外星人在跟踪你。小伙子，你在结仇这方面是不是有什么特殊本领？”

我微微一笑，说：“天赋如此。”

“你要是想找麻烦的话，还真来对地方了。”

“你怎么知道我在这儿？”

“你从缆车下去后，我手下的小伙子就看到你被他们从大街上抓走了。当他们带着你朝南飞的时候，我们就知道他们会把你扔到这地方。”

“猜得挺准。”

“这可不是瞎猜。你又不是第一个被扔到这里的，更不会是最后一个。”

“你为什么要冒着和总督结仇的风险救我？”

“我已经是他的敌人了。如果那个两面三刀的杂碎想让你死地话，我就想让你活下去。”

“为什么？”

“因为我想让他滚出我的星球，要不死了也行。”他若有所思地想了想，说：“还是让他死了好。”

艾玛转头笑着说：“梅乐尔对老爹也是一样的想法。”

“他想把我扔进诱饵陷阱。”爪子男说，“但是他要算付诸行动的话，我就把他开膛破肚，然后把脊椎抽出来。”说完，他就若有所思地伸展了下他的机械爪。

“你都干了些什么？”

“我干了什么不重要，重要的是我是谁。”当我露出一脸茫然的表情时，他说：“我是前任总督。叫我昆汀 · 托比亚斯 . 哈利，老 A · M 的直系后裔。”

\·\·\·\·\·\

天渐渐亮了，我们来到了哈利的避难所东南方向的荒骨平原。一路上可以看到晒得发白的骨头、车辆的残骸和三角形的石碑，上面刻着无法辨认的字。每当我们经过一个类似的纪念碑的时候，艾玛都会降低车灯的亮度以敬死者。

“他们记下了所有没能到避难所的人。”看到我在努力辨认石碑上的字迹，哈利说，“石碑的位置就是他们死去时的位置。大多数的遗体都没能抢回来。”

很快，我就看到前方的峭壁上有两个哨兵一样的圆形炮塔。它们都装备长管自动炮，不仅能掩护彼此，还能消灭任何追击车辆的野兽。艾玛开着全地形车冲上一条磨损严重的车道，然后驶向悬崖上的一扇长方形大门。等我们靠近的时候，大门升了起来，露出巨大的山洞，里面停满了各种载具。从两轮的小车到装着吊臂的拖车，甚至还有十轮的大型运输车。所有的载具都有装甲保护，大多数装有小型武器，还有一些则像哈利的全地形车一样装有自动炮塔。

山洞是自然形成的，但是殖民者扩大了内部空间，抛光了墙面，还向上挖出一条通道，一个升降机直达台地顶部。我们一进山洞，身后的装甲大门就落下来了，看来就算有两个炮塔守门，重锤星人还是不愿放松警惕。艾玛把草原奔跑者停在靠近山洞大门的地方，然后我们就坐着升降机来到了台地顶部。

哈利的家是台地上最大的房子。整个建筑大约修建于一个世纪之前，辉煌的气度刚好符合这个建设殖民地的家族，从他的房子里向东还能看到大丽花号的残骸。一块凸起的大石头，既是纪念碑，也把他家和南边几千米外的炮塔隔开。等我们一进房子，艾玛就去准备早餐，哈利让我在餐厅门口的椅子上坐下，然后从装饰精美的盒子里拿出来一根雪茄。

“重锤星特产。”他很自豪地说。

当我婉言拒绝的时候，他点了一根烟，然后坐在旁边的一张椅子上。这家伙是个典型的当地人，比我矮一头，当地让人不适的重力造就了他结实的肌肉和粗壮的骨头。他的脸被晒得黝黑，花白的胡子和头发长得连到了一起。除了那条机械胳膊，他看上去非常健康。

他抽了口雪茄，然后缓缓吐出蓝色的烟雾，“凯德，来我们这的商人可不多。”

“这不奇怪，毕竟冥府深渊就在旁边。”

“话虽如此，你还是来了，而且梅乐尔还急于想弄死你。我很好奇到底发生了什么。”

我不知道是否可以相信哈利，所以不会和他分享机密信息，但是也不能忽视他把我从野兽和神秘外星人的双重夹击下救出来的事实。

“也许是我太好奇了吧。”

“我看你对低地港非常感兴趣，而且你来的时候那艘走私船恰好也到了。我猜这不是什么巧合吧？”

“你也认识天璇星号？”

“我以前见过它。”哈利盯着我，心里盘算着我对他到底有多少利用价值。最终，他说：“大多数时间低地港都是给那些水基作物农民用的。他们的小货船都选在那降落，这样就不用在高地港缴费了。每隔几个月，梅乐尔就会关闭低地港，然后派出自己的私人军队驻守。那时候谁都不能进入低地港，就连那些农民也不行。只要看到这一切，我们就知道有客人来了。”

“就像现在这样。”我若有所思地说。

“对，没错。”哈利弹了弹烟灰，“我以为像你这种人出现在这不过是时间问题。”

“像我这种人？”我假装一脸无辜地说。

“就是那种对梅乐尔的副业抱有过分好奇心的人。”他带着一脸好笑的表情看着我。

我大可以编一套天花乱坠的故事，但是我需要他的信任和帮助。“他引起了我的注意。”我说，我在对话中完全不提及自己的事情，这让哈利相信我绝对不只是个商人。他的脸上闪过了一丝希望，然后我问他：“梅乐尔是怎么控制整个殖民地的？”

“当然是民联殖民管理局委派的啊。”

“他可能是个假货。”

“我亲眼看到的委任状，是个真货。”

“但是他手下的士兵可不是真的，”我说，“全都不是民联军。”

“哈！猜到了。”哈利微微一笑，“你有什么计划？”

“让他后悔没能早点干掉我。”

哈利的脸上开始冒出一阵坏笑：“我要怎么帮你？”

“把你知道的事情都告诉我。”

他想了一会儿，然后说：“那艘老货船每年都会来三四次。总是和一艘黑色的圆形飞船见面。那船长得真难看，浑身都是炮，要我说，这种船就是那些炮塔的理想目标。”

“独眼巨人号，我见过它。”

“有时候只有天璇星号一艘船，有时候还和其他船一起来。全都是大型货船，刚刚出厂，全都长一个样子。”

“有武器吗？”

他摇了摇头，说：“最起码我没看到武器，但是我又不是这方面的行家。”

“手无寸铁的飞船可不会来这种高危空间。”我一脸怀疑地说。

“但是他们确实来过。想看看吗？”

“你有全息影像？”

“这可不是哈迪斯城！”他生气地说，“二维图像凑合凑合吧！”他从椅子旁边拿过一个遥控器，激活了壁炉上面一个大屏幕。“我给你说了，我一直在等像你这样的人出现，所以就拍了这些东西以防万一。你要是感兴趣，这些东西多得是。”

画面上出现了一艘有着泛核船运公司涂装的飞船。泛核船运是跨星系运输业巨头之一，和映射空间内最大的高端黑帮——银河财团，有着说不清道不明的关系。这些飞船看起来就像是刚从船坞里开出来的一样，船身一尘不染，涂装一丝不苟，而且没有防御装备，就连护盾发生器都没看到。正常人绝对不会把这种价值连城的新船开到冥府深渊，除非他们根本不怕飞龙帮。

这飞船让我想起了撒拉逊级货船，只不过画面上的这种船在某些地方进行了结构性改造，看起来更长更厚实，这对于非作战飞船来说非常不寻常。这种飞船和标准的撒拉逊级货船比起来，每边各有四个货运舱门，但是两边控制飞行的姿态引擎要大得多。更大的引擎可能让它飞得更快更灵活，但是会牺牲载货量，而且总体质量也会更大。

“当它们降落的时候，”哈利说，“船上的人就会换乘到天璇星号，然后黑色的那艘船上就会放下一组人再去驾驶这些货船。”

如果天璇星号隶属于银河财团，那么他们不仅为飞龙帮出售武器，还建造飞船。兄弟会的这种转变值得注意，以前他们都是从宇宙深处掠夺或者从废船场里寻找能用的飞船，他们从不会去下订单买船，或者他们曾经不会去下订单买船。

“我需要一份备份。”

“我就等你说这话呢！过去两年里我一直希望能把这些东西送出

去，但是梅乐尔对出境通信管理非常严格，就连送出一份天气预报都得有他同意才行。”

“肯定会有商人来这儿。”

“是有一些，但是他们要么一天之内就离开了，要么就是被扔进了诱饵陷阱。”

“原来如此。”我说着，心里猜测梅乐尔为了保密到底杀了多少人。

“这地方以前还不错。在 A.M 还活着的时候，从没有什么外来的总督，况且 A.M 还是自己人。”

“A.M？这是你第二次提到他了。”

哈利发现我居然没听过他伟大祖先的名字不禁一脸惊讶。“安德鲁 · 莫迪凯 · 哈利，重锤星殖民地的奠基人！要不是他带着大家爬出大丽花号，大家的尸骨早就铺满整个平原了。我不能说这个殖民地是我们家的，但是这里我们家说话最算数。”

“作为 A.M 的直系后裔，殖民地人都尊重你，这也就是为什么梅乐尔想把你扔进监狱。”

“他是想干掉我！要是不能一次性地干掉我，半个殖民地都会直接和他对着干。我可没骗你！梅乐尔得找个看起来合法合理的办法把我干掉。鉴于我老婆是重锤星首席法官的女儿，”哈利笑着说，“这活可不简单。”

在和昆汀 · 托比亚斯 · 哈利聊了几个小时之后，我发现他既不是个恶棍也不是个叛徒，因为民联根本无法找人取代他。这就让梅乐尔的任命更加可疑。无论如何，看来飞龙帮是想让这个距离冥府深渊最近的殖民地处于他们的控制之下，虽然操纵地球政府不是兄弟会的手法，但是他们完全可以交给拥有雄厚财力，交际网发达的银河财团，后者的实力足以控制整个星球。鉴于地球上没几个人听说过重锤星，贿赂殖民地管理人员，让梅乐尔当上总督几乎易如反掌。

“能联系到我的船吗？”我问道。

“用通信器肯定不行。梅乐尔监听了所有的通信。我可以让我手下的小伙子替你传个话。”

“梅乐尔的人也在监视我的船。”

哈利笑了笑，说：“小菜一碟。”

\\·\\·\\·\\·\\·\\

在我们等着哈利的小伙子从银边号带回消息的时候，哈利和他的女儿给我看了他们家在废弃的外星文明遗迹里打猎和探险的视频。

“这地方以前是个资源殖民地,”哈利解释道,“等到北部平原干旱，整个星球都被挖空之后，他们也没必要待下去了。话虽如此，他们还是花了很久才放弃这里。”

“这里的动物这么凶猛，在这里务农还真是难以想象。”我的脑海里又想起了昨晚的遭遇。

“这些外星人差不多灭绝了当地的野生生物。”艾玛说，“剩下的都圈养在自然保护区。因为这个星球上没有智慧生物，所以这种大规模灭绝行动也没有受到制裁。”

“重锤星被官方认定为死亡世界。”哈利补充道。

智慧生命在银河中随机分布，并不是每颗星球上都能找到他们的踪迹。但如果确定某颗星球上出现了智慧生物，那它就会受到银河系律法的保护。

“钛塞提人管他们叫比拉里人。”艾玛说,“但是别的什么都没说。”

也许他们也是麦塔所说的先驱文明之一。说不得钛塞提人是基于某些他们不会解释的原因，所以才仅对我们提供了有限的信息。

哈利用自己的机械臂播放下一个视频。当他看到我凝视着机械臂的时候，他伸了伸胳膊，说：“十多年前被锯齿兽咬掉的。当时枪卡壳了，万幸的是它没把我咬成两节。”他指了指挂着战利品的那面墙，上面有个深棕色的野兽脑袋，它的下巴方方的。“万幸的是，它光顾着啃我的胳膊，我趁它压住我的时候，一只手清理了枪膛。”

“你怎么不去做个全面的义肢手术？”我问他。

“真要是做了全面义肢手术，那别人怎么知道我死里逃生呢？”他的脸上竟闪过一丝淘气的笑容，“这里的人对这种事刮目相看。生在重锤星，一切就是这么简单。”

“我们摔个痛快，然后满血复活。”艾玛念叨起了当地的口头禅，“问问当地人，他们都是这么说的！”她看了眼父亲的义肢，摇了摇头，说：“我有时候以为他是故意把胳膊塞进锯齿兽的嘴里，这样他就能把那个丑得要死的玩意装自己身上，让周围人膜拜他是个硬汉。”

哈利笑着说：“安德鲁老爹丢了条腿。他靠着一条简易的金属腿晃悠了好几年，最后殖民地的各位从地球给他弄了条新的义肢。这可是家族传统。”

“这条我绝对不干！”艾玛大声回绝道，虽然她和她父亲一样顽强，但是却不喜欢虚张声势。

哈利咧了咧嘴，靠过来说：“她嘴上是这么说，但是那天还多亏她救了我。帮我止血，然后让我保持清醒，直到最后有人来接我们。老医生特纳能做的也就不过如此，但是她那时候不过是个小屁孩。”

艾玛努力躲到一边，来自老爹的夸奖让她感到害羞。

“你们住在一个被濒死的恒星灼烧的行星上，”我说道，“资源被外星人挖掘一空，到处都是能置你们于死地的动物，星球重力对大多数人类来说都非常难受，未来除了整个星球陷入死寂别无出路？”

哈利哈哈大笑：“差不多就是如此。”

“想过搬家吗？”

“这地方以前还不错，而且这毕竟是自己家，就算我们都死了，很长一段时间内都是我们的家。”他的这番话意味深长。然后又开始播放下一段视频。

\\·\\·\\·\\·\\·\\

哈利的手下下午才回来，还把埃曾和亚斯也带了过来。他们被偷偷塞进草原奔跑者号，然后用升降机降到平原上，最后一路开回哈利的避难所。

“你们是怎么绕过梅乐尔的手下的？”他俩一进战利品室，我就问他们。

“埃曾把他们都解决了。”亚斯心不在焉地回答了我的问话，一边塞给我要的弹药一边欣赏哈利的狩猎战利品，“这些都是真的？”

“那可不。”我说，“中间那个大家伙吃掉了哈利先生的胳膊。”

哈利自豪地举起自己的机械臂：“整个都吞下去了，谢谢都不说一句的。”

埃曾拿掉了压力服的头盔，露出了自己流线外形嘴巴上的发声器，这一切着实让哈利大吃一惊。埃曾说：“哈利手下人的到来为我们提供了不错的掩护，船长。”

“梅乐尔的手下都死了？”我问道。

“都被打晕了。”埃曾说。

“全都被锁在太空港的真空辐射消毒柜里。”亚斯补了一句。

“定时器应该会在他们被憋死前放他们出去。”埃曾说，“但是我的空气消耗量计算错误的话，一切就另当别论了。”

我看下哈利，说：“我们会给你货柜的号码，过一两天你把他们放出来就好。”

“要是我能想起来的话，自然会放他们出来。”哈利漠然地说。

艾玛带着哈利的两个手下走了进来。亚斯的眼睛马上就粘在她身上，对着她放出一个阳光的微笑。

“我以为重锤星这个名字说的是这里的重力呢，没想到和姑娘也有关系。”他朝艾玛走了一步，“亚斯 · 洛根。”他说着握住她的手，“飞船驾驶员，雇佣兵，漂亮姑娘的情人。”

艾玛笑了笑，显然是受宠若惊，于是自我介绍说：“我叫艾玛。”

“很高兴见到你，艾玛。”亚斯说着看了我一眼，“船长，我知道你为啥整晚都不回船了！”

“艾玛是哈利先生的女儿。”我狠狠地盯了他一眼，警告他不要轻举妄动。

“而我，则是保护欲超强的老爹。”哈利补充了一句，象征性地挥动了一下自己的机械爪子。

“我很高兴见到你，哈利小姐。”亚斯一脸崇拜地说。

“在太空里待太久了？”她问道，看来亚斯的话还有点用。

“久到你无法想象。”看来亚斯不是很想松开艾玛的手。

她转向自己的父亲，说：“低地港的警卫刚换完岗。这班岗要一直站到早上。”

“我们要去什么地方？”亚斯问。看来他更乐意和哈利小姐待在一起，试试自己的运气。

“我们去给天璇星号一个惊喜。”我对哈利说，“你有什么地方可以寄存昏迷的警卫吗？”

“就锁到停车场的储藏间吧。那地方除了我们的人，谁都不会去。”

“很好。”我给自己的手枪装了一个弹夹的胶头弹，然后说，“他们起码不会寂寞。”

\·\·\·\·\·\·\

四个穿着民联军制服的警卫躲在低地港的缆车车站里，对外面街道上发生的一切全然不在意。哈利和他的手下躲在一边，以免有人来找麻烦，而我们三个人就从悬崖边上的墙绕到了车站入口。

“你真的想这么干吗，埃曾？”我问，“他们看见你可能就会开火。”

“安德努斯人对坦芬人不熟，”埃曾说，“我要是不拿武器的话，他们也不会开火。”

等我们摸到了车站，他递给我他的枪，拿掉自己的头盔，然后走进了车站。

“我还是觉得先扔个神奇的晕眩手雷比较好。”亚斯悄悄说道。

我也曾经提出过同样的提议，但是埃曾说一颗晕眩手雷不能处理掉里面的所有人，如果有人还能保持清醒的话，那么就会呼叫增援。如果事情到了那一步，局面就一发不可收拾了。

等埃曾吸引了他们的注意力，他就不紧不慢地走进了车站，而我和亚斯则拿着枪在车站外面待命。

“哎哟，这不是地球上的鱼人吗？”一名警卫看到埃曾，惊讶地叫出了声。

另外一个笑着说：“看起来不是很强嘛！”

“你给我站住，鱼脑袋。”一个警卫对着埃曾端起了枪。

“我好像迷路了。”埃曾说着，从警卫身边走过，继续向低地港走去，警卫都跟在他的身后。

“你给我站住！”警卫队长大喊道。

埃曾转身看着他们，说：“我在寻找海洋。”

一名警卫笑着说：“鱼脑袋想游泳了！”

“最近的海洋离这五千千米呢！”

海洋是埃曾的信号。我和亚斯摸进了车站，他手里拎着两把速射枪，但是只能在我打偏之后开火。速射枪是快速杀敌的利器，但是却不能装备 P-50 使用的胶头弹。低动能的胶头弹在出膛后会弹出一股具有弹性的合成物，在近距离能够打晕目标，是不想把血弄得到处都是的好选择。

我双手握着 P-50，还不等两个警卫反应过来是怎么回事，胶头弹就打中了他们的脑袋。第三个警卫闪到一边，准备用穿甲步枪射击。还没等他抬起枪，埃曾从背后冲上去，夺下他的枪，然后踹在他的腿上。等警卫和地板来了个亲密接触，埃曾就用枪托砸晕了他。我对着跑向通信器的第四名警卫又开了一枪。我瞄准的稍微低了一点，一枪打在了他的背后，然后对着他脑袋又补了一枪，确保他能老老实实地趴着。四个人最后都会在哈利的储物间醒过来，每个人都得被脑震荡折磨得够呛，但是起码都没死。这对彼此都有好处，因为我不想走到哪儿都尸横遍野。我来这是寻找信息的，又不是来杀人的。

我在入口发了个信号，然后一辆太阳能动力的送货车就从旁边的街道开了过来。等它停下的时候，哈利和手下爬下来，把警卫和枪都装上车，然后留下艾玛和哈利在原地，其他人把车开走了。

“给我们争取点时间，我们过去把那艘船拿下。”我对哈利说。

“我们今晚就去大丽花号的残骸，绕一圈，从那边走。草原奔跑者号大概早上 2 点就到那了。”

要是一切按照计划进行，到那时候我们已经控制了天璇星号，但是他们不会是低地港上唯一的麻烦。“那低地港炮塔的传感器怎么办？”

“我们绕圈的时候已经在超越地平线了，然后再从台地的盲区出现，他们不会知道我们的位置。等到黎明，我们就已经离开了，所以壁垒城不会知道我们的位置，不然他们肯定会对我们开火。”

“我明白了。”

一台圆形的缆车从南边缓缓驶来。它的尺寸比普通的缆车要小一半，只有一个舱门，而且还是透明的。虽然没有任何可以提供遮掩的东西，但是我们到达低地港的时候天色已暗，所以也无所谓。鉴于天璇星号的舰桥人员习惯于依靠梅乐尔的手下确保地面安全，所以我希望他们不会太注意缆车的问题。

埃曾已经走到了上车的月台，但是亚斯还在抓紧时间和艾玛聊天。从艾玛的神色来看，亚斯似乎给她留下了不错的印象。

“亚斯，我们要出发了。”我说完，走向月台，因为缆车已经靠站，自动门都打开了。

亚斯语速很快，而艾玛则在一边笑，轻轻抓着他的胳膊。亚斯转身冲上月台，然后在关门前一刻跳进了缆车。

“我以为你不来了呢！”我说。缆车慢慢地越过峭壁，向着南部移动。

“船长，你知道我这个人喜欢热闹。”他说着，扭头看着手撑在腰上、站在那里目送我们远去的艾玛。

“你知道她也是基因改造过的，对吧？”我说，“她比你顽强，比你强壮，说不定还比你聪明。”

＼·＼·＼·＼·＼·＼

在孤峰上有一座供缆车使用的铁塔。因为孤峰恰好坐落于哈利的避难所和低地港中间，所以当地人就在这里修了一个铁塔，在塔上留了一个维修用的平台和用于上下的窄梯。随着我们距离铁塔越来越近，低地港被石柱遮挡着越发看不清，只有在我们到达顶峰的时候才能看见一次。现在我们能够清楚地看到天璇星号，它停在台地上，舱门紧闭。唯一能看到的活人是两个巡逻的哨兵。他俩的位置在台地地势较高的东边，两个人在峭壁顶端和转来转去的炮塔中间不停地徘徊。

“我们把卫兵引到车站。”我们距离维修平台越来越近，“然后在天色暗下来之后拿下天璇星号。”

“攻击在地面的飞船算不算海盗呢？”亚斯疑惑地问。

“那得看我们要不要留下这条船自己用。”

“从理论上来说，船长，”埃曾说，“攻击非战斗用飞船，无论该飞船是停在地面还是在太空，这种行为都是要判死刑的。”

“那就别被抓到呗！”我刚说完，缆车就到了维修平台，然后停在原地。过了一会儿，一个金属碟子砸进了窗户，飞到了缆车正中央。碟子飞到和我眼睛差不多高的高度，然后发出一声刺耳的尖啸，爆出一阵足以致盲的白色闪光。

我完全不记得自己摔倒在地，但是当我回过神来，插件的计时器提示我已经过去了几秒。虽然晕眩效果持续时间很短，但是后效却持续了很久。眼前的一切都笼罩着一层白雾，单调的杂音在脑海中挥之不去。我想睁开眼睛，但是想不起来该怎么做。我以前也中过类似的招数，但是从来没有感觉自己的身体是如此的不听使唤。我放弃睁开眼睛，而是努力用自己被震得七荤八素的大脑想一个词：分析。

在经过了超长的一段时间之后，我的插件终于得出了最可行的答案：范围性神经冲击武器，种类未知。

我的生物感官彻底不起作用，插件也因此无法放大任何东西。听不到，看不到，摸不到。我混乱的思维只能遵循以往的训练，请求插件更换模式。

生物接收器启动直接接收模式。

监听器直接接收外部信号的效果并不好，因为我的听觉并不起作用，但是现在我只能依靠它了。透过大脑里萦绕的噪声，我听到了金属撞击的声音，那是金属靴子走在缆车金属地板上的声音。我的插件马上进行了分析，然后传到了我的大脑里。

与卡瑞利欧—尼斯人形生物匹配度：74%。

原来是一路从卡瑞利欧—尼斯追来的那个外星人！他一定是看到我登上缆车，所以才在孤峰的铁塔上设下了埋伏。

检测到身体运动。

我虽然感觉不到任何东西，但是我的传感器发现我正在被拖出缆车。

恢复身体机能，取消安全限制。

我接下来做的事情可能会非常痛苦，而且还有可能失败，但是如果我坐以待毙的话，等醒来后可能就只能任人宰割了。当然，前提是我得先恢复行动能力。

已恢复了 40% 机能。

这还不够。解除安全限制后，地球科技打造的生化插件可以让我恢复得更快，但是外星人使用的武器却让我的感官系统陷入一片混乱。

抑制抽搐反应，继续恢复中。

我的生化插件努力重启我的身体，同时还在抑制不自主的肌肉活动，免得外星人发现我正在逐步恢复。随着生物插件在我体内释放大量肾上腺素，新陈代谢和体内血糖浓度也在上升，我脑子里的杂音也越来越响。神经元递质在我的体内蹦腾，生物电信号激活了沉睡的肌肉。对于跟踪我的外星人而言，我还是一团烂泥，但是我已经恢复了部分知觉。

我的脑袋疼痛欲裂，我的脸贴着地面被拖出了缆车，眼前的白雾也渐渐消散。我发现他看不到我的脸，于是努力睁开眼睛，想看清周围情况。靴子模糊的影子在我面前晃来晃去，他拖着我走过了维修平台。等我们到了边上，他放下我，按住自己的手腕，然后一条窄窄的金属栈桥从平台下面伸了出去，连接到半空中一道圆形的气闸。

我肌肉紧绷地坐起来，用力踹在他的腿上，这一下力道不是很大，但是却让他措手不及，被我从平台上踢了出去。他的反应非常迅速，马上用手抓住栈桥。他一边盯着我，一边像钟摆一样晃动身子，我赶紧用靴子跟砸他的手指。外星人松开手，想用另一只手抓住栈桥，结果却失手掉了下去。他在半空中启动了靴子上的喷嘴，最后安然无恙地落地。我真没想到他还有这么一招。外星人在靴子的帮助下跳上了高塔，顺着梯子往上爬。

“真是顽强的混蛋啊！”我一边骂道，一边努力爬回缆车。他一定控制了控制面板，才让缆车停下来的。但是车门顶上的灯正在逐渐变暗，意味着门马上就要关闭。

“关闭车门，”一个合成的女性声音响了起来，“缆车驶离月台。”

我的四肢就好像被人抽掉了骨头一样，但还是强撑着爬过月台。等我靠近的时候，缆车车门刚好关闭，拉着不省人事的埃曾和亚斯越走越远。那个外星人已经爬了大半截的梯子。我用不听使唤的手指勉强捏着 P-50，开了几枪，准头糟糕地令人难以置信。头几发胶头弹飞到不知道什么地方去了，然后一发打在了靠近他肩膀的铁塔上，一发从他头盔上弹开了。他很快转到塔楼的另一边，用塔身作掩护，继续向上爬。他爬得太快了，等他爬上来的时候，下一趟缆车还没到呢！我滚到一边，退出胶头弹，换上硬尖穿甲弹。等我装好弹，滚回到月台边上的时候，塔楼下一个人都没有，我反身爬回去，在平台尽头等他出现。我的身边突然响起金属靴子落地的声音，还没等我把枪举起来，他就把枪从我手里夺走了。

“别闹了！”他用一个低沉的声音说道。

我滚到一边，向上飞踢，一脚踹到他的背上，然后趁他踉跄的时候抓住了他的脚踝。但是他俯身从我身上优雅地翻了过去，然后轻松地恢复了平衡。

“作为一个人类，你恢复得很快。”他说起联合语来非常生硬。

“你想要什么？”

“情报。”

“哪一种情报？”

“不是关于你们的情报，是关于你的情报。”

他想用我换情报？“你是赏金猎人？”

他咕噜了一声，似乎对“赏金猎人”这个头衔不是很满意，“我是个追踪者。”

我慢慢坐起来，感到麻木的感觉渐渐消退。“追踪者又是什么？”

“我能找到别人找不到的东西。”

“你叫什么名字？”

“格伦·维拉特。”

“听都没听过。”

“我来自科萨。”

“猎户座旋臂的？”我问道，强迫自己用颤抖的双腿站起来。

“不。”他厌恶地看了一眼我的 P-50 手枪，然后把它扔到了身后，“我来自你们叫作英仙座旋臂的地方。”

英仙座距离地球五千光年，远远超越了映射空间的边界。我确信自己不仅没去过，以后也不会去。我说道：“你大老远跑过来就是为了绑架我？”

“我不是为你而来的。”他一边说着，一边示意我赶紧跟他走。

我忽视了他的命令，估算着下辆缆车距离平台的距离。“你怎么找到我的？”我问他，打算借此拖延时间。

“我扫描了你的导航系统，这种事情在近距离易如反掌。”他的手摸向自己的肩膀，掏出那把在诱饵陷阱用过的武器，然后用一只手掂着它，瞄着我，“你可别逼我开枪啊！”

“你可不会开枪，你还要用我换情报呢！”

“你只要能喘气就行了，缺点什么也可以接受。”

这可能是我经历过的最具有说服力的对话了。我踉踉跄跄地走向栈桥，假装站不稳的样子，时不时地扭头看他身后越来越近的缆车。我猜上一辆缆车停在这里完全是因为他做的手脚——这一辆完全没有减速。

等到了平台边上，我假装摔倒，单膝跪在地上，说：“我会掉下去的。”

维拉特瞄着我的腿，说：“爬过去。”

“我害怕。”我说，缆车离平台越来越近了。

格伦 · 维亚特走了过来，准备抓住我的夹克领子。我突然抓住他的手腕，把他朝前拽，同时伸出一条腿绊他。他的脸重重地砸在栈桥上，我趁机反身扑向自己的手枪，然后拿着它跳向半空中的缆车，我能感觉到维拉特的能量武器在我背后开火了。缆车的门并没有打开，但是借助我的超级反应改造，我应该可以很轻松地跳到车厢下面的滑橇上。但是，我的身体还在和外星晕眩弹的后效作斗争。我的手距离滑橇只差分毫，然后我就掉了下去，孤峰脚下的平原急速向我接近。石壁从我身边快速地飞过，然后一只有力的大手抓着了我的腰带。我扭动身子，试图打到身后的维拉特。但是他用枪托砸向我拿枪的手，P-50 飞了出去，然后他启动靴子上的喷嘴减速。

“你还是不肯放弃啊！”我说。

“科萨人从不放弃。”

维拉特落地的时候两条腿分得很开，强壮的双腿刚好可以吸收冲击。然后他把我扔在地上，一脚踢在我的肚子上，我整个人都飞了出去。

我后背着地，呼吸困难。“这又是为了什么？”

“你把我惹毛了。”

维拉特走过来，用一道细细的金属条绕在我手上。我能够感觉到金属条紧紧地箍住我的手，然后我的胳膊就失去了知觉。还没等我反应过来，他又用同样的金属条捆住我的脚踝，这下我的腿也动弹不得了。

“咱俩就不能谈谈条件？”我趁他后退几步的时候问。

维拉特忽视了我的问题，朝着悬崖走出几步，然后在小臂上的黑色操作界面上按了一下。

“你要把我扛回去吗？这塔就算对你来说，也是很高的。”

夜色降临，能见度越来越差。我的检测器有效距离已经超过了肉眼可及的范围。它在探测范围的边界发现了一个从未扫描过的信号，这个信号正在从西南方向靠近。不管那是什么，它不仅从很远就发现了我们，而且移动速度飞快。我的手枪离我不远，但是我被科萨人的镣铐五花大绑，也用不上它。维拉特已经收起了武器，注视着天空，好像能看到一些我看不到的东西。

“把你的飞船开下来了？”

维拉特的手指还按在胳膊上的控制界面上。我不知道他是在遥控飞船还是发出指令，总之手上的事情让他全神贯注。而在另一边，那巨大的逐渐逼近的东西虽然看起来不过是一团黑影，但是在远方若隐若现。

“开着一艘隐形的飞船做绑架生意，一定赚了不少吧？”我说。

“这是用来渗透的。”他心不在焉地说，“绑架的生意早就不做了。”

渗透什么？我问他：“你要是告诉我你在找什么，也许咱们能聊聊。”

“要找的东西我已经找到了！”他一边看着自己的隐形飞船降到地面，一边大声呵斥道。

等到飞船降落，他把我扛在肩膀上，大步朝飞船走去。在远处，哈利的避难所刚刚点亮了夜晚的灯光，在更远的地方，还能看到来自地势更高的壁垒城的灯光。

“我们要去很远的地方吗？”我的监听器听到了来自远方的隆隆声，我脑内插件界面上信号标记的颜色也从橙色变成了红色。不管是什么发现了我们，现在都必须躲起来了。

“比你去过的地方都远。”他说。

“我去过的地方可不少。”

“那只是你的一面之词。”

“鉴于你来自英仙座，一个人类从没去过的地方，你对我们的语言掌握得还不错。”他对于联合语的掌握让我刮目相看，因为猎户座旋臂上的一些种族因为身体结构原因，根本说不了联合语。

“我们能说很多种语言。”

“那你见过很多人类吗？”

维拉尔哼了一声：“你是第一个。”

“我怎么就遇上你了？给某人留下太好的印象了？”

“不。”

我的红外夜视插件捕捉到了一团巨大的深红色团向我们冲了过来。

“我还以为咱们俩在这能和谐共处呢！”

维拉特戴着头盔的脑袋转过来看着我，疑惑我为什么会这么想，“科萨人不喜欢闲聊。”

“那太可惜了，因为我还有一个问题。”

维拉特不耐烦地咕哝了一声，说：“什么问题？”

“你听觉如何？”

“什么？”

那团黑影现在已经离我们非常近了，就好像一间屋子一样大，它冲过来的气势就好像一头保护幼崽的罗格萨沼地牛！“要是你的听力和我的听力一样好，”那东西快冲上来了，“你就该知道往左看！”

维拉特看向左边，碎骨兽直接冲了上来。他把我扔到一边，好腾出手去拿挂在背后的枪，但是巨兽的大嘴直接咬住了他。维拉特连摸枪的机会都没有。这只巨大的六脚怪兽把他举到空中，然后放慢脚步，打算压死维拉特。它前后摆动着脑袋，维拉特在空中就像破布娃娃一样被甩来甩去。我有那么一会以为他已经死了，然后我看他伸出一只手去摸后背的枪，双腿无力地踢踹这巨兽的下巴。

“维拉特！”我喊道，但是四肢还是麻木无力，“把我放开！”

“不！”他气喘吁吁地说，放弃去拿自己的枪，然后用能够自由活动的手去抠碎骨兽的眼睛。

“你不放开我的话，我们都会死。”

“不！”他倔强地说。

碎骨兽把他高高举起，然后狠狠摔在地上。他一动不动地躺了一会儿，然后掏出了挂在后背的枪。但是，他刚把枪拿在手里，碎骨兽再一次把他叼在嘴里，手里的枪就飞进了茫茫夜色之中。

“我能救你！”

困在我手腕脚腕上的金属带应声脱落，我的四肢马上恢复了知觉。我站起来，跌跌撞撞地去捡我的 P-50。也许 P-50 里的硬尖穿甲弹不能杀死忙着敲碎维拉特的碎骨兽，但是也能吸引它的注意力，放弃维拉特。我看了下岩壁，心里明白如果现在开始爬山的话，等到碎骨兽干掉了维拉特，我完全可以跑到它够不着的地方去。把维拉特扔在这里是明智的选择，但是我看到碎骨兽又一次把他砸到地上，他却还能动弹，看似受伤，但是却没死。

“该死。”我说，然后跑了过去。碎骨兽把维拉特再次举了起来，准备给他致命一击。

距离碎骨兽 20 米的时候，我瞄准它深陷的眼球，生怕瞄得太低打到维拉特。穿甲弹从它的头骨上弹开，碎骨兽完全不在意我的攻击。

我一边跑一边开枪，两发穿甲弹打在骨板保护的胸腔和膝盖，但是它还是忽视了我。等我几乎冲到它身边的时候，看到维拉特被死死咬住，毫无反抗之力。

“愚蠢的人类！”他气喘吁吁地说，“你把它惹毛了！”

我瞄准碎骨兽的眼睛开火，但是它的脑袋快速移动，我的子弹不过是从它的颅骨上打下一小片骨头。

“低一点。”维拉特命令道。

我花了好一会儿才明白他是什么意思。我的武器不足以杀死这只巨兽，只有他的武器才能做到。“不！”

“别打偏了！”

维拉特戴着头盔的脑袋转向我，等着致命一击，这时候碎骨兽又把他高高举起，用力砸向地面，势要把他的每一根骨头都敲碎。我冲了上去，把手枪调成全自动模式，碎骨兽站在自己遍体鳞伤的猎物身上咆哮着，我就把弹夹里所有的子弹都倾泻进了血盆大口的上颚。硬尖穿甲弹击穿了里面柔软的肌肉，打碎了它的大脑，然后碎骨兽一脸迷茫地盯着前方，轰然倒地。

格伦 · 维拉特躺在我的脚下，慢慢地喘着气。他的盔甲上都是黑色的血液，但是他还活着。他转头看着碎骨兽，惊讶于我杀死了它。绿色的磷光从他的盔甲里冒了出来，包住每一处拉伤，涌入了每一个开放性伤口，他整个人都笼罩在绿色的光带里。

“我猜干掉一个科萨人可不容易。”我说着，检查着他的每一个伤口。

“我们比人类强多了。”

我不得不佩服这一点，他从鬼门关走了一遭，还能继续侮辱对手。“不用说‘谢谢’了。”

他咳嗽着坐了起来，绿色磷光以一种完全违反重力的形式环绕着他的脖子，然后流进头盔，钻进了每一个骨折的伤口。然后，他居然站起来了。

“你怎么就没死呢？”我问。

“多亏这衣服。”

“这盔甲可不是什么好货！你看看你自己这副样子！”

“这可不是盔甲。这是科萨医疗服。”他晃晃悠悠地走了几步，然后拿起了自己的枪。他虽然很虚弱，却举枪瞄准了我。

“你那个科萨大脑是不是有毛病？”我大喊道，“我刚才救了你这条没人要的狗命！”

“怪你……你自愿的。”

我举起枪，瞄准他的胸口扣动了扳机，但是手枪只是发出撞针的咔嗒声。我刚才把所有的子弹都打进碎骨兽的嘴里了！

“上我的船，这边走。”他说，对着平原的方向点了点头。

“不。”

“快走。”他瞄准我的右腿，点了下开火控制界面。然后，枪的侧面炸出了火花，刚才碎骨兽的攻击已经弄坏了它。

我趁机伸手摸进口袋，然后拿出另外一个弹夹装进手枪。“现在，你能告诉我为什么要跟踪我了吗？”我说着抬起手中的枪，结果发现这里只有我一个人。

我转身，搜索着他的踪迹，几乎不敢想象他刚才还只能勉强走路，现在居然会跑了。即便是我的生化插件用最大功率进行搜索，也不过是找到几处血迹，血迹向着平原延伸，指示着他逃跑的方向。我锁定血迹，获得了人类有史以来第一份来自英仙座旋臂的基因样本，但我决定还是不要顺着血迹去找他，免得进入他飞船的武器射程。

我怀疑以后还要和这个科萨人交手，于是就撤回了孤峰，峰顶上有一盏灯，标记爬上去的路。等我走到安全信号灯标记的悬崖下面，发现峭壁还有一个老旧的梯子。当初安装这个梯子，是为那些前往低地港的人提供一个避难所，因为当时缆车还没有装好。类似的设计遍布平原，因为只有人类或者科萨人才能爬梯子。

我收起 P-50，顺着饱经风霜的梯子往上爬，希望格伦 · 维拉特的恢复速度没那么快。不管他究竟想干什么，我都不想知道为什么英仙座旋臂的人想要我的脑袋。

\·\·\·\·\·\·\

等我跨出缆车的时候，低地港的缆车站一盏灯都没开，但是星系的恒星都落入地平线以下好几个小时了。我可以借着星光看到几百米外天璇星号的轮廓。有那么一会儿，我的耳边除了线缆的噼啪作响和缆车的嗡嗡声什么都听不到。突然，黑暗之中响起了说话的声音。

“你怎么了，船长？”亚斯问，他穿着民联军的夹克，肩膀上挂着一支步枪，他看到了我，就把自己的速射枪收了起来。他说：“有什么东西攻击了我们，等醒来的时候你就不见了。”

“我似乎在英仙座旋臂挺出名的。”

“就那个银河系边上的英仙座旋臂？”

“对，就是那个。”我说话的时候埃曾从装卸坡道的顶端冒了出来。

“也许下次我们得好好聊聊为什么你在全银河系都不受欢迎的问题，船长。”他身上也穿着一件民联军的夹克，肩膀上挂着维尔穿甲枪。

“我们过来的时候切断了电源，解决了警卫。”亚斯说着看了看自己制服上的中士军衔，“看来这次我官比你大了。”

“别指望我对着你敬礼就好了。”我说话的同时给手枪装了一夹胶头弹，穿上民联军的夹克，挎上突击步枪，然后我们一起冲下了装卸坡道。两名警卫被打晕捆了起来，扔在角落的阴影里，等着哈利过来处置他们。

“天璇星号完全封闭了，船长。”亚斯说，“想进去可不容易。”

“那就期待舰桥上的人从来没仔细看过这些警卫吧！”我说。亚斯和我按照警卫的巡逻路线不紧不慢地穿过停机坪，而埃曾则在黑暗中从悬崖边上摸了过去。我们靠近货船，他就在靠近船腹气密门的起落架后面等我们。

我启动了气密门上的对讲机，亚斯站在我身后的位置，刚好能被对讲机上的摄像头看到，我说：“嗨，把门打开。我得用下你们的通信器。”

“你也知道我不可能开门。”一个年轻的船员回话了。

“缆车站停电了。在独眼巨人号过来之前，我得找维修班的人过来。”

“闲杂人等不许上船。”

“这只有我们。”我马上说。

“用缆车回去叫人。”

“我不能放弃我的岗位。你看，我只要发一条消息就好了。最多在船上待 2 分钟。”

“我有自己的命令。”

“我也有我的命令！”我装作很生气的样子，“我要和纳扎里船长通话！”

“他现在……不方便。”

“让我把话说明白。总督要是发现你延误了交接，会叫纳扎里船长把你扔到监狱。到时候坏事了全都怪你！”

年轻的船员犹豫了下，说：“我们不需要车站的电力也能完成交接。”

“瑞克斯要和总督开会。你指望他在这摸黑走路吗？”

“我不知道有什么会议。”

“你在浪费我的时间！”我愤怒地呵斥道，“赶快找个明白事理的人过来，现在！”

经过很长一段时间的沉默，年轻的船员不情愿地说：“把你们的枪留在外面。”

我把枪扔给亚斯，整个动作让通信器面板上的摄像头看得清清楚楚，然后我举起双手，说：“满意了？”

外部舱门咔嗒一声打开了，我一只手按着拇指大小的光学传感器，然后对着亚斯点了点头。他朝前几步用维尔步枪打掉了气闸的内部传感器，然后冲了进去，埃曾紧随其后。

“气闸的传感器出问题了？”我走进气闸的时候，值班的船员问道。

“我怎么知道，这是你的船。”我说。埃曾同时冲向舱门的控制面板。随着外部舱门关闭，亚斯把维尔步枪扔给了我。

“我看不到你。”船员的声音听起来越来越紧张。

“传感器在哪？”

“在你头顶上方。”

“哦，那个圆圆的东西。”我瞥了一眼被打碎的机器，它正在往外冒着电火花，“这边看起来一切正常。”

等通向飞船内部的舱门打开，埃曾端着自己的长管裂肉枪冲了进去，确保升降口扶梯的安全。这些船员还算走运，扶梯里一个人都没有。舰桥上的年轻人完全没想到要派人下来看看我们。

“埃曾，拿下工程舱。亚斯，去舰桥。我去清理船员宿舍。”

我估计大多数船员不是在睡觉就是在食堂里休息。飞船停在一个守卫严密的太空港里，所有的舱门都关闭了，没人会想到有人能登船，船员肯定都没带武器。如此一来，只有舰桥有一个值班船员，希望工程舱里不会有人，因为埃曾正在一言不发地往裂肉枪里装填致命的破片弹。

“我们说好要抓活的。”我说。

“尽量吧！”亚斯说。

“如果我们真的要当海盗，船长，我希望我是最后一个活着的坦芬人。”

“哦……”我也不能责怪他小心谨慎，“好吧，但是别打要害。”

“按你说的做，船长。”埃曾说。

这算不上什么让步和妥协。破片弹能够打飞一条腿，而且等我们走的时候，哈利也来不及送被埃曾打中的倒霉蛋去医院，他们很有可能因为失血过多而死。

“记住，他们不过是船员罢了。”我说。我怀疑这些船员不过是雇来干活的，完全不清楚自己卷入了一场多大的危机之中。

我们三人的默契无须多言，亚斯坐电梯直取舰桥，埃曾前往反应堆，而我则向船员宿舍进发。经过两道加压门之后，我听到了从扶梯那边传来的印度音乐标志性的鼓点和高音。天璇星号里播放的音乐在印度共和国非常受欢迎，但是对于在民联出生的我来说，简直就是折磨。音乐是从船上健身室里传来的，我进去的时候刚好看到两个肌肉健硕的非裔船员和一个高瘦的印亚裔船员正汗流浃背地推举着阻力器。他们一脸诧异地看着我，我对着他们的脑袋开始发射了胶头弹，然后用维尔步枪打掉了他们的音响。天璇星号终于安静下来，我继续沿着走廊前往船员宿舍。

我的耳机里响起了埃曾的声音：“工程舱已经拿下来了，船长。”

“封锁舱段。”我说着推开了最后一间宿舍的门。

这间宿舍比较大，起居室和军官卧室连在一起，应该只有船长才能享受这样的待遇，我蹑手蹑脚地摸到那扇打开的小门，听到里面传来了打呼的声音。纳扎里躺在自己的双层床上，脚还垂在地板上，他一只手拿着一个吸毒用的吸药器，另一只手上还有个空玻璃杯。我扇了他一巴掌，但是他嗑药过量，完全忽视了我的存在，继续鼾声如雷。

“舰桥扫荡完毕，船长。”亚斯说，“但是航行日志全都被加密了。”

我们此行的目标就是航行日志。我希望知道是谁在什么地方给天璇星号交付了外星科技设备。“值班的船员抓到了吗？”

“抓到了，他还活着。但是我用枪托砸他脸的时候，他差点被吓死。”

“问问他还有谁能够进入航行日志。”

过了一会儿，亚斯回复：“他说只有船长才知道密码。”

纳扎里现在正张着大嘴打呼，就算耳边开一场印度乐音乐会都吵不醒他。如果我们不能在独眼巨人号降落之前叫醒他，占领天璇星号就没有任何意义。

\·\·\·\·\·\

就在埃曾忙着用货运机器人把打晕的三名船员和纳扎里搬到货舱的时候，我去了一趟舰桥。整个舰桥呈三角形，值班船员的座椅和控制台布置在三角形的底边，控制台上还有两对屏幕。亚斯用速射枪指着一个来自王权国的船员，他被吓得满头大汗，眼神里写满了疲惫和不安。

“我们能访问哪些系统？”

“除航行日志和武器以外都可以。”亚斯回答道。

我转向那个年轻的船员：“纳扎里有没有写下访问密码？”

他一脸不高兴地说：“纳兹舅舅把所有的秘密都放在这了。”说完，他点了点自己的脑袋。

“你是纳扎里的外甥？”

他缓缓地点了点头：“我叫莫亚德。”

我启动了通信器，说：“埃曾。”

“请讲，船长。”

“纳扎里把登录航行日志的密码记在脑子里了。叫醒他，我很快就过去。”

我一直避免在行动中杀死这些走卒和雇佣兵，但是我需要快点进入天璇星号的航行日志记录。要是纳扎里这时候保持清醒的话，我会叫埃曾手下留情的。

我对莫亚德说：“离开新潘塔尼尔之后，你们去哪了？”

他耸了耸肩，“我不知道。纳兹舅舅什么都不告诉我。”

“那屏幕呢？”我指着四个显示器问他，“你肯定看到了什么吧？”

莫亚德又耸了耸肩：“我们和其他船汇合的时候都是在太空里。”

“飞龙帮的船？”

“各种都有。”他的回答非常含糊。

“天龙帮从哪弄来的外星科技？”

“什么外星科技？”莫亚德一脸茫然地问。

“你们运到新潘塔尼尔的货。到底从哪弄来的？”

他再次耸了耸肩，“一个大盒子罢了。我看都一样。”

“他在撒谎。”亚斯说着用枪对准了年轻人的脑袋，“要不把他耳朵打掉？”亚斯在虚张声势，但是莫亚德并不知道这一点。

“我舅舅什么都没告诉我！”他说着举起了双手，“他睡觉的时候就让我坐在这！”他指着显示传感器数据的控制台说。“如果这儿的灯亮了，我就叫醒他。我知道的就这些！”他的声音充满了恐惧，身体扭成了一团。但是他的眼睛里更多的却是算计，而不是害怕。

“船长，”我的耳朵里响起了埃曾的声音，因为我们之间隔着几层甲板，所以稍显不清晰。“我刚从医务室找了点兴奋剂给纳扎里吃。他正在恢复意识。”

“我这就下去。”

亚斯动了动速射枪，示意莫亚德跟上，等我们到了货舱，就看到一摊烂泥一样的纳扎里坐在地上。埃曾捆住了其他三名昏迷的船员，还蒙住了他们的眼睛，现在他们三个整齐地躺在一排弹药箱上。在货舱的另一边，舱门已经完全打开，只等哈利的全地形车了。

亚斯看着货舱里的各种武器，不禁吹了个口哨："他们要把这些全都交给天龙帮？"

"其他货舱里的东西更多。"埃曾说，"海军舰炮，护盾，作战车辆。"

"照这么下去，天龙帮的火力很快就会超过海军了。"我说着跪在天璇星号船长的身边，说道："纳扎里，听见我说话了吗？"

他半睁的眼睛让人以为他刚从一场药物引导的深度睡眠中醒来。等他反应过来自己身在何处，他非常惊讶地说："我怎么……跑这来了？"

"我现在控制了你的飞船。"我说，"要是你想活着出去，就快点告诉我访问日志的密码。"

"日志？"他一脸不解地看着我，"我不……是很明白。"

"你飞船的航行日志被加密了。密码是多少？"

"不知道。"

很明显他的大脑里全是兴奋剂和毒品，以至于无法正常思考。"纳扎里，你能进入飞船的航行日志吗？"

他酸酸地一笑，说："我不行，裁……短……"

"你为银河财团工作，但是作为船长，航行日志是你的职责。"

"自从……他们接手……我就不是船长了……"

"如果你不是船长，那谁是？"

他缓缓地扭了扭头，看向一边。当目光落在他的外甥身上时，他慢慢点了点头，说："是他。"

我看着莫亚德，疑惑地说："你外甥才是船长？"

"外……甥？"纳扎里的脸因为恶心而扭曲起来，"他才……不是……我……”

一道银光从我肩膀飞过，撕开了纳扎里的喉咙。鲜血从伤口中喷涌而出，我下意识地闪到一边，第二发飞镖打到了我刚才所在的位置。我单膝跪地，掏出了 P-50，而亚斯则是摔倒在一边，脑袋撞在甲板上，手里的速射枪划过了甲板。莫亚德（随便他叫什么名字吧）扑过去拿起枪对着埃曾开火，但是坦芬人的反应非常快。埃曾飞快地闪到一边，拿起裂肉枪，下意识地把莫亚德当作一个威胁，打算把他解决掉。

“别杀他，埃曾！”我绝望地大喊，“我需要他活着。”

埃曾微微抬手，留了莫亚德一条命，然后开火了。破片弹出膛之后变成一团飞速旋转的弹片，打断了莫亚德的胳膊。莫亚德被打断的手里还握着亚斯的枪，然后他用完好的那只手捂住伤口，向着敞开的货舱门跑去。

“我来打！”我喊道。我心里非常清楚，如果埃曾再次开火的话，莫亚德在我开始问话之前就会失血过多而死。

埃曾一直用枪瞄着夺路逃命的莫亚德，但是没有开火，而我则对着莫亚德的脊椎发射了两发胶头弹。胶头弹犹如重锤一般把他打翻在地，从装卸的斜坡上滚了下去，而我和埃曾紧随其后。等我俩跑到了货舱舱门，莫亚德已经仰面朝天，努力吸气保持呼吸。他的脸上汗如雨下，眼睛发生了巩膜黄染的现象。我用 P-50 对着他的脑袋，因为我的插件发现了不寻常的信息，并向我的脑内界面发出了警告：

危险：检测到 K-7 代谢兴奋剂！

K-7 是一种违禁药物，服用后可以大幅度提升肌体力量和耐力，同时会让人丧失各种道德约束。民联军发明了这种药物，但经过试验之后就放弃了它，因为这种药物会让纪律严明的士兵变成多疑的杀人狂。莫亚德现在接受药效影响，完全可能在一瞬间就把我和埃曾的腿踢断。

“你到底是谁？”我质问道。

“莫亚德。”他回答道，他的呼吸非常不规则。

“银河财团为什么要给兄弟会输送枪支？”

“这就告诉你！”他说罢，就把自己受伤的胳膊戳进了自己的下巴。

我用空出来的一只手抓住埃曾，把他拎起来，躲到了船舱后面，然后莫亚德体内的炸弹就爆炸了。弹片、碎肉和碎骨头盖满了整个货舱，我和埃曾狠狠地摔在了地板上。

过了一会儿，埃曾看着我压在他胸口上的胳膊，说：“多谢了，船长。你现在可以放开我了。”

我从他身上滚到一边，然后回到打开的货舱舱门一探究竟。炸弹把莫亚德炸成了碎片，但是对货舱舱门损伤轻微。

“你怎么知道他有问题？”埃曾问。

“看他的眼睛。他肯定是吃了 K-7。那玩意能把正常人变成疯子，疯到能引爆埋在下巴上的炸弹。”

“看来财团喜欢雇用年轻的疯子当作杀手。”埃曾说：“还真是个恐怖的组合。”

亚斯从地上慢慢坐起来，眨着眼睛，捂着自己的脑袋说：“天啦！真没想到还有这么一招！”

我和埃曾回到纳扎里的身边，纳扎里已经断了气，血在他身下汇成一片。

埃曾仔细地观察了一番，然后说：“你很幸运，船长。他只想干掉纳扎里，而不是想干掉你。”

他说得没错。要是莫亚德先对我动手，现在躺在甲板上的就不是纳扎里，而是我了。原本瞄准我的金属飞镖刚才钉在纳扎里身后的舱壁上，现在已经掉在了甲板上。飞镖有 3 厘米长，非常锋利，发射后尾部展开尾翼确保飞行中的稳定，还能提供额外的杀伤力。莫亚德的左右小臂的皮下均植入了一发飞镖。

我拿下飞镖，用手指转动这飞镖，细细打量着它。

“这什么东西？”亚斯问。

“皮下飞镖。”这是刺客的专用武器。飞镖上还带着莫亚德的血迹，因为发射这东西要冲破小臂上的皮肤。

亚斯缩了下脖子，说：“怎么会有疯子用这种东西？”

埃曾好奇地打量着它：“设计还真是巧妙。”

“所以，纳扎里也不是管事的人咯？值班员才是真正的幕后黑手！”亚斯说着抓住裂肉枪的枪管，把莫亚德的断手甩到了一边。

“纳扎里开船。”我说，“莫亚德发号施令。”

“我估计事情到此为止了。”亚斯说，“没有莫亚德，拿不到航线日志。”

“航线日志还在我们手上，而且我们还有埃曾呀！”我说着，斜眼看着小个的坦芬人，“你得在独眼巨人号到达之前破解加密的航行日志。”

“这么短的时间内似乎不太可能完成解码工作，船长。”埃曾小心翼翼地说。

“那就快点开始动手吧！我们会打扫货舱的。”

“我们打扫？”亚斯说道，眼睛打量着血迹斑斑的货舱，脸上一股仿佛要吐出来的表情。

“你也该知道我喜欢保持飞船整洁吧？”我嘴上虽然这么说，但是非常欣赏亚斯脸上密布的愁云，然后我又补了一句：“那些货运机器人肯定有打扫功能。”

亚斯马上换上一脸如释重负的表情：“对，机器人！就用它们了！”

对于一名训练有素的欧瑞斯枪手而言，银河财团杀手的一地碎尸就能让他心烦意乱，这种反应还真是出乎我的意料。

\\·\\·\\·\\·\\

等到货运机器人打扫干净货舱，擦掉了最后的碎尸时，哈利刚好把全地形车停在货运坡道的旁边。草原奔跑者号关闭了所有车灯，从吊运车辆的起重机一路开到了这里，这样壁垒城的观察哨就看不到它的踪迹了。等哈利带着两名手下晃晃悠悠地走进货舱时，被天璇星号装运的武器吓了一大跳。

“原来飞龙帮的武器都是这么来的啊。”他一边说着，一边回想着以前飞龙帮时不时的袭扰，那时候民联军还没在重锤星部署防空炮塔。

“这局面持续不了多久了。”我向他保证道。

哈利看上去非常开心，然后让手下用盖货的布裹住纳扎里的尸体，连同其他的囚犯一起装进草原奔跑者号。“鉴于他们的所作所为，”他心情复杂地说，“我还是倾向于把他们扔到平原上一走了之。”

“那你和梅乐尔之流还有什么区别？”

“你这个人怎么这么扫兴！”哈利抱怨道。这时，埃曾匆匆走进了货舱，朝我们走来。

“我得用银边号的核心处理器分析天璇星号的航行日志，船长。我把所有记录都复制了一份。”他说着，手里拿着一个数据芯片。

“要花多久破译？”

“几天，可能要一周。”

“我们只需要最近的一次交货地点就好。”我坚定地认为，外星科技设备的交付地点是了解飞龙帮和银河财团背后勾当的关键。

“日志由一道多路加密器保护。”埃曾说，“它把日志分成多个随机的独立加密数据包。我得把数据包全都解密，才能找到想要的信息。”

虽然这不是军用级别的加密，但对于一个走私贩子来说，这种加密太过复杂了。

埃曾对哈利说：“我得用最快的速度回到银边号。”

哈利点了点头说，“我能在黎明之前就把你送到高地港的起重机车那。”

“等到了早上，我们在避难所见。”我对哈利说。

“你不和我们一起走吗？”他问。

“我们在这还有点事情要办，然后就坐缆车回去。”

“还要干什么，船长？”埃曾问道。

“彻底消灭财团的武器贸易，最起码能让他们瘫痪一阵子。”

“你有什么计划？”哈利问。

“我打算炸掉天璇星号。”我平淡地说道。银河财团至少要花一年的时间才能从核心星系地区调来一艘新的飞船，接替天璇星号的工作。如此一来，列娜 · 福斯和地球海军就能想出办法，彻底终结银河财团的武器走私生意。在这么短的时间内，我只能用这个办法来破坏财团的生意了。

“这船可不小。”哈利说，“你打算怎么干掉它？”

“让反应堆核心熔解就行了。”

哈利的眼睛瞬间睁大了一圈，问：“爆炸范围是多大？”

“埃曾？”我说。

埃曾想了想，然后说：“考虑到反应堆的大小，熔解将会产生一个 2 千米大的爆点，然后冲击波能覆盖最多 12 千米的区域。”

“哈利的避难所不会有事的。”我向哈利保证道。

哈利看起来吃了一惊：“但是你会炸掉缆车车站和太空港！”

“整个低地港台地都会消失。”埃曾说。

“事情没这么简单。”我说，“要是我们时机把握得刚刚好，爆炸还会干掉独眼巨人号！”

\·\·\·\·\·\·\

天璇星号上安装了保险装置，它能避免人口稠密的核心星系不会上演 1500 年前那些极端分子对马塔隆人发动的袭击。解除这些保险装置是一个非常缓慢的工作，没有埃曾的帮助，这项工作显得更为困难。就在我们缓慢进展的时候，货船的传感器探测到一艘巨大的飞船穿过大气层，向我们飞了过来。很快，舰桥上的四个屏幕上就出现了独眼巨人号的热信号和图像，而且它中部和腹部热信号非常活跃，说明独眼巨人号的武器系统已经处于工作状态。它的应答机关闭着，殖民地的主炮完全能把它好好修理一顿，但是它们只是静静地注视着飞船慢慢下降。

“它的瞄准光束和八门主炮全都瞄准着我们。”亚斯说。

“看来他们也不是很信任天璇星号。”我说。

独眼巨人号就停在天璇星号旁边，但是武器系统和姿态控制引擎却保持运转，以便随时返回太空。

“现在怎么办？”亚斯问。

“虚张声势。”我说着，给 P-50 装上了高爆弹药。要是和飞龙帮打起来，高爆弹药的范围效果能为我们赢得一点优势。

我们急忙赶到一号货舱的门口，然后站在卸货坡道上等着独眼巨人号下面的地面逐渐冷却。

“让他们好好看看。”我说。我非常确信他们能在显示器上把我俩看得一清二楚，心里一定好奇纳扎里跑到哪去了。

“你觉得他们会不会发现我的腿在发抖？”亚斯轻声地问道。

“拜托你表现得像个欧瑞斯的雇佣兵吧。让他们相信你是个如假包换的欧瑞斯人。”

亚斯摆出一副趾高气扬的样子，靠在舱壁上，双手交叉在胸前：“我可是装什么像什么！”

随着独眼巨人号内部传来一阵机械部件旋转的声音，巨大的装甲舱门缓缓打开，然后安雅冒了出来，身后跟着多玛尔 · 崔斯克和他的两个来自O部队的手下。他们一边走一边用怀疑的眼光打量着我们，然后在货运坡道前停下了脚步。我正准备介绍自己，亚斯就开口了。

“JAG-40？”亚斯不屑地说着，对着他们三个人拿着的武器点了点头，“看来给飞龙帮卖命也没捞到什么好处嘛！”

崔斯克眯起了眼睛，而他的手下则显得非常生气。我这才明白这是欧斯瑞德上某种争夺确立社交主导地位的交流方式。反正，最后的结局只有两个：我被他害死，或者这群雇佣兵能稍稍尊重我们一点。

“那我就拿一支你的玩具枪好了。”崔斯克咆哮道。看来他是上钩了。

亚斯用迅雷不及掩耳之势掏出了两把速射枪，瞄准了崔斯克的脑袋，说：“你说这话是认真的吗，小兵蛋子？”

崔斯克眨了眨眼睛，亚斯的速度和好斗给他留下了深刻印象。“我打算试试运气，你准备好了吗？”在他说话的时候，斯蒂娜 · 科恩和亚乌卡 · 欧隆移动到了侧翼，拉开了距离，用枪瞄准了我俩。

亚斯的脸上泛出了自大的笑容，说：“随时随地奉陪到底。”

“在你们把彼此打成筛子之前，”安雅说，“谁能告诉我纳扎里船长去哪了？”

“他死了。”我说，“他一晚上抽了四管子兴奋剂，再没醒过来。”

安雅睁大了眼睛，但是并没有显得非常惊讶：“我警告过他别碰那玩意。”

“不少人都劝过他。”我说。

“莫亚德呢？”崔斯克质问道。

“他也死了。”亚斯恐吓道，“因为他没看好纳扎里，我就把他‘强制退休’了。”

崔斯克以为亚斯是财团派来的新打手，于是脸上就冒出了一丝理解的表情。他一定以为亚斯是来代替无能的莫亚德的。然后，他对我说：“那你又是谁？”

“西瑞斯 · 凯德，我来接替纳扎里的工作。财团给我这份工作是因为我不是兴奋剂的狂热爱好者，而且财团也不想再出岔子。”

“我从没听说过你。”崔斯克说。

“那是因为我这个人很谨慎。”

安雅对着崔斯克点了点头，然后三个雇佣兵就放下了枪。亚斯把速射枪在手上转了转，然后插回了枪套里。

“他刚刚救了你一命。”亚斯说。

崔斯克皱着眉头说：“我们这有三个人，你只有你自己。”

“话虽如此，但是我有两把枪，这就意味着你们打我一枪，我能打你两枪。”他狰狞地笑着，对自己这番表现很是满意。他是如此的自信，我差点就以为他是个天不怕地不怕的雇佣兵了。我曾经不止一次地思索欧瑞斯德是怎么发展出这种尚武的文化，任何示弱的行为都会受到严惩，而对于死亡的不屑将会得到奖励。

“你们还要不要货了？”我问道，“还是说今天你们就打算讨论下谁的枪大？”

“我们要货，”安雅说，“但是计划有变。”

“什么变化？”

“你们得跟我们去拿返程货物。”

“你们怎么不带过来？”

“货物太大了，独眼巨人号装不下。”安雅说。

“我没接到命令要和你们一起行动。”我说道。我打算赌一把，希望纳扎里也没接到类似的命令。

“你现在接到命令了。”崔斯克呵斥道。

“我们要去哪？”亚斯说，试图继续假装自己是银河财团的代表。

“这就不是你关心的事情了。”崔斯克说。

“我会重新设置你的自动导航系统。”安雅说，“你永远都看不到导航坐标。”

“你以为我会让一群飞龙帮的杂碎控制财团的飞船吗？”我问道。

“财团和飞龙帮都是为第三方工作的。”崔斯克说：“你要是有意见，我们马上就把你踢出局，然后接管飞船。”

他的言外之意就是，如果我不听话，可能连小命都没了。但是，真正让我感到意外的并不是这件事。原来兄弟会和银河财团都不是真正的幕后黑手！他们都在为一个不知名的第三方工作，而且这个第三方势力拥有足够的资源，足以让映射空间内最大的犯罪集团和最凶残的海盗团伙为他效力。

“我不过是拿钱干活罢了。”我说，“确保财团的利益而已。”

“那我也不过是照顾兄弟会的利益而已。”安雅说，“所以，我得在你的飞船上安装一颗炸弹。你要是想访问自动导航系统或者是查看目的地坐标的话，炸弹就会自动引爆。”

我倒是想炸了天璇星号，但是没打算把自己也搭进去！

“那我怎么开船呢？”

“你可以控制推进器和姿态控制引擎。”她说，“但是不能控制超光速航行系统。等你的飞船到达预定位置的时候，它就会自动启动。”

亚斯和我四目相对。我们很快就要伪装成银河财团的打手，在飞龙帮炸弹的挟持下，飞到一片未知空间，去接运一批用途不明的货物。

从好的方面来说，我们最起码可以摆脱重锤星糟糕的重力了。

\·\·\·\·\·\

安雅的工程师跪在舰桥中央控制台后面工作的时候，安雅狐疑地说："两个人可不够操纵这艘船。"工程师掏出个刻有汉字的圆形装置，然后把它装到了控制台的自动导航仪上。我的插件分析显示这是个轨道投放式核弹头，可以从太空投放，摧毁地面目标，它的威力摧毁天璇星号绰绰有余。

"纳扎里刚死，我们还没有足够的时间招齐人手。"我说。

"以前的船员有什么问题吗？"

"他们不肯继续在船上干活，但是他不一样。"我对着亚斯点了点头，他盯着工程师在那手忙脚乱地干活。"我们还有不少维修机器人，足够我们坚持找到更多的船员。"

工程师抬起头看了看安雅说："装好了。"

她走到控制台边上，然后让我和亚斯躲到舰桥的另一边去。等我俩走到看不到控制台界面的地方，她就把目的地坐标输入了自动导航系统。

"你们可以起飞了吗？"她问。

"怎么了？"

"我启动了自动导航装置的计时器。不管你们准备好了没，倒计时结束后，超光速航行系统就会启动。"

如果飞船在行星重力井范围内启动超光速系统的话，下场不堪设想。"我还打算拆了左舷的发动机……"

"没时间了。"她说，"你估计要多久才能脱离星球的重力井？"

“两个小时。”我努力拖延时间。

“你有三十分钟。”

“纳扎里是个瘾君子，又不是个养护工程师！这就是为什么我们只有一个完好的引擎。鉴于货物的重量，就算我们全速前进，也不可能在那么短的时间内脱离重力井。你要么多给我们一些时间，要么现在炸死我们！”

她盯了我好一会儿，脸上写满了不信任，最后答应了我们的条件。“你们有一个小时的时间。”她在控制台上输入了指令，然后关闭了界面，“别迟到了。”

飞龙帮的工程师把身体探进操作台，连上了最后的导线，然后装上了挡板。“弹头已经启动。”他起身对我说，“你要是想动自动导航系统或是解除炸弹，炸弹就会爆炸。”说完他微微一笑。

“到了目的地然后要干什么？”我问。

“我们会等你。”安雅说，“要是你不来的话，我们就认为是你引爆了炸弹。”安雅和工程师走到了舰桥的气压门边，“为了避免你跳船，独眼巨人号会一直停在地面直到你起飞。我们还关掉了你的救生船。”

“你想得真是周到。”

“你最好开始干活。”她说完，就顺着走廊离开了。

等他们坐着电梯下到货舱的时候，亚斯拆掉了盖在炸弹上的挡板，说：“肯定有什么办法能拆了这东西。”

“就算有办法，我们的技术水平和时间都不足以拆掉它。”就算我们可以拆掉炸弹，我也想看看这趟旅途的目的地究竟在何方，崔斯克打算给我们什么货物。当我从舰桥屏幕上看到安雅和手下急匆匆跑回独眼巨人号的时候，我命令亚斯：“开始起飞前检查。”

亚斯惊讶地说：“我们还真去啊？”

“你也听到她说的了，我们只有一个小时。”我说着就坐进了驾驶员的抗加速座椅，然后关上了货舱门。“两分钟后回收起落架。”

“那么埃曾怎么办？”

“这就取决于他了。”

亚斯坐在副驾驶座上检查各项系统，我则开始熟悉天璇星号的操作系统。这条船比银边号大四倍，而且内部空间更大，从外部观察来看，推进器系统的供能也不达标。靠一个引擎起飞非常困难，但是我得让飞龙帮相信我说的是实话。

“一切就绪。”亚斯说。

我们用左舷引擎 20% 的功率缓慢爬升，飞船看上去就像一头喝醉了的大象。等到我们飞出了停机坪，独眼巨人号就飞走了。这艘老旧的突击艇又大又重，但是它从我们旁边掠过时，天璇星号好像在空中静止不动。看来安雅非常想快点离开这颗星球。独眼巨人号很快就变成了一个白点，冲出了大气层，而我们刚刚离开了平流层。就在我们假装引擎故障爬升缓慢的时候，独眼巨人号脱离了重力井，完全没有为我们护航的样子。

“我们可以等他们进入超光速航行之后就降落。”亚斯说，“跳上下一班缆车，然后让炸弹原地爆炸。”

“不行。”亚斯一脸疑惑地看着我，我解释道，“他们等着我们起飞。现在我们已经上了贼船，他们扔下我们不管是因为确信我们不会逃跑。如果我们降落，炸弹肯定会爆炸。”

“安雅为什么不警告我们？”

“因为她在考验我们。要是我们回去，我们就死定了，财团只要再找一艘新船就好。”

亚斯一脸恍然大悟的表情：“这娘子！”

“让我们看看星球表面发生了什么吧？”

亚斯将传感器对准重锤星的殖民地。所有八个防御炮塔都瞄准了我们，但是没人试图阻止我们离开，或者向我们道别。而在高地港，银边号停在地面上，没有检测到任何生命迹象。

“打开应答机。”我说。

亚斯对我的命令疑惑不解，说：“那些大兵知道我们是谁。他们不会对我们开火。”

“我又没给他们发信号。”

在我驾驶着飞船缓慢爬升的时候，亚斯开始广播我们的身份信息，我希望独眼巨人号不会因此起疑心，埃曾也能注意到我们的信号。银边号还在高地港一动不动，八个防御炮塔还在跟踪我们。当然，它们最好还是锁定我们，而不是银边号。

“这傻瓜坦芬人一定又是光顾着研究核心处理器了！”亚斯说。

“他在等待时机。”独眼巨人号在远离重锤星重力井边界的位置启动了超光速飞行系统，我们的显示屏上再也看不到它的信号。“他在等这个。”

银边号的姿态控制引擎马上启动。飞船起飞之后，并没有爬升，而是冲下悬崖，以超低空向着西北方向飞行，距离殖民地越来越远。飞船的发动机全功率输出，在超低空以极快的速度飞驰而过。等到银边号飞出好远之后，防御炮塔才慢慢转动，准备攻击银边号。但是，它们用于打击轨道目标的主炮很难跟踪快速的地面目标。等了几秒之后，高地港的炮塔终于开火了，灼热的能量光束从银边号上方擦过。过了一会儿，壁垒城北部的炮塔也开火了。然而，这对于他们来说太晚了。银边号按照星球的曲率设计自己的航线，距离防御炮塔越来越远。等飞跃地平线之后，银边号又飞了五百千米，然后才开始爬升，再也没给炮塔锁定它的机会。

“对于一个坦芬人来说，这飞得还不错。”亚斯不情愿地承认道。

“这话我会转告埃曾的。”

“你要是敢说，我现在就造反。”

我们以低速缓慢前进，而银边号从重锤星北极脱离了大气层，用行星作掩护，向着深空进发。等到飞出了炮塔的射程，它才开始改变航线，画了一个大大的弧线，向我们靠拢。

亚斯点了点头，说：“这就是你为什么要争取时间了吧？这样埃曾就能在重锤星的火力射程之外和我们汇合。”

“我实在是不能把我最喜欢的坦芬人留下不管！”

“那我们现在换到银边号上去？”他如释重负地说。

“不。”

我们距离预计启动超光速系统的标定点还有一半的距离，银边号又一次进入了重锤星反轨道火力的射程之内。虽然银边号距离重锤星比我们距离还远，但是地面炮塔还是开火了。但是能量光束随着射程的增加而逐渐消散，最终不过是轻轻地打在了它的护盾上。银边号很快滚了半圈，然后飞到天璇星号前方开始减速。

我们还没有脱离重锤星炮塔的火力射程，而我也不想增加埃曾机动规避的难度，所以我开始在全频道进行广播：“求救求救，这里是天璇星号。敌方飞船正在追击我们。请求援助。”

亚斯用难以置信的表情看着我说：“船长，你想干什么？”

“给那些大兵制造点困扰。在他们看来，我们才是好人。我不希望他们对着我们开火。”我们只要让他们疑惑几分钟，然后我们就能完全脱离他们的射程。

埃曾一直在收听我的广播，马上就明白了我的计划。他合成的声音很快就响遍了所有频道：“天璇星号，做好被跳帮的准备。如果不服从命令，我们就会开火。”

亚斯缓缓地摇着头说：“一个坦芬人海盗！我真是长见识了！”

我微微一笑：“看来他还挺喜欢这么玩的。”

“天璇星号，你正在脱离我们的射程。”当初指挥我们降落的女军官的声音又一次响了起来：“马上返航。然后进入重锤星殖民地子午线轨道。”

“重锤星，请重复！他们在干扰我们的通信。”我大喊一声，然后关掉了通信器。

我关闭了引擎，然后漂出了重锤星的火力射程，这样埃曾就能轻松和我们同步轨道。几分钟后，埃曾就驾驶着银边号飞到了我们的旁边。重锤星停止开火，害怕会误伤我们。我把船尾货舱的气压增加到了十个标准大气压，然后关闭了固定货物用的磁力钳，打开了两边的货舱大门。货舱瞬间失压，装着天龙帮货物的集装箱被喷了出去。

等到货柜都飞走之后，我用激光通信告诉埃曾：“把银边号停到第四货舱。”

他并没有回应我的指示，而是飞到了我们上方，然后滑入了货舱。银边号呈新月形，两个“月牙尖上”上各有一个巨大的姿态控制引擎，如此一来，飞船腹部要比飞船尾部宽四倍。等到右舷引擎和天璇星号平齐的时候，银边号就优雅地滑入了货舱。刚进入货舱，埃曾就关闭了姿态控制引擎，让磁力钳刚好能抓住起落架。等固定好飞船之后，我就关上了舱门，然后给货舱重新加压。

“欢迎上船，银边号。”我用船内通话器说，“埃曾，让飞船全部冷却。我不希望飞龙帮的人发现你在这。”

“马上照办，船长。”

我再次启动天璇星号的引擎，这次开足马力，冲向安雅提供的坐标点，直到最后一刻才开始滚转减速。在距离倒计时不到一分钟的时候，我们彻底停在了太空里。

“我们可以用银边号逃跑。”在我们等待自动导航接管系统的时候，亚斯突然提出了这个建议。

“我们完全可以这么干。”我说，“但是我还有仇没报呢！”以及一个阿列夫零级别的秘密还等我去解开！

亚斯点了点头，表示完全理解，“现在我也是和他们打了个照面了，他们三个我都不喜欢。有这种人存在简直就是给我们欧瑞斯人抹黑。”

自动导航开始接管系统的第一个标志就是传感器收回船内，时空扭曲装置开始充电。

“这就开始了。”亚斯说。

我整个人放松下来，两手垫在脑袋后面，说：“现在看看飞龙帮的手里到底藏着什么宝贝了。”

“船长。”船内通话器里响起了埃曾合成的声音。

“埃曾，出什么事了吗？”

“我又在附近检测到了上次的电磁异常。它距离我们非常近。”

我微微一笑，心里完全明白这意味着什么。格伦 · 维拉特还活着！“别为它费心了，埃曾。那不过是个英仙座旋臂的讨厌邻居罢了。”

还没等他问更多的问题，天璇星号的超光速系统就启动了，带着我们加速到了 1000 倍光速，向着安雅的秘密终点站飞去。

05
冥府空间站

浮动空间站

冥府深渊 暗星云

天龙座外部空间，非星系内空间

距离太阳系 945 光年

常住人口数量不明

三天后，天璇星号脱离了超光速航行状态，而且拜安雅所赐，自动导航系统拒绝和我们同步即时坐标。我已经习惯了盲目进入超光速状态，因为没有信号能够穿透超光速泡泡，所以这种情况也是无法避免的。但是让我感到非常不安的是，无法从精确的钛塞提星图中确认自己的位置。

亚斯和我轮流在舰桥值班，埃曾则在银边号上努力破解银河财团的加密日志。在空闲的时候，我还会研究货舱里准备移交给飞龙帮的武器。第一眼看上去，它们似乎刚好满足了兄弟会的需求，但问题在于，这里所有的武器都是军用级别，完全可以靠着这些武器发动一场战争。兄弟会追求的是战利品，而不是荣誉。用这些武器去劫掠其他飞船，只能把目标打成放射性残骸，让所有的船员变成漂浮在太空中的尸体。

这完全没有油水可言。

“船长。”二号货舱的通话系统里传来了亚斯的声音，“我们到了。”

“这就来。”我说着，在失重状态下向着船舱前部的舱门滑翔。就像许多大型飞船一样，天璇星号只在船员活动的区域安装了人工重力，这样就能降低建造时的成本和使用时的能量损耗。

当我距离通向舰桥的电梯还有一半路程的时候，我遇到了埃曾，我俩都想看看安雅把我们带到了什么地方。

“破解日志有进展了吗？”我问。

“我破解了五分之一的日志，但是没发现有用的东西。纳扎里管理日志的功夫比你还差，船长。”

我故意把日志做得一塌糊涂是因为不想让别人发现我的实际工作内容，特别是那些为地球情报局工作的部分。纳扎里则是个瘾君子，自从他踏入核心星系空间的那一刻起，他的行商执照就被吊销了。

“你一直在看我的日志？”我装作很生气的样子。

“我向你保证，船长，破解你那些加密的注记符号不仅无聊，而且远比破解天璇星号的日志还要难。”

等我们到了舰桥，亚斯正在扫描周围的空间。所有屏幕上显示的都是一层薄薄的黑雾，看不到一颗恒星，远处的星光也被星云的气体和尘埃笼罩。

我爬上抗加速座椅，问：“我们在哪儿？”

“自动导航系统没有回应。”亚斯说，“但是看起来，我们似乎在冥府深渊的内部。”

独眼巨人号就在我们左舷几千米的地方，鉴于它在正常状态下和超光速状态下都比我们快，它肯定在这等了我们差不多一整天。

“有信号接过来了。”亚斯说。

“埃曾，他们不知道你在这儿，”我说，“别让他们发现你。”

埃曾马上跑向走廊，然后亚斯把安雅的信号投放到了屏幕上。

“跟在我们后面。”她说，“别想着访问你的自动导航系统，不然你的好奇心很快就会得到回报。不管你做什么，千万不要启动护盾或者武器系统。你要真这么干了，我们可就没法保护你们了。”

屏幕又变成了一片黑暗，然后独眼巨人号启动了三个姿态控制引擎，向着远方的光点飞了过去。

“要是他们不能保护我们，”亚斯说，“那我们在这还有什么意义？”

我一边操纵飞船跟着独眼巨人号，一边说：“他们想让我们看起来像战利品，而不是一个具有威胁的目标。”

亚斯压下怒火，把注意力转向传感器：“这里有大大小小 100 多艘船，各种型号都有，全都是飞龙帮的飞船！”

这就能解释为什么安雅一直低调行事。她是兄弟会的导航员，作为兄弟会中的精英，她知道映射空间内所有海盗基地的坐标。这些基地非常隐蔽，除了那些被选中的人，其他任何人发现了这些基地都会被灭口。像冥府空间站这样的基地是兄弟会的命脉所在，你可以在这里交易抢来的货物、人质和飞船，而地球的执法部门对此完全一无所知。要是地球海军发现了这里，肯定会派来一支舰队把这里轰个底朝天。所以，兄弟会的导航员从来都没有被抓到过活口，以前不会，未来也不会。

“欢迎来到海盗乐园。”我一边说着，一边怀疑自己是否做了一个错误的决定。

\·\·\·\·\·\

我们在距离目的地一万千米的地方穿过了一片重力雷区，这些重力雷包裹着空间站。重力雷建立的扭曲空间足以撕碎任何从中穿过的超光速泡泡，彻底阻隔了超光速航行穿过雷区的可能性。如果地球海军发动进攻，那么这层人造的重力屏障将为飞龙帮提供逃跑的一线生机，而海军还得花上一番工夫，才能穿越这层雷区。

“这群强盗还挺时髦。”亚斯说。

“这不是什么新技术了。”和独眼巨人号的联络中断后，埃曾又回到了舰桥。“新技术才是难以入手的。这就是为什么在星际航行的初始阶段，海盗的数量屈指可数。那时候，地球联合政府垄断了超光速航行技术。而现在，星际间航行已经变成了很常见的技术，只要地球海军管不到的地方，你就能找到海盗。”

“贪婪总能找到市场。”我说。

经过了两千多年的超空间航行之后，任何一个人渣都能买到或者偷到一艘飞船，并给它装上武器，然后在货船航线上进行劫掠活动。当然，他们只会对人类的航线动手。一开始，海盗还会为了抢夺战利品自相残杀，但后来出现了兄弟会，劫掠活动成为一种具有极高组织度、回报颇丰的生意。船长们将手上的资源聚在一起，在地球海军不知道的秘密地点建立补给基地。

知晓基地坐标的导航员能够得到很大一部分的分红，有时候比船长赚的都多。这是因为他们冒的风险更大，一旦地球海军登上他们的船，那么他们必须第一个死。安雅额头上的装置可不仅仅是通信器那么简单，一旦她本人或者她的飞船被捕获，那么这个装置将会宣判她的死刑。所有的导航员都接受了植入手术，这样他们的余生都得带着这个东西度过。这个通信器里记录着所有的兄弟会基地，导航员可以通过它直接和兄弟会的飞船联系，这样就可以避免舰桥上的船员偷看坐标。

虽然这项工作风险巨大，但是随之而来的财富和权力也不容忽视。鉴于导航员干的都是刀尖舔血的勾当，兄弟会甚至会确保导航员名下的财产在他死亡的时候能够移交到受益人手里。这是一个严酷却高效的系统，地球海军和地球情报局都无法渗透其中。这项工作风险巨大，但是诱人的回报让志愿者络绎不绝。

在重力雷区之后是一片远距离传感器，它们监视着通往雷区的每一条航线。这里没有防御火力平台或机器人哨兵迎击进攻的舰队，因为兄弟会明白，地球舰队一定会带着压倒性的优势舰队发动进攻。这些防御设施仅限于警告和拖延对手，并不能帮助飞龙帮打赢一场绝对赢不了的战斗。

进入了早期预警系统后，独眼巨人号做了半个滚筒动作，然后开始减速，我们也跟在他们的身后，模仿着每一个动作。显示屏上很快就捕捉到了空间站的影像。空间站就好像无数个连接起来的十字架，中央主结构上每隔1500米就垂直搭建了一块额外的结构。垂直突出部分上堆满了真空辐射杀菌货箱、船体、居住舱、储藏柜、培养农作物的拱顶舱、停机坪和船坞。这些废弃的船体很久以前就被拆解当备用零件，现在不过是空间站上的加压舱室罢了。小型飞船和维修机器人在空间站周围飞来飞去，就好像徘徊在腐尸周围的虫子。脚手架一样的船位悬臂上伸出一条条看上去弱不禁风的加压管，这些充当栈桥的加压管另一头是各种饱经风霜的战舰。在空间站还漂浮着更多飞龙帮的飞船，它们有的准备进港停船，有的准备启航袭掠靠近冥府深渊的货船。

“这还真不少啊！”亚斯小心翼翼地说。

“多得令人发指。”飞龙帮的高度组织性让我大吃一惊。

飞龙帮的飞船数目是一方面，商人的路线选择则是另一方面。太空如此宽广，聪明的船长只要舍得绕路，完全可以躲开兄弟会埋伏的地方。尽管如此，还是有飞船被劫掠，大量货物丢失，兄弟会赚得脑满肠肥。

“这里有不少的太空港啊！”亚斯注意到停靠的飞船数目之多，

它们周围都是吊臂和装着助推器的维修机器人。

“维修码头。”埃曾纠正道，“他们只能维修飞船，不能建造飞船。”

这里的码头尺寸不一，但停靠其中的都是完整的飞船，里面既没有尚未完工的船体结构，也没有需要校准的船舱组件，只有一艘艘早就过了报废年限的飞船。

“他说得没错，”我说，“兄弟会只会回收再利用废旧飞船，不会建造新的飞船。”

“那你说那里是怎么回事？”亚斯质问道，手指着远处的一个码头。他用光学观测设备放大图像，然后显示屏上出现了一艘被吊车和吊臂包围的崭新飞船。它的外壳非常干净，看上去就好像刚刚出厂，船身上的四个发动机看不出一丝损耗的痕迹。飞船正中是一个正方形的舰桥，船腹滚圆，两边各有四个货舱门。

“那不是造新船，”埃曾说，“升级罢了。”

仔细观察一下，你就会发现大型的飞行机器人正在安装装甲板、大型海军炮塔、小型防御武器和护盾发生器。这是一艘接受了结构性强化改装的撒拉逊级货船，和哈利在低地港看到的是同一级的飞船。现在它们都在飞龙帮手里接受改造，从货船变成巡洋舰级别的战舰。我们很快就发现其他维修港里还有七艘撒拉逊级飞船正在接受同样的改装。

“这改装规模还真是不小啊！”我非常不安地说。

“独眼巨人号在呼叫我们。”亚斯警告道。

埃曾马上跑出了舰桥，亚斯这才接通了频道。

“跟着我们飞。”安雅的脸在显示屏上闪过。

“遵命，女士。”亚斯回复的时候，屏幕上已经空无一物。独眼巨人号慢慢减速，然后停靠在空间站的一条凸出的结构上。

“她的船长肯定看着她呢！”我透过屏幕都能感觉到她的紧张。

亚斯疑惑不解地看着我："我以为她才是船长呢！"

"她是导航员。瑞克斯才是船长。我们还没见过他呢！"

我模仿着独眼巨人号的每一个动作，就在我们滑过垂直结构的时候，又发现在远处还停着九艘超级撒拉逊级飞船。它们已经完成了全面的改装，以三艘一排的队形整齐地排了三排。和空间站杂乱无章的结构相比，这种精准队形展示出的秩序、纪律和飞龙帮的以往形象大相径庭。

"看来兄弟会从地球海军那学会了空间站泊船纪律。"埃曾站在过道，看着眼前的一切说道。

兄弟会的飞船已经习惯于团队协作，但是从来没用如此紧密的队形飞行。他们总是保持距离，随时做好逃跑的准备，要是遇到了地球海军，那就是自己小命要紧了。编队飞行是地球海军的专长，这样就可以把舰队火力集中到单一目标上。这些超级撒拉逊级飞船看上去打算用同样的方式战斗，这说明它们也装备了和地球海军同等级别的作战装备，整个舰队能够像一个单位一样战斗。

"也许飞龙帮在招募地球海军的战术人员？"亚斯提出了一个想法。

我观察着飞龙帮的舰队，渐渐明白了其中的玄机。几艘超级撒拉逊级飞船按照飞龙帮的常规战术，只要共享传感器数据和目标数据就能在映射空间的外部空间挑战地球海军的护卫舰。如果是一整支舰队共同行动，那么就可以任意攻击核心星系空间以外的任何目标。

"她又来了。"亚斯看着通信系统说。

"跟着靠港引导光束去 T-16 号港口。"安雅说。

亚斯检查了一下接收到的信号，然后点了点头："我看到了。"

"和空间站对接之后，打开外舱门。货运机器人准备卸货。"

亚斯检查了一下收到的信号，然后点了点头说："我看到了。"

"货物都在货舱 1 号到 3 号，"我说，"4 号是空的。货物清单上说飞船满载，但事实并非如此。”我耸了耸肩，“纳扎里把货卖了买毒品了。”

她厌恶地看了我一眼，但是把所有的脏话都咽了下去，“等货舱清空之后，我们会给你装上新的货物。在那之前，你可以在空间站随意走动，但是我不建议你这么做。”

“为什么？”

她轻蔑地看了我一眼，说：“里面全是飞龙帮的人，个个都是喝多了找架打。你该待在……安全的地方。”然后就切断了信号。

亚斯缓缓地喘了口气，说：“我这个人一般不会放弃下船的机会，船长，但是如果情况确实如此……”

“我同意你的看法。你在船上待着。”我深知亚斯的脾气，要是一个飞龙帮的人冲他吐一口酒气，他都会打起来。我说：“我出去看看。”

亚斯一脸惊讶地看着我：“你要是去的话，我一定也得去。”

“不，你和埃曾确保他们的机器人不会发现银边号。”我说，心里盘算着离得最近的超级撒拉逊级飞船的距离，“这种级别的观光旅游，最好还是我一个人去。”

\\·\\·\\·\\·\\·\\

我飘过了气闸，一个口袋里揣着晕眩手雷，另一个口袋里塞了一个综合扫描器。手雷是用来以防万一，免得安雅说的那群酒鬼找我麻烦，扫描器是用来收集情报。

一根破破烂烂的加压管道从空间站延伸出来，飞行机器人把它连在船上，然后做了一遍聊胜于无的安全检查。加压管看起来用了很久，到处都是补丁，而且还能听到空气从某个针孔漏出去的嘶嘶声。但是气压看起来还算稳定，我就顺着引导绳来到了空间站的闸门。等我走进空间站，双脚踏在地板上的时候，我就朝着固定所有外部垂直结构的巨型中央升降机前进。空气中可以闻到一股发霉的味道，中间还混杂着体味和化学药品的味道，但是还能呼吸。令人安心的是，几个脏兮兮的维修机器人爬了出来检查漏气情况，这说明这里起码还知道保持气压。

穿过一条连接着几十个港口的走廊，就来到了一个拥挤的广场。在这里可以找到酒吧、妓院和各种商人。我的耳朵里充斥着刺耳的笑声、音乐和其他各种声音，过期的酒水、汗臭和烤肉的味道直冲我的鼻子。和其他人类港口不同，这里看不到非人类种族，这说明兄弟会不和外星人做生意。只要扫视一下这个广场，我就知道我的衣着太过简单。棕色飞行夹克、黑色的裤子和磁力靴，一身工人的装束和周围飞龙帮的人相比实在是太过平淡。

他们穿着不合身的盔甲，上面喷涂着明亮的颜色，颜色越是亮丽，越是受海盗们的欢迎。飞龙帮就是一群太空中的拾荒者，他们会按照自己花哨的爱好改装能找到的各种单兵防御装备——用黄金打造的圆环给自己的盔甲做装饰，就连他们的指头和耳朵上也带着金环。总的来说，他们不会放过身体任何一个可以打孔的地方。他们会在盔甲下面穿白色或者灰色的衬衫，下身穿着宽松的黑裤子。个别人还会穿着与太空服配套的靴子。但多数会穿着挂满装饰物的战斗靴，以此展示自己能够适应零重力环境，完全不需要磁力靴固定自己。这也是一种竞赛，展示自己足以统御其他人的竞赛。这里所有人都全副武装，一有风吹草动马上打个头破血流。

与此形成鲜明对比的是，这里的女人只有两种：住在空间站的和不住在空间站的。你可以理解前者是那些衣不蔽体、穿着却和海盗们一样艳丽，永远为男人们敞开一扇大门的女人。她们衣服上鼓胀的部分意味着艳服之下还藏着武器，但也正是如此，她们才能像海盗空间站上的男人们一样，自由选择加入怎样的团体。这里有小部分姑娘很年轻很漂亮，大多数女人和她们一比都逊色不少，但是所有人眼睛都保持警惕，盯紧了眼下每一个机会。

后者很少裸露自己的身体，身着涂色的战斗服。她们和安雅一样，都是在太空中谋生，自己的武器就带在显眼的地方，干起活来不亚于任何男人。她们用行动证明自己的自由并非源自别人的施舍，而是靠自己的打拼。

当我从吵闹的人群中穿过的时候，一双双眼睛狐疑地盯着我。我的检测器扫描了所有人，把他们的信息和我记忆库的通缉犯信息进行对比，发现了不少匹配的目标。我有几次刚好路过斗殴现场，那些人正忙着把别人脑浆揍出来。拳头、手肘和膝盖是他们的武器，但是无论有多少鲜血溅到地板上，他们都不会掏枪互射。这些都是“友谊赛”，围观的男男女女一边喝酒，一边嬉笑怒骂，甚至还会为谁能打赢而下赌注。打架的人则在甲板上打成一团。有的时候，有些人会对我不屑地大喊，而我选择无视他们，钻入人群中消失，以免事态恶化。希望他们喝得太多，跟不上我的步伐。

穿过广场，来到空间站的中央升降梯附近，我看到一群和我穿着差不多的男女俘虏面朝人群，站在一个升起的金属平台上。一个飞龙帮的海盗站在讲台上大喊，努力用自己的声音盖过下面观众的叫喊。在他身旁，海盗看守把一名奴隶推出了队列。这名奴隶四十岁上下，脸上还有淤血，双手绑在背后。

“这位看上去不错！”拍卖师在讲台上大喊，看着手上的数据面板。“熟练处理真空焊接、组装和防腐工作！”拍卖师一边赞许地点点头，一边转头看着一旁的男人，问：“你有什么工作经验？”

奴隶并没有回话，旁边的警卫作势要打他，“人渣，叫你回答问题呢！”

奴隶缩了下身子，然后说：“九年工作经验。以前在卡扎里斯环带的黑玛瑙四号当过建筑工人。”

拍卖师转向台下观众，那人的工作经验让他印象深刻：“小伙子们，你们都听清楚了吗？来自卡扎里斯环带的建筑工人！不想损失自己的船员兄弟或维修机器人的时候，就让他出去修船吧！一千块有人买吗？”

“那边那个姑娘多少钱？”人群中有人问道。

“你绝对掏不起这钱，加纳德 · 皮特！赶紧滚回 K 层甲板找你的老璐璐去，然后和她待个三十秒什么的！”拍卖师大叫道。周围的人群也发出了笑声，“兄弟们！你们打算为这位训练有素的卡扎里斯太空工人掏多少钱？”

“五百。”一个人用熟悉的东非口音说。他身材高大，头发扎成一束束辫子，半张脸被等离子烧得一塌糊涂。虽然他的伤疤非常吓人，但我还是马上认出了他。他叫甘多亚，是兄弟会的地区领导人，一年前和我交过手。我把他的船打成了一堆冒着火星的残骸，所以我也得对他的脸被毁容负责。当时有一艘救生艇飞离了现场。现在看来是他当时抛弃了自己的手下，一个人逃命去了。

我深知要是甘多亚看到了我，那我就死定了。我马上离开了拍卖现场，后悔穿了一身船员的打扮。穿过一段装了自封式安全门的走廊之后，我终于来到了空间站中央的升降梯。我停下脚步，仔细听着周围的声音，以免有人发现我。在这里，空间站维生系统的机械设备的轰鸣取代了广场上嘈杂的噪声。虽然空间站垂直延伸的部分是用废船和零部件搭建起来的，但是中央部分设计巧妙，足以维持整个空间站在冥府深渊低温黑暗的环境中不断扩建。

确认没人跟踪后，我通过运输用的管道来到了另一节扩建的垂直结构上，然后开始朝着维修码头前进，那里停着一艘正在接受改装的超级撒拉逊级飞船。这层只有码头工人，几个穿着灰色军服的欧瑞斯雇佣兵把守着入口。一言不发的卫兵和吵闹的飞龙帮形成了鲜明的对比，他们检查身份证件的时候极为认真，所以我也不可能靠近超级撒拉逊级飞船。

趁别人还没发现我，我回到了中央升降梯，然后顺着破烂的传送带爬到了上面一层。这里的灯光很糟糕，只有货运机器人在搬货的时候才会通过这块区域。我跳到一台满载的货运机器人旁边，假装是在检查它搬运的货物。等摸到靠近超级撒拉逊级飞船泊位的舱室后，我拿出扫描器顶在一扇密封的增压门上，心中暗自希望飞龙帮的安全锁密码不是太复杂。非常幸运增压门过了几秒就打开了，门的另一边是数不清的储物架，上面堆满了各种设备。我摸了进去，把扫描仪揣进口袋，然后关上了增压门。

“说明你要的零件编号！”一个机器的声音在黑暗中呵斥道。

我立马转身，手摸向手枪，同时一盏探照灯转向我的方向。一个两倍于我身高的桶状机器人向我不断靠近。它坐在一个圆形的底座上，探照灯下面是两条纤细的可伸缩机械臂。两条机械臂一上一下地滑动着，就好像安装在两条独立的轨道上。

“什么？”我不解地问。

它停在我面前，探照灯对着我的眼睛。“我需要一个联合分类编码，才能找到你需要的零件。”探照灯的灯光缩成了一道窄窄的光束，“你应该还记得零件编号吧？”

“忘了。”我慢慢地说，“要不你告诉我？”

“我是通用后勤辅助系统，能够分类、储存和读取来自 51 个人类世界上超过 200 万个工厂生产的 100 亿种部件。但我不是读心术机器人！”

如果不是哪个无聊的空间站技术人员对飞龙帮后勤系统的互动界面施展了过分的才华的话，那就是这个货舱机器人马上就要短路了。我打算把这场戏继续演下去。我说："我要超达因矢量推进器的部件。"

探照灯的光束又变成了柱状，"我们可没有那种零件！"

"不，你们绝对有！上周才来了一批货，寄送到这里。我本人专门下的订单。"

"不可能！根本没收到这种货。"

"你是不是弄丢了？通用后勤辅助系统弄丢了我的零件吗？"

"零件不可能丢失，当然，要是人类不能给我准确的数据就另当别论了。不过那也不是我的错！"

"你是不是被断电弄坏了记录？"

"断电？"机器人很愤怒地问道。

"就是让你弄丢有关我的推进器记录的断电呀！"

"我可不记得有什么断电！"

"哎，我的推进器零件就在这。你最好赶快找到它，不然你就把自己算成顶替你的机器人的零件好了！"

机器人的胳膊上下地摆动，似乎受到了威胁一样："我马上就清查所有的零件。"

"大概要花多久？"

"26 小时 31 分钟。"

"那我等等好了。"

这个怪异的机器人利索地掉了个头，然后滑入了黑暗之中，跑到了货舱的另一头清点零件，刚好给我时间能够适应这里的光线。趁着机器人忙着清点螺母和螺栓的时候，我冲到货架中间，来到一扇巨大气闸边上，气闸两边各停有一排飞行机器人。在气闸边上，有一个脏兮兮的窗口刚好能看到超级撒拉逊级飞船。

这艘飞船停靠在维修码头上，从空间站上伸出的吊臂搭在船身上，无数灯光把它照得一清二楚。飞行机器人在它周围飞来飞去，把重型海军炮塔安装到货舱门上的凹洞里。这些凹洞都经过了专门设计，和炮塔的尺寸刚刚好。其他机器人负责为飞船安装装甲板和防御系统，所有这一切都在身穿带着动力喷嘴的太空服的工程师的监督之下进行。他们的工作效率惊人，我的光学插件自动记录了眼前的一切，这些记录都可以留到日后慢慢分析。不需要海军工程师就能发现生产这些超级撒拉逊级飞船和各种武器的工厂相隔数百光年，等到生产完毕之后，再运到这进行组装。这一切都是为了躲避地球海军的监视。

一个飞行机器人从自己的位置上站了起来，一边滑向气闸，一边不停扭动着自己的两条铰链式机械臂，这是在做起飞前的检查工作。在它的侧面还写着一行字：品川空间站，编号 5076。我怀疑它从来没在那个核心星系空间内的巨型日本轨道船坞里工作过。最有可能的解释就是，有人用品川作为掩护生产飞行机器人，然后再把它们运到冥府空间站。

这等规模的行动要求的是高度协作和能够进入映射空间内各种工厂的权限，而这一切都是在地球海军、联合体警察和地球情报局的监管之下。这种事情只有银河财团才能做到，而且要不是一名地球情报局的特工用生命换来的情报，这一切可能永远都没人知道。

我给超级撒拉逊级飞船做了个全面记录，列娜和她的情报分析师可以在日后慢慢分析这些材料。我悄悄地回到了走廊，然后开始返回天璇星号，而那个怪异的通用后勤机器人完全没有注意到我。返回的路上，我努力避开拍卖会和甘多亚，但当我穿过广场的时候，一个飞龙帮海盗拦住了我的去路，他穿着紫黑色胸甲，粗壮的胳膊上带着文身，脸上全是胡子。

“看看这是谁呀？”他醉醺醺地说着，抓着我的胳膊仔细打量着我。

他端着一个装满麦酒的金属杯子，杯子里的酒洒得到处都是，他转头对坐在桌子周围的同伙说：“我看他应该待在台子上等着被卖掉！”其他的飞龙帮和他们的女伴哈哈大笑，显然是发现马上要爆发一场恶斗。然后他转头对我说：“你这次可跑不掉了吧？”

“我现在要去独眼巨人号。”我说着，试图从他手里挣脱出来的同时还不激怒他。

“独眼巨人号！就你？”他大笑道，“听那个小婊子的命令感觉怎么样？”

“我听瑞克斯的命令。”我说着，身子扭来扭去。

“瑞克斯？”眼前的飞龙帮海盗惊讶地说道，“他真的存在吗？我从来没见过他。”他转头对自己的船员说，“你们谁见过瑞克斯？”

他们都摇了摇头，各个都等不及想看血溅当场。一个女人大叫：“安雅编了这么个人物，然后自己就能当船长了！”

我眼前的大个喝了一口酒，然后对着拍卖师大喊：“嘿，大麻脑袋，我这儿抓到了一个逃跑的囚犯！”

许多脑袋瞬间转向我的方向，让我根本不可能安静地离开。我绕到海盗的身后，抓着他的手腕一拧，锁住了他的手肘，然后用力一推。我能听到关节碎裂的声音，然后愤怒就在他脸上炸开了花。

“我和你闹着玩罢了！”他愤怒地喊道，把酒杯扔到了甲板上，完好的另一只手伸进了自己的裤子口袋。他并没有掏出手枪，而是在手上戴了一个指虎式晕眩器。弯曲的金属指虎上泛起了护盾的光芒，这意味着一拳下来能给我造成十倍于以往的冲击。在这么一个醉醺醺的壮汉手里，一拳就足以置人于死地。当然了，首先他得打到我才行。他的眼睛恶狠狠地眯成一条缝，说：“玩笑时间现在结束！”

虽然他的一条胳膊因为骨折垂在一边，但是他的出拳还是非常精准。我依靠高速反应躲到一旁。和他手上的高科技指虎相比，我更担心越来越多的围观人群。还没等他反应过来，我就闪到他的身边，一脚踢在他的膝盖上，然后用手肘打碎了他的下巴，这一下把他直接打飞到他的船员坐着的那张桌子上了。他身边的海盗跳了起来，把女人们从自己的大腿上赶了下去，酒水洒得到处都是。他们个个起了杀心，想分出个胜负。

“干掉他！”一个海盗咬着牙说道。而我从口袋里掏出来晕眩手雷。

“今天可不行哦！”我说完，就把这枚设计巧妙的手雷扔了过去。

这群人一开始一脸迷茫地看着银白色的球形手雷从甲板上弹开，然后纷纷夺路而逃。我转过身开始飞奔，两个醉醺醺的飞龙帮海盗想挡住我的退路，我从他们中间挤了过去。我用手捂住耳朵，闭上眼睛，然后G-Max感官冲击手雷就爆炸了。我闭着眼睛还是能看到一道闪光，人群的尖叫声钻进了我捂住的耳朵里，两个试图挡住我的壮汉结结实实地吃下了这波冲击。虽然手雷起爆时，我已经身处最大作用范围的边界，但是我的耳朵还是嗡嗡作响，眼睛能看到无数的光点。我努力站稳脚步，然后踉踉跄跄地离开了广场，现在广场上的每一个飞龙帮海盗都急于寻仇，一心只想把我干掉。

靠近手雷的人都被炸翻在地，而在广场另一头的人则齐刷刷地看向我，这其中就包括一个高个儿、皮肤黝黑、脸上带着难看的等离子烧伤的家伙。我俩四目相接，立刻认出了彼此，然后我转身夺路而逃，身后跟着一群想干掉我的飞龙帮海盗。

我不停地躲来躲去，在空隙间闪转腾挪，努力避开每一个想抓住我的酒鬼，而在我身后是沉重的脚步声和起哄寻架的喊声。等快冲出广场的时候，我闪到旁边一间拥挤的酒吧里，然后从侧门溜出去，藏在一台臭烘烘的垃圾处理器后面的小巷里。过了一会儿，一群飞龙帮的人冲了过去，质问我的去向。我藏了很久，等着追我的人慢慢散开。等风头过去之后，我从容不迫地从酒吧和妓院间穿过，悄悄地回到连接天璇星号停靠码头的主走廊。在确认没人跟踪之后，我冲过气闸，穿过漏气的增压管回到了天璇星号。

等我进了飞船，埃曾正好在等我，他说："它们正在拆货舱之间的隔墙。"

"谁？"

"飞龙帮的飞行机器人。它们已经移除了一号和二号之间的隔墙。现在它们正在拆除三号货舱的隔墙。"

"为什么？"

"说是为了给货物腾地方。"埃曾说，"它们现在正把货运过来。"

"到底是什么货？"

"那玩意我从来都没见过。"

"你能悄悄回到银边号不被他们发现吗？"

"我能从货舱下用的维修孔爬回去。"

"只要他们开始拆四号货舱的隔墙，你就准备启动引擎。一旦引擎预热，天龙帮就会发现你。"

"船长，周围 20 千米以内有超过 100 个散发中子信号的反应堆。飞龙帮不太可能在距离空间站这么近的地方发现我。"

我完全没想到这一点。飞龙帮的舰队就在我们头顶上，我们大可以藏在他们的鼻子底下。"你说得没错，但是除非万不得已，不然就不要发动引擎。"

趁着埃曾爬回银边号的工夫，我转头去了舰桥。亚斯盯着眼前的三个屏幕，看着飞行机器人用切割激光把天璇星号的内部结构切得乱七八糟的。第四个屏幕上可以看到一艘老旧的运送矿石的运输船停在了我们朝向太空的一边。这艘运输船的舱门几乎和船身一样长，等打开的时候，一打飞行机器人飞进了它的货舱。它们推进器的火光勾勒出了里面货物的大概形状，然后它们就推着一个长长的灰色物体飞了出来。整个物体看着像一个铁塔，下面有个圆形的底座，内倾的塔体顶端还有八个弯曲的金属臂，看起来就好像是花蕾的花瓣。每个金属臂的顶端都是黑色的，塔身顶端伸出了一根短短的银色针状物，正好指向花蕾的中央。长期暴露在宇宙辐射之下，塔身到处都能看到各种斑痕，想必这东西已经有很长时间的历史了。

“以前见过这玩意吗？”亚斯说着，眼前的飞行机器人把这个外星科技打造的高塔推了过来。

我并没有给予回答，等着我的插件完成扫描比对，我的脑内界面上弹出了几个字：未知物体。

“没见过。”我最后说。

一艘长着圆鼻子的空降艇紧随其后飞出了货舱，和高塔保持一段距离。等高塔和空降艇都达到安全距离，飞行机器人就回头开始拖曳运输船。在距离空间站这么近的地方，这艘老旧的货船单纯依靠自己的动力进行姿态微调，实在是一件让人非常不放心的事情。

“给我接通安雅。”我说着，爬进了船长的座位。

等安雅出现在屏幕上之后，我说：“你到底想对我的船做什么？”

“为货物腾出点空间。”

“那要运的货是什么？”

她愣了一下，压制住心中的怒火：“你不必操心。”

“这可不行，特别是你还在拆我的船腾空间的情况下！”

“不会影响到主要系统的。”

“然后呢？我的船破破烂烂的。我怎么给其他人解释这事？”

“等送完这批货，天璇星号的任务就算完成了。好了，现在滚出这个频道，等待进一步通知。”她生气地说完就切断了信号。

亚斯皱着眉头说：“看来她也帮不上什么忙，不是吗？”

“她也不知道那是什么。”这才是让她生气的地方。安雅是飞龙帮的导航员，通常能知道那些连她的船长都不知道的事情，但是现在她和我们一样对这东西知之甚少。我说：“测量一下这东西到底有多长。要是他们开始切割四号货舱的隔墙，我们就得及时通知埃曾。”

亚斯把镜头切换到货舱，然后说：“它们要是能按照对角线放那个玩意的话，三个货舱的空间刚好够用。”

飞行机器人停了下来，让外星科技制造的高塔飘在飞船旁边，静等船里的维修机器人拆除货舱的隔墙。等三个货舱连成一片，机器人就推着高塔挤进了一号货舱，跟在后面的空降艇从三号货舱门飞了进来。等它们俩都停在甲板上之后，我用甲板上的夹子牢牢固定住它们。干完这一切安雅的脸又出现在了屏幕上。

“封闭你的货舱，然后加压。”说完，她就切断了信号。

亚斯按照命令完成了加压，然后十二个穿着装甲战斗服的人就从空降艇里钻了出来。依靠着炫目的零重力机动动作和战斗服上的喷嘴，他们砸掉了货舱里所有的监视器——大威力的消音步枪有可能打穿船体。

“太迟了，”亚斯说，“我们已经看到他们的大玩具了。”

“除非还有我们没看到的。”

“把磁力钳的控制权移交到货舱甲板的控制面板。”舰桥里响起了一个欧瑞斯人的声音，但是我们看不到任何图像。

亚斯一脸疑惑地看着我。

“照他说的做。”

他耸了耸肩，然后就把甲板固定钳的控制权移交给了货舱里的客人。然后我用一个保密的频道和埃曾通话。“埃曾，有群穿着战斗服的家伙在你前面的货舱里。你很快就有伴了。”

“我会做好准备的，船长。”跟埃曾不需要做太多的解释。第一个走进四号货舱的雇佣兵就算穿着战斗服，也不可能活着给自己的同伴报信。

“要是他们发现了银边号，”我对亚斯说，“那你就快点过去，和埃曾一起逃出去。”

“那你要去哪？”

“我去看看他们有什么不能见人的小秘密。”

“我可不能抛下你不管啊，船长。”

“这可容不得你来决定。”我说完，就在零重力下飘向货舱。

等电梯门打开之后，我听到了走廊里回荡着装甲磁力靴踩在甲板上的声音，这意味着最少有一名穿着战斗服的哨兵在巡逻。既然看不到他的踪迹，我就悄悄地在走廊里飘着，穿过货舱的主增压门，来到右舷的一个紧急出口。上面的安全锁显示整个货舱处于完全加压状态。把舱门掀起来了一点。货舱里灯光昏暗，高塔的底座挡住了部分舱口的视野。三号货舱中的欧瑞斯雇佣兵穿着灰黑相间的迷彩服，从战斗服里爬了出来，然后用磁力钳把战斗服固定在空降艇前方。战斗服的躯干部分像蚌壳一样打开，在甲板上排成一条直线，就好像是要参加阅兵一样。等锁好了战斗服，雇佣兵们就飘回空降艇，然后每人拿着一支 JAG-40 和挂满工具的腰带又飘了出来。等把自己武装好之后，他们就开始拆解清理自己的战斗服。

我正准备靠近一点好好检查高塔，就看到崔斯克带着科恩和欧隆穿着灰黑色迷彩服走出了空降艇。他们从空降艇上起跳，排成一排从空中飞过货舱，来到通往船头的增压门。趁他们还有点距离，我放下舱门，只留下一条小缝继续观察。崔斯克在空中娴熟地转了个身双脚落地，为科恩和欧隆打开舱门，他俩直接就飞了过去。等他们走后，崔斯克翻了个筋斗，跟在他们身后的同时还不忘关上门。看来他们非常熟悉在微重力环境下活动。

等崔斯克和两个副手走了之后，我借着高塔底座投下的影子溜了过去。底座整体平滑，外沿上有个小的凸起和三个等距分布的圆形银色支架。塔身中间有个竖轴，竖轴的一截消失在黑暗之中。我出于好奇，摸了摸银色的支架，发现它们出奇的冰凉。指尖的触感传感器检测了下热量流失的速率，然后弹出了一条警告：超导金属，种类未知。

不管这到底是什么材质，它的散热效率都远超任何已知材料，但是支架周围的材料却比较温暖，指尖的传感器也没能提供有用的分析结果。

超绝缘材料，种类未知。

不管这座塔到底为何而建，它都能高效处理大量能量。

有轻柔的脚步声越来越近，我差点没有听到。无论来者是谁，塔身都能屏蔽它的信号。脚步声不是源自金属磁力靴，而是轻软的民用软底便鞋。等他靠近的时候，塔身一侧的隔板门也跟着打开，里面传来了精密仪器的咯咯嗒嗒声。我估计他是个工程师或科学家，而不是雇佣兵。这样一来，他就是个很好对付的目标，我能很轻松地把他抓过来拷问。鉴于那些雇佣兵还在三号货舱的另一头，我完全可以在别人不注意的时候拿下他。

我用超导材料的支架做依靠，爬上了塔的基座，然后静静地听那个科学家在那工作。他太过专注，完全没有发现我。我偷偷瞄了一眼，发现一扇打开的灰色维修门挡住了我的视野。我只能看到他背对着我，穿着一身深绿色的连体服。

多亏了高塔，不然我就会被那些雇佣兵发现。我鼓起勇气慢慢摸了上去，打算打晕工程师，然后把他拖到储藏室里慢慢审问。

他忙完了手上的事情，直起身子准备关上维修门。我低下身子，准备冲上去拿下他，但是这时候我发现事情有点不对劲。他直起身子的时候，后背呈现出一种奇异的流线型，背上的关节太多，而且弯曲成一种很不自然的样子。而当一只长着纤细手指的手抓在维修门边缘的时候，我被吓了一跳。趁着这个外星人关门的时候，我赶紧退了回去。他的眼睛黑黝黝的，脑袋看上去就是一个三角形。

原来是个马塔隆人！

我退回塔的中央位置，心脏怦怦直跳，我仔细听着任何风吹草动，以免被他发现我的位置。马塔隆人完全没有发现我，只是专心地把工具收回自己的工具箱里，然后他踩着甲板，爬行动物式的双手抓着高塔的一侧，向我的位置一步步靠近！

我回到超导体支架上，然后立刻从甲板上跳开，而那个马塔隆人正从高塔底座的另一头绕过来。我抓着底座上凸出的边沿减速，不然我靴子和塔身只要碰一下，都会发出刺耳的声音。我用大腿做缓冲，然后双手紧紧地扣在塔身上，避免躯干和它相撞，再把自己弹出去。就算身处阴影之中，那些忙于维护自己战斗服的雇佣兵只要看向这边就依然能发现我。在我下方，底座上再次传来马塔隆人软底鞋走路的声音。现在我彻底放弃了抓俘虏的打算。和马塔隆人肉搏是一个糟糕的主意，哪怕对手是一个不熟悉微重力环境的科学家，我也不会有好下场。不管他是谁，他的一举一动看上去都更习惯于行星重力。并不是所有的马塔隆守卫军都接受了零重力环境下的训练，就连黑蜥部队也没有全员接受这种训练。我们的爬行类死敌可能在科技上领先了人类七十万年，但是他们和我们一样都需要接受零重力训练。眼前的这个蛇脑袋明显就是一副训练不足的样子。

这个蛇脑袋科学家打开了塔身另一侧的一扇门，然后低头忙于自己的工作，我趁机回到边缘附近耐心等待。我躲在货舱上方，大脑飞速旋转，努力想弄明白为什么一个马塔隆蛇脑袋要和一群人类雇佣兵混在一起。不，他们不是混在一起。这些雇佣兵没有帮马塔隆人干活，他们在保护他！他就是崔斯克的技术专家，安雅在新潘塔尼尔上提到的那个家伙，就是那个她一直见不到的重要人物。

就是因为他，雇佣兵才会摧毁货舱里所有的传感器，这样我们就不会知道船上还有个马塔隆人。但是，这座塔是马塔隆科技吗？如果真是如此，那它和我之前见过的所有马塔隆装备都不一样，而且我本人也见了不少马塔隆人的东西。更奇怪的就是马塔隆人居然和人类合作。他们向来排外，对于非自己种族的人都很排斥，人类最不受他们欢迎。他们加入议会完全是出于实际需要，因为他们害怕被排斥在外，而不是因为想和其他种族合作。钛塞提人说马塔隆人一直在讨好他们。我现在怀疑他们是不是打算让钛塞提人麻痹大意，然后密谋对我们发动攻击。

我趁着马塔隆科学家关第二扇门的工夫，顺着超导体底座飘回了紧急维修口，然后关上紧急出口的舱门回到了舰桥。让我大吃一惊的是，亚斯不见了。四个显示屏都冒着电火花，多玛尔 · 崔斯克和他的两个手下正一脸疑惑地看着飞行控制面板。

崔斯克一看见我，就用手里的 JAG-40 对准过来，说："我手下有个人失踪了。你不会恰巧知道些什么吧？"

"不知道。"我说，但埃曾也许知道些什么，"他当时在干什么？"

"例行飞船检查。"崔斯克对着屏幕点了点头，说："显示器怎么都不工作了？"

亚斯一定是看到他们过来就破坏了显示屏。"我离开的时候还好好的。你们到底碰了什么东西？"

我的监听器听到走廊外有东西靠近，但是却不在视野范围内，我的检测器无法确定来者的身份。

崔斯克一脸怀疑地看着我说："你为什么要去冥府空间站？"

"我以前从来没去过飞龙帮的基地。"我说话的同时，一个男人从走廊里走了进来，我的检测器马上开始进行比对。

"你满足好奇心的时候还要带上眩晕手雷吗？"崔斯克一脸的怀疑。

“那你指望我开枪打死一片醉鬼吗？”

“作为一个走私犯，你可吸引了不少注意力。”他若有所思地看着显示屏，“当然，前提是你只是个走私犯。”

我的检测器找到了匹配信息，然后发出了警告，但为时已晚。回到舰桥是我做出的一个错误的决定。我之所以这么干，是因为我觉得亚斯会在舰桥等我，而且我也不可能抛下他不管。看来我心软也是个错误。

“你完事了？”我身后一个低沉的声音质问着崔斯克。

崔斯克想了想，然后点点头说：“嗯，完事了。”

甘多亚从舰桥走廊用大功率电击枪打中了我。我没有看到他的脸、他手上的电击枪，就连脸砸在甲板上都没有任何感觉。

\·\·\·\·\·\

电击枪的效果持续了很久，耳边沉重的脚步声、关门的声音和被折磨的人发出的尖叫声像噩梦一样纠缠着我。我睁开眼睛，发现自己躺在一间昏暗的牢房里，唯一能提供光源的是卵形舱门上一道窄窄的窗户。当警卫带着俘虏从外面走过的时候，我可以看到他们的影子，但是惨叫声不绝于耳。等我的眼睛慢慢恢复了视力，我发现这间肮脏的牢房里没有家具或水，角落里唯一的排水口周围都是粪便。

门闩开启的声音响彻牢房，然后牢门轰然打开，两个人走了进来。个儿矮的那个人腿上挂着一个枪套，一只手里拿着一个致痛电棍，另一只手里拿着装有兴奋剂的注射剂。他的电棍戳在我的肩膀上，全然不顾我已经恢复意识，强行让我完全醒了过来。

高个儿的那个人靠了过来，用充满仇恨的眼睛打量着我。“西瑞斯 · 凯德！我可等你好久了！”甘多亚用自己东非口音大声说，手还摸着自己被烧伤的半边脸，“看看你干的好事，你害我毁了容。现在甘多亚要你全额赔偿。”

我勉强坐了起来，背靠在冰冷的金属墙上说：“船我就算你 10 块钱，但是你的脸现在可是比以前好看多了。”

“闭嘴，奴隶！”警卫扯着沙哑的喉咙喊道，用电棍又戳了我一下，我的身体不受控制地抖了起来。等收回了电棍，他问道：“你是打算给他找个势均力敌的对手，还是找个他打不过的？”

“找个他打不过的。”甘多亚说，“让他天天被揍，但别让他死了。现在还不是他死的时候。”

“我可不能阻止他们打死他，特别是那些人的自由全都押在这上面。只要他倒地，他们肯定会干掉他的。”

“要是他死了，他们也别想活。”

“包扎治疗什么的，可都是要花钱的。”

“你放手去做就好了。甘多亚十天后就离开冥府空间站，到时候再杀了他。”

“角斗场里撑十天？”警卫非常怀疑地说，“怕他到时候连人样都没有了。”

“他最好能坚持到最后。”甘多亚吓唬他，“要不你就顶替他的位置。”

警卫不安地咕哝了一声，然后把一个金属脚环扔到了我的脚边，说：“奴隶，把这个戴上。”

脚环上有一个闪烁的绿灯，另一边还有一个小型的电池，这是个追踪装置，上面还有一个电击器。只要我试图从这逃跑，那电击器就会把我电得动弹不得。我把它留在原地，碰都没碰一下。

“看来他还不知道自己在什么地方，”警卫说，“以为自己还有活路。我们会好好教教他的。”

“没必要，让他好好挣扎下。”甘多亚说，“到时候在角斗场里才更有意思。”

警卫无所谓地耸了耸肩，说：“这类人我见过，撑不了多久的。”

“给他吃好喝好，让他有力气打下去。”

“角斗场里要加点什么吗？”

“腐蚀性的小东西就好。”

“要是那玩意掉进了他的眼睛里，”警卫非常担心地说，“他可就撑不了十天了。”

“要是他们弄瞎了他，那就把他们的眼睛挖出来。他们大可以烧掉他的皮肤，但是眼睛不能烧！”甘多亚说着，揉了揉自己被烧伤的半张脸。

“我会警告他们的。”警卫不安地说。

“找到他的船员了吗？”

“还没找到。”

“让他看着自己的船员死。”甘多亚端详着我说，脑子里臆想着未来几天的好戏，“凯德，在我和你算账之前，你会求我杀了你的。”

“期望可别太高啊！”我说道。要是他们能让我保持体力，那就等于让我在角斗场里公平竞赛，到时候跪地求饶的可就是他了。

甘多亚问道：“谁先和他打？”

“那个大个子塔诺斯人可以随时开始。我让他杀了三个付不起赎金的船员。要不找那个吉鲁克来？”

“塔诺斯人就好。”

“他玩酸液鞭那可是一绝。”

甘多亚试着想笑一下，但是他被烧煳的半边脸看上去像死了亲人一样难看。“你一定是脑子坏了才会来这儿，凯德。”他说完，就离开了牢房。

金属门又一次关上，让屋子里陷入一片黑暗。我看着脚环上绿色指示灯微弱的灯光，体内的兴奋剂让我恢复了体力，完全不需要启动我的插件。几个小时后，牢门再一次打开。

我以为进来的是警卫，要带我去角斗场进行第一次角斗，但是我抬头只看到一个黑影走进了牢房。来者体格健壮，穿着一件黑色的轻型护甲，右腿上挂着一把手枪。他左手上拿着一把闪着火花的小刀，上面的血迹还没干。他甩掉刀上的血，用大拇指关掉了刀上的能量力场，然后把它插回左腿的刀鞘里。

他并没有关上牢门，只是上前走了几步，然后静静地看着我。他的一举一动给了我一种奇怪的熟悉感，但是我的检测器却无法确定他的身份，而且牢房太黑，看不清他的脸。

“老弟，你还真是会惹麻烦。”

他的声音在牢房里听起来就像是黑暗中的霹雳。我已经20多年没听到这个声音了，之前甚至以为再也听不到了，我一时间惊讶得说不出话。

“难道他们把你的舌头也切掉了？”

“伽努普斯？”我嘶哑的声音把自己都吓了一跳。

“这名字我可是很久没用了。”他慢悠悠地说，“听说你还用西瑞斯当名字，你可真是老爹的小宝贝。”

我俩的名字完全是父亲的主意。他用地球夜空中最明亮的两颗星做我们的名字，我叫西瑞斯（天狼星），我哥哥叫伽努普斯（老人星）。对于一个天天穿行于映射空间的导航员，这样给儿子起名简直太正常了。后来，哥哥开始和父亲吵架，因为老人星的亮度低于天狼星。在他看来，父亲更喜欢我。

“老人星是更亮一些，”我说：“不过是距离太远，所以看起来比较暗罢了。”

“哼！导航员的借口，”他愤怒地说，“但你的驾驶技术确实更好。”

“打架你也没输过。”

“我比你大两岁，而且还作弊了。”

他总是用体型优势压制我，而且打法非常下流，不过这倒是他第一次承认作弊。“你在这干什么？”

“我也想问你同样的问题。”

“我开船过……”

“不！”他吼道，“我知道天璇星号的事情！我想知道的是你为什么在这儿！”

难道他发现了？他怎么可能发现呢？

有那么几秒钟的工夫，我想把真相告诉他，告诉他我是地球情报局的卧底特工，天璇星号上有个马塔隆人的科学家，但是马上打消了这样的想法。要是他已经知道了一切，肯定就知道蛇脑袋的事情，那他就是我的敌人。我依然记得他有多么难以对付，多么精于算计。如果他是我的敌人，那么甘多亚和崔斯克都没他棘手。虽然我们在古老的芙蕾雅号上长大，从一个殖民地搬到另一个殖民地，父亲对我们非常严厉，我俩还没他的船重要，但是这一切都是很久以前的往事了。那时候也许我俩还是兄弟，但是现在不过是两个陌生人罢了。

“我可没打算来这儿。”我说，“一个飞龙帮的导航员，女的，她叫我来的……”

“对，安雅 · 科尔。”他打断了我的话，“我知道你怎么过来的。”他朝前走了几步，说：“纳扎里到底怎么了？”

“嗑药嗑坏了脑子。”

“哪种药？”

很久没有和我的兄弟这样咬文嚼字了。他不是在寻找信息，因为他早就知道了答案。他想确认我是不是讲实话。我努力回忆纳扎里用的是哪种吸药器，我唯一能记得的是深红色的外壳，这倒是给了我三种选择。

“猩红天际。”我怀疑纳扎里更倾向于使用致幻剂，而不是增强感官或者性功能的药物，“我还得清理那堆烂摊子。”

我的大哥似乎根本不在乎我有没有猜对。我俩之间是有矛盾，但是我很少对他撒谎。骗人这种把戏是我很多年以后才学会的。他问：“你现在给银河财团干活了？”

“世道艰难，没得选啊！运气不好，急需要钱。然后这份工作就冒出来了，我也只好接了这活。当时他们可没说关于冥府空间站的事。”

“那甘多亚是怎么回事？”

“一年前，他偷袭我。”我回答道，“我俩是竞争关系。当然，最后他的下场不太好看。”

“所以，他的脸是你搞的？”

“你认识甘多亚？”

“我和他能坐在一张桌子上。他以为能和我平起平坐，但是他错了。”

我从他的语气里能感觉到，他俩早晚会摊牌，而且他一定会趁甘多亚毫无防备的时候下手。我稍稍放松了一点。我是否惹毛了自己的老哥是一回事，但是我知道他不可能让甘多亚干掉我。这事是私仇。

“他不知道我俩是兄弟？”我问。

“他要是知道的话就会干掉我的，这也是找你报仇的办法之一。”

“你怎么知道我在这儿？”

“我看到你了。”他说。

“在空间站上？”

“在那之前。”

在我来冥府空间站之前就见过我了？我努力回忆，回想他会在哪里见过我。最后，我说：“我不明白你什么意思。”

“在你到重锤星的时候。”

“你也在重锤星？”他是不是和梅乐尔总督一起工作呢？

“低地港。”他补了一句。

那他只能从一个地方看到我了。“你在独眼巨人号上！”

“你、安雅和崔斯克三个人见面的时候，你一出现在坡道上我就知道是你。”

“你在独眼巨人号上干什么？”

我的P-50叮叮当当地划过了甲板，他说：“你会需要这玩意的。”

我拿回手枪，把它插进枪套，然后颤颤巍巍地站起来说：“伽努普斯，你在独眼巨人号上干什么？”

“老弟啊，你反应总是那么慢，过了这么多年，一点改变都没有。”

我突然反应过来，他要是知道天璇星号，走私外星科技，武器走私和我在重锤星上与安雅和崔斯克的会面，那么答案只有一个。

“你就是瑞克斯！”

“飞龙帮的那群傻瓜怎么可能想到这一点呢。”

他又朝前走了几步，让微弱的灯光照在自己脸上。他的脑袋顶部覆盖着一层黑色的金属，甚至原来是眼睛和鼻子的地方也是被黑色金属覆盖。原来的眼睛消失不见，取而代之的是额头中间的一大块光电探头。除此之外，金属制的颅骨上还有其他各种探头，但是具体作用却不得而知。

当他看到我一脸惊讶的表情时，他说：“西瑞斯，我和你一样，也有敌人。我的眼睛被烧掉了，简直就是个废人，他们让我自生自灭。但是他们最大的错误就是没有抓住机会干掉我。”

“我替你觉得可怜。”

“省省吧。电子插件和我挺配的。”他阴险地笑了下，“我花了四年时间把他们都干掉了，一个活口都没留，抢走了他们的船、船员，以及所有一切。”

“那这个名字怎么回事？”

“瑞格尔语的‘复仇’。”他说，“代表着我的现在，和过往断绝关系。”

瑞格尔二号星距离地球三百光年，那里有一个小型的人形生物文明和地球建立了外交关系。但是我和这个种族没有打过交道。“想不到你还会说瑞格尔语。”

“最好别招惹他们，他们对于复仇非常执着。”他用瑞格尔语重复了一遍自己现在的名字，“而我恰巧也是如此。”他指了指自己的光电探头，说，“我就用这个命名自己的飞船。”

“独眼巨人！”我咕哝道。我以前一直以为这个名字指的是某种武器，现在明白这是我哥哥的黑色幽默和对过往可怕经历的不屑一顾。

毁容之后，用假名在兄弟会里混了20年，怪不得没人能找到他。20年里可以发生很多事情，也许足够让他成为全人类的公敌。

“天璇星号上有个马塔隆人。”我说。

“对，那个自负的混球叫伊诺克·阿塔尔。”他熟练地说出马塔隆人的名字。既然他能熟练使用马塔隆人的语言，那他很可能就是个叛徒了。

“你怎么和马塔隆人混到一块去的？”我一说完这句话，就发现这句话让一场兄弟重逢变成了问讯。

“作为一个货船船长，你的问题也太多了，西瑞斯。”他狐疑地说。

“我想知道财团到底让我卷入了怎样一场麻烦中去。”

“就那种能赚大钱的麻烦。”

“钱还不够多，不值得我去送死。”

“那就别被抓啊！”他冷冷地说，“马塔隆人是技术顾问，背叛了自己的同胞，崔斯克说他被自己人通缉。我也不知道崔斯克从哪里找了这个蛇脑袋。我也不在乎。”

“那货物也是马塔隆的技术咯？”

“不可能。”他非常确定地说。

“你知道如果被抓到偷窃外星科技产品会什么样吗？”

“我们从一个废弃的空间站里挖出了那玩意。它最少在那被扔了几千年了，与其说是偷，不如说是拾荒，况且也没人看到我们。”

观察者的飞船可能就在附近，而他却完全不知情，但是钛塞提人却没有提及这件事，也许他能蒙混过关。

“那另外的外星科技产品呢？在重锤星之前的那些？”

我的大哥愣了一下，说：“如果你只是接替纳扎里完成重锤星的货物交接工作，你又怎么知道这事的？”

“财团跟我说之前还有货物完成了交接。看来之前的东西也不需要把天璇星号里面弄得乱七八糟。”

他慢慢点了点头，似乎决定相信我：“我也不知道哪来的。”

“那马塔隆人是你们的供货商？”

他点了点头，说：“从他们那拿过些货，全都是伊诺克 · 阿塔尔安排的。”

我背后升起一股寒气。偷窃外星科技可能让人类背上违反准入协议的罪名，无论马塔隆人有什么打算，一旦议会追究责任，那么人类都要负责。

“如果马塔隆人在帮你们，那么他们就是在利用你。”

“不是我，是崔斯克。他才是主顾，我不过是中间人。”

忽然，一切都清晰了起来。蛇脑袋用兄弟会作掩护走私偷来的外星科技转交给银河财团，确保事情不会牵扯到自己身上。

“崔斯克到底有什么计划？”

他闪烁其词地笑了下，说：“他在让兄弟会大赚一把。兄弟会越有钱，我越强大。”他身子前倾，用自己的探头打量着我，“我还以为你会看起来老一点。”

地球情报局的基因改造技术似乎延缓了我的老化，所以我看上去并不是很老。他的探头扫描结果显示我不过是刚刚 30 岁，虽然我的实际年龄已经是 48 岁了。

为了避开年龄话题，我说：“据我所知，地球海军能给你一个机会，你可以重新开始。”

“能干什么？做一艘货船的船长，然后天天活在一堆破烂上？”他愤怒地说，“我的野心可不止如此，小老弟。”他的口气中带着一种不容置疑的阴沉，然后他换了个较为轻松的口气说：“我这需要个飞行员，只要别问太多问题就好。”

这可不只是为我提供工作，这是一个承诺，答应为我排除和甘多亚的麻烦，还能进入兄弟会的高层。前提就是和我哥哥和解，但是这个代价太过高昂。他只要看看我脸上的表情，就知道我绝对不可能接受他的条件。

“看来你还是不打算和我一伙了。”他很失望地说，“独眼巨人停在 D-09 码头。别用交通管道，从偏僻的维修道里爬过去。我的船员在等你。过几周，我们就把你放在杜拉尼斯星系，从那之后，你想去哪里就是你自己的事情了。”

“杜拉尼斯？”这地方我听都没听过。

“我正在往那边走。那里没什么特色，也就是个临时的交通枢纽。”

“算了吧！”

“你从这可到不了天璇星号，最起码现在不行。”他警告我说，“兄弟会正在给崔斯克配置新的船员呢。”

“这有 100 多条船供我选择呢！”我微微一笑说，“我会没事的。”

我要么回到天璇星号，要么就死在这，但是这一点他也没必要知道。

他很好奇地看着我，思考我会如何逃出空间站。“你随意吧，小老弟。”他抱了我一下，然后放开了我，“只要离开地球你就会知道，老人星比天狼星要亮。”

“最起码在这不是。”

“也许等这事完了之后，我就搬到船底座的外部地区去。”他坏坏地笑了一下，因为在那里，夜空中的老人星最亮，“我也拿不定主意，伽努普斯 · 瑞克斯？听起来还不错，你说呢？”

“到时候航线上的人都得被你吓死。”我说道，我心里明白早晚有一天我们会是敌人，我们俩只能有一个人活下来。

“他们已经被吓得半死了。”他的脸上又冒出了当年在芙蕾雅号空洞的货舱里赢得零重力比赛时的嘴脸，“再别回来了，西瑞斯，这没你的位置。”他的口气中带着一丝威胁的意味，看来他也认为我是个威胁。

“我就算想回来，也找不着路。”要是我知道怎么回冥府空间站，我肯定带着一支地球海军的舰队炸了这地方。

他走到牢房门口，然后最后一次回头说：“给我 2 分钟。”然后消失在外面的走廊里。

我的哥哥消失在迷宫一样的走廊里，急促的脚步声在远处回荡，然后我爬到了走廊里。走廊不远处，我看到一个喉咙被切断的警卫躺在血泊之中。他罪有应得，但是我也借此看出了哥哥的手段。他的枪法一向不错，但如此娴熟的刀法确是头一次见，看来他在失联之后也学了不少新东西。

我跨过警卫的尸体，然后快速穿过走廊，向着空间站中央的电梯进发，我从那里可以进入交通管道和维修道。我突然发现不知道该从哪里走，是该向上走还是该向下走？突然，我听到了小型推进器的嘶嘶声，这意味着一台高速客舱正在靠近。这时，管道的气闭门轰然打开，露出两个和崔斯克的雇佣兵穿着一样战斗服的家伙。

我后退几步，掏出 P-50，知道自己对付两个战斗服的希望渺茫。他俩走出了客舱，动作就像机器人一样协调，只不过比我高一头重几吨罢了。我的记忆库显示这是 OA-5 型战斗服，是一款已经过时的民联军轨道突击战斗服。战斗服的两个胳膊上各有一把武器，全身覆盖碎片式的抗烧蚀装甲，唯一的弱点在动力背包的上方，脖子后面的位置。鉴于我和他们面对面，我也没机会包抄他们攻击其弱点。

“别动，”领队的那个人用一种奇怪的合成音说道，“船长。”

船长？

两套战斗服躯干侧面像蚌壳一样打开，然后一个坦芬人的脑袋就从第一套战斗服里冒了出来。

“埃曾！”我惊讶地说。

“第二套是给你的，船长。它完全接受我的指挥。等你进去，我就转交控制权。”

“你怎么找到我的？”

“甘多亚在过去的几个小时里都在吹嘘要把你在奴隶角斗场里好好揍一顿，然后再把你活活烧死。自从我们知道你要被送去角斗场之后，剩下的就是确定监狱的位置了。你能从里面逃出来确实让我们大吃一惊，船长。”

“我自有办法。”我说着，爬进了第二套战斗服，“你从哪弄来的这东西？”

“崔斯克的人太过自信了。”他说完，就钻进了战斗服。

我在战斗服里花了几分钟熟悉了下控制。我当年大概在民联军手下花了三天时间熟悉了下战斗服，然后再也没碰过这东西。教官着重强调的一点就是让战斗服来完成工作。大多数的操作界面都在我的指尖部分，头部都是显示器，脑袋后面是一个托垫。我面前的曲面屏显示器上血迹斑斑，然后还有个警告提示我脖子后面有个漏洞正在漏气。这个漏洞刚好在战斗服用来控制温度的热量交换器位置。埃曾发现了这个弱点，而且 OA-5 的自动修复系统并不能修复这个漏洞。

埃曾说道："向你转交战斗服的控制权。"

我依然记得教官的话："位于指尖的开关可以控制关闭战斗服。"但是实在想不起来是哪个指头的指尖。我随便试着按了一下，然后听到战斗服的推进器开始启动，为了避免把自己射进天花板，就赶紧又按了一下，关闭了推进器。

"也许我应该启动战斗服控制功能。"埃曾建议道，"现在关闭你的战斗服。"

我的战斗服缓缓关闭，然后压力传感器启动，战斗服就能读取我的每一个动作，它就从一具僵硬的棺材变成灵活的装甲皮肤。

"埃曾，你的个子操纵这东西是不是有点矮？"

"我能摸到控制面板。压力传感器能处理其他的工作。"他一边启动自己的战斗服一边说。

"其他人能听到咱们的对话吗？"

"不可能，船长。"他面朝着我说，"这些战斗服都有加密的战术通信设备。"

"他们找到银边号了吗？"

"现在还没找到，但是鉴于两名崔斯克的雇佣兵失踪了，我只能把它转移出天璇星号。"

"他们看到你了吗？"

"我认为没有。他们还没启动内部的传感器，而且我还把通向四号货舱的控制面板都锁死了。我们离开的时候，他们还在切门呢。估计他们发现四号货舱已经失压的时候一定会大吃一惊。"

这还真是个惊喜！“那你打算怎么带我离开这儿？”

“我们坐六千米的运输管道客舱，然后走路。”

我哥哥说要远离那些管道，但是他不知道我现在穿着一身战斗服，所以我就跟着埃曾进了客舱。客舱稍微加速了一会，然后停下让三个喝醉的飞龙帮海盗和一个空间站的工程师上车。我和埃曾站在一起，一个喝醉的海盗靠着我，他的脸在我屏幕上放大了好几倍。

他打着嗝，然后拍打着我的脑袋说：“嗨！里面啥感觉？你看得到我吗？”

我忽视了他，然后客舱停了下来，让他们几个下车去花光最后几块偷来的钱。而那个工程师，却在研究埃曾的战斗服。

“这是 OA-5II 型战斗服，对吧？”他问。

“我不知道。”埃曾说。他努力想终结这次对话。

“看来我说得没错。推进器在高空可能会结冰。”

“我会记住这事的，下次我从轨道高度直接跳下去。”埃曾说。

工程师仔细打量着巨大的推进背包，扭着脖子仔细打量着每一个细节。“你要是把这玩意送到维修部去，我能给它做个隔热处理。全部完成也就是一个小时，应该能把你的升限提高到……”他话没说完，踮起脚尖打量着背包上面的位置。“嗨，这有个小洞。老型号上的自封系统总是反应慢。”他用手摸了摸那个小洞，然后看了看自己的指尖，发现指尖上一片红色，“这是血吗？”

埃曾抬起胳膊，用战斗服的手肘砸在工程师的脸上，让他飞到了客舱的墙壁上。工程师像个布娃娃一样滑到了地板上，然后埃曾继续等车开到终点站。

“这也是个结束无聊对话的办法。”我自言自语。

客舱舱门打开后，等车的乘客好奇地看着里面那个不省人事的工程师。埃曾不屑于解释，直接冲出人群，那架势好像整个空间站都是他的，候车的人不得不散开给他让路。

我跟在他后面说："我不认识这层。"

"天璇星号所在的垂直结构区现在有重兵把守。"埃曾说，"他们在找我和亚斯。所以，银边号不可能对接气闸。"

"那我们怎么上船？"

"跳过去就是了。"

"埃曾，这玩意可不气密。"

"我这件也是。不幸的是，能打穿它们装甲的办法只有击穿散热槽。"

"你怎么发现这个弱点的？"

"两栖类生物的超级视力。"

在完全不借助我的插件数据库的情况下，在黑暗的货舱里打坏一件战斗服真让人刮目相看，但是穿着漏气的战斗服在真空中玩跳高却是只有疯子才能做出来的。

"我们的氧气足够完成跳跃吗？"

"对我来说，足够了。"他说，"但是你可能需要屏住呼吸了。"

这就是坦芬人的幽默感。我俩都知道，如果人体细胞都开始爆炸的时候，那么屏住呼吸也就没什么用了。

"你有什么计划？"

"空气储备不是问题，船长。真正的问题是能源。这些战斗服并不是设计用于自主太空飞行，而且它们的电池已经快用完了。"

"我们要在太空中飞多远？"

"一千五百米，也就是两个垂直结构区的间距。"

埃曾在巨大的安全门前停下，用右臂上的速射无声突击步枪打掉了门锁，然后一脚踹开了大门。一阵白色的雾气涌了出来，几个空间站的工人目瞪口呆地看着我们。

埃曾用突击步枪指着他们，说：“滚！”

他们的眼睛睁得圆圆的，然后冲向中央电梯敲响警报，而埃曾则带着我来到一个冷冻储藏室。

“要怎么设置战斗服的导航定位，才能准确回到银边号？”我问。

“如果我们让战斗服自己设定路线，船长，它一定会用一条最节能的路线。那样下降速度太慢，空间站的警卫系统会发现我们的。”

“我们又不能手动操作。”

“你不用操作，船长。我会操纵两套战斗服用最快速度飞行。”

他开始为两套战斗服设定航线，我平时都是让自动导航系统代劳这些工作。我问他：“你有把握吗，埃曾？”

“你大可控制自己的战斗服飞行，船长，但是我不建议这么干。”

这下可不是坦芬式的幽默了。长距离太空跳跃可不是开玩笑的，这牵扯到复杂的数学问题，容不得一点错误。我说：“好吧，那就开始动手吧！”

“正在接管控制。”

我的战斗服停止响应我的动作，它现在完全复制埃曾的动作，我只能在里面和它一起动。

当走到距离太空站外壁最近的墙壁时，他说：“记住，船长，在战斗服里任何不必要的动作都会产生一个惯性效应，我必须采取额外动作进行补偿。”

“那我要是挠痒呢？”

“我必须启动推进器才能补偿无用的动作产生的惯性，这会消耗能量，降低你的生还率。”

“好吧，那就不挠痒了。”我说完，就感觉到浑身奇痒无比。

我俩举起右臂，用消音突击步枪在双层外壁上打出了一个大洞。逃逸的空气将我俩包围，直接把我们卷进了太空。空间站内警报大作，紧急增压门轰然关闭，把失压的部分和空间站其他区域隔开。

我俩跌跌撞撞地飞过空间站的垂直结构，离开了空间站的加速力场，进入了零重力状态，埃曾启动了推进器，对准天璇星号，向着1.5、千米外的目的地飞去。因为战斗服没有单独的头盔，推进器的轰鸣声在头部空间里回响，埃曾直接使用全速前进。冥府空间站的瞭望窗寥寥无几，透过窗子只能看清附近的飞船。但是从当前距离上来看，就算探照灯现在把我们点亮，我们和飞行机器人也没什么区别。

我努力让自己放松，这样埃曾干起活来也就更容易。因为现在身处真空的太空，所以我能听到脖子后面空气逃逸的嘶嘶声，眼前的警告不断提醒我生命维持系统为了保证战斗服内的气压，正在快速消耗我的氧气储备。在无法穿透的星云之下，作为我们此次冒险终点的垂直结构区看起来就像一条光带。

等我们飞过一半路程，埃曾让两件战斗服翻了个身，头脚对调开始减速，这样刚好就能看到我们刚才离开的地方。蜘蛛一样的舱壁维修机器人已经开始修补我们留下的大洞，空间站工程师现在应该已经知道这个大洞不是单纯的机器故障。

“还要飞多久，埃曾？”

“3分20秒。”

“他们现在知道我们在空间站上开洞了。”

“船长，在我同时进行两组变速计算的时候，你还是不说话比较好。”

我只能闭嘴，让他做好自己的事，我在边上静静看着。我很快就发现一堆亮点向着我们飞速靠近，在视野中越来越大——那是一堆飞行机器人，正按照拦截路线向我们飞来。意识到埃曾的计算马上要变得更加复杂，我赶紧从记忆库里调出了战斗服消声突击步枪的数据。

“埃曾，突击步枪的子弹重量46克，初速是每秒钟1240米。”

“船长，我要不是忙着计算路线救你的命，我一定会怀疑为什么你要告诉我这些难懂的数字。”

“我们有麻烦了，我准备开火。”我启动突击步枪的火控系统，然后设定了射速，“每秒 20 发，3 发点射。记住了？”

“那样后坐力很大，船长。我会失去对你战斗服的控制。”

“所以我才告诉你那些数据，因为那些飞行机器人可不是过来给我们清洗上蜡的。”

等两台飞行机器人距离我们只有几秒路程的时候，它们把探照灯打在我们身上，确保其他人能看到我们。

“我现在需要战斗服的控制权，”我说，“现在！”

这些品川出产的飞行机器人飞到我们身后，切进了一条和我们相撞的航线上。它们没有武器，但武器此时此刻也不是必需品。它们的机械臂能够拆解飞船的外壳，扯掉我们的胳膊就像撕掉蝴蝶的翅膀一样简单。

“解除控制。”埃曾说。

我的战斗盔甲一下活了过来，接敌警告闪个不停。我转了四分之一圈，然后用突击步枪对准了冲着我飞过来的机器人。我没有开火，因为我知道只有一次开火机会，开火之后的后坐力会让我失控打转。等巨大的飞行机器人几乎撞上我的时候，它伸出了两个巨大的机械臂，手指一样的机械手随时准备碾碎我。我启动助推器，躲开了机械臂，对着它的身体开火了。战斗服里响起了一阵被压制的砰砰声，多中子核物质弹头的子弹打进了机器人的身体，后坐力让我向后飞了出去。

我的战斗服警报大作，因为机器人的一个机械臂打在我的侧面，让我飞了出去。我的身后亮起了一片火光，机器人终于爆炸了。我因为高速的旋转产生的作用力眼前一片漆黑，整个人几乎晕了过去。战斗服的稳定器点火干活，旋转产生的作用力几乎折断了我的脊椎。等我再看到机器人的时候，它已经变成了一堆漂浮的废铁，内部的爆炸正在将它一点点撕碎。

在我的左边，埃曾正在被另一台机器人追击。他一边开火，一边用稳定器抵消后坐力。埃曾一边绕着机器人飞行一边开火，它只能停在原地，用机器臂不停挥打。最后，机器人发生了爆炸。埃曾和机器人擦肩而过，然后向我这边飞了过来，接手了战斗服的控制权，我俩一言不发地飞向天璇星号。我知道高速飞行让他消耗了不少能量，所以当我们开始减速的时候都一言不发。让我感到惊讶的是，我俩并没有像刚才那样并排飞行。埃曾飞过来用双腿夹住我的肩膀，然后用头部凸起的部分固定住自己。

“你到底在干啥？”我终于忍不住开口了。

“我俩的能量都不足以飞回去。”他的语气根本不打算粉饰糟糕的情况。

在我的下方，空间站距离我们越来越近，我们已经没有时间及时减速了。

“那我猜也不能砸进空间站了？”

“战斗服能够在撞击中幸存，但是咱们就死定了。”

我看着埃曾瞄准了天璇星号的尾部，看来是想从垂直结构区的边上擦过去，而不是直接撞击空间站。战斗服里又跳出了一个警告，提示我战斗服的能量马上就要耗尽。很快，银边号新月形的外形映入眼帘，原来它藏在天璇星号尾部和空间站外壁之间。

等我们靠近货船的时候，埃曾的推进器也停止了工作，因为要保存能量确保生存系统工作。之前的花哨飞行动作，导致战斗服电池的枯竭。由于我的推进器渐渐失效，埃曾就和我抱在一起，用战斗服的胳膊把我们固定住。然后我俩从天璇星号巨大的引擎排气口前掠过。有那么一会儿，我们几乎能伸手摸到藏在天璇星号后面的银边号。然后我们就在太空中画出一条 45 度的抛物线，划过了空间站的外壁。

于是，我俩手拉着手，漂浮在黑暗的冥府星云中。

“干得不错，埃曾，咱们差点就成功了。”我感叹道。他把两具战斗服的腿部也固定在了一起。要不是因为那些机器人，他已经带我们回到自己的飞船了，但是即便强大的坦芬人大脑也无法计算所有的可能性。“我在想亚斯是不是知道咱们的位置。”我的胳膊绕在了埃曾战斗服的肩膀上，而他用胳膊抱住了我的躯干，“我可没想到死的时候会抱个坦芬人，不过肯定还有比这个更糟糕的死法。比如把你换成一个马塔隆蛇脑袋或者是亚斯的老妈。”

“我们的位置刚刚好，船长。而且你不要误会了，我可没拥抱你，我不过是帮你固定一下。请做好准备。”

“准备什么？”

我的战斗服空闲的那只手绕过埃曾的脑袋，然后打了一个持续了 6 秒的点射。强烈的后坐力让我们停止前进，慢慢打着转飘回了空间站。他用我的胳膊控制旋转，但是角度还是有一点点偏差。当我面对着天璇星号的时候，埃曾对着我背后的太空又开了一枪，修正了旋转，同时增加了我们的速度。

“原来你早就想好了要用突击步枪！”我惊讶地说道。原来他早就算好了一切！

“这是你的主意，船长。每件战斗服都装了 1 万发子弹。那可是不少动能。”

“你什么时候想到这个计划的？”

“你告诉我初速的时候。”

怪不得对付机器人的时候，他把战斗服飞得像一架战斗机！他早就知道我们还有能量可以飞回去！

“你可以早点告诉我。”

“我以为你知道呢！”

“着陆的时候会很刺激吗？”

“我觉得还是不说比较好，船长。”

现在我知道不会在一个铁盒子里抱着一个坦芬人死在冰冷的冥府深渊了，所以就开始搜索周围环境，以防有更多飞行机器人过来。现在我们距离空间站非常近，而且推进器已经完全冷却。但如果他们推算我们的航线的话，还是能找到我们的位置。幸运的是，我们飘过空间站飞向天璇星号的过程中，并没有人来找我们麻烦。

埃曾把胳膊转到右边，让我们向左转，然后用我的步枪又开了一枪，这样我们就向银边号飞去。在天璇星号和银边号中间还有一个狭小的空间，刚好能够藏身。

“停在这地方是得花点工夫。”我的语气中不乏敬佩之情。

“当时，亚斯也是这么说个不停。”

“要是飞船油漆被刮到了，我就要狠狠骂他一顿。”

“我相信飞船外部喷漆完好无损，船长。”

“等我们飞过去的时候，肯定会刮到的。”我坏坏地说，“只要有一点刮痕，我就扣他一天工资。”

埃曾用自己战斗服上的自动炮开了一炮，然后我的突击步枪也开了一枪，这样刚好把我们推向了银边号右舷的气闸。在不远处，一条脏兮兮的增压管正在连接天璇星号和冥府空间站。

“我真想对着那管子来个点射。”我说，“就当找个乐子。”

“我可不建议你这么做，船长。后坐力会让我们远离飞船，然后空间站也会发现我们的位置。”

“是啊，”我很失望地说，气闸离我们越来越近，“更别说我们还得从这出去。”

大概有一百多艘飞龙帮的船停在我们附近，每一艘都能打到我们，逃出去可不容易。

\·\·\·\·\·\·\

我们把战斗服放在气闸外面的走廊里，然后埃曾去启动飞船，我则直接去了舰桥。

“空间站里响起了犯人越狱的警报。”我一落座自己的抗加速座椅，亚斯就给我说这事，“看来死了个警卫让他们很生气啊！”

“又不是我杀的。”我一边说，一边查看传感器数据，寻找空间站的反应堆。看了一下大概数据，空间站的中子信号和其他飞龙帮的飞船差别不大，我只好放弃发射一个反舰无人机的想法。“我们可以短跳到重力雷区附近，然后在他们抓住我们之前就逃跑。”埃曾已经开始启动反应堆，只要飞龙帮的飞船把传感器对准这里，就一定可以发现我们。我说：“你能带我们离开这吧？”

亚斯笑了笑说：“从这逃出去可比进来容易多了。”

他控制着飞船，用推进器一点点把飞船挪出狭窄的藏身处。随着飞船渐渐飘出当前的位置，我们借着舰桥的全角屏幕看到货船和空间站之间的距离已经近得不可思议。我们紧接着发现天璇星号后面还停着一艘飞龙帮的袭掠船。它的外壳发黑，到处都是战斗后留下的伤疤，它的火力足以一炮就把我们打瘫痪，但当我们从它船腹滑过去的时候却没有任何反应。

等我们周围没有其他飞船的时候，我让自动导航系统准备用亚光速短距跃迁飞到重力雷区附近，虽然系统警告说周围没有任何天体参照点支持跃迁，但是我直接屏蔽了它。作为一艘设计用来在映射空间内进行盲跳的飞船，它似乎很不喜欢在不知道目的地具体位置的前提下，就进行跃迁。

“有四艘飞船正在脱离空间站，还有一艘正在启动引擎脱离港口，”亚斯一边向我移交控制权，一边说，“所有人都没看向我们这边。”

有五艘能够立刻追击我们的飞船对我们很不利。我还是希望逃跑的时候，飞龙帮所有飞船都能靠港，飞船上只留基干船员。

“那些超级撒拉逊级飞船呢？”

“船队已经走了。只有那些还在接受改装的留在这里。”

舰桥的通信系统里响起了一个粗哑的声音：“T 区的飞船，立刻报上信息。”

我对亚斯点了点头，让他打开频道：“这里是鸬鹚号。你想干什么？”我愤怒地吼着，同时启动姿态控制推进器，尽力驶离空间站。

“你们的船长是谁？”

“船长是甘多亚。”我回答道，“大个子，半张脸被烧了，一口烂牙。你听说过他吧？”

“关闭你的引擎！”

“我可不听你指挥。”我呵斥道，努力为自己争取时间。

“我才是空间站指挥官！谁能离港，我说了算！”

“去你的！我已经获得许可了！”

“我还有六门脉冲炮瞄准你呢！硬汉，这是你最后的机会了！”

我们现在已经有足够的速度，惯性可以让我们进入没有障碍的空间。于是，我说：“好好好，现在关掉引擎。”

在这至关重要的几秒钟里，我们飘得越来越远，然后空间站指挥官的声音又一次在舰桥回荡：“你在干什么？立刻滚回空间站！”

“是你告诉我关闭引擎的！”我说，“你现在又想让我启动引擎吗？”

“用推进器，你个白痴！”看来这位空间站指挥官越来越生气了。

我对亚斯点点头，让他收起传感器，然后我开始启动时空扭曲装置。

“嘿！”空间站指挥官检测到银边号船体周围的能量越来越高，立刻在通信器里大喊，“你以为你能去哪儿？”

我们短跳到重力雷区的边上。还没等传感器启动完毕，我就把姿态控制引擎加速到 35 个 G，然后直直冲向雷区。我们一眨眼就穿过了严重扭曲的时空，在一个个人造重力井中穿行。

很快，所有频道上都响起了空间站指挥官的吼叫：“所有飞船注意！一艘未知飞船正在飞向雷区！航向 065-189！拦截目标，直接摧毁！”从他的声音中可以听出恐惧，大概他们以为我们是记录了空间站坐标的间谍吧！只要地球海军知道了坐标，那么飞龙帮只能放弃这里，然后花好几年时间再建一个新的空间站。在新空间站完工之前，他们的行动都会受到影响。

“他们过来啦！”亚斯发出了警告，身后有三艘全速离港的飞船。

“他们不会直接跃迁进雷区。”我说，看着屏幕上旋转的卵形的重力雷。每一个重力雷都装有两个加速力场，可以建立起一个沙漏型的时空扭曲空间，足以撕碎各种超光速泡泡。一旦超光速泡泡被撕碎，后果不堪设想。

“我们有伴了。”亚斯嘴里说着，用手指着左舷屏幕上一艘渡轮。它看上去就像一个碟子，背部和腹部有几个姿态控制引擎，机腹上的短距能量武器闪闪发光，想必是在充能，随时准备冲过来开火。过了一会儿，右舷几千米外又出现了一艘拖船。它不过是在引擎的前面接了一个梯形的驾驶舱，驾驶舱下面还有个炮塔。拖船全速冲进了雷区，紧紧跟在我们后面。

“拖船要开火了！”亚斯叫喊着升起了护盾。

“我担心的是另外一艘船。”我说。拖船腹部炮塔根本没有逐渐升高的热信号。

10 千米外出现了爆炸的火光，一艘飞龙帮的飞船跃迁计算错误，飞进了雷区。他的超光速泡泡被撕碎，船体被扯开，反应堆核心被瞬间引爆。白色的爆炸火球快速扩张，把周围所有的重力雷都直接蒸发，最后冲击到银边号的护盾。我们的屏幕自动变暗，免得我们被爆炸的闪光刺瞎眼睛。爆炸的冲击将银边号暂时吞噬，另外两艘船则看不到我们了。

“这群疯子！”亚斯大叫道。

等到爆炸的冲击过去之后，银边号终于脱离了扭曲空间，爆炸的海盗船刚好干掉了飞船周围的重力雷。

“前方空间还有扭曲吗？”我一边为时空扭曲装置充电，一边等待背景白噪声彻底消散。

“这可说不准。”亚斯一脸绝望地盯着已经超载的传感器界面。

我设定自动导航系统向右舷 30 度的位置进行一次十分之一光年的跃迁，希望借此摆脱飞龙帮的追杀，同时躲开星云内部任何自然产生的重力异常。等到屏幕清楚之后，我看到那艘拖船早就飞到了渡轮的前头。他的炮塔依然没有热信号，但是出现了一个方形的舱门——原来那不是炮塔，而是一个发射器。

“这下可是要难受了。”我轻轻地说。飞龙帮居然装备了反舰的无人机，这确实让我大吃一惊。兄弟会一般喜欢用那些可以打瘫目标的武器，这样他们就可以夺取飞船掠夺战利品，但是反舰无人机是专业的飞船杀手，大多数直接攻击飞船的反应堆。

“想必是空间站的防御飞船。”亚斯说。

拖船发射的反舰无人机在太空中拖着一道蓝白色的尾迹，直直向我们飞来。我们只有进入超光速才有可能甩掉它。如果它的设计和我们的无人机一样的话，那么它的电磁弹头就能轻易穿透我们的护盾。过了一会儿，渡轮的能量武器在最远射程上开火了，飞来的能量束不过是在我们的护盾上挠了一下，但是这样就足够了。这些能量束刚好让我们不得不保持护盾，无法进入超光速泡泡，这下我们成了无人机的靶子。

我启动银边号机腹仓库里的无人机，同时让它们计算一条高抛弹道的发射方案。我把一架装进发射器，另外三架放在装填机上。多亏了列娜·福斯，地球情报局用海军的伏尔甘式无人机换掉了我们老掉牙的黑市武器。

“我们是和他们打还是直接跑？”亚斯看着我启动无人机，疑惑地说。

“边跑边打！”现在有一百艘飞龙帮的船准备追杀我们，我可不想在附近久留，但是更不能让那些能量束继续攻击我们。前两架无人机计算出了最优路线，然后就被我发射了出去，末端的飞行路线就让它们边飞边算吧！它俩从银边号后面绕了一圈，飞出来一条高机动弹道，一架朝着渡轮飞去，另一架朝着拖船飞去。剩下的两架无人机负责防御，也都被发射了出去。一开始，它们和前两架飞着一样的轨迹，但是它们很快就调转方向，直直冲向飞龙帮的反舰无人机。

等亚斯看到三号和四号无人机的目标时，脸上写满了惊讶：“原来无人机还能干这个！”

黑市买的无人机当然做不到这点，但是造价不菲的海军无人机却能胜任多种任务。当初装船的时候，亚斯也见到了这些无人机，但是由于地球情报局把所有的标识擦得干干净净，他也不知道无人机是哪来的。

等拖船看到我们的无人机飞向他们的时候，就立刻发射了第二架无人机，然后加速转向逃逸，他们非常信任自己巨大的引擎，根本没有启动超光速泡泡的打算。但伏尔甘式无人机航程很远，足以在燃料耗尽之前追上他们。

当三号无人机在追踪飞龙帮的无人机的时候，四号无人机转头锁定了第二架海盗无人机。负责防御的两架无人机分头行动，各自锁定一个目标展开了格斗。

渡轮仓皇逃命，在转向的同时甚至关闭了武器，它和我们的无人机在太空中画出两条平行的尾迹。过了几秒钟，渡轮关闭了护盾，跑向了冥府空间站。伏尔甘无人机立即转换目标，和三号无人机开始追杀拖船。

原本飞向我们的两架飞龙帮无人机现在忙于躲避我们的海军无人机。第一架躲过了直接撞击，但是伏尔甘无人机直接引爆了自己，用爆炸杀伤目标，宇宙中瞬间腾起了两团白光。第二架无人机的武器左右摇摆，试图迫使伏尔甘无人机放弃跟踪。在最后几秒的时间里，飞龙帮的无人机大角度爬升。伏尔甘四号引爆了自己，爆炸的白光将目标吞没，但是海盗无人机冲出了爆炸的火球，继续向我们冲过来。

“大事不好啦！”亚斯紧张地说。

“我们前面还有扭曲空间吗？”我说，飞船的扭曲装置已经充能完毕。但要是前面还有重力雷的话，那么启动超光速泡泡无异于自杀。

亚斯看着控制台，寻找任何挡在航线上的障碍。“传感器信号还是不清楚。”他说话的时候，船内已经响起了碰撞警报，这意味着飞龙帮的反舰无人机马上就要击中我们了。亚斯喊道:“再给我几秒钟！”

“来不及了！”我喊道，“回收传感器！”

在 100 千米外，伏尔甘二号对着拖船的护盾发射了自己的弹头。装甲弹头打穿了船体外壁，钻进了反应堆然后起爆。爆炸的闪光太过强烈，屏幕不得不又自动变暗。拖船已经炸成了一个大火球，在炫目的爆炸后正在快速缩小。我们的屏幕突然都关闭了，因为传感器已经收进了船体，免得被超光速泡泡的高温烧毁。我关闭护盾和姿态控制引擎，让自动导航接受控制。有那么几秒，我们毫无防护地漂浮在太空中，然后闷闷的砰砰声响彻全船，屏幕上的遥测数据显示我们已经进入了超光速。

“我们成功了！”亚斯如释重负地说。

“有什么东西打到我们了。”我小心地说，“他们的无人机距离我们多远？”

“就在我们上方。”亚斯说，“但一定是打偏了。我们还活着！”

我知道飞龙帮的无人机击中了飞船的外壁，而且绝对不是哑弹。几千年的技术进步已经完全排除了技术失误。突然，屏幕上的遥测数据消失了，取而代之的是警告提示：

距离超光速泡泡坍塌还有 30、29、28、27……

亚斯一脸疑惑地看着屏幕，说：“这到底是什么东西？”

这信息不是来自银边号的内部系统，也不可能来自外部，因为没有信号可以穿过超光速泡泡。

“埃曾，船体外壁完整性如何？”我质问道，心里有了几分答案。

距离超光速泡泡坍塌还有 24、23、22、21……

“船体外壁在安全范围内，船长。”他说。

“该死！到底怎么搞的！”

距离超光速泡泡坍塌还有 17、16、15、14……

“完整度百分之九十七，船长。”埃曾说道，他还是没有意识到危险。

“信号来自船体外部，但是在泡泡里面。”亚斯困惑地说。

距离超光速泡泡坍塌还有 8、7、6、5……

“紧急制动！”我大喊道，命令自动导航系统放弃跃迁。超光速泡泡就这么消失了，没有减速，惯性却没有消失，银边号被一下扔回了正常时空。内部惯性力场抵消了作用力，等传感器就位之后，我们发现飞船在不受控制地翻滚打转。推进器很快稳定了船身，而屏幕上的倒计时还剩 2 秒，这时又跳出了一条信息：“关闭武器和护盾，准备登船检查。”

这条消息来自那艘被击毁的飞船。

亚斯扫描了周围空间：说“船长，周围什么都没有。”

“它不在外面，它就在船壳上。”

幸运的是，飞龙帮追求货物和钱，辐射性残骸对他们来说一文不值。不幸的是，飞龙帮的船队看到我们在跃迁之前就被无人机击中。他们知道我们现在不是死了就是困在原地。我们只飞了 28 秒，但是我们的中子信号还要 10 个半小时才能传到冥府空间站。他们肯定在耐心等待接收信号，等到他们收到了信号，只需要跃迁过来就能抓住我们。现在没有必要关闭我们的反应堆，因为已经太迟了。

通信器里响起了埃曾的声音：“船长，我派了一个机器人出去看看船体破损，就在左舷发动机前 10 米。”

“检查加速力场。等倒计时结束后它就会启动，我们只要启动超光速跃迁就会把自己炸死。”

埃曾的八足蜘蛛机器人在外壳上爬行，将图像传到了屏幕上，亚斯问：“是不是我们撞到了重力雷？”

“不是重力雷。”我说，眼睛盯着屏幕，看着船体外壳上凸起的左舷引擎。机器人慢慢前行，我看到屏幕上出现了超速引擎上发光的排气口，然后就看到斜斜的插在船体上的圆筒状无人机。五个鱼叉一样的爪子从无人机机身射了出来，牢牢固定在飞船上。

“这才不是什么反舰无人机！”亚斯大叫道，“它还有爪子呢！”

根据我的记忆库数据显示，这是王权国的装备，他们的安全部队用它抓捕那些试图摆脱巡逻部队的可疑船只，这东西非常适合突袭拉什顿黑市的船。鉴于飞龙帮的关系网络，他们能装备这种完整俘获货船的武器也不奇怪。

“这是个抓捕无人机。”我说，“只要它还在那儿，我们哪也去不了。”

\·\·\·\·\·\·\

“关于那个无人机，你那有进展了吗？”我一边走进工程舱，一边问亚斯。

埃曾坐在六个屏幕前，看着机器人发回来的图像，研究着对付抓捕无人机的方案。他盯着屏幕，拿起合成发音器回答道；“只有飞船外壁被打穿了，内部增压壁没事。”

“那还真走运。”看来我们不会死于爆炸性失压了。

“它完全是按照设计工作。首先确保我们不会死，这样我们就能关闭飞船，然后无人机会产生一个定向的加速力场，能够切开距离船壳 70 米的超光速泡泡。而且它还有个归航信标，只要我们脱离超光速，它就开始广播信号。”

“简直是被人拿枪指着头过日子。把它切掉。我们晚些时候再修外壁。”

“做不到。它带着一个自毁装置，只要我试图拆了它的钩爪或者机身，就会爆炸。爆炸不会炸掉整个飞船，但会破坏左舷发动机——我们就无法进行超光速飞行了。要拆掉起爆装置，我得从无人机的引擎排气口切进去。”

“要花多久？”

“安全操作的话，要花 2 天。”

“你有 10 个小时。”

“10 小时 13 分钟。”他非常清楚无人机的定位信号和我们的反应堆中子信号到达冥府空间站，然后海盗们过来抓我们的时间。“船长，在等待的时间里，你可以看看你的阅读器。我已经完成了天璇星号的加密日志解码。”

“有什么好玩的东西吗？”

“他们有 7 个不同的集合点，从来不会连续两次使用同一个地方。在和独眼巨人号接头之后，天璇星号总会回到同一个星系卸货，然后装上新的货物。”

“哪个星系？”

“杜拉尼斯星系。”

那就是我哥哥提到的星系！他管那地方叫交通枢纽，但是我从没听过这地方，周围 1000 光年内的人类港口我全去过。我问道：“那儿有什么？”

“什么都没有。根据地球海军的星图记录显示，那没有殖民地，没有空间站，只有一条来自银河系议会的安全警告。”

“干得漂亮。”我说完，就回到了自己的房间，急于研究天璇星号的一举一动。

当我走进房间，里面的灯光自动打开，照亮了一个银色的物体。它，飘在我的床上，看起来很纤细的外表泛着银色的光泽。等我看到它的时候，它已经冲我飞了过来。我出于本能低头闪到一边，但是它转向继续向我飞来。它的长度和我的小拇指差不多，但是没有任何的标记，根本看不出是什么东西。

我不想在船内使用 P-50，就从桌上抓起一个数据板，拍向那个银色的东西，但是它轻松躲开了我的攻击，在房间里绕了一圈。我又试着打了它两次，然后它又向我冲了过来。我闪到一边，但是它的速度太快了。冰冷的金属外壳像水蛭一样贴在我的脖子上，我一下子就动弹不得了。我浑身无力，手上的数据板掉在地上。还没等我摔在甲板上，它就抓住了我，和船内加速力场彻底隔离。过了一会儿，我面朝甲板飘在空中，完全任人宰割。

我的监听器响起了警告，一个高大阴森的身影走了进来。我无法转头看来者到底是谁，但是监听器很快就找到了一个匹配的样本：

警告！发现外星生物！检测结果为格伦 · 维拉特。

“捉迷藏结束了，人类。”他用一个低沉的声音说道，从我的枪套里拿走了手枪，把它扔在地上。

他摸了摸小臂上的控制界面，然后我就脸朝下飞到了走廊里，飘向气闸。我想大叫，但是我无法控制自己的身体，根本无法说话。埃曾的安全系统应该在工程舱和舰桥拉起警报，但是维拉特不慌不忙的样子说明，他已经解除了所有的安全系统。

我们从银边号的气闸进入了一个狭窄的圆形房间。这艘科萨人的飞船直接和银边号左舷气闸对接，亚斯在舰桥完全没有收到任何警报，而埃曾忙于解除无人机的抓钩，肯定也没有注意到科萨飞船靠近时的磁异常。

穿过高耸的内部拱形门之后，维拉特让我飞进了一个短短的鹅卵形走廊，一路上穿过了几个封闭的舱室，最后来到一个圆形的房间。房间的墙壁原来是不能反光的黑色，等走进去之后立即变得透明。黑色的金属地板，走廊的框架和飞船圆圆的肩膀也变得透明，你能毫无阻碍地看到外面的太空。银边号就在飞船的尾部，两艘飞船船尾和船尾对接，船头方向则是黑暗的冥府星云。圆形的舱室贯穿飞船粗短的船身，就好像一个玻璃鱼缸。舱室的中间有一个圆形的平台，它比地板高了大概 1 米。平台之上，是两个和人腿差不多高的银色柱子，每根柱子上面都有一个光亮的银色圆球。

维拉特让我站了起来，然后一个压力场把我推到了门边的墙上。脖子上的金属仪器也掉下来，飞回维拉特的手里。它离开后，我终于能够感受到船内的重力。他把那东西放进腰带上的一个小包里，然后通过一段坡道走上了圆形的平台。

他背对着我，站在两个金属柱子中间，双手放在金属球上。他一摸到金属球，船舱周围的墙上就亮起了各种不曾见过的文字。飞船非常安静地与银边号脱离了对接，飞入了黑暗的冥府星云。随着飞船转向，透明墙壁上的不少明亮的线条不断变化着形状，这些似乎就像某种辅助导航系统。

我扭着脖子向后看，银边号在我身后越来越远。抓捕无人机在银边号左舷发动机的前方依稀可见，它的周围全是埃曾的船体修复机器人，其中一个机器人正在用激光切割无人机的引擎。和银边号脱离开一定距离了，科萨人的飞船立刻启动了超光速泡泡。让我感到惊讶的是，透过透明墙壁居然可以看到超光速泡泡的灰色虚影，这说明维拉特飞船上的传感器可以承受外部的高温。平台周围垂直的导航线条滑向飞船的尾部，速度越来越快。与银边号圆形的超光速泡泡不同，围绕维拉特飞船的泡泡则像是两个对接的圆锥形，一边伸向远方，另一边甚至延伸到了瘤点之后。

瘤点！

这就好像我们坐在一根长矛里面穿越时空，这是一种我完全没有想过的体验。我想说话，但维拉特的致瘫效果还没有完全消散。

维拉特戴着头盔看着我，“你该感到自豪，人类。你将是第一个离开银河系的人类。”

06
纸牌游戏

跨银河坐标：89X4-03g5-8fH3-Ui30

红矮星，旋臂外 0714 区

银河系光晕

距离太阳系 22 462 光年

居住人口：无

科萨人的飞船比银边号小，这样双锥形的超光速泡泡就能包住它。飞行过程中，维拉特根本没有关注我，他像一尊雕像一样站在那里，双手放在银色的球体上，辅助导航的线条和各种图表从周围的墙上滑过。让我惊讶的是，他在重锤星上受的伤似乎对他完全没有影响，看来他的治愈能力非常出众。

“你怎么没死？”我一能说话，就马上问他。

“医疗服能为我疗伤。”他回答我的时候连头都没抬一下。

他当时肯定断了几根骨头，而且还受了严重的内伤，然而现在的他就好像碎骨兽从来没有攻击过他一样。“你那衣服还真厉害。”我说。

“自保是活下去的关键，这一点在你一个人旅行的时候格外重要。”

他已经在平台上站了几个小时，就算看不到外部图像的时候，他还是手动操纵飞船。我认为奇怪的超光速泡泡遥测图像可以从侧面证明我们的飞行速度。飞船的飞行速度肯定只有人工智能才能控制，但是为什么他一定要亲自驾驶飞船呢？在银边号上，自动导航系统可以全权负责超光速飞行，我和亚斯不过是全程观看系统模拟航线数据的乘客。

“咱们就不能聊聊？”我问。

“人类，你要是再不闭嘴，我就把神经阻断器给你塞回去。”

我马上闭嘴，因为如果他再把我瘫痪一次，我就彻底毫无胜算。我默默地看着舱内甲板上的一个圆圈滑向我，它的里面还画着一个更粗圆圈。它慢慢地向后移动，让我想起了一道代表着某种平原的地平线。他和我说要离开银河系，所以我怀疑那条地平线其实代表黄道，意味着我们渐渐驶离银河旋臂。

过了几分钟，我又试图和他聊天：“你的超光速泡泡似乎不可能成形啊！”

“为什么？”

“推进测地线非常脆弱。泡泡应该已经崩塌了才对。”

“哈，你们人类已经在太空里航行了2000多年，还是什么都没学会。”

“我还没说什么呢！”

“你只会给未知的事物下定义，而且是对于你们人类不清楚的事物。”

是吗？我以为我只是试图活跃气氛，然后逃出去。我又保持了很长时间的安静，然后说：“你在外面游荡了多久？”

“八万零二百基兰。”

“基兰？”

他哼了一声，说：“四十六万零三百地球年。”

这个答案让我大吃一惊，比我想象中的数字小很多。虽然科萨人的飞船已经证明他们的科技远在人类文明之上，但是跨银河航行能力通常而言都是属于更为古老的种族。从整个宇宙的角度来讲，科萨人和人类几乎都是处于宇宙进化阶梯的底层。

“跨种族绑架可是违反准入协议的重罪。”我说。

“我又不受你所谓的准入协议的管制。”

我的准入协议？所有的银河系居民都受到协议的管制。无论你的种族是年轻还是古老，就连还没有建立种族认知的原始种族都要受到准入协议的管制。观察者文明花了很长的时间确保没有种族能够逃避协议的管束，更别提那些不过几万年历史的种族了。以马塔隆人为例，他们的历史是科萨人的两倍，依然受到协议的制约。唯一的例外是入侵者，他们在远离银盘的地方进化发展，所以才没有受到协议的制约，但最后受到了银河系议会的制裁。格伦 · 维拉特来自英仙座旋臂，银河系律法对于他和我来说应该具有同等效力。

“我们要去哪？”我问。

“去一个你没听过的地方。”

“说来听听。”

“闭嘴，人类。”他冷冰冰地说。

我想从他口中掏出更多的信息，但是不能冒险激怒他，不然又会被神经阻断器瘫痪，那样我的逃跑大业就更加希望渺茫了。在舱室的墙壁上，代表着银河系黄道的地平线已经落到了维拉特的背后，这意味着我们已经离开了银盘。

我突然想到，就算我能逃跑，又能去哪呢？

包裹着维拉特的飞船的长矛状灰色虚影消失了，展现在眼前的是无尽的太空，偶尔可见几点雾蒙蒙的光点。我花了一会工夫才反应过来，那些雾蒙蒙的光点是环绕在银河银晕区的球状星团，而其他微弱的光点则代表其他遥远的河外星系。在我们身后是银河系，它还是那副老样子，依然是无尽黑夜中的明亮光条，光条的中央是一团明亮的光斑。从这个角度和距离，我实在说不清人类的活动空间在哪儿，因为它和广袤的银河系比起来实在是太渺小了。

格伦 · 维拉特从控制球上抬起手，完全不在意我身后壮美的全景画卷。他搓了搓手掌，看起来在放松自己。

“怎么停下了？”我问。

“我需要休息会儿。”他伸展着壮实的后背，看起来很累。

“难道没有自动导航？”

“只有我和飞船连接的时候，飞船才能飞行。”他说。

“那你要睡会儿？”

“我就是停船而已。”

“这听起来有点蠢。”

“说得你什么都知道一样。”

“嘿！就连人类的飞船都能自动飞行。”

“这是我们必须付出的代价。”

“什么代价？”

“作为科萨人的代价。”他指了指前方一个模糊的红点，说：“那就是我们的目的地。”

没有机器的辅助，我实在是不知道它有多远。我说：“看起来还不远。”

“十个光基兰。”

从这个距离上来看，它可能不过是被银河系甩出来的一颗孤星。

鉴于我们在这么短时间内就飞了这么远，我相信这点距离很快就能飞过去。为什么现在休息？

“你就把我扔这儿了？”

“是啊！”他说完，就从驾驶平台上走了下来。

“你起码把我扔进一个舱室，我还能睡会儿。”

“船上就一个睡眠舱。”

“你有同伴吗？”

他走到我面前说：“我单独行动。”

我点了点头，假装很同情地说：“没有朋友咯？”

“我是科萨人。”

“那我就当你是银河系中冷漠的孤行侠？”

维拉特看着我，那样子就好像在看一只臭虫，“你们人类完全不懂什么叫个人主义。和我们相比，你们就是一群驯顺的兽群。”

“别人给我起了很多外号，但这是我第一次被当成一头牛！”钛塞提人就是一群食草的鸟人，他们还把人类比作充满侵略性的捕食者种族。估计这种评价可能也是出于不同的角度吧：“那么，你能告诉我这只驯顺的老牛，接下来会发生什么？”

“作为一名囚犯，你的问题太多了。”他说完，就走进了走廊。

他的脚步声渐行渐远，我盯着前方的孤星，好奇我对那里的居民究竟有什么特殊的意义。

＼·＼·＼·＼·＼·＼

等维拉特回来的时候，他递给我一个拳头大小的方块，上面还有个细细的管子。

“这东西能让你再坚持一会。”他说完，就解除了束缚着我胳膊的力场，好让我拿住它。

我抿了一口，一股苦涩的味道窜进了嘴里，我赶紧吐了出来，液体刚好落在他的靴子上。“我还以为你要把我活着送过去呢，怎么现在又想毒死我？”

“那个盒子里的东西能让你活一周。”他轻蔑地盯着靴子上的液体说。

“我还只能活一周？”

“那就不是我要关心的事情了。”

他摸了摸头盔耳朵的位置，头盔的面甲从中间裂成上下两部分，我终于看到了他的脸。他的皮肤呈浅棕色，突出的眉骨下是一双圆圆的大眼睛，扁平的鼻子上只有一个鼻孔。他和我在天璇星号上看到的外星人同属一个种族。

“科萨人长这个样子？”我吃惊地说，非常好奇飞龙帮的人是怎么抓到科萨人的。

“把东西喝了！”他命令道，然后走上了圆形的驾驶平台。

我一脸怀疑地看着手中的外星食物。喝它就像喝强酸一样，但是我需要保持体力，所以只好深吸一口气把它喝完，然后把盒子扔到一边，并对它做了个综合性的评价：“呕！”

等我抬起头的时候，发现维拉特正在平台上打量着我，说：“人类，你的求生欲很强。大多数种族都不会喝它。”

“你难道喜欢喝它？”

“那东西喝起来和冬帕一样！”

“就是说啊！”虽然不知道冬帕是什么，但是我现在认为它一定是银河系中最难喝的东西。

维拉特转过身，把手放在控制球上。双锥形的超光速泡泡迅速成形了，带着我们飞向远方的孤星。

“我以前见过你的同胞。”我说。

“我对此保持怀疑！我们很少露面，而且很少和你们打交道。”

“不，我说的是实话。你们这种丑八怪我到哪儿都能认出来。”我希望侮辱他能够让他生气，但是他完全忽视了我。“看来他们给你的酬劳非常可观，不然你也不会下这么大力气抓我。”

“那只是你自己的幻想而已。”

“你是不是不喜欢我们？”

“你还真是个货真价实的人类。”

“驯顺的老牛？”

“多嘴多舌。”

超光速泡泡消失，眼前出现了一个红色的球体，它的体积只有地球的太阳四分之一大小。重力扰动不仅将这颗红矮星弹出了银河系，还剥夺了它所有的行星，只剩它孤零零地悬在空荡荡的空间。不管格伦 · 维拉特要把我交到谁的手上，他们都不可能是这里的居民。这颗红矮星不过是一个远离银河系的集合点，远到足以摆脱银河系律法的管束。

飞船扫描着周围空间，维拉特则在静静等待，等到右舷的墙上出现三个标记之后，他就把飞船转了过去。鉴于科萨人飞船的高超性能，和这些船完成汇合不会花费很长时间。虽然一开始很难察觉，但随着我们离他们越来越近，这些船在屏幕上越来越大。它们看上去就好像是一个扁平的泪滴，从船腹到船尾密布各种凸起。我只要看一眼就知道这些船的归属，蛇脑袋的奥顿级装甲巡洋舰。

“你打算把我卖给马塔隆人？”我一脸不相信地说，“我还以为你不是赏金猎人呢！”

“我就是个赏金猎人啊！”他说，眼睛盯着远处三艘飞船。

我们小心翼翼地跟在他们后面，看来维拉特和我一样都不是非常信任马塔隆人。他的飞船和马塔隆人的舰队保持相同的速度，但是却拉开了一定距离，然后每艘飞船下面开始冒出各种科萨文字，显示出更多技术细节。

“你在扫描他们？”

维拉特哼了一声，表示听到了我的话。

“他们看不到我们？”我问道，除非毫不知情，不然这些马塔隆人的巡洋舰不可能待在那里被人扫描。

“现在还不知道。”

马塔隆人可能是一群尚武的排外种族，但是他们的历史比科萨人还要久远几万年。维拉特怎么可能悄悄地跟在他们后面不被发现呢？“我知道人类学东西很慢，但你是怎么躲在他们的眼皮子底下的？”

“很简单的。”

“很明显你并不相信他们，那你为什么要给他们干脏活？”

“我谁都不信。”他双手离开控制球，马塔隆人的飞船立刻就解散队形，以高速绕了一圈，然后以 45 度为间距占领了开火位置。“现在他们能看到我们了。”

维拉特的面前出现了一个三角形爬行类动物的全息影像。我通常分不清马塔隆人之间的区别，但是眼前的这位脑袋上戴着一个细细的黑色头环，穿着华美的黑色制服，胸前挂着一个装着仪式用小刀的刀鞘。我只见过一个马塔隆人这副打扮——他是个神秘的黑蜥部队的高级指挥官，但是眼前这位绝对不可能是他。他绝对不可能在这儿。

“表明身份，科萨人！”马塔隆指挥官呵斥道，看来对于维拉特能在不被发现的情况下溜到离他这么近的地方感到非常生气。

“格伦 · 维拉特，你是哈孜力克 · 吉塔尔吗？”

“正是。”

看来这不是我第一次犯错，但是这可能是我最后一次犯错了。哈孜力克一年前发誓要让我脑袋搬家。多亏了维拉特，他的愿望马上就要实现了。

“我抓到犯人了。”维拉特说。

马塔隆人的怒气稍微消退：“我们差点就干掉你了！”

“你要是开火，这个人类也就死定了。”

“以后可别轻易接近马塔隆战舰了。”

“我这个人小心谨慎是座右铭，再说了，又不是我的护盾被打穿。”

马塔隆人发出了一声低音，这是愤怒的象征，看来维拉特善于惹毛所有人，就连他的老板蛇脑袋也不例外。

“下次主动表面身份，不然就等着倒霉吧。”

“没下次了，你有我要的信息了吗？”

“有了。”

“现在传给我。”

“先把西瑞斯 · 凯德给我。”

“他在这。”维拉特说着，指了指我。

哈孜力克肯定看到了我的图像，因为他在画面上的身子前倾细细地打量了我一番。“我给你说过，咱们还会见面的。”

“我还以为所有的蛇脑袋都是骗子呢！”我轻轻地说。

“我女儿在凯伏塔等你。你杀了她的丈夫，现在她要亲手杀了你。这是我给她的礼物。”

“那我就有充足的时间干掉你，然后逃跑。”我说，同时因为今天不必死而松了口气。

“三周之后，你将到达马塔隆的家园世界，”哈孜力克说，“你逃不掉的。”

我知道马塔隆飞船的大致航速，飞到凯伏塔意味着这里距离映射空间两万两千光年。作为一名黑蜥部队的指挥官，他为了抓我还不远千里，带着三艘顶级的战线巡洋舰作护航船。我知道他想干掉我，但是就算是对于热衷复仇的蛇脑袋来说，这样的场面未免有些过于奢华。

“把数据给我。”维拉德说。

“我会派艘小艇把凯德接过来。等他上船之后，你会拿到你的酬劳的。”

维拉特犹豫了一下，但是发现自己别无选择，于是说：“同意。”

等哈孜力克三角形的脸消失之后，我说：“你不能相信他。”

“那我能相信你吗？”

“我在重锤星上救了你一命。”

“你为了逃命，差点害死我。”他说话的时候，一艘小型运输艇从哈孜力克的巡洋舰里飞了出来，向我们逐步靠近。

“等你把我交出去，他就会背叛你。”

“只要出卖一次科萨人，他们就再也不能和我们做交易了。他知道这事。”

等马塔隆人的运输艇转向准备对接的时候，维拉特从肩膀上拿下枪对准了我。控制我的力场已经解除，然后他示意我自己去走廊。

“你要是想干坏事的话，我就开枪。”

“那样的话，难道不会让哈孜力克的女儿失望吗？”我一边说着一边走出了舱门。

“她怎么想和我无关。”

“咱们就不能做个交易？”

“不可能。”

“哈孜力克手上到底有什么情报？也许我能帮你？”

“你连你自己都救不了。”他说道，看来我的拖延战术让他有点生气。

“我能帮你联系些可以帮你的人，比如钛塞提人。”

“我连你和马塔隆人都不信，怎么可能相信他们？”

我又走了几步，然后转身看着他，说：“要不……”

我用插件赋予我的高速反应抓住他的枪管，趁他开火的同时把枪管甩到一边。还没等他把枪拿起来，我对准他的肚子踢了一脚，但是他的治疗服吸收了冲击，然后他用自己空闲的那只手一拳打向我的脸。我低头躲开，试图把他的枪夺下来。他因为疼痛在号叫，但是却不是因为我的攻击，原来他在重锤星受的伤还没有完全恢复。我整个人都压了上去，用手肘猛撞他的胸口，打击的位置刚好是碎骨兽曾经攻击的位置。

治疗服非常耐用，但终究不是战斗盔甲。胸板在重击之下扭曲，维拉特跌跌撞撞地向后倒去，用空出来的一只手捂住了心口，但是另一只手却抓着枪不放。趁他还没恢复，我又踹了他一脚，这次目标是被碎骨兽咬过的大腿。维拉特向后倒去，把枪管从我的手里拧出来，然后不得不因为疼痛跪在地上。不管他的治疗服有多么的优秀，科萨人的骨头还是需要一些时间才能愈合。

他跪在地上开火的时候，我闪到一边，一股白光从身边飞了过去。他用枪一直瞄着我，开第二枪的时候，我刚好跳进一扇打开的舱门，落在一个小型的平台上。我在舱壁上弹了一下，然后顺着一截窄窄的台阶掉到了下一层甲板上。我躺在甲板上意识模糊，而维拉特已经摇摇晃晃地走到了平台上。他用枪瞄准，我只好躲在货柜后面，然后就听到他的大靴子在我身后落地的声音。

静电的嘶嘶声在舱室的另一头响个不停，黄色的灯光和尖锐的影子将我笼罩。我看不清光的来源，因为我正忙着在货柜之间爬来爬去，寻找出路。

“人类，你逃不掉的。”维拉特说着跳到了甲板上。他开了一枪，把我身后货柜里的东西都打飞了，然后在他神奇的靴子助力之下，跳上货柜然后落在我的面前，用粗大的武器指着我的头。“事情没必要弄成这个样子。”他说道，黄色的灯光在治疗服上时明时暗。

我看了看光的来源，一个白色的半球体飘在舱室中间。我在新潘塔尼尔的时候，天璇星号上的那一半刚好和它凑成一对。一道明亮的黄色光束从它白色的底座里冒了出来，刚好照在甲板上蝶形的接收器上。

“等等！”我喊道。

他调整了一下武器上的控制界面，说：“现在是晕眩模式。你再也看不到我了。”

“那到底是什么？”

“闭嘴！”他说完，伸直胳膊准备开火。

我忽然明白为什么他要带我来这种不毛之地躲避观察者文明的监视，其中真实的原因和他想的完全不一样！

“他们要的不是我！是你！”

他犹豫了下，说：“你到底在说什么？”

“我给你说过了，我见过你的同胞！”我指着悬在维拉特飞船中央的半球体，“那个我也见过！管它是什么呢！”

“不可能！”

“我证明给你看！”

“怎么证明？”

“证据就在我口袋里！”我说完话，就把手伸向飞行夹克的暗兜。

“不许耍花招。”他嘴上这么说，手上做好了开火的准备，但是却没有阻止我的意思。

我把从天璇星号上偷出来的长方形板子扔给维拉特，他用一只手就抓住了。“这东西是我从你的一个同胞那里拿来的。他当时还在低温冬眠状态，这东西就放在他的身边。”我说完，对着那个半圆形的东西点了点头。

他一脸怀疑地打量着手里的东西，然后说："他还活着吗？"

"被冷藏了，生命体征很低，但是确实没死。"

"这玩意可能只是个赝品。"维拉特说着拿起了控制器，拿它和手腕上的仪器作对比。那东西和他远程遥控飞船的东西一模一样。

"那是你们的语言！人类根本不了解你们的语言！"

维拉特又看了一次那个控制板，然后把它塞进了口袋，说："你知道他为什么还活着吗？"

这个问题很棘手，但是我不知道究竟为什么棘手，于是说："不知道，也许是为了拷问？"

他盯着我沉思了一下，然后放下枪，说："我相信你。"

"你相信我了？"我简直不敢相信自己的耳朵。

"他能活着是因为虹吸器必须由他控制。"他说话的同时，情绪也发生了变化，"这一点你根本不可能知道。"

"你说得对！我确实不知道！而且我根本不懂你到底在说什么！"

他指了指那个半球形的仪器，说："这是暗物质虹吸器，也就是我飞船的动力源。"

"暗物质？"我一脸好奇地看着科萨人的设备，"真的？"

"它能够和宇宙扩张的力场相连。"

"我听说过这回事。但是从不知道你居然可以控制这东西。"暗物质占了宇宙总质量的70%。

"这是宇宙中的终极能量源，你想要多少就要多少，而且不用掏一毛钱。"

"所以我们才探测不到你的飞船。"

"对，这东西不会产生中子信号。"

"但是我们可以探测到马塔隆人的飞船。"我说，心里努力想搞明白为什么远比马塔隆人年轻的科萨人，在科技层面上却能遥遥领先。

“他们的飞船采用反应堆供能，虽然整体原理和你们的飞船有些区别，但依然能被发现。”

如果哈孜力克也参与其中，那么就是黑蜥部队策划了这一切。这意味着，天璇星号上的蛇脑袋技术顾问才不是什么所谓的叛逃人员，他是哈孜力克的特工！黑蜥部队会干掉任何胆敢帮助人类的马塔隆人，但他们如果被命令去帮助人类就另当别论了。作为与马塔隆人唯一的联系，只要有风吹草动，伊诺克 · 阿塔尔就会第一时间逃跑，把暗物质虹吸器和一个冻得僵硬的科萨人留给人类。

鉴于我和格伦 · 维拉特交手的经验，人类不可能在没有外界帮助的前提下从科萨人的手里偷走技术设备。兄弟会做不到，银河财团做不到，就连我哥哥也做不到。而帮助他们的人就是蛇脑袋！如果银河财团天真地相信伊诺克 · 阿塔尔是一个叛逃的科学家，那他们根本不可能知道到底是谁提供了这些外星科技设备。

那么唯一可能的答案就是我哥哥，他用自己的电子大脑策划了这一切！他负责和马塔隆人直接接触，也是独眼巨人号上唯一知道事情真相的人，所以他才是最大的叛徒。但他也是人类的一员，在银河系律法框架下他做的任何事情，人类全体都将被追究责任，根本没有任何理由可以让我们免受惩罚。这种律法非常严格，但是人类也应该自律，因为在跨种族交流的时候，推卸责任是完全行不通的。

但是当前的情况远比单纯的跨种族交流政策更复杂。马塔隆人攻击科萨人可是要承担极大的风险的，因为后者的科技更加先进。为什么蛇脑袋要把这么先进的科技交给人类，而不是留下自己用呢？

鉴于维拉特不会对我开枪，我就站了起来，问了一个我一直想问的问题：“你们是如何做到科技领先于马塔隆人的？”

维拉特把枪甩到肩膀后面，然后固定在背后，说：“这不是我们的科技，这都是钛塞提人的科技。”

“你从钛塞提人那偷窃科技？”我问道，这下我对科萨人可是刮目相看了。

“没人能从钛塞提人手里偷窃技术！”

我反应了好一会儿，说：“他们给你的？”

钛塞提人领先于科萨人、马塔隆人和人类数百万年，而且非常善于保守自己的秘密。他们将科技赠予那些明显落后的种族无疑打破了我对他们的认知！

“和钛塞提人做交易是要付出代价的。”他痛苦地说，“记住这一点。”

马塔隆的飞船终于完成了对接，飞船里回荡着一声金属碰撞的闷响，维拉特看着上面的气闸，心里盘算着下一步该如何行动。

“听起来像是一群全副武装的蛇脑袋随时准备冲进气闸，然后把咱俩干掉。”

“他们会杀了你，但是他们需要我活着。”

“无论是死是活，对我们都不利，赶紧离开这吧！”

“现在太晚了。”他说：“他们已经锁定我的飞船了。”

“这可是一艘钛塞提飞船。我们能把他们炸到银河系的另一头去！”

“这是一艘装备了钛塞提科技的科萨飞船。二者之间还是有区别的。”

“但是你还是装备了钛塞提人的武器，不是吗？刚好用这群蛇脑袋当靶子！”

“我要是真有钛塞提人的武器，这群马塔隆人早就为他们的所作所为付出代价了。我手上只有虹吸器、引擎、传感器和伪装技术。战斗中我们并不能占上风。”

“那就藏起来！”

“最起码在他们的飞船和我们连在一块的时候，我的飞船根本无处藏身。”

我跟着他回到了气闸，说：“他们肯定会配备皮肤护盾。”

“这武器对于微曲护盾效果很差。”他说完就摸了一下手腕上的控制面板。一个圆形的全息投影出现在气闸前方，投影显示的刚好是气闸里面的情况。四个穿着黑蜥部队盔甲的蛇脑袋全都挤在气闸里面。他们的身材非常高大，在气闸里弓着背还能顶到天花板。

“量子刀就能对付他们。”我说。

“你带了吗？”

“有啊，还挺好用，不过留在自己船上了。”

“谢谢你的建议。”他说着，沿着走廊回到了驾驶舱。我跟在后面，看着他走上飞行平台。

“这是格伦 · 维拉特。你们的飞船在干扰我的气闸系统，我没法打开内部密封系统。”

哈孜力克的脸冒了出来，说：“我们没有检测到你的飞船受到干扰。”

“我的系统不能识别外部密封系统是否已经关闭。你们的飞船必须先脱离才行。”

“立刻修正错误，然后打开气闸！”

“我再试试。”维拉特说完，就关闭了通信。

“你不能让他们进来。”我说。

“当然不能让他们进来。”他说，然后研究着三艘马塔隆人巡洋舰的位置，计算逃脱的概率。等时间刚好过了一个检测周期之后，他重新打开了通信频道，说：“我无法排除故障。我是个追踪者，又不是机械师。你要是想要这名囚犯，就让你们的飞船与我脱离连接。”

哈孜力克迟疑了一下，但是进入维拉特飞船的诱惑还是战胜了他与生俱来的多疑，他回答道：“好吧。”

马塔隆指挥官的头像消失了，然后运输艇也脱离了连接，和气闸保持了一定距离。维拉特双手放在两侧的控制球上，然后双锥形的超光速泡泡立刻成形，运输艇的腹部被超光速泡泡的超量子力直接切掉，不过反应堆却安然无恙。运输艇尖锐的前部已经被困在超光速泡泡里，但是后半截还在太空里飘荡。等到马塔隆人的武器打到我们刚才的位置时，我们已经飞出了四分之一光年了。

在超光速泡泡里，运输艇的机腹不停地碰撞驾驶舱的后部，飞船里不时可以感受到剧烈的抖动。最后它慢慢地飘走了——在我们头顶上飘了一会儿，然后滑进超光速泡泡，化作一道明亮的闪光消失了。

“天啦！”我说，“这还是头一次见！”我现在才明白虽然超光速泡泡在高度扭曲的空间里十分脆弱，但是在平滑的正常空间里确是一件致命的武器。

“没有损伤。”他说，但是我却没有看到任何信息提示。

“气闸里的四个蛇脑袋肯定还在想为什么会和飞船失去了联系。”

维拉特并没有回答。

“我们可以抓住他们，然后交给钛塞提人。”我提议道，心想钛塞提人用不了多久就可以从他们脑子里挖出所有的秘密。

“我为什么要那么做？”

“哦，我也不清楚。大概因为你是个银河系的优秀公民，而且你想让钛塞提人好好收拾下马塔隆人？”最起码我是这么想的。

“我可不是什么银河系优秀公民。”他的语气中有一丝不祥的意味。

超光速泡泡已经关闭，展现在我们眼前的是空荡荡的太空。代表孤星的红点距离我们已经有几十光年。维拉特面前的图像显示，气闸里有两个距离闸门较近的蛇脑袋正在对着闸门开火。

“他们要花多久才能把门打开？”我问道。

“很久。”他说，然后就打开外壁气密门，四个马塔隆人都被吸出了太空。

“我还真没想到要把他们从气闸里扔出去。”我说，心里为没能把这些爬行类动物交给钛塞提人审讯而感到惋惜。

维拉特调转船头，正对着四个在太空中无助漂浮的黑蜥士兵。多亏了战斗服，他们都还没死，但是在太空里并不能坚持太久。他们开始用手里的武器向我们开火，这也是蛇脑袋式死硬。四道能量束从船腹飞了出去，把马塔隆人打成了碎片。

“用主炮把他们蒸发这事更不在我的计划里。”我嘀咕道，心里明白他并不是单纯地杀了他们，是基于他们的罪行而处决了他们。在这一点上，我也不能指责他。

我俩一言不发地看着马塔隆人的碎片飘散在太空中，然后格伦 · 维拉特转过身来，冷冷地盯着我，说：“现在，告诉我，你对于那个冷藏的科萨人都知道些什么？”

\\·\\·\\·\\·\\·\\

等我说完我在天璇星号里的发现后，维拉特说：“有三个科萨人在你们所在的银区里失踪了，我被派来找到他们。”

远处的红矮星是太空里离我们最近的星体。维拉特安慰我说，就算马塔隆人已经算出了我们的航迹，开始搜索我们，钛塞提人的伪装技术也足以骗过马塔隆人的飞船。

“你是怎么找上我的？”

“马塔隆人发现我在搜集情报，哈孜力克 · 吉塔尔就主动为我提供情报，作为交换我为他找到杀了他家人的人类，也就是你。”

“我那是为了自卫。”

“人类和马塔隆人的事情对我没有意义。”

“好吧。”我慢慢地说，“很明显，马塔隆人绑架了你的同胞。你可以去银河系议会抗议。”

“科萨人不是议会的成员，很久以前就不是了。”

两千年来，我们一直被灌输的说法是获得星际间全面通行权的方法是加入银河系政治系统，遵守古老的星际律法。如果不遵守这些规定，钛塞提人就会收走星图资料，对宝贵的新星元素进行无效化处理，让我们困在互不相连的星系上。但是，科萨人发现了一个漏洞，以一种不同的方式获得了这些资源。

“你们为什么不是议会成员？”

“在过去的几万基兰里，我们都是议会成员，但是入侵者战争改变了这一切。”

在人类发展出星际旅行的科技之前，这场战争已经持续了几个世纪，无数世界成为废土，埃曾的族人也变成了银河系中的游民。

“出什么事了？”

“他们入侵了我们位于英仙座旋臂的家园世界，在我们无法穿透的护盾后面建立防御，然后用机械部队和百万大军占领了我们的世界。我们的科技无法和他们对抗，就算我们能伤到他们，也无济于事。他们的繁殖速度太快了，伤亡对他们来说无所谓。”

“但是对你们来说却意义重大。”

“我们是个人主义者。”维拉特说，“我们的人口可不多。”

“银河系议会帮不上忙吗？”

“他们从英仙座旋臂撤退了，留下我们迎战入侵者。我们的数量远远不够，胜算渺茫。”

“那你们为什么不走？”

“因为我们生来如此。”他说，好像这一句话就解释了一切，“我们对入侵者发动突袭，保持监视，但是他们总能发现我们。钛塞提人改变了这一切。他们给了我们能够躲避入侵者传感器的科技，于是我们变成了联盟舰队在敌占区的间谍。在他们科技的帮助下，我们的飞船到达了入侵者的家园星团，和被征服的种族建立联系，扫描入侵者的飞船，然后把情报送回联盟。在入侵者准备攻击钛塞提人母星的时候，我们甚至能提前发出警告。”

“那马塔隆人为什么不把你们的钛塞提科技留给自己用？”

“那是因为他们用不了。只有我们才能用。”

“我不懂。”

“只要是钛塞提人关心的事情就不会简单。他们爱好和平，历史悠久，但是非常狡猾。他们教会我们如何使用这些科技，但是并没有让我们理解其中的原理。钛塞提人非常需要我们提供的情报，但就算面临灭顶之灾，他们也没有加速我们的文明发展。”

“那可是几千年前的事情了。你的飞船看着非常新。”

“是的。钛塞提人为我们提供机器，这样我们自己就可以生产间谍设备，但是这种帮助却不是无偿的。”

“银河系里没有免费的午餐。”我说。

“我们必须为钛塞提工厂提供原料，连我们自己都是原料的一部分。”

“你们？”

“我们的种族是独居的种族。我们独自旅行，很少交配，后代也不多，数量刚好维持种族数量。钛塞提人知道这一点。工厂里的每一件产品都和我们的个体相连，一件产品只能给一个人使用。这就是我们付出的代价。他们建造我的飞船的时候，我就在旁边。如果我死了，那么我的飞船也会自毁。如果我和虹吸器的距离超过一光秒，那么虹吸器就会自毁。飞船上的其他钛塞提产品也有同样的设定。要是虹吸器和关联的科萨人分开，或者有人试图拆解虹吸器，那么钛塞提人就会发动报复打击。”

“所以你才得一直和控制球保持接触。”

“我必须和飞船在一起。其他人都不能驾驶它，即便是其他科萨人也不行。”

“而你们现在用于生产设备的机器，是钛塞提人在入侵者战争时期给的？”

“钛塞提人的东西非常耐用，而且我们也精心保存，机器现在的状态比他们预想的还要好。”

“他们能让你们保管这些机器还真是让我大开眼界。”

维拉特慢慢地说：“这是他们欠我们的。”

“因为你们帮他们拯救了家园世界？”

“因为他们没能拯救我们的家园世界。当入侵者发现我们在替钛塞提人监视他们的时候，就摧毁了我们的母星，他们无法控制我们，所以决定灭绝我们。钛塞提人永远也还不完这笔账。”

“让我替你们默哀一下。”

“这就是为了自由所付出的代价。现在我们想去哪里都可以，不用对任何人负责，但是我们依然遵守银河系律法。”

“之所以他们不会处罚你，对你们睁一只眼闭一只眼，是因为他们觉得对你们有所亏欠。”钛塞提人可能是银河系中最会算计、最聪明的鸟人，但我却欣慰地发现他们也会感到自责。

“他们很有耐心，希望我们有一天能重新加入银河系议会。”

“你们会重新加入吗？”

“不会。钛塞提人总会通知我们银河系中发生了什么，但是我们选择保持距离。多亏了他们，我才知道人类和马塔隆人之间关系紧张。

哈孜力克 · 吉塔尔说要找一个人类寻仇的说法自然也听上去没有问题，而且马塔隆人无法使用钛塞提人的科技，所以我也不会怀疑他把我当作目标。”

这对于哈孜力克来说是个双赢，他既能获得钛塞提人的科技，还能找我报仇。当然了，我不过是为他的大计锦上添花罢了。

“为什么马塔隆人要把暗物质虹吸器给我们人类？”

“我不知道。人类缺乏使用无限能源的技术。要不是因为使用了钛塞提人的星际驱动引擎，我们也不会使用虹吸器。”

“但是他的计划还是成功了，而且你的同胞还活着。”我若有所思地说，“低温休眠也算一种活着的形式。”

“希望我们不用测试你的理论是否正确,但是我希望你说得没错。”

“虹吸器肯定是给人类手里的其他外星科技产品供能。天璇星号上的高塔肯定就是目标，而蛇脑袋科学家在那教他们如何把一切组装起来。”

“马塔隆人可以随意在这项技术里留后门，而你的同胞却看不出任何破绽。”

从人类中的这群杂碎对任何有利于自己的东西都要据为己有的天性来看，只要对自己有好处，他们都会无条件地相信。他们可能都不知道这个塔的真正用途!

“你失踪的同胞一定和那座塔在一起。你要是把我送回我的飞船，我就能带你找到它。”埃曾已经告诉我高塔的去向，但是我对于维拉特还不是完全信任，所以还不能告诉他。最起码等他放了我之后，我才会告诉他。

“科萨人和他们的技术都归我，那些人类交给你处理。”

“马塔隆人呢？”

“他们啊，我们一块对付。”他恶狠狠地说。

“成交！”我说着伸出了手。维拉特好奇地看着我的手，根本没有握手的打算。我想起来，握手不过是从刀剑决斗时代的地球流传下来的古老习俗，对于科萨人来说毫无意义。我只好尴尬地收回了自己的手。

“我们达成了协议，西瑞斯·凯德，但是这并不意味我们结成同盟。”

他走上驾驶平台，双手放在控制球上，然后飞船转头对准了银河系的旋臂银盘。过了一会，双锥形的超光速泡泡裹住了科萨人的飞船，带着我们飞回了银河系。

格伦·维拉特可能没有把我当成盟友，但这是他第一次叫我的名字，说明他不再当我是他的敌人。

我们和银边号对接的时候，埃曾和亚斯甚至没有发现我们。埃曾的机器人已经拆除了抓捕无人机的推进器，有一个机器人小心翼翼地挂在无人机的尾部，探索着无人机的内部构造。

“附近没有人类飞船。”维拉特说。他的双手离开了控制球，然后亲自送我到气闸。

“你能帮我带个口信吗？”我一边说着一边经过了马塔隆人的武器留下的黑色烧痕，走进了气闸内部。

“我又不是信使。”

“送信对我们都有好处。”

“信的内容呢？”

“在帕拉索斯星系有一艘地球海军的船。你把口信带给列娜·福斯，告诉她，带着她能召集的所有部队，去杜拉尼斯星系集合。”

“帕拉索斯……杜拉尼斯……这都是人类才用的名字，对我来说毫无意义。”

“我会把帕拉索斯星系的钛塞提制式坐标输入我的自动导航系统，然后删除它，最后再输入杜拉尼斯的。在我们进入超光速状态之前，你就能看到这些坐标了。”

气闸内壁舱门缓缓关闭，维拉特不置可否地看了我一眼，然后我跑回银边号，冲进了舰桥。

“船长！”亚斯看我出现在舱门口，惊讶地大叫道，“你之前哪去了？”

“去银河系的边界溜了一圈。”我苦笑道。

他一脸迷惑地看着我：“哪儿啊？”

“等会儿再说。”我推脱掉他的问题，“埃曾还要多久才能拆掉抓捕无人机？”

“很快就好了。一个机器人正在拆自毁系统，等我们扔掉无人机之后，另外两个待命的机器人就修补外壁。”

“飞龙帮的人没来？”

“现在还没发现他们。”他看了看屏幕上的计时器说。我们还有一小时四十三分的时间。“那么只能假设他们都在空间站里等着。要是有飞龙帮的飞船出来监听信号，那么他们随时都可能出现。”

飞龙帮不知道我们去向何方，只好放出大量飞船搜索。当然，他们也可能在等待信号到达空间站之后，再派出绝对优势的舰队收拾我们。“只要埃曾清理了无人机，我们就马上出发。”

我让亚斯盯着传感器的数据，然后跑回自己的房间查看天璇星号的日志。这几年来，每隔几周它都会和独眼巨人号以及飞龙帮的其他飞船会合，然后移交军火弹药，但不会接受任何货物。包括在新潘塔尼尔那次，天璇星号只接受了三批货物。纳扎里将那些货物描述成“密封货柜”，这不过是暗指被绑架的科萨人和他们偷来的技术设备。所有记录的共同点在于，每次航行的起始点都是杜拉尼斯星系。

等我看完天璇星号的日志，我就返回了舰桥，计时器上显示只剩 20 分钟。抓捕无人机已经从船体上飘向远方，埃曾的机器人正在修补外壁上的大洞。

“埃曾那边快完工了。”亚斯说。

“时间刚刚好。”我说完，就启动了控制台的导航模式，然后从钛塞提人的星图数据库里选中了帕拉索斯星系，亚斯正全神贯注盯着传感器的数据，根本就没注意我这边。过了一分钟后，我又选中了杜拉尼斯 A 星，埃曾刚好走进了舰桥，爬进了两个驾驶员座椅后面的座位。

“船长，要是飞龙帮的飞船出现，”他说，“你可以启动超光速系统。我们可以丢掉维修机器人，但是飞船可以安全飞行。”

“给机器人点时间。”我说，与其说担心要更换几个船体维修机器人，我更担心格伦 · 维拉特能不能收到目的地的坐标。

埃曾瞅了一眼我眼前的自动导航坐标，说：“船长，互助会在杜拉尼斯没有办事处，那只有天璇星号的主顾。”

“你可是说对了。”

“你还要继续我们不可能完成的复仇吗？”他问，“也许我们现在应该先把这事放到一边，等待更好的时机，然后再对付多玛尔 · 崔斯克。”亚斯偷偷地看了我一眼，看来他心里也是同样的想法。如果我真的是在处理个人恩怨的话，他们的主意也许没错。

“如果你在寻找一份有油水的工作，那几个欧瑞斯雇佣兵的人头能卖个大价钱。”我虽然在撒谎，但是列娜能帮我掏不少钱，让一切看起来确实像一次赏金狩猎。互助会为地球海军和私人安全承包商建立了一个赏金榜，其中一些任务是地球情报局的暗杀任务。通常情况下，哪怕发布的任务来自地球情报局，我都尽可能不去接这些任务，我是潜伏特工，又不是刺客杀手。当然，只要能够说服亚斯他们和我一起行动，我也不介意将一切伪装成一次自发的执法行动。

“那我们现在又变成赏金猎人了？”埃曾问，“还是说，这不过是亚哈船长式的复仇情结？[1]”

那崔斯克岂不成了我要猎杀的大白鲸[2]？埃曾一定以为我为了复仇而丧失了理智。

亚斯一下子有了精神，自大地说道：“我一直都觉得自己是个不错的赏金猎人！”

“并不是你想的那样。”我说道，决定告诉他们一部分的真相，“目标是我哥哥。”

“你哥哥？我还以为他死了呢！”

“他就是瑞克斯，独眼巨人号的船长。”而且他还是和马塔隆人串通一气的叛徒！

“他是飞龙帮的人！”亚斯的下巴差点掉了下来。

“他可不是飞龙帮的小混混。他是飞龙帮的领导人之一，说不定指挥着整个飞龙帮。”

“天啦！”

“我还没说完呢。”我说，“记得那个马塔隆人吗？就是那个哈孜力克 · 吉塔尔，他才是这一切背后的主谋。这就是为什么格伦 · 维拉特一直在跟踪我，想把我交给马塔隆人，不过我最后和他达成了一笔交易。他不会把我交给蛇脑袋，我帮他找到三个失踪的科萨人。唯一的办法就是去找我哥哥，他现在正飞向杜拉尼斯星系。”我看着埃曾说：“这事可不是单纯的复仇或者痴狂，这是自家家事。”

---

① 小说《大白鲸》中的船长。
② 《大白鲸》一书中亚哈船长的目标。

埃曾眨了眨眼睛，但眨得非常慢，他只有脑子里在想事的时候才会这样，“家事无轻担啊，船长。”

“特别是我只有一个哥哥，不像你，家里兄弟姐妹两万个。”我意味深长地说。

埃曾仔细思考了一下两个种族间的差异，然后说：“我明白。”

我转头看向亚斯。

他笑着说：“你当时说有赏金的时候，我就已经给武器充能了。”

我暗自告诉自己，一定不能让列娜给那些家伙定太高的赏金。我可不想让亚斯喜欢上赏金猎人的行当。

07 杜拉尼斯 A 星

1A 级超新星伴星

杜拉尼斯双星系，红巨星

飞龙座外部地区，撤离区

距离太阳系 802 光年

无常住人口

杜拉尼斯 A 星是一颗红巨星，它缓慢扩张，直到耗尽自己最后的能源。它已经吞噬了行星内的三颗类地行星，现在正准备吞噬距离最近的气体行星，但是留给它的时间不多了。杜拉尼斯 B 星是一颗白矮星，作为 A 星的伴星，它将 A 星表面大量高温气体抽走，在两个星球中间的黑暗宇宙中形成了一条明亮的光带。橙红色的气体在白矮星周围汇聚成一个发光的吸积盘，然后落在白矮星的表面，极大提升了星球的质量和内核温度。

这让杜拉尼斯 B 星成了一颗太空中的定时炸弹。

这颗白矮星三个世纪前就进入了超新星对流期，这意味着它随时可能爆炸。对于人类来说，杜拉尼斯 B 星在未来几百年内也许都不会爆炸，但是一旦爆炸，它在几周内产生的能量将比全银河系一年内产生的能量都多。

五千年前，银河系议会命令周围 30 光年内所有宜居星球上的居民撤离。如果这些宜居星球和白矮星的中轴线在一条直线上，那么这个范围还要扩大到 80 光年。地球议会也遵守了这条禁令，所以周围 40 光年内并没有人类聚居地，我也因此从没有来过杜拉尼斯星系。

“附近没有飞船。”亚斯说。

“独眼巨人号就在附近。”我警告亚斯，然后启动了战斗护盾。

亚斯研究着应答机信号，然后摇了摇头，说：“我可不这么看，船长。”

几十个应答标记出现在地图上，没有一艘是战斗船只。它们都是民用船只，停在黄色气体巨星的上方二十五度的位置，刚好就横跨在双星明亮的光带之上。这个位置不仅安全，而且还是观赏映射空间内天文奇观的绝佳位置。

“没有护盾信号，没有武器充能。”亚斯很肯定地说，但是内心的疑惑肯定只多不少。

我惊讶地说：“他们一个个待在那里，似乎根本不关心会被人发现一样。”

“等等！”亚斯用光学传感器对准那支民船船队，说：“我发现四个热点，个头不小，都没开应答机。就在那！在边上！”

四个黑色的椭圆形飞船慢慢转向，默默保卫这支民船船队。它们都是诺丁军火公司的防御平台，一般用于在核心星系空间内的行星防御。这些平台上装满了重武器，护盾和装甲坚不可摧，怪不得民船船队有恃无恐，根本不担心别人会发现他们。

民船船队的中央是一艘巨大的星际游轮，游轮两侧停着一些小船，周围还有很多小船，它们以一个对称的队形环绕着游轮。这些小船都是豪华的游艇、专用的摆渡船和其他商用飞船，而在队形中间的那个庞然大物，就是超级星际游轮阿芙罗狄蒂号。它全重 80 万吨，一旦离开核心星系空间，几乎都找不到港口能停放它。游轮四周灯光闪耀，而且它的中子信号强度超过了在场其他飞船的总和。如果把它当成一个秘密海盗基地，那实在是太显眼了。

“打开频道。”我说。

“打开哪个频道？”亚斯茫然地扫了一眼所有的通信频道，“频道全都被占了。”他把频道接入舰桥的通信系统，在各个频道间不停地切换。

“我需要确认下在法老号上的十人晚餐预定……”

“给我留一个专人采访！”

“你说舞厅 KXN 是什么意思？”

“好吧，那就一万块，但是我的位置要靠近梁副总裁。”

“我们在德聂都斯中继站有 12 艘中继船随时待命，但是数据流往返一次要花 5 个月！”

亚斯关掉了广播，说：“都是这样的东西。”

“看来我们只好自报家门了，”我说，“打开应答机。”

“要是飞龙帮也在这……”

“他们也知道那些诺丁防御平台不好惹，我不过是不想在跃迁进去的时候被炸死。”

因为不想用自己的小命测试诺丁军火公司的自动瞄准系统，于是我们就做了一个亚光速短跳，从杜拉尼斯 A 星跳到了围绕着阿芙罗狄蒂号的船群中间。没人注意到我们的到来。我们试图联系游轮，但是却被很客气地在各个部门间转来转去，最后一个穿蓝色酒店制服的疲惫的年轻姑娘接待了我们。

“很抱歉，先生，所有的永久性泊位都被占用了，我手上还有一个等待名单。”她用一种文质彬彬但是略显厌烦的口气说，“如果你想使用飞船上的设施，你的司机可以把你放在一个登船的舱站，飞船只能停靠 15 分钟，每隔 12 小时才能停靠一次，每次停靠要收取 1000 块。”

亚斯看着我，不停地比画着“司机”二字的口型。

“那我要是预定一个房间呢？”

“付费的客人每 24 小时可以免费停船一次。星爆套间 24 小时费用是 10 万块，银河套间每天的费用是 100 万。这包括能免费使用船上所有设施，以及赌场内酒水免费。”

离谱的价格让亚斯的眼睛瞪得滚圆：“咱们真是来错地方了！”

“那我就订一套最便宜的房间吧。”

“很抱歉，先生，星爆套间已经爆满了。最近的空房在 4 天后。”

“你们的生意总是这么好吗？”

“也不总是如此。我们最近在招待核心星系贸易发展会议。你要是想买会议入场券的话，我们还有个人、集团和赞助商级别的打包套餐，但是开幕式晚宴的票已经卖完了。”

“在杜拉尼斯开会难道不是有点太偏远了吗？”

“他们希望找个风景不错的地方开会，先生，据说是为了网络流量。”

“什么网络流量？”

“船上还有 34 个数据直播博主和 100 多名模拟现实投放商，来自地球的六个全频段主要供货商都在这儿。不过，其中一部分并没有在这订客房。你要是想要一份完整的名单，我可以帮你联系交通管制。我这里只负责预订。”

“多谢，但是不用了。我就用 1000 块的短停就好，我的司机会把船停好的。”我对着亚斯挤了挤眼睛。

他愁眉苦脸，对于自己从宇宙飞船的驾驶员降级到一个私人司机而感到闷闷不乐。

\·\·\·\·\·\

银边号停靠在阿芙罗狄蒂号机库旁的一个气闸边上。机库里塞满了各种小型飞船：渡轮、亚光速运输船、观光游艇和一排配属在游轮名下的白底金边的小艇。机库一边是巨大的气密门，另一边则是一个复杂的工程舱段，里面全是身穿白色衣服的工程师和顶级的维修机器人。

我刚走进机库，一名穿着黑色制服的游轮警卫就示意我去找船内的自动售货机，它的位置就在一扇透明的增压门旁边。门后面就是一个铺着地毯的走廊，走廊里有各种全息图像和灯光板，卖力地宣传船上各种娱乐设施。

我一靠近售货机，它就说："先生，请在此购买你的全天娱乐通行证。"一个闪着光的红色箭头指向地球银行的读卡器。从我的账户了提取了 1000 块作为停船的费用，然后又提取了 2000 块购买套票，现在我就可以随意使用船上的各种娱乐设施了。除此之外，我还收到了一个长方形的电子标记，它可以帮我自动开门，还能跟踪我在船上的动向。

"在进入飞船内部前，请熟悉相关规定。阿芙罗狄蒂号全体船员感谢你购买船票，希望你能喜欢我们的服务。"

透明的大门缓缓打开，一个灯光板向我解释相关规定。它用简短的言语向我说明大门后的区域内禁止兴奋剂、压力服、肉食动物、有毒物质或者武器，船上的扫描仪会确保没有人违反这一规定。虽然它没说违反规定的后果，但是我很庆幸在上船之前把手枪留在银边号上。

我顺着走廊前进，手里拿着一个通信器凑在嘴边："亚斯，能听到我说话吗？”

“听得很清楚，船长。”

通信信号已经加密，能让我在未来几个小时里自由通话，不必担心别人发现我的身份。

“我进来了，把船开近点，我可能得光速逃跑。”

走廊的尽头是一个小房间，房间的拱顶上铺满了半透明面板，面板上闪动着各种数据。穿过房间是一个几百平方米大的热带花园，里面还有个巨大的池塘。

“贸易会议。”我对着一块长方形的数据板说。

数据板上马上跳出了飞船的设计图，上面显示我的当前位置和一个叫作星座大厅的剧场，里面可以同时容纳一万人。这个剧场是会议场地的核心。剧场两侧还有不少小一些的会堂和一个协调报道会议进程的媒体中心。

“星座大厅里现在在干什么？”

“先生，现在里面正在开全体会议。只有官方代表才能进去。”数据板回答了我的问题，它非常清楚我买的票并不能进入大会现场，“如果你想购买会议套餐，那么我有权……”

“多谢，不用。”如果我买了它，那么阿芙罗狄蒂号就知道我的目标了。我非常清楚，手上的通行证已经告诉了外面的诺丁防御平台，如果发生意外状况就直接击沉银边号。我必须尽快把手上的全天娱乐通行证换掉。

我从一排排数据板间穿过，然后来到一个以古希腊女神为原型的喷泉，喷泉喷出的泉水流过雕像的身体，汇入一个浅浅的池塘。喷泉之后，是若干游泳池、人造波浪模拟器、跳水台、沙滩和各种充气玩具。几百人躺在人工沙滩上，头顶上是模拟出来的蓝天和制造热带高温的散热器。我从没见过一艘船上有这么多水，甚至不敢想如果飞船失去动力会发生什么。一旦人工重力失效，那么几吨水就会在船内自由漂荡，破坏敏感的电子设备。整个舱室可能已经做了防水处理？飞船的防辐射处理是一回事，那可是关乎生死存亡，但是针对喷泉和水池可能发生的泄漏而做防水处理，可就是一种滑稽的奢侈了。

我从晒着人工太阳的人群中穿过，我的基因检测器把所有人都扫描了一遍。让我感到惊讶的是，这里没有一个人和我数据库里的通缉犯数据相符。要么这些人都是有钱的守法公民——有时候这显得自相矛盾——自己花钱买了船票，要么就是有人在安保上下了大功夫，确保购票的顾客都没有犯罪记录……

穿过热带沙滩，我登上一座环绕着几棵高大的热带树搭建的螺旋楼梯。几群灯光模拟的小鸟飞入开阔空间，偶尔飞进树冠后消失不见，然后从另外一个位置俯冲下来。完美的图像技术配上定向音效和弥漫的雾气，让这一切看起来就像真实的热带雨林。

螺旋楼梯向上直通九层甲板，你可以通过它找到各种商店、美容沙龙、塑体店、赌场、主题公园和餐厅，每家店里都熙熙攘攘，全然不知自己也变成了身边人造幻象的一部分。虽然阿芙罗狄蒂号可能是有史以来最奢华的星际游轮，但是它来这可不是为了看一场太空天文灾难。它在这里肯定藏了什么东西，就藏在所有人的眼皮底下，但是我就是找不到。

到了极光层之后，我走下螺旋楼梯，穿过酒吧和咖啡店，来到被晕眩格栏挡住的星座大厅入口。五道明亮的光束穿过银色的圆柱，格栏将整条大道从中一分为二，只有中间一个安装了扫描仪的拱门作为入口，上面的扫描仪会检查与会人员是否有资格入场。四名警卫站在拱门边上，确保只有持有入场券的人才能进去。

全天娱乐通行证并不包含这项内容，所以我在一个露天酒吧里挑了个刚好能看到入口的位置，点了一杯无酒精的饮料。每个走过拱门的人都会把一个识别用的卡片别在衬衫上，卡片上标记了持卡人可以进入的区域。安保人员拥有所有的权限，但是没有制服，我就是带着他们的识别卡，也走不了多远，所以我打算等一张媒体工作人员的识别卡。我希望他们的权限仅次于安保人员。20 分钟后，一个胸前别着媒体人员识别卡的高个儿男人，带着一根综合信息短杖走出了检查站。

我跟着他来到一个能够观察全场的酒吧。他挑了个座位，从桌子上的互动桌面菜单里点了些东西，我选了一个能悄悄监视他的位置。他刚坐下，手指就在短仗投射出的全息投影上滑动，剪辑视频准备新闻播报，然后还时不时加上点配音。喝了两杯之后，他完成了报道的后期编辑，就等上传到中继船，然后向整个映射空间广播。他付了账单之后就直接去了男厕所。干净明亮的厕所里，只有一个隔间上了锁。等他出来的时候，我一拳打在他的肚子上，然后趁他弯腰用手肘猛击他的脑袋，最后把他拖回隔间。

“隔间一次仅限一人使用。”一个合成女性声音礼貌地提醒我，而我则拿走了记者的识别卡，然后把他的房间卡和个人身份证件全都冲下了厕所。等到他醒来的时候，飞船上的废物循环利用系统已经把这些东西都变成了有用的副产品，他只能变成无法确定身份的无名氏。

我走出隔间，看着隔间门把记者锁在里面，出门的时候撞到一个醉汉，趁机把我的全天娱乐通行证塞进了他的口袋——现在飞船的系统还会以为能对我的行动了如指掌。我用胳膊夹着记者的短杖走向检查站。门口的警卫瞟了我一眼，然后我就大摇大摆地走进了星座大厅。

星座大厅是一个用反光碳纤维和合金打造的五层楼高的宏伟建筑。在讲台上，一个衣着光鲜的官僚重复着在星际间扩张的互助会如何促进了贸易发展。我很快反应过来这里不是我该来的地方，于是走进休息室，和那些小声交谈的会议代表擦肩而过。我挑了个位置，假装操作自己的数据短杖，同时研究着这里进进出出的男男女女。

很快，两个肌肉发达，看起来不是很友善的人出现在大厅的玻璃墙边，沿着外墙缓缓步行。和那些站在扫描器旁的安保人员比起来，他们好像是穿着便服的欧瑞斯雇佣军。两个人仔细打量着在场的每个人，一边沿着巡逻路线移动一边时不时地对着手掌低语，最后绕到了大厅后面。过了几分钟之后，又绕回到第一次出现的地方。当他们完成第三圈巡逻的时候，亚乌卡 · 欧隆出现了。他和两个雇佣兵简短地说了几句话，就走出了大厅。我等他差不多走出了视野，就收起短杖，从大厅里溜了出去，然后保持一定距离地跟在他身后。我依然记得欧隆在卡瑞利欧—尼斯上敲碎了我的头盖骨，但是此时我想的并不是如何复仇，而是他在阿芙罗狄蒂号做什么。

我跟着他穿过一个拥挤的广场，来到媒体中心对面的会议室。他径直穿过三间无人把守的会议室，每一间会议室上都闪着提示标，上面说明了几点这里会召开主题会议。最后，他来到一间名叫织女星的会议室。会议室门口的提示标上什么都没写，两个穿着便装的雇佣兵站在门口。根据我的检测器显示，他们俩是在冥府空间站和崔斯克一起登上天璇星号的。欧隆在门口和他们聊了几句，就走进了会议室，在我看来，无论他们有什么阴谋诡计，一定是藏在了织女星会议室里。

我绕着会议中心打转，试图找到一条能够溜进去的小道，但是每一个通往织女星会议室的入口都有人把守。鉴于我手上只有一个金属短杖做武器，我也不想和雇佣兵交手，于是我就返回了媒体中心。媒体中心整体上呈长方形，里面有一排排的座椅，座椅上还配有显示屏，内部配置的消音力场可以确保每个人的隐私。墙上挂满了大屏幕，上面实时转播着星座大厅的会议，以及机器人为下午的会议布置会议室的实况。只有织女星会议室的图像没有出现。

我挑了个工作站，然后发现织女星会议室的图像被无故切断了。区域内的结构示意图显示只有三条路能够进入织女星会议室，而且每一条都有人把守。这么一来，我只能去负责技术支持的通信中心试试运气。通信中心和媒体中心之间只有两道门的距离，一个看上去非常无聊的、警卫站在门口，房间里坐着一个体形肥胖的工程师监控着一个个屏幕。

“闲人免进。”警卫漫不经心地挥了挥手，甚至连把手抬起来的意思都没有。胖胖的工程师也没有回头看我，而是一边往嘴里塞油炸的蛋白棒，一边盯着眼前的屏幕。

“媒体中心的人告诉我，你这可以帮忙。”我一边说一边往前凑，在他没有反应过来之前缩短了我们之间的距离。

“这里是禁区，”警卫终于开始认真对待我，“请马上离开。”

“南河三①会议室的画面消失了。要是不能恢复画面，我的编辑一定会杀了我。”

“去找那些服务机器人，”工程师头也不回地说道，“要是它们也修不好，就会发出维修请求。”

我用短仗砸在警卫的额头上，等他倒在地板上就抽走了他的晕眩枪和弹药，然后瞄准了工程师的大圆脸。“但是我可不想发什么维修请求。”工程师的眼睛因为惊恐而睁得很圆。“启动织女星会议室的图像传输。”我说着，敲了敲门上的控制板，把我俩锁在了里面。

他吞了下口水，看着满是数据的屏幕说：“织女星现在处于完全封锁的状态。我不该把画面切进去。”

“我也不该对你的脑袋开枪，但你要是不给我切画面的话，我一定会开枪。现在干活！”

他紧张地看着我的枪，放下油腻腻的午餐，然后开始在控制台上忙碌。他面前的四个屏幕上终于出现了织女星会议室的画面，他说：

---

① 此处指小猎犬座 α 星。

“搞定了。还有别的事吗？”

“有啊，你占了我的座位。”我用晕眩枪打在他背上，把他失去知觉的身体拖到地板上，然后把晕眩枪往控制台上一扔，坐在了他的位置上。

四个屏幕从不同角度显示了会议室里面的景象。男男女女围坐在圆形的会议桌周围。唯一在讲话的是一个胖胖的男人，他穿着一身宽松的西装，但是依然不能掩饰衣服下的外骨骼。每当他挥动胳膊的时候，就可以看到露出袖子的外骨骼或者捆在胸前的固定带。他的脑袋毛发稀疏，仅有些许银色的头发，原本该是下巴的位置只能看到一圈圈的肥肉。最让人印象深刻的是他灰绿色的眼睛，闪烁着智慧的光芒和说话时无法抗拒的权威。

听胖子讲话的人一共有六组，每组三个人，他们穿着各种各样具有特色的衣服。有三组人来自民联，其他人看起来像是来自东亚、南亚和王权国。我只能认出来自重锤星的梅乐尔总督，他和来自民联的代表坐在一起。所有人都认真听着胖子讲话，时不时用忧虑的眼神盯着彼此，有些人会点头表示赞同，而其他人则是努力克制自己的反应。

“女士们，先生们，我向你们保证，”胖子用温和的语调说，“他们会被打个措手不及。我们自有优势。”

“主席先生，你的乐观让我们刮目相看。”一个穿着丝质长袍的男人很小心地说，“但是你怎么保证我们的战舰可以突破星系防御圈呢？”

我用监听器分析每个人的口音，以此确认他们都来自哪个世界。但我就算不用监听器分析口音，也能知道这位主席来自民联，而他那位来自东亚的同僚来自亚民联。

“梁副总裁，我向你保证，外层防御根本不是问题。”主席说，“我们的部队不会和他们交火。”

“那怎么可能？”一个留着黑色长发的西班牙裔女人说，“我们都知道他们的侦查无人机能够摧毁我们的远程武器，而我们还打不到他们。我们必须从轨道发动打击。”

主席耐心地看了她一眼，说：“黛儿加多总理，在这一点上，我非常同意你的看法。对防御系统的攻击将让我们进攻的突然性消失殆尽。”他苦笑了一下，然后继续说道，“所以我们研究了一种完全不同的战术，它能把地球海军打个措手不及。”

鉴于代表们都非常好奇，他就点了下桌子上的控制面板，然后一艘银灰飞船的全息投影出现在众人面前。它比一般的货船要大，船体两侧都是货舱大门和泊船的小型码头，船尾还有四个巨大的引擎，但眼前这艘可不是什么普通的货船。它虽然没有进攻型武器，但是却有很多点防御系统和防御护盾，船体中央还装了一个看起来非常巨大的通信阵列。

我的数据库努力想确定这艘船的型号，但现役飞船中没有一艘能和它相匹配。最后，数据库终于从已经退役的飞船数据库中找到了一个匹配的型号。因为现在海军的基地遍布映射空间，地球海军的老式货船逐渐退役，它是同级飞船中最后一艘还没被拆毁的。禁航令结束之后的几个世纪里，因为那时的地球海军在太阳系外缺乏基地，所以它负责为地球海军提供伴随保障。飞船全长超过 2000 米，曾一度充当移动海军基地，它可以算得上是地球海军造过的最大的飞船之一。同级的最后一艘船在几年前被当成废铁卖掉了，但是眼前的这艘似乎又从废船场里被拉了出来。

在它之后，是一个蓝色的球体，是一颗漂浮在星系边界的星球。距离这颗冰巨星之后的是一道红橙色的高温气体河流蜿蜒穿过黑暗的太空，最终汇成一个五彩斑斓的旋涡。这肯定是杜拉尼斯 B 星的吸积盘，这颗星球作为红巨星的伴星，正在逐步演变为一颗超新星。

“女生们，先生们，这就是我们的优势所在。”主席说话的同时，我的监听器终于确定了他的口音。虽然他的话语非常有感染力，但无法掩盖殖民地出身。他来自安德努斯，和梅乐尔总督来自同一颗星球，但是他的口音表明他在地球待了很久。

“一艘老旧的货船算什么优势？”一位来自王权国的代表并不相信主席的话。

“它可不是什么寻常的运输船，索拉布博士。”主席说着放大了飞船的上层结构。从远处看，我还以为那是一个通信阵列，但是细看之下，可以看到天璇星号运输的外星科技高塔已经被装在了上面。“这东西利用了外星技术，能让我们绕过外层防御。”

“我们从没同意使用外星科技。”一个带着些许北美口音的男人说道，“这到底是什么技术？”

“史迪森秘书长，这是来自赫拉尼人的技术。”主席说。

“这是你偷来的？”史迪森问道，“我们可不想招惹钛塞提人。单单是地球海军就够麻烦了。”这些话足够我的监听器判断他是来自新自由星殖民地，一个距离地球 36 光年，完成了部分改造的星球。新自由星是太阳系以外人类数量最多的星球，而且只要再花 1000 年就能改造成为人类第一颗全面改造的家园世界。

“我们并没有偷东西。”主席安慰他说，“我们不过是把废弃了几千年的文物回收利用了而已。它的前任主人——赫拉尼人，无论不知道此事还是不在乎这事，反正没有提出抗议。当前的形势就是这么微妙。”

“我从没听过什么赫拉尼人。”一个皮肤黝黑的南亚人说：“我们和他们建立了外交关系吗？”

“没有。”主席说，“根据我们的参谋提供的信息，赫拉尼人上次造访猎户座旋臂的时候，我们还没开发出星际航行技术呢！我相信他们也是哺乳动物，除此以外没有更多共同点。据我所知，他们呼吸的大气对我们而言，就是剧毒的毒气。”

“这东西过了这么久要是还能用，他们可能会想把它拿回去。”索拉布博士很小心地说。现在我有百分之八十二的把握可以肯定他来自戈尔韦，一个核心星系空间内的农业世界，也是少数几个由王权国建立的殖民世界。

“无论他们以前怎么样，现在都是一个内向封闭的种族。社会变革改变了他们的文化重心，他们很少离开位于船底座旋臂的家园世界。”主席耸了耸肩，说，“并不是所有的种族都像我们一样热衷于建立帝国。眼下的重点是，赫拉尼已经不复存在，而我们的打捞回收行动……几乎合法。”

“所以你在没有我们同意的前提下，回收了这项外星科技。在没有通知我们的前提下，就把它装在我们的一艘船上。”那个皮肤黝黑的南亚领导人说，“鉴于我们完全没见过这种技术，你又打算怎么用它呢？”

“那可是装在一艘我的船上，没花你们一毛钱。”主席严厉地说。从他的眼神判断，他似乎早就知道事情会发展到这一步。就像古希腊人不可能修好三十五世纪的 K 介子处理器一样，我们永远也不可能使用赫拉尼人的技术，人类和他们之间的技术差距太大了。“当然了，有人可以帮助我们。”

马塔隆人！

“谁会帮我们？”一个南亚代表问。

“沙卡尔总理，有些东西在这里不便讨论。”主席缓缓地说，“总的来说，只要对他们的身份保密，有些朋友还是乐于帮助我们的。”

我在心里非常讨厌他的自大。马塔隆人现在根本不是我们的朋友，以后也不会是我们的朋友。他们提供帮助只是为了他们自己的方便，根本不是为我们着想！

“所以，它到底能干什么？”史迪森秘书长问道，他看上去比沙卡尔总理显得更为镇定一些。

“这是个量子隧道发生器。”主席说，看来他很高兴话题终于从神秘的技术专家身上转移开了。“它能建立超空间隧道。”

“超空间？”一个坐在梅乐尔总督身边的欧裔民联代表终于说话了，“那理论还没有得到证实呢！”

“我们还没有证实，但是赫拉尼人早就能够使用这种超越时空物理维度的技术了。”主席解释道，“你看，赫拉尼人的科技遥遥领先，但是从全银河系的角度来说，他们只是一个中等文明。他们的飞船和钛塞提人相比更慢一些，但是超空间能让他们自由出入银河系的任何一个地区。”

躺在我脚边的工程师呻吟了一声，然后慢慢起身。我从控制台上拿起眩晕枪，对着他开了一枪，然后给门外的警卫又补了一枪以防万一。

“全银河系范围内？”梁副总裁似乎很感兴趣的样子，脑子里已经开始构想各种可能性，“我们已经能自主使用这种技术了吗？”我的插件分析显示他来自新贵州，一个亚民联在核心星系空间内的殖民世界，距离地球 98 光年。

“我们可以利用这种回收来的技术。”主席纠正说，“但是大规模复制利用这种技术，在当前阶段对于我们的工业能力来说还是不可能的。”

“它的工作原理呢？”那名欧裔的代表说。

“它会产生一个微型奇点，进而产生强大重力，将把一片现时空间拉进超空间。”

“听起来像是个黑洞。”沙卡尔总理说。

“这个奇点拥有近乎无限的密度和零容量。”主席说，“它产生的效果和微型黑洞差不多。”

“我亲爱的曼宁先生，”欧裔代表说话的时候带着很明显的安德努斯口音，“虫洞非常不稳定，而且不适合星际旅行。据我所知，猎户座旋臂的文明都没有采用这种技术。”

“此话不假，波舍尔议员。”主席承认说，“这就是我们为什么要在一片现时宇宙空间中填充奇异物质扩充和稳定虫洞，这样就能建立一个安全的双向虫洞，而且它的尺寸足够我们的飞船飞进去。”

“它的能量需求一定非常巨大。”沙卡尔若有所思地说。

“此话不假，但是多亏了我们的朋友，我们可以满足能量需求。”

原来科萨人的虹吸器是为了支持赫拉尼人的量子隧道发生器。如此一来，因为它将以暗物质为能源，那没人能检测到货船的踪迹。这将是人类有史以来第一艘以暗物质为能量的飞船！

“那我们的神秘朋友会给我们提供奇异物质吗？”沙卡尔总理问。从他的口音分析，他肯定来自印度共和国管辖之下的新拉缇，距离地球 200 光年。

主席点了点头，说：“奇异物质足够我们发动几次攻击了。现在我们还在谈判，希望他们能够提供更多的奇异物质，但是这东西毕竟生产起来很困难。目前，我们所有的奇异物质都在那艘船上，现在它正在前往指定地点。”

“看上去它并没有飞向目的地啊！”黛儿加多总理困惑地说。

“这是来自无人机的直播，现在它的位置应该在杜拉尼斯 B 星的边界。你现在看到的图像差不多是两个小时前的，毕竟信号飞到我们这还得花点时间。再过一个小时，我们的飞船就会到达预定位置，到时候它就会启动隧道发生器。现在的信号还是加密状态，但是很快就会向所有的新闻媒体开放。”

“这样做明智吗？”史迪森秘书长问道，“我是出于保密性的考虑。”

“宣传非常重要，秘书长先生。”主席回答道，“我之所以组织这次会议，就是因为要让映射空间内所有的媒体都能聚在一起。很快，他们的飞船就会争先恐后地飞回核心星系空间，让我们胜利的消息传遍每个人类聚居的世界。”在场的众人都露出一副恍然大悟的表情，然后主席向着摄像机镜头外的某人示意了一下，说道：“崔斯克将军将给大家做战术简报。”

多玛尔 · 崔斯克穿着一身深蓝色的制服，领口挂着金色的星星，这种制服我以前从没见过。他利索地对众人点了点头，然后飞船的全息图像就被一个带着行星环的棕橙白三色的星球图像所替代，几十个大小不一的卫星环绕着这颗行星。这完全可能是映射空间内任何一颗行星。

“正如各位所知道的那样，外层防御圈配有一个重力屏障，能够阻止未经授权的超光速跃迁进入星系。”崔斯克刚一张口，我的心就提到了嗓子眼！

迪亚哥 · 索维诺，这位殉职的地球情报局特工，又一次从坟墓中向我发出了警报：阿列夫零！在整个映射空间之内，只有一个星系的重要性足以配备重力屏障！

“我们的舰队将从这里发动攻击。”崔斯克继续说道，指了指气体巨星左边一个圆形标记，“虫洞的出口将在这里出现，距离木星刚好 500 万千米。如此一来，我们就可以绕过星系外层防御，根本不必强行突破。四个战斗群将同时攻击地球海军位于木卫一、木卫二、木卫三、木卫四上的基地。”四个三角形从代表虫洞的圆形标记处一字排开，然后分头进攻各自的目标。

“特工将先瘫痪木卫四上的探测系统，然后我们的舰队才会脱离虫洞。他们根本看不到我们。等到我们发动轨道打击的时候，他们才会发现我们。没有木卫四的定位数据，他们的地面和轨道防御设施将不堪一击，而我们将摧毁地球海军的船厂、维修港口和补给基地。无论何时，三分之一的地球海军都会在木卫四基地进行维修和补给。大多数飞船上只有基干船员，反应堆也关闭了，没人会处于战斗状态，所以我们可以很轻松将他们消灭于地表。攻击将持续四十分钟，到时候地球海军将遭受重创。我们的舰队会在其他星系防御启动之前，通过虫洞撤退。”

阿列夫零！阿列夫零！阿列夫零！这几个字就像大钟的钟声一样在我脑子里回荡。

“要是我们能让舰队穿过虫洞。”黛儿加多带着生气的口吻说，“你为什么又要我们花几个月的时间来这地方？”她来自伊娜丽丝四号星，那是一个民联管辖下的殖民地，大多数居民都来自南美。她距离这里最远，返程时如果想躲开已经遭受攻击的太阳系的话，路上将花费更多的时间。

主席颇为同情地点了点头，下巴上的肥肉也跟着晃动起来。“破解地球海军不败神话的最好办法就是，从八百光年外击毁他们的基地和大部分舰队，这场盛况将向映射空间内所有的新闻媒体进行直播，上万人将第一时间目睹这一场景，然后把地球海军大败的消息带回他们的故乡，进一步传播恐惧和疑惑。而在太阳系，240 亿人还能当天看到实时直播。我本人对此计划非常有信心。”他停顿了下，让大家体会下这个计划的精妙所在，“再过几个小时，马维亚号就要出名了。”

“马维亚？”史迪森秘书长问。

“我比较喜欢地球古历史。”主席承认道，“我擅自将我们的秘密武器用马维亚女王的名字命名。她在公元 378 年带领人民在南叙利亚反抗罗马帝国，多次击败对手，最后让罗马人答应她的条件和谈。其实想来这个名字还是很恰当的，你们觉得呢？”

“只有快速取胜才能有希望。”史迪森秘书长说，“然后才能摆脱地球的控制。”

我从来没把地球比作星际帝国。大多数殖民地进行自治，和地球议会没有太多的联系，只有当牵扯到准入协议的时候，地球议会才会介入。当然，但凡涉及准入协议，大家都得听地球议会的命令。如果没有地球控制这些人类中的渣滓，那么人类要遭受的苦难将远胜于禁航令带来的痛苦。大多数殖民地都对这种默契没有异议，但是凡事总有例外。

“等在木星大获全胜之后，我们将发布联合声明。”主席说，“我们就在这里发布联合声明，媒体将会把联合声明传播到映射空间的每一个世界，点起一场燎原的大火，地球政府得花上一千年才能打扫干净这堆烂摊子。”

“消息要花两年才能传遍所有的殖民地。”黛儿加多说。

“等到了那个时候，”主席很有信心地说，“一切都结束了。”

“别那么自信。”梁副总裁警告道，“不宣而战将会让地球上的四个政治实体空前团结。”

“个别殖民地也会响应地球号召。”索拉布博士深思熟虑后补了一句。

崔斯克朝前走了几步，插话道：“只要我们手上有马维亚号，那么地球议会就不得不召回大批可用的舰队保护太阳系，避免下一次虫洞突袭。这样的话，在外行动的舰队势力就会大幅度削弱，我们的舰队就能和他们平起平坐了。地球海军的数量还在我们之上，但是他们不得不用更少的舰队控制更多的区域。他们不可能在四处保护殖民地的同时还能保护太阳系，而我们可以集合力量随意挑选目标，只打有把握的战斗。”

“我们不需要击败他们，”主席补了一句，“只需要把地球议会逼到谈判桌上就好。”

“他们不会在执行准入协议的问题上妥协，”梁副总裁说，“但是地球会采取报复行动。他们会攻击我们的基地、船厂，与此同时，他们还会建造新的飞船。而我们没有地球的帮助，将无法建造新的飞船。他们可能得花好几年才会恢复元气，但是那只是时间问题。我们的舰队在没有支援的情况下又能坚持多久呢？”

“我们的舰队能坚持很久。”主席说。他对着崔斯克点了下头，后者阔步走向大门。

当我哥哥走进会议室的时候，在场的代表们惊讶得说不出话。我哥哥全副武装，穿着兄弟会船长的衣服，用自己的光电探头打量着在场的每一个人。

“这是瑞克斯船长，”主席说，“他在这代表兄弟会。”

“他不该出现在这里。”史迪森秘书长的话代表了在场所有人的想法。

“恰恰相反，”主席回答道，“瑞克斯船长是我们必不可少的一员。兄弟会有一套复杂的后勤网络，地球海军对此束手无策，我们的舰队依靠这样一套后勤网络能够长久保持战斗力。你说呢，船长先生？”

瑞克斯走到会议桌前，用自己的电子眼扫描了下桌子，然后说：“兄弟会的七个分会已经决定支援你们的舰队。其他的分会目前不会攻击你们的飞船，或是袭掠你们的殖民地。他们稍后可能也会加入我们的行列。”

“前提是我们能赢。”波舍尔议员在一旁讽刺道。

“你们如果失败了，那么加入你们还有什么意义呢？”瑞克斯马上顶了一句。他慢慢地绕着桌子，打量着眼前的每一个人，“我们大部分基地都不在核心星系空间内。所有的大型基地都在外围，但是还有几个小型基地距离地球很近。无论你们最后是赢是输，这些基地的具体位置都不得公开。为了确保不会发生泄密，我们的导航员会从约定的地点开走你们的飞船，飞往我们的基地进行维修，然后再还给你们。”

梅乐尔总督终于说话了：“重锤星就是这些交接地点之一。它还是我们在天龙座外部地区的主要基地。”

“类似的基地我们还准备了好几个。”主席说，“每一个都是由我们自己人控制，防备森严。宵禁将确保那些效忠地球的家伙们不惹麻烦。”

“鉴于我们已经控制了重锤星和其他基地的通信，”梅乐尔说，“地球海军可能得花一两年才能知道我们的基地在哪儿！”

“兄弟会能提供多少飞船？”波舍尔议员问道。

“一艘都不会给！”瑞克斯说，“我们不会为你们而战。我们也不会救援幸存者或者进行疏散工作。我们不会突破地球海军的封锁，不会为你们运送物资或者伤员。我们只为你们提供维修。所有没有标记为分裂分子的飞船都是我们的目标。如果你们任何一艘飞船向我们开火，那么交易就取消。”

“那么兄弟会又能从中得到什么呢？”黛儿加多总理问道。

“我们接受钱和装备。”瑞克斯说，“相关的协议已经准备好了。”

“我可以向你保证这是非常合理的协议。”主席补充道，“我们确信地球海军会对我们进行封锁，这份协议将确保我们能够继续战斗。地球议会早晚会同意和我们谈判。与此同时，我们还在讨论兄弟会的飞船作为我们的私掠船的可能性。任何作为我方私掠船的兄弟会飞船，过往的罪行都将既往不咎，飞船的船长将得到我方舰队支付的佣金。”主席看着我的哥哥说，“瑞克斯上将，你想指挥一支兄弟会的分遣队吗？你对此有什么想法吗？”

我哥哥一脸厌恶地看了主席一眼说：“完全没有这个想法。”

通信中心的大门哐哐作响，外面有人用拳头砸门，努力想打开大门，“嘿，亚迪，为什么锁门？”

我还想再听听会议的内容，但是我现在掌握了这么多情报，绝对不能被抓到。我破坏了控制台，切断了织女星会议室的视频信号，然后对着工程师和警卫又补了两枪。我知道不可能带着晕眩枪穿过扫描仪，就把它放进了一个装满备用零件的架子上，然后从后门溜了出去，启动了自己的通信器。

“亚斯，在吗？”

“请讲，船长。”

“让埃曾进入阿芙罗狄蒂的乘客名单。我需要他为我确认一名乘客的身份，他的名字叫曼宁，出生地是安德努斯，大概住在地球。其他人管他叫‘主席’。”

这位主席的名字是曼宁 · 苏洛 · 兰斯福德三世。埃曾发现阿芙罗狄蒂号上最昂贵的单人套间永远供他一个人使用，几千米外还有一艘超级游艇也是他的私人专用飞船。他究竟是什么组织的主席，又为什么能够召集六个核心星系空间内主要世界上的领导人，为什么他要利用马塔隆人为自己提供技术支持，为什么要对地球不宣而战……这些问题都是一个个未解之谜。他甚至不在我的通缉名单上，各个公共数据库里没有他的记录。无论他有什么本事，能够躲避公共视线这一点就让我不得不佩服。

“进入奥林匹斯需要专用的安全通行证。”埃曾在通信器里提醒我。

我在快餐厅里挑了个位置。服务机器人依靠屋顶上的滑道移动，它们为顾客放下菜单，送上食物，客人吃完之后还能回收盘子，一切都显示出极高的效率。整个餐厅人声嘈杂，完全没人注意到我在干什么。

“有什么办法可以进去吗？”我对着手上的通信器低语道。

“今晚有个招待参会代表的晚宴，船长。”埃曾说，“兰斯福德也在名单上。”

“太暴露了。”

“飞船上的管家正在清理他的晚宴套装。四点钟的时候就送回他的房间。”

“管家是怎么回事？”

\·\·\·\·\·\

过了一会儿，我穿着一身勉强合身的服务生制服，通过服务电梯来到了奥林匹斯层。我身上的识别芯片会让飞船的跟踪系统以为我是个来自伯利兹的三十二岁女人。识别芯片能帮我开门，但是只要细细检查，就会发现我和这位女仆根本不是一个人，女仆本人已经被我堵住嘴巴塞进五层甲板之下的一个拥挤的衣柜里了。在走廊的另一头，大门口的两个警卫看到了我。我对着他们挥了挥手，他俩也点头示意，然后我就带着兰斯福德的涂满了生物抗菌剂的西服来到了众神殿套间巨大的白色双开门的门口。

“给兰斯福德先生的西装。”我对着门上控制面板说，心里祈祷上面只有一个读卡器，千万别装什么基因检测器。

“你迟到了两分钟，曼萨内罗小姐。”控制面板说道，“绩效差评已经加入你的效率评分。你现在的绩效评分是 93.4。”

“93.4？也还不错。麻烦开门吧！”

双开门静静地滑到两边，首先进入我眼帘的就是一个长长的酒廊。

我左手边是一个大理石台面的吧台，上面全是贴着各种标签的倒酒器，酒廊中间是各种酒吧座椅，酒廊的另一头是一个弧形的桌子，桌子周围是各种透明的数据板。数据板上滚动显示着各种数据、图表和新闻，所有数据板都对着一张巨大的座椅，就好像一只蜘蛛在那里编织一张将宇宙拢入其中的巨网。

椅子对面是一面巨大的全息墙，它横贯房间，上面显示的是棕榈树、白色的沙滩和延伸至地平线的海洋，海中还能看到各种水生动物。轻轻的浪花声和热带花朵的芳香充斥着房间。我要不是知道自己身处距离地球八百光年远的一艘星际游轮上，我还以为自己是在大溪地岛的某个度假别墅呢！如此使用太空船上的空间和资源简直就是一种浪费，就算是在星际游轮上也显得荒诞无比，但是却反映出人类在远离家乡的地方，甘于为了模拟地球的氛围而支付高昂的代价。

我穿过酒廊，走过主席的数据板，来到一扇大门前，大门随着我的靠近而自动打开。大门之后是一间巨大的更衣间，里面的衣柜顺着房间的墙延伸出去，衣柜对面是一个巨大的浴室，浴室的一边则是卧室。在浴室门口的另一边则是十个充电槽，每个槽位里都有一套全身式外骨骼，每套外骨骼型号一致，但每套外骨骼的颜色却不尽相同……浴室里传来流水的声音，流水哗哗地打在一个装修华美的按摩浴池里。很奇怪的是，浴室里并没有镜子，我想也许是因为主席并不喜欢自己的样子吧！

“那是我的西装吗？”水池里传来兰斯福德的声音。

“是的，大人。”我用管家式的腔调回答道。

“需要我帮你拿过来吗？”一个女人问道。

“不用了，你先帮我擦干就好。”

浴室里传来了吸水机在皮肤上吸水的声音，然后全身赤裸的兰斯福德坐在一个加压座椅上滑出了浴室，身上的每一块肥肉都看得清清楚楚。他的身边跟着一个漂亮的姑娘，她身材高挑，留着金色短发，身上只穿着最基本的丁字裤。兰斯福德的加压座椅滑到了房间的正中间，那位姑娘从衣柜里为他拿出了些内衣。等她回到兰斯福德身边，加压座椅就把他抬到空中，好让那姑娘帮他穿衣服。

“选什么颜色呢，大人？”她问道。

“今晚是正式晚宴，那就黑色吧！多谢了，达拉。”

“好的，大人，你挑的真有品位。”

达拉拖着加压座椅来到黑色的外骨骼前，而兰斯福德飘在空中就好像一条穿着白色内衣的搁浅鲸鱼。他按了下座椅扶手上的按钮，然后黑色的外骨骼就从槽位里走了出来。

“到此为止了。”我说着，把西装扔到了地上。

兰斯福德转头看着我，头一次发现了我的存在。他好奇地打量着我，判断我到底能有多危险，而他那位又高又漂亮的女助手站到了我俩中间，试图保护兰斯福德。

“你弄皱了我的西装。”他的语气里感受不到任何的恐惧。

“鉴于你要为马塔隆人进攻地球，我觉得你也不会在意一套西装。”

他的神情马上变得非常冷酷，然后对着年轻的姑娘点了点头。达拉向我冲了过来，用惊人的速度踹向我的脑袋，我勉强躲开了她的攻击。她放低身子对着我的腿踢了过去，用腿扫击我的脚，结果我后背着地摔在了地面上。她的速度和力量告诉我，眼前的这个姑娘绝对不是个花瓶，而是接受了基因改造和战斗训练的黑暗天使。我听说过这种人，晚上陪人睡觉，白天又是主顾的保镖，无论取悦别人还是取人的性命，都是她们的拿手好戏。但是这样的人雇佣价格不菲，我还是头一次遇到这种对手。

我摔倒在地板上的时候，她已经跳到了半空中，瞄准我的喉咙砸了下来。她脚后跟砸下来的力道能打断我的脖子，我赶紧翻身滚到一边。

结果我刚站起来,她的另一只脚就踹向我的脑袋。我用手肘挡开这一击,然后踢向她保持平衡的那条腿。她翻了个筋斗跳到空中,一脚扫在了我肋骨上,我被踹得飞进了浴室。我笨拙地摔在坚固的高聚陶瓷钢制成的地砖上,而她却稳稳地落在了地板上。

“干得漂亮,亲爱的。”兰斯福德的口气就好像是在看体育比赛。

就在我努力起身的时候,黑暗天使达拉朝我跳了过来。我在她身下打了个滚,抓住她靠后的一只脚,想把她绊倒,但是她在空中像猫一样扭了下身子,然后优雅地落在地上。我冲了过去,完全不给她反应的机会。达拉想挖出我的眼睛,但是我一手挡开她的攻击,另一只手抓住了她的喉咙,把她摁进水池。她疯狂挣扎着,用手掌打击我的手肘,踹我的裤裆,抓我的脸,但是每一次攻击都被我挡开,最后我却在湿滑的地砖上滑了一跤。我俩摔在一起,我压在她的身上,狠狠按住了她的喉咙。然后我听到她脑袋撞在水池边地砖上的闷响,她停止了挣扎。我把她推到一边,慢慢地站起身,鲜血从她脑后流出,眼睛无神地盯着天花板。在确认她死了之后,我转身面对兰斯福德,他也从加压座椅上注视着我。

“干得不错啊!”他说,语气中没有一点怜惜那姑娘的意思,“不少男人都死在达拉手上。”

“她只要抛个媚眼都能迷死一片男人。”我说着,走进了更衣室。兰斯福德飘回了座椅上,和我保持了一定距离。

“我能给你十个这样的姑娘,外加一亿块钱。”

“你连我是谁或者想要什么都不知道。”

“这有什么关系?你刚刚干掉了一个你能用钱买到的杀人机器,她可是专业定制,训练有素的杀手。”他说,“而且你知道一些不该知道的事情。我非常确信你不是过来帮我穿衣服的。”

“确实不是。”我说。

“那你要杀了我吗？”

“杀了你就能阻止进攻太阳系吗？”

“现在是不行了。”

“那你为什么要这么做呢？”

“因为我可以做到。”他冷冷地说：“因为总得有人打破地球的控制。”

“马塔隆人到底给了你什么好处？”

他肥胖的嘴唇上闪过那种感觉高人一等的微笑，“给我好处？”他大笑道，“他们什么都没给我。我给一个马塔隆科学家付了一大笔钱，只为让他提供技术支持，然后给兄弟会更多的钱，就为了得到几台外星人的发电机。要是马塔隆人发现他们的人在为人类工作，他们就会干掉他，我也逃不掉！”

我忽然明白了一切，兰斯福德以为自己掌控大局，但实际上也被马塔隆人骗了！“你什么都不知道！”

“知道什么？”他的脸上闪过一丝疑惑的表情。

“蛇脑袋把暗物质虹吸器交给了兄弟会。伊诺克·阿塔尔是他们的特工。从一开始他们就把你耍了！”

曼宁·苏洛·兰斯福德三世的眼睛眯到了一起，说：“这绝对不可能。”

“你是怎么找到赫拉尼人技术的？谁建议你用虫洞绕过太阳系的防御？如果人类四分五裂，那么谁又能获利呢？”

他在脑中重新梳理事情经过，脸上的表情越发严肃：“伊诺克·阿塔尔给了我一个能够促进星际贸易的方案。如何使用那东西是我的主意。”

“蛇脑袋有发达的科技监听你的所有对话。他们知道你在寻找一种击败地球海军的办法，而他们能给你需要的东西。他们利用你的贪婪，满足了他们自己的需要！”

“他们为什么要这么做呢？”他很怀疑地问道。

“因为钛塞提人永远不会让马塔隆人攻击我们，但如果我们自相残杀的话，银河系议会才不会管我们呢！”

他生气地看着我说：“你到底是谁？”

“西瑞斯 · 凯德。”

他惊讶地睁圆了眼睛，说：“就是那个和君王号失踪有关的西瑞斯 · 凯德？”

他能知道君王号的事情，只有一种解释，是他一年前命令君王号飞到了映射空间的边界。我这才反应过来，他不单纯是一群叛徒的主席，他是银河财团的主席，控制着一个用金钱当作武器，剥削星球经济和控制世界政府的组织。更糟糕的是，在君王号事件之前，马塔隆人就已经开始操纵他了。

“君王号到底发生了什么？”他问道。

“去问马塔隆人吧！我相信他们肯定都知道！”君王号的毁灭一直被列为机密。飞船状态被归为逾期未归，船员状态为未知原因失踪。但实际情况是，我击沉了它。

“真可惜，君王号的船长对我来说还是很有用的，我猜他已经死了？”他将我的沉默视作默认，“嗯……那次行动可让我损失不小。”

“那次的损失和你接下来的行动相比不足一提。”

“这你就错了。就算马塔隆人能从中获利，我也不会亏。”

“你已经拥有了一切。”我说，“为什么要冒险发动一场战争呢？”

“这和我拥有什么无关，我没有什么才是重点。”他说，“多一点总比少一点好。”他掐了下自己的肥肉，就好像他的肥胖就是自己无尽贪婪的证明。

“只要你为了马塔隆人而攻击地球海军，那你就会变成人类历史上最出名的通缉犯。”

他冷冷地笑了下，说：“我亲爱的西瑞斯，我可没攻击任何人。我不过是和上千位守法的普通人一样，在这艘船上享受假期罢了。再说了，这艘船还是我自己的。”他的神情变得严肃起来，“我在一百颗星球上还有一大群律师随时准备应对你的虚假指控。”

“你的律师救不了你。和地球海军动手只有一个下场。”

“地球和它的法西斯海军是无限自由市场的挡路石。核心世界已经厌倦了地球的控制，总有些官僚在我的耳边不停地重复准入协议的屁事。你说得没错，和地球海军开战只有一个下场，那就是地球再也不对我们指手画脚！”

“银河系议会可不会分得那么清楚。”我说，“一个种族只有一个声音，一个责任。这就是加入银河系议会的前提。”

“这些年里我学到了一样东西，那就是谈判能解决一切。一切都能标价。就连银河系议会也不例外。”这种自大完全是一种误导。他将自己的利益投射在银河系议会之上，曲解了四个半世纪以前禁航令结束后人类辛苦奋斗的一切。

“既然他们都不可能和地球议会谈判，又怎么会和你做交易呢？”银河系议会也没必要和地球议会谈判。我们不能为银河系议会提供任何好处，而他们不仅大权在握，而且各个种族之间已经和平共处了几百万年。

“他们用准入协议在我们的脑袋上骑了两千五百年。”他怒吼道，“我觉得是时候让我们用准入协议发动反击了。第四条明确说明了，每个文明都能按照自己的方式发展。现在这个就是我们自己的发展方式！银河系议会只能在一边看着我们处理完这堆烂摊子，然后和剩下的统治者谈判。”他用一副什么都知道的嘴脸看了我一眼，说，“我的律师已经看过了准入协议里的每一句话，那些冗长的指导意见、判例、子条款还有范例，我的律师们一个都没放过。我们也许无权攻击其他种族，但是我们大可以发动内战，想打成什么样就能打成什么样。这是我们的权力！”

“你只要这么干，他们就会把我们当成一群无法管理的原始人，和自己人之间都无法合作，那就别提和其他文明相处了。他们会认为我们还不具备加入银河系议会的资格。”

“我们会换个法子说服他们。”他自信地说，“核心星系空间将继续遵守准入协议，只不过再也不用听地球的使唤和威胁而已！”

“你只控制了六个核心星系，你不能代表整个核心星系空间。”

“我不需要控制整个核心星系。只要他们看到木星卫星上的基地化作废墟，三分之一的地球海军变成废铁，他们就会退缩。而一个分崩离析的人类社会将成为银河财团的囊中物。”

“和兄弟会平起平坐吗？”

“我不认为这是合作，不过是各有所需罢了，但是这得怪你，不能怪我。”

“我的错？”

“自从君王号失踪之后，地球海军就监视着我们的造船工作。他们的突击检查让我们根本不可能武装自己的飞船，鉴于你在君王号这件事上也有份，是你让我们不得不去寻找替代方案，比如说和兄弟会合作。”

“就算你让核心星系反对地球，他们也赢不了。”也许等到一万年之后，太阳系外的人口比太阳系的人口更多的时候，他们可以赢。但是现在，四分之三的人类都居住在太阳系。

他饶有趣味地揉着自己的下巴，说：“无论结果如何，银河财团都是赢家。我们会向战争双方倒卖武器和飞船。战争时期的生意是最好做的。”

这种设想完全是一厢情愿，他根本不知道如果人类又陷入一场无谓的内战，那么银河系议会、钛塞提人和我们的邻居们会怎么看我们。没人会想让一个好战的原始人组成的部落集合体加入爱好和平的种族建立的泛银河系大家庭。也难怪马塔隆人会帮助他，他刚好能承包马塔隆人的所有脏活。

“你这是背叛了全人类！”我说着，发现现在这已经不是简单的审讯。现在这里进行的是一场宣判，而我就是法官、陪审员和行刑官。

“我的外星人技术顾问和我毫无关联，我和兄弟会的合作更是毫无证据。这不是背叛人类，西瑞斯，这都是生意罢了。”

“不管你是否意识到，你都在为马塔隆人工作。”

“他们和我们相比也差不多，”兰斯福德不屑地说，“他们肯定不是我的竞争对手。”

“叛徒的下场只有一个。”我说道，心里已经做出了决定。卧底特工不是刺客，更不是行刑官，但是对于兰斯福德，我打算破例。

他的眼睛因为恐惧而睁得滚圆，看来他也发现了我的变化。我朝他走了一步，他胖胖的手在控制面板上按了一下。他的座椅稍稍后倾，然后飞进了卧室，他的外骨骼全都从充电槽位里走了出来，然后一起转向了我。黑色的外骨骼离我最近，它棍子一样的胳膊朝我打了过来，我不得不躲到一边，而兰斯福德的增压座椅已经停在了卧室的门廊里。

“你真的以为我会把我的安全交给一个小姑娘？”兰斯福德笑着说，“再见了，西瑞斯。千万别把这里的一切都弄得太乱，我的清洁费已经超标了。”

卧室门缓缓关闭，把兰斯福德关在里面，黑色的外骨骼又朝我打了过来，我只好蹲下身躲避。外骨骼打中了墙壁，发出了一声巨响，金属的墙面上留下了一个凹陷——如果被它击中，我相信我的脑袋会像鸡蛋一样被敲碎。在黑色的外骨骼后面，另外九具合金外骨骼也向我走来，它们的动作就好像是慢动作的机器人。它们不过是靠铰链连接的外骨骼，完全依靠外足板前进，没有手和脑袋，装备的动作感应装置能够检测到穿戴者最细微的动作。因为没有光学设备，所以他们依靠房间内的传感器跟踪我的动作，一个人工智能远程控制它们的攻击，这一切都是兰斯福德的个人安全系统的一部分。

我看着关闭的卧室门，相信这位主席先生已经逃跑了。"后会有期。"我说，然后转身顺着酒廊逃跑，身后跟着一排外骨骼。它们是用来承载兰斯福德庞大的身躯，速度并不是优先考虑的设计因素，所以我能轻松甩掉它们。

回到门口，我对着门上控制面板说："快开门！"

"你在客人的房间中的时间超过预期时间 7 分钟。"控制大门的机器人说，"你的效率评分再扣 3 分，现在你的绩效评分是 90.4 分。"

因为简单的寻路系统为它们安排了同样的行动路径，外骨骼在我身后堆成了一堆。

"快把门打开，不然我就拆了你！"我对着控制面板大喊道，身后的杀人机器们已经离我越来越近了。

"破坏服务机器人是违反员工条例的行为。"控制面板说，"一次员工训导已经加入你的个人记录。你必须参加为期两个小时的行为纠正课程之后，才能进行下一次绩效测评。"

黑色外骨骼举起一只胳膊向我挥了过来，我不得不闪到一边，结果它打坏了门上的控制面板，然后所有的外骨骼都向我冲了过来，努力想抓住我。

我逃到了吧台上，然后开始在酒廊里绕起了圈子，我启动了通信器大喊："亚斯，能听到我说话吗？"

干扰力场造成的嘶嘶杂音充斥着我的耳朵。也许它能阻止兰斯福德主席的竞争者窃听商业机密，但是马塔隆人的间谍科技能够轻松地穿透这种干扰。

我把通信器收回口袋，身后的外骨骼和我绕着椅子绕圈。原本离我最远的红色外骨骼现在离我最近。它带着其他的外骨骼跟在我身后，我冲到兰斯福德的桌子上，希望上面的通信频道能用，却发现必须经过生物扫描才能启动它。

红色的外骨骼向我打来，敲碎了几面数据板，我不得不退到播放着大溪地风景的全息墙。我穿过光子成像的棕榈树时，一个黄色的外骨骼想拦住我。它用机械臂戳了过来，但我跳到一边躲开了，它的胳膊在晶体墙上戳了个洞，打破了平静的蓝天。白光从另一侧的洞里漏了进来，而我则转头跑回酒廊，等着这群没头没脑的机器跟上来。它们跟了上来，我退到了凳子后面。等全息墙前面已经没有外骨骼的身影时，我冲向墙上的大海，用肩膀撞了上去。墙面应声碎成了一堆超硅碎片，然后我撞过第二面全息墙，最后摔进了旁边的套间里。

女人的尖叫声充斥着房间，我从茂密的丛林滚到了一头对着我不停低吼的雪豹面前。我用手扫过它的脸，确认眼前的不过是全息图像，然后跳起来，打量着眼前一群衣着光鲜的社交名流们品尝着手里的鸡尾酒，他们当中大多是年长的男性和年轻的女性。整间套房和兰斯福德的房间差不多大，房间里装饰着冰制的雕像，雕像表现的是来自十二个世界的珍奇鸟类。自动托盘在客人之间飘来飘去，上面放着酒水和小点心。房间的另一头还有十二名钛塞提乐手在弹奏四十世纪晚期的交响乐。我过了一会儿才反应过来，眼前的交响乐队也不过是全息图像。这时，十个外骨骼砸破我身后的墙壁冲了出来，人群中的尖叫声此起彼伏。

我穿过人群，外骨骼也迈着整齐的步伐跟在我身后，人群和装着酒水的餐碟被冲得七零八落。就算房间内尖叫四起，全息投影的钛塞提乐手们仍然在弹奏音乐，还应景地换上了非钛塞提风格的音乐。

“开门。”我对着控制面板大喊。这次，它总算乖乖开门了。双扇门刚一打开，我就冲了出去，然后对着门外的控制面板说：“关闭并锁死大门，开门密码：此路不通。”

“指令确认，密码已设定。”面板回答道。

大堂里并没有警卫。我之前在众神殿套间门口看到的两名警卫一定是为了保护财团主席而专门安排的。套房里的外骨骼敲打着锁死的大门，而我扯掉了管家的外套，把它扔在走廊上，然后向客用电梯走去。

“亚斯，在吗？”我对着通信器说，电梯刚好停在我的面前。

“请讲，船长。”

“赶紧带我离开。一有机会停船就马上靠帮。”我坐着电梯到了下面一层。

“好嘞。”

我收起通信器，走出电梯，进入了上层观景甲板。露天咖啡厅的对面是一个幕墙，上面实时播放着超高温气体河流入白矮星吸积盘。咖啡厅对面是两个穿制服的飞船保安。他俩根本没有注意到我，所以我就混在人群中，在人行道上边走边看这颗宇宙中的定时炸弹。

这颗还未成形的超新星并不是杜拉尼斯星系中唯一一颗定时炸弹。马维亚号还在某处游荡，准备着对人类发动进攻，我必须快点想办法阻止它。

“我们正在靠近你。”亚斯的声音在我耳边响起，而我就躲在热带花园里，和机库还有一定距离。警卫们在检查所有和我身高体形相近的男性的证件，我为了躲开他们，绕了不少弯路。兰斯福德发现外骨骼大军没能干掉我，于是下令手下逮捕我。

“我这就来。”我回答道，开始朝着花园的边缘移动，我从那儿可以看到机库外面的数据板。视线所及之处没有警卫，但是就当我准备冲出去的时候，一只纤细的手抓住了我的肩膀。我转身一看，原来是独眼巨人号的导航员，安雅 · 科尔。她站在我身后，身上的衣服看起来就好像是刚从游泳池里出来一样：暴露的泳衣、紫外线目镜和足以挡住额头上通信器的宽边帽。没有那身红色的战斗盔甲和手枪，我几乎认不出她。

“你会用到这个的。”她说着，递给我一把针枪，对我来说有点小，对她来说刚好。“枪里二十发子弹，打准点。”

“多谢了。”我犹犹豫豫地说，“你怎么找到我的？”

“这是唯一一个能够停船对接的气闸，也是唯一能够离开阿芙罗狄蒂的办法。四个崔斯克的手下正在机库等你。”

“没有飞船的警卫吗？”

安雅摇了摇头说：“他们接到命令，见到你格杀勿论，但是只能在机库里动手。”跨进机库就是死亡区，而警卫们正把我一步步逼进去。她给了我一张全天娱乐套票，上面的个人信息是另一个人的。“这能让你通过检查站，而且还不会触发警报。”

我把套票和枪收进口袋，说：“你为什么要帮我？”

“瑞克斯命令我帮你。”她略带不满地说，“出于某些奇怪的原因，他不想让你死。”

“独眼巨人号现在在哪儿？”

“还在环绕杜拉尼斯 B 星的轨道上。他们不想吓到游客，所以让我们停到那边，用小艇飞了过来。等我回去了，飞船就马上脱离轨道。”

“瑞克斯自己怎么不过来？”

她愠怒地笑了下说：“因为他们总是监视着他。他们需要我们，但是并不信任我们。”她看着自己的泳装说：“我换上这身衣服，才甩掉两个一直跟踪我的警卫。”

“不错的伪装。”我说话的同时，努力不去盯着她裸露的皮肤。

她眯着眼睛，一脸狐疑地看着我说：“你俩到底什么关系？”

我发现我的哥哥对谁都不会吐露实情，就连他最信任的副手都无法知道所有的真相。我说：“我们以前交过手，那都是上辈子的事情。”

“你和他都是一路货色，大骗子！”她压着满腔怒火说道，不过这股怒火不是对我发的，而是对瑞克斯。因为即便是她，瑞克斯也没能做到完全信任。

“你去告诉瑞克斯，兰斯福德是个疯子，他以为自己能够控制马塔隆人，但是他才是被控制的人。”

提到蛇脑袋，安雅的脸上一点儿惊讶的表情都没有。作为一名导航员，她肯定在独眼巨人号接收抢来的科萨人科技的时候，就已经见过马塔隆人的飞船了。

“他们已经完全履行了承诺呀！”

“那是因为你们做的事情符合他们的利益而已。等事态变得不可收拾了，你可不想参与其中，因为所有帮助蛇脑袋的人最后只有死路一条。”

“我会转告他的，但是他不会听。”她慢慢地说，心里好奇我到底和马塔隆人什么关系，“你根本就不是什么货船船长吧？”

“我当然是货船船长，你随便找人问问，别人都知道我是开货船的。”

她半信半疑地看了我一眼，心里非常明白这不过又是一个谎言，然后就转身溜进了花园。我等了一会儿，让她走远，才走过喷水的雕像，进入通往机库的走廊。

站在透明的增压门前，一个文质彬彬的合成声音说：“阿芙罗狄蒂全体船员希望你享受本次旅行，女士。期待你再次光临。”

大多数的工程师和他们的多臂维修机器人直接无视了我，我的基因检测器扫描着整个机库。脑内界面上突然弹出一个红色警告标识，它指向我右边的视野盲区。我转身掏枪，瞄准了旁边的一个人，他的脑袋上现在套着一个红色的长方形瞄准框。他穿着工程师的制服，但是却正在从外套下面掏出一把 JAG-40 步枪。我不记得他是谁，但是我的探测器却储存了他的信息，数据库里清楚地记录着他也是登上天璇星号的雇佣兵之一。我开枪的时候，他的突击步枪刚抬起一半，针弹打进了他的额头，他的脑袋被冲击力带着向后仰了过去。这名雇佣兵倒在地上，手里的突击步枪在甲板上撞得叮当作响，这下其他的雇佣兵都知道我来了。

我跑向机库的一侧，用阿芙罗狄蒂号的客用飞船作掩护。一发子弹从我脑袋边上呼啸着飞了过去。然后打在我身后的舱壁上。那些工程师终于反应过来自己卷入了一场枪战，一边蹲下身子躲避上下飞舞的流弹，一边逃进了工程舱。

“船长，”我的耳畔响起了亚斯的声音，“我们已经对接完毕了。我没有获得停靠许可，所以动作快点！”

“我就快到了。”我趴在甲板上悄悄回答他，同时从飞船船腹和甲板的缝隙中间观察周围情况。我可以看到很多人都在向安全的地方跑去，但是却有一个异类朝着反方向移动。我恢复蹲姿，顺着客用飞船慢慢移动，偶尔检查机腹下面。我停在飞船推进器喷嘴附近，认真聆听周围的动静。机库里现在安静了许多，对手们藏在隐蔽处，等着我自己暴露位置。我知道时间紧迫，于是绕过引擎，顺着一艘货运渡轮爬向滑行道，然后从机库中间跑向机库闸门。

“你可逃不掉了，凯德。”一个熟悉的声音大叫道。说话的人是亚乌卡 · 欧隆，崔斯克的副手，在尼斯空港敲碎了我的颅骨，让我在一条满是烂泥的大街上自生自灭的人。他大喊道：“投降吧！我给你个痛快的！”

我的监听器分析着声音的反射情况，得出欧隆的位置靠近机库内侧闸门，他选了个伏击我的好位置。我要想通过闸门，就先得把他干掉。

等我走到货运渡轮中段的时候，我的监听器捕捉到了靴子落在甲板上的轻微响动。我下蹲转身，看到一个女人出现在渡轮尾部，手里端着一把突击步枪正在瞄着我。我一枪打中了她的肩膀，让她无法瞄准，一串大口径子弹从我耳边擦过。第二枪打中了她的喉咙，针弹的冲击折断了她的脊椎，然后她像个布娃娃一样摔在了甲板上，鲜血从喉咙里涌了出来。

“你不该杀了她，凯德。”欧隆大喊道，他的声音在机库里回荡，“现在我要慢慢整死你。”

他还真是话多。也许他以为这就是心理战，也许他喜欢嘲讽他的猎物，但是他并不知道每次说话，我的监听器就能更准确地确定他的位置。

我一言不发，默默爬向渡轮的腹部，同时希望他能继续说话。现在所有的工程师都跑了，只留下维修机器人继续工作，机库里偶尔能听到几声机器碰撞的声音。等我来到位于机库中央的滑行道时，我静静地听着四周的动静，想确定第四名雇佣兵的位置，心里好奇他到底藏到哪里去了。他们在耐心等待我上钩，而时间对我来说却是奢侈品。虽然只要银边号和阿芙罗狄蒂号保持对接，诺丁防御平台就不会对银边号开火，但如果推延太久，它们可能计算出能够在不伤到游轮的同时还能击伤银边号的射击方案。

滑行道的宽度足够一艘飞船滑行到舱门。穿过滑行道是一件非常危险的事情，但是欧隆在另一边封锁了气闸，让我别无选择。我深吸一口气，冲出了掩体。我刚跑到一半，一发子弹从我胸前擦过，监听器马上确定了射手的方位。我立刻冲进两艘货船中间的缝隙里，第二发子弹紧随其后，打在了货船船身上。

我身后响起了手雷掉在甲板上的声音，我立刻爬进货船船腹下面，然后就地一滚，藏到了起落架后面。等手雷爆炸之后，弹片在货船外壁上钻出了无数小洞，但是起落架帮我挡住了冲击波。我的耳朵里嗡嗡作响，雇佣兵马上向我的位置冲了过来，大靴子砸在甲板上咚咚作响，JAG-40 的子弹打在我的周围。这是标准的突击战术：先用手雷让你头晕目眩，然后再发动冲锋。一直以来的训练就是这么教他的，这也是他最擅长的战术，但是在这却是个错误。他应该继续等待，从掩体里狙杀我，但那就不是他的风格了。

只有我才会用这种战术。

我瞄准了他的靴子，第一枪打偏了，但是第二枪打中了他的脚踝。他踉踉跄跄摔在甲板上，但是还在继续开火。大口径子弹打穿了货船外壁，然后从起落架上弹开。我又开了两枪，针弹打在他的胸甲上方，他开始咳血，然后突击步枪也打空了子弹。我快速探头看了一眼，那名雇佣兵已经一动不动趴在地上了。

“干得漂亮，凯德。”欧隆大喊道，“但是，还有 20 个和他一样的雇佣兵马上就来。我们要给你办个小派对，一定让你玩得开心！”

他想把我赶出掩体，让我冲向气闸，这样他就能把我干掉。欧隆比其他人更有耐心，更聪明，所以崔斯克才让他当副手。不幸的是，他的话太多了，而我的监听器已经确定了他的位置。

我从货船下面爬了出去，在工作站和飞船之间变换着位置。每到一艘飞船旁边，我都用扫描仪检查一下前方的掩体。现在这里只有我们两个人，离开这里的唯一办法就是先干掉他。

我停在一艘白金相间的客船旁边，站在推进器外罩下面静静听着周围动静。在我和机库门中间还有两艘飞船，按照监听器的计算，欧隆应该就在我面前，但是却不见他的踪影。我开始怀疑他是不是转移了位置，先用废话把我骗进杀伤区，然后趁我靠近他之前位置的同时，转移位置干掉我。我一想到从阴影中射出一发大口径子弹，脖子后面就一阵恶寒蹿上来，头发都快竖起来了。但是，监听器发现了轻微的沙沙声，我立刻停止了动作。

欧隆原来在我头顶上！

我现在知道他藏在哪里了，我看着 JAG-40 的枪管从飞船左舷引擎的外壳上露出了一截。这是个不错的狙击位置，在飞船上能更清楚地看到气闸。我要是后退，飞船能够阻挡我的射击，我如果前进，刚好就被他击中。

“船长，你人在哪里呢？阿芙罗狄蒂的控管说要是我们再不结束对接，就要把我们炸飞！”亚斯在耳机里大喊大叫。

欧隆离我太近，我不敢说话，就连悄悄说两句也不太可能。我从左舷引擎锥形的喷嘴爬了上去，单手引体向上爬上了引擎罩。我先看到了欧隆的靴子，然后发现他趴在船体外壁上，瞄准了气闸。我带着安雅的手枪爬到了喷嘴上，想直接打穿他的后脑，但稍后却琢磨着他也许能帮我找到马维亚号。我知道这艘老旧货船的大概位置，但是它现在完全靠暗物质驱动，只要它改变了位置，我完全没有办法定位。

“把枪扔掉！”我说。

欧隆一动不动，甚至头都没转一下。他慢慢地把 JAG-40 推到一边，突击步枪从飞船上滑到了甲板上，然后我整个人再爬上引擎喷嘴。

“你死定了，凯德。”他转身冲我怒吼道。

“你曾经有机会干掉我。”

他皱着眉头，看来我的话让他感到迷惑。于是我补了一句，“在卡瑞利欧一尼斯，就你杀迪亚哥 · 索维诺之前。”

欧隆一脸迷惑，盯着我的脸细细打量，然后恍然大悟地吼道：“原来是你！那个太空人！我明明干掉你了！”

“你管那叫杀人？”

终于，他把一切都想通了：“你就是他的联络人？”

“现在，你得帮我找到马维亚号。”

“做梦去吧！”他大吼一声，从腰带上抓起一颗手雷。

我冲他头上开了一枪，恶狠狠地说：“这枪是为了索维诺。”然后看到他毫无生气的手指慢慢张开，手雷上的起爆器正在闪烁。银色的球形手雷滚到了飞船外壁的边上，我赶紧跳进了推进器的喷嘴外罩。手雷落到了甲板上爆炸，飞船侧面被炸出一个大洞，喷嘴外罩上嵌满了弹片。

“船长！”亚斯大喊道，“我要是三十秒内不脱离对接……”

“时间足够了。”我对着通信器说到，同时跳到甲板上向着气闸冲去。等我登上银边号，我就对着通信器大喊：“我上船了，快走！”

“脱离阿芙罗狄蒂号。”亚斯如释重负地说，“现在去哪？”

“杜拉尼斯 B 星，”我说，“然后直接回地球。”

08
杜拉尼斯 B 星

1A 级超新星伴星
杜拉尼斯双星系，白矮星
飞龙座外部地区，撤离区
距离杜拉尼斯 A 星 162 亿千米
无常住人口

我们在蓝白色星球的同步轨道上脱离超光速，然后很快用光学传感器发现了马维亚号。这艘老旧的货船停在白矮星重力井之外，吸积盘的光芒将它照得清清楚楚。在马维亚号加固过的外壁上方，赫拉尼人的隧道发生器上的曲臂像花瓣一样展开，而塔身慢慢变长，让曲臂逐步远离飞船船体。

“他们还真是一秒都不舍得浪费。”亚斯看着眼前的一切，安装高塔的效率让他印象深刻。他问道：“那到底是什么？”

“回地球的船票。”我回答道。

埃曾坐在我们背后，饶有兴趣地说：“塔身延伸的时候似乎很有弹性。”

“量子力学异象罢了。”我说道。高塔上的曲臂已经锁定，形成了一个直径一千米的半球体。

当高塔的顶端距离马维亚号九千米的时候终于停了下来，整个塔身结构锁定到位。电弧蹦蹦跳跳地从曲臂汇聚到它们形成的半球体中。当电光交汇之时，爆发出了明亮的闪光，一开始并不起眼，但是越来越耀眼，随着半球体尺寸越来越大，亮度渐渐变暗。当半球体扩张到曲臂一半大小的时候，一道闪着火星的蓝光从针状的塔顶射入半球体的中线，向黑暗的虫洞入口注入奇异物质。

埃曾看着控制台，上下翻动着屏幕上的数据，研究着这个新生的虫洞："它正在释放强大的引力波。"

"它正在建立一个微型奇点。"我说。

半球体的尺寸还在扩展，很快就占据了曲臂四分之三的面积，颜色也变成了墨黑色。

"时空正在向球体中央坍缩。"埃曾说。

亚斯紧张地问："你真想飞到那里面去？"

"那你知道其他返回地球的捷径吗？"我说话的时候，一对导航信标出现在马维亚号两侧，信标发出的红光刚好从黑色的球体上方交叉通过，"我们就从那飞进去。"

"理论上来说，你可以从任何一个角度进入球形虫洞。"埃曾说。

我决定小心为上，于是说："但是我们可不知道会不会撞到高塔的曲臂或者奇异物质。"

"重力正在呈指数增长。船长，我们现在就得冲进去，要不就只能被它慢慢拉进去了。"

"好嘞！"现在我们处于启动超光速泡泡的最小安全距离，就连亚光速短跳都会被微型奇点的重力拉过去，无法精准地到达马维亚号。

"独眼巨人号也在那！"亚斯惊呼："它正在飞往星系的边界。"

我看了一眼他的传感器显示器。独眼巨人号为了隐藏自己的位置，正在保持低功率运转，它肯定在等待小艇返航。

“只要他们看到我们靠近马维亚号，”埃曾说，“他们可能就会跟上来。”

“不，它可不会保护分裂分子的飞船。”我哥哥在阿芙罗狄蒂号的会议上说得很明确。“无视它就好，它不会对我们怎样，更不会为了分裂分子战斗。”

我看了一眼远距离传感器，确信超级撒拉逊级船队还没到位，然后我们就短距跃迁到马维亚号上方两万千米处。出现在屏幕中央的就是虫洞，两旁还能看到马维亚号的船头船尾。一套军用护盾在它周围几百米处形成了一层防护罩，飞船的两端看起来有些弯曲，而飞船中部似乎还在发光，这是虫洞的重力异常造成的幻觉，它就像一个透镜，扭曲并增强了马维亚号外壁发出的光线。

“它要是开火的话，咱们可就是活靶子。”亚斯若有所思地说。

“它不会开火。马维亚号没有武器。护盾尺寸不小，但是没有武器。”我说着，驾驶着银边号全速冲向交叉的导航信标。

“它还有个加速力场。”埃曾研究着控制台上的数据说，“刚好能抵消奇点的重力。”

“我们的护盾能对付那个奇点吗？”亚斯问。

“只要隧道完全成型，他们就会关闭奇点。”我扭头对埃曾说，“等进入虫洞的时候，把所有的东西都记录下来，从这到太阳系，所有数据都记下来。”

“要这些数据干什么？”

我得把这些数据交给列娜在地球上的那些科学家，这些数据能让他们头疼好一阵子：“我知道有人会为这些数据出大价钱。”

“明白了，船长。”

虫洞在我们的屏幕上越来越大，虫洞的边缘还能看到从曲臂上传来的闪电。借着闪电的光亮，能看到正前方有个模糊的小点。

“那光是怎么回事？”亚斯问道。

埃曾研究了一会儿，说：“微型奇点的重力通过奇异物质上的开口，将虫洞另一头的光扭曲了。我能修正一下图像。”过了一会儿，光点变成了一片星空，正中央的是一个巨大的金色球体。

“那玩意难道是？”

“你猜对了，那是地球的太阳。”

“我们有伴了！”亚斯说道，“是超级撒拉逊级，就在我们后面，没有应答机信号。两艘！三艘！”

只过了几秒，三十二艘超级撒拉逊级排成一条直线飞向虫洞入口，队形的精准和地球海军不相上下。在船队还没有进入星系的时候，就能让队形直接对准虫洞，足以显示他们的导航有多么精确，这也显示出他们能够熟练使用地球海军的导航技术。

我们在冥府星云见过几艘超级撒拉逊级，但是还没见过这么多聚在一起。它们进入星系之后，就保持高速冲向虫洞。我们比它们早来一分钟，但是当前速度却足足是他们的五倍之多，但是我打算做个滚筒动作，然后减到现在的一半速度。因为不清楚虫洞里到底有什么，我不能冒险高速冲进去。我想用较慢的速度慢慢进去，如果有必要，我也可以进行机动。

“我们会比他们提前十四分钟进入虫洞。”埃曾说，“就算他们中途加速也没用。”

“那就足够我们在他们射程之外向地球海军发出警报了。”

“万一他们不相信我们怎么办？”亚斯依然是满心疑虑。

“他们以前从没见过虫洞，他们肯定会相信我们的。”而且我还有识别码可以把警报一路发到地球去，“而且我们还能现场观看地球海军把超级撒拉逊级打成碎片。”如果用超光速泡泡的话，我们得飞八个月才能从地球飞到这儿。

“也许事情并不是你想的那样，船长。”埃曾慢慢地说，注意力全在眼前的控制台上。“来自虫洞的重力波并没有消失，它们还在增强。”

我们能看到地球的太阳，那么隧道就是成型了。“他们应该把它关掉了。”我很困惑地说。

“奇异物质稳定了虫洞，船长，但是微型奇点挡住了出口。”

该死的坦芬人，总是这么煞风景。

“他们想堵住我们！”亚斯大喊道。

“马维亚号根本不知道我们在这。”埃曾说，“我们作为一个目标来说实在太小了，而且来自高塔的干扰把我们完全藏起来了。”

我不安地问：“那为什么重力还在增强？”

埃曾纤细的手指在控制台上飞舞。突然，他的手指停在了半空中，就好像一个敏锐的捕食者发现了危险一样。只要他不动，敌人就不会看到他。

“埃曾？”我试图让他清醒过来，“发生什么事了？”

他喘了口气，说：“虫洞那头的行星和太阳，位置都错了。虫洞出口的位置根本不对！”

“出口到底在哪？”我质问道。

埃曾按了下控制台上的按钮，主屏幕上出现了一张星图：“出口就在那儿。”屏幕的一边是黑色的虫洞，另一边则是蓝色的地球。

“你肯定算错了！”

“没算错，船长。”

“他们要进攻地球？”亚斯的脸上写满了不相信的表情。

“只要他们一出现，地球的防御系统就能把他们全都击沉。”我说道。我对于地球的防御非常有信心，就算三十二艘巡洋舰发动突然袭击，地球的防御也完全能够对付它们。

“他们的舰队无法进攻地球。”埃曾很镇定地说，“微型奇点还堵在出口上。任何想穿过虫洞的飞船都会被撕碎。我们和他们都过不去！”

无论是崔斯克、银河财团的主席或者那些分裂分子的领导人，在当初设计这场闹剧的时候都没有想到这个问题。“虫洞距离地球有多远？”

埃曾看了看控制台说：“距离地球轨道两万两千千米。”

我稍稍松了口气说：“起码地球不会撞上去。”

埃曾眨了眨眼，脑子里却已经完成了不少计算：“这不是撞击，船长，这是重力抛射。微型奇点的重力从虫洞发散出去，效果等同一颗巨型行星，这么近的距离，足够扰乱地球轨道了。”

群星在上！我赶忙问：“轨道偏差有多少？”

埃曾全部注意力都放在控制台上，他在用银边号的核心处理器进行运算。“地球的新轨道将变成一个长长的椭圆形，远日点距离太阳三亿千米，这个轨道远在火星轨道之外。”

“地球会冻成冰球的！”亚斯终于爆发了。

“这就是整个计划的真正用意。”我的心头被阴云笼罩，直到现在我才算看懂了眼前这一切到底意味着什么。马塔隆人根本没有支持分裂分子摆脱地球控制，他们在操纵分裂分子摧毁地球。

蛇脑袋们骗了所有人，银河财团、兄弟会、核心星系世界，就连我也被蒙在鼓里。在外人看来，人类不过是偷窃了自己不理解的科技，然后不小心摧毁了自己的家园世界！没人会责怪马塔隆人，因为所有人都相信这是我们自己造成的。银河系议会别无选择，只能做出对我们不利的裁定，对幸存者采取隔离保护，免得我们毁灭自己。这是最简单的办法。准入协议的第四条款允许各个种族按照自己的方式发展，但是同样注明了第二特例，即由某种族自身行为造成的灭绝。

如果发生第二特例，那么银河系议会将不得不采取干预行动。

现在出口被堵住了，我们根本无法通过虫洞，但是这已经不重要了。因为就算我们穿过虫洞，在那头我们也干不了什么。真正的威胁在这边，因为微型奇点还在逐步扩张。不等自动导航系统建立新的航线，我就让银边号 180 度转向，航向绕过高塔，一边减速一边飞向马维亚号。

亚斯一脸惊讶地看着我："我们还没飞过一半路程呢！"

"现在就得减速，不然等我们过去了，加速力场就没法抵消奇点的重力了。"

亚斯睁圆了眼睛点了点头，说："多亏你想明白了！"他松了口气，我要是不这么做，等我们靠近虫洞的时候就会被重力碾碎。

"扫描高塔，看看它到底是什么材料做的。"

亚斯看了看控制台说："根本分析不出来。"

鉴于能量还在源源不断地传送到高塔上，所以我们的质子速射炮肯定对它无能为力，我们只能从马维亚号上打开突破口。和其他的海军舰船一样，马维亚号也是由双层外壳和蜂巢般舱室组成，外部还有厚重的护盾，而我们的反舰无人机已经消耗殆尽。

"两艘超级撒拉逊级正在加速。"亚斯说，"他们正在脱离编队，以高速向我们冲过来了！"

"埃曾，你对虫洞了解多少？"我问道。

"船长，我对虫洞了解不多。你要是想让我变成虫洞专家，起码也得提前告诉我，比如说昨天就是个不错的日子。"

"我倒是知道一件事。"我说，"虫洞没了奇异物质可就完了。我们要是关闭了供应……"

"它就会坍塌。"亚斯说，"主意倒是不错，问题就是船里面全是我家乡的小伙伴，个个都是枪大手还痒的货色。他们可不会让你大摇大摆走进去，然后关上开关。"

“我又没打算走进去，我打算飞进去。”我转头问埃曾：“你把从崔斯克将军那借来的战斗服修好了吗？”

“船长，我修好了密封系统，电池也充满了，但是没法补充弹药。”

“战斗服里的弹药足够完成我的计划了。”

“他们可不会让我们对接，”亚斯说，“你得自己跳过去。”

“这事我们以前练过，你说是吧，埃曾！”我一脸微笑地看着我的坦芬工程师。“我们就停到马维亚号的旁边，然后直接踹门进去。”

埃曾跳出抗加速座椅，说：“我去货舱准备战斗服。”然后就冲出了舰桥。

“他现在特别兴奋，”我说，“毕竟我可不是经常能让他自由活动。”

“你怎么知道？”

“你看他眼角都扭到一块去了。”

亚斯一脸怀疑地看着我，说：“他的眼睛才做不到这一点呢！”

我耸了耸，说：“总有办法知道他在想什么。”

亚斯忽然很认真地说：“有人在呼叫我们。”

“信号从哪来？”根据我们的传感器显示，附近并没有其他飞船。

“右舷七十米处。”亚斯惊讶地说道，然后就打开了一个频道。

主屏幕上的星图变成了格伦 · 维拉特的脸，他说：“我的同胞就在那艘船上，凯德。”

“我猜也是。”

马维亚号之所以能为赫拉尼隧道提供能量，就是因为有了暗物质虹吸器，而启动虹吸器，就必须确保和它们绑定的科萨人就在设备附近。

“我要登船接他们回家。”维拉特说。

“那个虫洞发生器正在威胁我的家园世界。”

“我知道。”

“我要不惜一切代价关掉它。”

“换我也会这么做。”

“那么我们算是达成共识了？”

“我要保护我的同胞。”维拉特说完，就从屏幕上消失了。

“这家伙到底是哪边的？”

“他为自己工作。”这算是我们的共同点吧！

亚斯继续专注于自己的传感器，说：“又来了四艘船。”

“距离呢？”

“他们距离很远，超过十亿千米。应答机的信号很微弱，正在接收信号。”等到应答机信号浮现在他的屏幕上的时候，他的眼角不禁又睁大了几圈:“全都是地球海军战舰！两艘护卫舰，拿骚号和德里号，重型驱逐舰雾岛号，还有一艘战斗巡洋舰！是警醒号！它在这干什么？它们都跑过来干什么？”

看来，格伦 · 维拉特也没有看上去那么不通人情。我已经告诉埃曾和亚斯关于我和科萨追踪者见面的事情，但是没有告诉他们我让格伦 · 维拉特通知列娜 · 福斯有关于我此行目的地的事情。从海军中队的规模上来看，列娜也只告诉了我需要知道的事情，她可没说她自己一直坐着地球海军的战斗巡洋舰兜风。即便如此，眼前的中队在火力上依然不足以压制分裂分子的舰队。

“你大可以相信海军，需要他们的时候，他们总会出现。”我一边说，一边按照光分计算他们的距离。

海军的战舰在双星之间占据战位，好让自己研究周围形势，然后决定去哪里。当我反应过来他们收到的还是我们在阿芙罗狄蒂号旁边时发出的应答机信号时，心里不禁非常绝望，因为列娜以为我们还在红巨星附近。最起码一个小时内，她都不会找到我们的当前位置，因为我们的信号还得花一个小时才能传到她的位置。

等到了那个时候，一切都结束了。

\\·\\·\\·\\·\\·\\

舰桥上的屏幕现在显示着船头和船尾的图像，一边是虫洞黑洞洞的大嘴，另一边是两艘向我们冲过来的超级撒拉逊级战舰。分裂分子的舰队现在已经整体减速，看来他们对于飞进虫洞也和我一样保持非常谨慎的态度。马维亚号处在一个距离虫洞较远的位置，奇点造成的重力扭曲让它看上去大了好几倍。在银边号内，我们的加速力场正在努力工作，一边抵抗来自虫洞的高重力，一边修正减速带来的影响。

“他们进入射程了。”亚斯警告道，“还在快速接近中！”

“启动护盾。”我说话的同时，银边号也进入了两艘商船改造的巡洋舰的最大射程。和分裂分子舰队中的其他船不同，它俩并没有减速，反而是全速冲了过来，飞行轨迹看起来似乎是从虫洞边上掠过，而不是直接冲进去。他们全速冲向黑洞，以此抵消微型奇点的重力干涉，减少内部惯性力场的压力，同时还能以远超自身技术指标的速率加速。这个战术非常聪明，他们会从银边号身边掠过，虽然只有一个射击窗口，等和马维亚号擦肩而过之后，他们就要经历一个漫长的减速过程，但是短暂的射击窗口足以摧毁银边号。

“他们怎么还不开火？”亚斯问，“现在不是开火的最好时机吗？”

“他们要飞到我们身边的时候才会开火，不然可能会击伤马维亚号。”我说。无论我们的护盾有多么可靠，它肯定不能承受两艘巡洋舰在极近距离上的联合打击。

“给速射炮充能。”我说道，非常确信主炮上昂贵的电容器绝缘外壳能够隔绝信号，超级撒拉逊级绝对想不到我们随时都能开火。不幸的是，它较短的射程决定了我们不得不飞到高塔上方，而超级撒拉逊级也刚好飞到我们头顶上。我们唯一的希望就是能通过机动保命，但是我们还得竭尽全力保持对飞船的控制，才能抵抗虫洞的重力牵引。

但是控制飞船真的重要吗？我心里画了个问号，然后用自动导航系统验证了一下自己的想法。

“我看你的表情就知道没好事，”亚斯突然打起了十二分的警惕，“你又在想什么鬼点子？”

“相信我。”我说，然后让自动导航系统按照设定的航线飞行。

“我现在非常担心自己的生命安全！”

我们飞向马维亚号右舷的一片开阔空间，两艘超级撒拉逊级和我们保持平行，这样他们的火力就能避开高塔的曲臂和货船的护盾。为了尽量和巡洋舰拉开距离，我让银边号尽可能靠近高塔的曲臂飞行，如此一来我们刚好会和马维亚号的上层结构撞在一起。

“船长！”亚斯非常紧张地说，“太近了！太近了！”

“不，距离刚刚好。”我说着就拉起船头，像一条挑起头的眼镜蛇一样靠向曲臂，而分裂分子的巡洋舰越来越近，他们的主炮温度飙升，显然已经充能了。

“建立一个瞄准最近旋臂的射击方案。”我嘴上说着，然后依然专注于驾驶飞船，让亚斯负责速射炮，“现在不要转动炮塔，等到开火前再转动炮塔。”我可不想惊动超级撒拉逊级巡洋舰，不然他们肯定提早开火。

“速射炮准备完毕。”亚斯已经完成了开火准备。

虫洞的黑色线条已经占满了屏幕的一边，前方的曲臂上腾起的一道道闪电都汇入了虫洞。

“船长！加速！”亚斯的吼叫伴着舰桥内的碰撞警告一起响了起来。

“我还嫌速度太快呢！”我说完，就降低了主引擎的输出功率。

看到我做的一番操作，亚斯的眼睛都快跳出眼眶了：“船长！太近啦！要撞啊！”

等我们被微型奇点的重力拉向曲臂的时候，我命令道：“调转炮塔开火。”

亚斯解除了速射炮的锁定装置。炮塔转向，然后喷出了一股足以击穿大多数飞船船壳的高密度质子。一个白色的能量球短暂包住了曲臂，然后快速消散，而曲臂却完好无损。

“攻击无效！”亚斯说。

等到曲臂占据了整个屏幕的时候，我让自动导航系统控制飞船。它让主引擎对准奇点，努力摆脱重力。我们在曲臂边上勉强保持平行。顺着曲臂停在虫洞边上，但是超级撒拉逊级已经追了上来。

“他们在开火！”亚斯警告道。

分裂分子的巡洋舰对着我们齐射能量喷流，仅仅在我们的护盾上蹭了一下，然后立刻转向，有些打在塔身上，有些飞进了虫洞里。超级撒拉逊级根本来不及矫正误差，就从马维亚号上层结构上方飞了过去。当我们飞过马维亚号左舷的时候，两艘超级撒拉逊级早就飞出了射程，虽然他们开始滚转减速，但是为时已晚。我继续控制飞船，然后启动了姿态控制引擎减速，倒着飞回马维亚号，而亚斯却还在大张着嘴巴盯着屏幕。

“重力辅助？”他问道。

这是天体力学手册里最古老的花招，我用微型奇点的重力做了一个 90 度的转向，让我们在超级撒拉逊级开火的同时进行规避。一场即将摧毁地球的危机反而救了我们的命。“没你想得那么简单。”我说，“虫洞周围的扭曲空间可以偏转他们的火力，这就像把炮弹滚下山坡一样。”

亚斯用难以置信的表情看着我：“奇点扰乱了他们的射击！”

“我们的速射炮也只能在近距离打中曲臂。”我补充道。

当我们穿过马维亚号的护盾时，屏幕上出现了短暂的静电干扰，然后我们保持船身水平，滑向位于货船中部的高塔。

“你可以先给我说一声。”亚斯说。

“那我就看不到你受惊的样子了。我绝不放弃每一次看你被吓到的样子。”我看着他脸上精彩的表情，心里很是得意。

我们从马维亚号的上层结构旁掠过，然后对着最靠近高塔的气闸冲了过去。随着我们靠近船身，货船的大型加速力场将我们紧紧包裹，抵消了部分奇点的重力，让飞行更加容易。

距离马维亚号左舷不到五十米的时候，我说：“把气闸炸开。”

马维亚号两侧各有十个气闸，每个上面都有一个长方形闸门以供补给和维修海军飞船。鉴于当前马维亚号内部的加压模式，炸开一个气闸要么对飞船毫无影响，要么就是造成飞船严重失压。还没等我们的速射炮充能完毕，十个左舷气闸瞬间同时打开。

“他们要投降？”亚斯吃惊地问道。

“不太可能。”

一段声频信号传了进来，还没等获得许可，就在舰桥的通信器里响了起来。“住手，凯德，”格伦 · 维拉特命令道，“你会害死我的同胞。”

我说不清信号来自哪里，但是他一定就在距离不远的地方监视我们，他的距离近到能够控制马维亚号的对接程序。

“关掉速射炮，”我说，“然后把它转到另外一边去。”

亚斯按我说的执行操作，然后维拉特的声音又一次响了起来。

“干得漂亮！”他的声音让我非常肯定，他已经锁定了我们，随时都会开火。

“现在怎么办？”亚斯问。

我爬出抗加速座椅，说：“飞船由你接管。等我们穿好战斗服之后，打开货舱门。”

亚斯点了点头说：“我会给你们通报超级撒拉逊级的位置。”

“你得离开这儿。”

亚斯惊讶地问道：“我不能留下？”

“你必须去找地球海军，然后把他们带过来。”

我们的中子信号要花一个小时才能飞到列娜的中队，但是亚斯可以在一眨眼的工夫飞过去，然后通报马维亚号的具体位置。

他看了一眼自己的雷达。地球海军还在原地，或者说那是他们一个小时前的位置。“要是他们变换位置了怎么办？”

“他们不可能离开杜拉尼斯星系。要是他们不在那了，你就用跃迁在四处随机找找，肯定能找到他们。要是你回来的时候，虫洞还没有关闭，那就让他们击沉马维亚号。忽视超级撒拉逊级，直接干掉虫洞。”

亚斯犹豫了一下，说：“那你和埃曾怎么办？”

“给我们发个警报，但是不用等我们了。”

很明显，他对我的命令非常不满。

“事关地球，”我打断了他的话，“分秒必争！”

亚斯点了点头，说：“遵命，船长。”

“我们还有战斗服呢，我们肯定能行！但是如果我们失败了，银边号就是你的了。”我对他眨了眨眼，说，“可要对它温柔点。”

战斗服缓缓合上，把我封在了里面，但是这次听不到空气外泄的嘶嘶声，埃曾已经堵住了脖子后面的洞。战斗服里面的血迹也擦干净了，电池充好了电，弹药指示器显示消音步枪备弹充足。

“这次没洞了。”我对着通信器说，“最起码我的眼睛不会炸开了。”

“直接暴露于太空中可能是最好对付的问题了，船长。”埃曾也启动了自己的战斗服。

“货舱减压开始。”亚斯说道。过了一会儿，长方形的货舱门缓缓打开，透过舱门就可以看到马维亚灰色的船体外壁。每个气闸边上都有一个白色的数字，写着从 11 号到 20 号。

“我们去 16 号气闸。”我说。

“你需要我控制两套战斗服吗？”埃曾问。

“这次不用了。”我俩踩着磁力靴走下卸货坡道，“我有个问题，现在微型奇点重力这么强，我们会不会受到时间膨胀的影响？”

“你能提出这个问题，还真让我惊讶。”埃曾回答道，他还是对冷嘲热讽这一套运用熟练。

“我猜也是。”我接受褒奖的那一半，嘲讽的那一半还是算了吧！“马维亚号和银边号的加速力场可以对付奇点的重力。这里的时间膨胀和我们在地球上的时间膨胀规模都是一样的。”

“很好，同一个重力。好嘞！这个问题解决了。现在让我们去把那个外星怪物关掉，免得地球变成冰棍。”

埃曾的助推器轻轻点火，然后整个人慢慢滑向 16 号气闸。等他差不多到了马维亚号的时候，我让靴子消磁，跟在他后面飞了过去。驾驶这种战斗服远比我想得要困难，我不停操纵推进器修正动作，但是总是动作幅度太大。这玩意用起来可比在失重状态下使用轻便的压力服要难。

埃曾飞进了黑洞洞的气闸里，而我却马上就要和气闸入口旁的船体撞个正着。在我撞上去的一瞬间，埃曾用手把我的腿摁在了原地，免得我弹出去。我和他并肩飞行，最后马维亚号的人造重力将我俩抓住了。埃曾向气闸控制器移动，而我回头看了一眼银边号。它的腹部舱门已经关闭，离我们越来越远。

“亚斯，我们进来了。”我说，“你快走吧！”

“收到，船长。我会尽快带着舰队回来。”

银边号原地转向，然后启动引擎，再次冲向马维亚号的护盾。随着二者的护盾相互撞在一起，船身周围泛起一圈静电，等脱离了护盾接触，银边号立刻飞向列娜最后一次出现的位置。

埃曾关闭了外部舱门。当内部舱门打开的时候，我的战斗服被几发子弹打了个正着，在子弹冲击力作用下，我整个人都和外部舱门撞在了一起。我的头部战术提示系统标记了对方位置，他们全都挤在内部舱门后面的走廊里。黑暗之中蓝光闪烁，电磁加速的突击步枪喷吐着枪焰，钢铁风暴洗刷着我的战斗服。我翻滚到一边，试图恢复平衡，但是战术提示却显示我的战斗服装甲正在被一点点啃掉。在狭窄的气闸内，我只能用侧面装甲迎接敌人的火力，试图均匀分散伤害。一个故障提示突然跳了出来，提示战斗服的推进背包已经被击毁了。

埃曾站在内部舱门的一旁，完全处于火线之外。他抬起左胳膊，等三发破片榴弹在空中划出低矮的弧线飞进了走廊，就马上关上了舱门。过了一会儿，响起了三声闷响，等他再打开舱门，就只能看到爆炸的烟雾和铺满走廊的碎尸。

“看来我们已经不能打他们一个措手不及了。”埃曾举起消音步枪走进了走廊。坦芬人本能上更喜欢发动伏击，而不是正面对抗。

“我猜你这次只能像人类一样作战了。”我跟着他进入走廊，但是战斗服战术提示系统显示一半的正面装甲已经被打飞了。

“船长，我可能不是正面突击的爱好者，但是你会发现我对这种战术也不是一窍不通。”他说着，双手举起武器走向左边。

我挑了右边，跨过被埃曾的榴弹炸碎的尸体，用自己的武器对准了走廊。两套战斗服都装备了电磁加速的消音步枪，在电脑的控制下，它的一万发备弹能给敌人造成巨大杀伤。但是我们的备用武器却有些不同。埃曾带着三十发备弹的榴弹发射器，我则带着一个耗能惊人的激光炮。两套战斗服的传感器都是互通的，战斗服发现什么都可以和队友分享，这些战斗服设计用来从太空轨道进行空投，然后在着陆区散播死亡和毁灭。我渐渐发现它并不适合在封闭的空间内作战。

在走廊的尽头是一扇被锁死的增压门。我的探测器很快找到了门锁的位置，激光炮对付它们就像撕扯锡纸一样简单。埃曾一脚踹开大门，被踢飞的门板飞进了黑暗的舱室。他打出一串榴弹，从左到右，两发之间的间隔不差分毫。等榴弹都爆炸之后，他走进舱室向左移动，但是马上被打了个正着。我跟在他的后面，向右移动，想帮他吸引火力。远处的枪焰就好像黑暗中的萤火虫一样显眼。

欧瑞斯雇佣兵将火力集中在我们的躯干，试图消磨掉胸部装甲，然后干掉我们。战斗服上的红外探测器可以检测到他们的体温，光学检测器追踪着武器上的枪焰。眼前一共有 26 个目标，我和埃曾一人一半。这些人身上的护甲比在气闸欢迎我们的人更厚，而且他们还有掩体，这让埃曾的榴弹效力大减。战斗服会评估哪些目标的射击更准确，然后把这些枪手都放在优先目标名单上。埃曾忽视战斗服的建议，用突击步枪扫射整个房间，任何站在火线上的东西都被打个粉碎。我则选择了另一种解决方案——为了节约弹药，用点射消灭战斗系统标记的优先目标。我不打算在这用激光炮，保存能量，以备遇到突击步枪无法解决的目标。

我们进入房间不过十秒，舱室里能站着的人只剩我俩了。现在，舱室里满是着火的设备和遍地的尸体。这里曾经是一间加工车间，为海军舰船生产备用零件。现在它为马维亚号生产零件，只不过马维亚号摇身一变，成为一艘专用的黑洞发生器平台。对面的舱壁上是一扇被装甲板加固的车库门。主力舰都会在核心区域建立装甲保护区，但是我从没听说过维修船也有这种设计。在大门前面的甲板上还躺着一把小小的焊枪，门上黑色的烧痕说明有人曾经试图切开大门。

埃曾发射了一颗榴弹，撞炸引信瞬间引爆了榴弹，但是大门却毫发无损。

“我来对付它。”我走到大门前，把激光炮的射击模式从点射换到连发。一道铅笔粗细的白色激光打在大门顶部，开始横向切割大门。空气中弥漫着黑色的烟雾，融化的金属流到了甲板上，战斗服的电量也在稳步下降。

在我切门的时候，埃曾检查各个打开的舱门，搜索潜在威胁。等扫荡完周围环境之后，他说：“周围一个人都没有，船长，但我还是能听到周围有动静。”

“说不定船员正在弃船呢！”我说。

车库门的切割工作马上就要结束，埃曾站在我的旁边，用枪瞄准大门。等我切完大门，战斗服已经消耗了一半的电量。埃曾把切开的装甲板推到了一边。装甲板和甲板碰撞发出的巨响，让所有人都知道我们来了。但是，迎接我们的并不是枪林弹雨，反而是一条空荡荡的走廊，走廊里漆黑一片，只能看到远处闪烁的灯光。

埃曾端着枪走了过去，然后说：“这里一个人都没有，船长。”

我跟着他一起走过漆黑的行车道。行车道的尽头是一个十字路口，十字路口的另一头就是船体中部的一个巨大舱室，刚才看到的灯光就是从那儿传来的。埃曾在行车道上狂奔，他现在的状态简直可以用鲁莽来形容，我不得不赶紧加快脚步跟在后面。这个小个子坦芬人也许不喜欢正面进攻，但是如果必要，那么他认为速度远比谨慎更重要。他在十字路口停了一下，扫描周围环境，然后继续前进，而我只能跟在他身后几步远的地方。

我的头部显示屏突然开始闪光，然后视频信号变成了静电干扰，战术提示变成了毫无意义的符号。系统没有弹出任何诊断，我根本无从得知这到底发生了什么，但是战斗服的战斗系统肯定受到了干扰。唯一还能正常工作的提示是战斗服的剩余电量，它正在以肉眼可见的速度下降，我随时可能被关在这个铁棺材里。

就在战斗服电量告罄的时候，我用下巴打开了紧急脱离按钮，战斗服刚打开一半就停住了。头部显示器黑屏的同时，战斗服内的加压力场也失效了，这下战斗服变成了几吨重的废铁，只能哐的一声脸朝下砸在甲板上。电力告罄的战斗服实在太重，我无法徒手打开，所以我扭动肩膀，用左手去碰右肩位置的一个把手。我不停地摇动把手，一点点把蚌壳一样的战斗服打开。等开口足够大的时候我从中间挤了出去。我躺在甲板上，很庆幸自己终于逃出来了。

一个闪光的银色圆碟飘在我头上一米高的地方，一边旋转一边发出低鸣，它放出一道锥形的光束，将战斗服笼罩其中。我赶紧翻滚到旁边黑暗之中，将战斗服挡在我和走廊尽头之间，免得它把枪里的能量也抽干。

我掏出 P-50，插件显示根本无法分析圆碟到底是什么。

埃曾的战斗服还站在那里，他的头顶上也有个一样的圆碟。这东西不发一枪一弹就能瘫痪我的战斗服。我的插件发现一个小型的红外信号出现在走廊的另一头，但是他已经退回了远处的舱室。这个红外信号太小了，绝对不可能是马塔隆人，更不可能是人类。我开始以为那是个孩子，然后我借着灯光看到了他的侧影。

是个坦芬人！

银河财团会雇佣坦芬人这种事一点都不奇怪。他们比我们聪明，而且只要训练得当，等马塔隆教官走了之后，还会成为优秀的工程师，保障银河财团的外星科技设备正常运行。我可以冒险开一枪，但是我对于埃曾的枪法记忆犹新，于是就躲在战斗服后面。突然，一道白光飞了过来，刚好从我刚才脑袋的位置飞了过去。我的脑内界面响起了警报：

警告！检测到高能等离子，具体技术未知。

第二次攻击打中了战斗服，我努力放低姿态，减小被打中的可能。

我尽量遏制住还击的冲动，心里非常确信坦芬人想迫使我还击，因为换作埃曾，他也会这么做。又飞过来的几发能量束打在战斗服的腿部。为了防止那个坦芬人冲过来干掉我，我抬起 P-50 准备开火，然后我发现手枪的电量只剩三分之一。即便我身处黑暗之中，那个圆碟还在抽取电力。我眼睁睁地看着电量又往下掉了一格，然后抬手一枪打碎了它。

现在埃曾头上的圆碟发出的光芒还是照亮了十字路口，只要眼睛够好，对方完全可以在我离开掩体的一瞬间击中我。坦芬人是非常有耐心的种族，而时间却不允许我无限等下去。我抬起 P-50，假装要盲射几枪，但是我心里非常清楚，坦芬人就在那里等待机会伏击我，我的手完全可能和手枪一起被他打飞。但是，并没有更多等离子束飞过来。我很庆幸手还和胳膊连在一起。我探头查看走廊的情况，那里没有武器开火的闪光，也没有侧影，光学插件也没有发现坦芬人的红外信号。看来他已经撤退了，可能是被他的马塔隆主子叫回去了。

我打掉了第二个圆碟，然后冲向埃曾的战斗服，用他当我的掩体。战斗服侧面只打开了一条细缝，说明在电量耗尽之前，埃曾并没能打开战斗服。

“埃曾，能听到我说话吗？”

“可以，船长。但是我打不开战斗服。”

“在你的右肩有一个把手。用你的左手抓住然后转动它。”

我很快就听到把手快速扭动的声音，然后战斗服的躯干慢慢打开。我在这里无能为力，因为战斗服太过沉重，而且蚌壳式的机械结构在没有能量的前提下已经锁死了。等战斗服打开三分之二的时候，埃曾从里面钻了出来，跳到了我旁边的甲板上。

“最后一刻才决定弃船吗？”

“我刚才试着阻止能量流失。”埃曾辩解道。

“你把问题想得太简单了。”

“你当然会在第一时间弃船。”

“就当这是人类超强的求生欲胜过坦芬人的计算能力吧！”

“我可不是那么沉迷算计，船长。我希望你能明白，我的求生欲可一点都不比人类差。”

“那你怎么跟条沙丁鱼似的被困在里面，而我却没有呢？”我笑着问他。还没等他回话，我补充道：“说到坦芬人，船上就有一个。就是他瘫痪了我们的战斗服。”

埃曾看着甲板上两个圆碟的残骸，说：“这可不是地球科技。”

“他用的枪也不是地球武器。”我对着战斗服上浅浅的凹痕点了点下巴，坦芬人的等离子武器汽化了民联军最优秀的抗烧蚀装甲。“看来银河财团已经能够熟练使用偷来的外星科技了。”

“看来钛塞提人又多了个拷问我的理由。”无论事实多么的残酷，埃曾总是能清醒地认识到现实。

“那就想办法让他们相信你好了。”我说着，越发不打算让这个坦芬叛徒活着离开马维亚号。

我俩继续前进，在阴影中向着走廊尽头巨大的舱室摸过去，从那里正传来阵阵电磁静电的嗡嗡声。这里曾经是飞船的核心作业区，一个即便飞到了映射空间的边界依然能够保持运作的移动太空港。现在，里面所有人类生产的设备都被拆掉了，舱室中间是赫拉尼人高塔的底座。塔身扶摇直上，穿过马维亚号的外壳，直达九千米外虫洞的入口。

在量子隧道发生器周围还有四个物体。三个是泛着白光的暗物质虹吸器，每个虹吸器都从底部射出一道耀眼的白色光束，光束刚好照在甲板上的接收器上。这些虹吸器和维拉特船上的设备一模一样。这些半球形的虹吸器漂浮于甲板之上，每个虹吸器都由一个压力场固定。距离虹吸器不远就是一个长方形的低温冷冻舱，它们的结构和我在新潘塔尼尔的天璇星号上看到的一模一样。冷冻舱里的科萨人还处在低温静滞的状态，现有的生命体征刚好足以启动钛塞提人的虹吸器，然后从宇宙中源源不断地抽取无尽的能量。三个虹吸器占据了正方形的三个角，剩下的一个是为维拉特的虹吸器准备的。但是，现在看来三个虹吸器就足以启动隧道发生器了。

在高塔和虹吸器前方还有一个巨大的透明货箱，里面装满了奇异物质。货箱第一个隔断里的奇异物质现在还剩三分之二。闪光的奇异物质通过塔身中央直接注入虫洞，这样就能让脆弱的超空间隧道入口不被强大的作用力挤碎。两侧的舱壁上全是显示屏，上面有扭曲空间、虫洞入口、重力波，和在各种作用力下依然没有坍缩、完全违反天体几何学的超空间隧道。还有个屏幕上可以看到奇点，它的存在正在威胁着地球的安危。

在屏幕之下，是各种控制台和各种适合人类使用的座椅，但是却看不到一个人类。伊诺克 · 阿塔尔，那个来自天璇星号马塔隆科学家，正站在一个控制台前。他胸前挂着一把马塔隆能量武器，身上穿着一件宽松的压力服，但是却没看到任何皮肤护盾。那个坦芬叛徒肯定已经告诉他我们来了，但是现在胜利近在咫尺，地球马上就会变成寒冷的废土，他不可能放弃自己的工作，最起码现在不行。距离控制台不远处有三个人类，他们脸朝下并排趴在血泊之中。他们都是脑后中弹，这种处决式的屠杀进一步证明了马塔隆人已经背叛了银河财团。人类科学家刚发现虫洞出口位置错误，奇点也没有消失的时候，马塔隆人就干掉了他们。

我现在反应过来刚才切开的装甲隔离门并不是为了挡住我和埃曾，而是为了把马维亚号其他人类船员挡在外面。然后马塔隆科学家和坦芬走狗就能待在核心装甲区，专心处理手头的工作。鉴于整条船的能量都来自暗物质虹吸器，他们完全可以从这里控制马维亚号。这也就解释了为什么货船的走廊漆黑一片，以及为什么船员们绝望地试图用一把焊枪切开隔离门。

我退回到阴影中，悄悄对埃曾说：“一个马塔隆人，三个死透的人类，看不到坦芬人。”

“他肯定转移位置了。”

“你怎么知道？”

“换我就会这么干。”

这一点上我倒是无法反驳，“我们还有多少时间？”

“他准备好之后就会开火，没有完全的把握，他就会按兵不动。”

“好吧，我们干掉马塔隆人，炸掉飞船，然后离开这。等坦芬叛徒暴露位置之后，再收拾他。”

“船长，我们怎么离开这条船？战斗服已经完蛋了。”

“他们肯定有逃生舱。”

“这船这么大，船员也不少。就算我们能及时找到救生舱，那些船员也不一定会和我们分享。”

“你要是有更好的主意，不妨分享一下。”

埃曾犹豫了一下，说：“鉴于我们的家园世界马上就要完蛋，你的计划还是可行的。”

我们的家园世界！看来他确实是个地球人，只不过是个两栖地球人而已。“我就说人类的生存本能要比坦芬人强。”

“船长，要真是你说的那样，我们也就不至于落到现在这种境地了。马塔隆人肯定不会用骗我们的办法来骗你们。”

这话可能没错，但是入侵者确实要比人类先进几百万年。“最起码我们还没和半个银河系开战。”我说着，又看了一眼舱室，马塔隆人已经不见踪影。我快速退后，来自马塔隆人能量手枪的攻击差点打飞我的脸。

“现在地球的毁灭已经完全自动化了。”我说，“他要做的就是拖住我们。”

“吸引他的注意力，船长。我找条路绕过去。”他说完，就消失在黑暗之中。

我对着舱室随意开火，只是向蛇脑袋宣示我的存在，然后又一发能量波让我不得不后退。过了几秒，我蹲下身子，贴着甲板又开了一枪。马塔隆人花了点时间修正瞄准，然后我面前的甲板就被能量冲击烤煳了。不管他是不是来自黑蜥部队，这个马塔隆书呆子的枪法非常了得。

我想用声音来追踪马塔隆人，于是把监听器的接收音量调到了最大，但只听到虹吸器造成的嘶嘶杂音，不过这倒给了我一个提示。我对着最近的虹吸器随意开了一枪，但是周围的静滞力场却挡住了子弹。我刚开始后退，马塔隆人的能量攻击击中了我旁边的舱壁。

“值得一试。”我自言自语道，现在可以肯定我的 P-50 手枪不足以和宇宙中无穷无尽的暗物质对抗。

我打算冲进舱室，看看我的超级反应速度能不能让我在马塔隆人击中我之前跑进掩体。我和掩体之间可没多少掩护，但幸运的是，耳机里响起了埃曾的声音，我终于不用去测试那个蛇脑袋的枪法了。

“船长，开一枪。”

我随意开了一枪，然后勉强躲开了马塔隆人的还击，远处响起了埃曾裂肉枪的声音，然后就听到一声哀号。

“埃曾？”

“我打中他了，船长。”

我打量着舱室里面，蛇脑袋坐在装着奇异物质的货柜边上，握住自己流血的手，他的武器却在几米外的甲板上躺着。埃曾站在旁边用裂肉枪瞄着他，但是那个坦芬叛徒却踪影全无。

我走了过去，命令道：“把机器关了。”

蛇脑袋盯着我，张开他长长的嘴巴轻轻吸气，然后用喉咙里的合成发声器说：“不可能。”

“你确定？”我说着，往枪里塞了一夹硬尖穿甲弹。蛇脑袋依然不为所动，于是我冲他的脚踝开了一枪，穿甲弹敲碎了他厚重的骨骼。他哀号着抓住自己的脚踝。我让他稍稍领会一下我这一枪背后的深意之后，表明了自己的立场：“我个人反对拷问，但是咱俩都知道我没时间计较这些细节问题。所以……我该怎么把它关了？”

伊诺克咕哝着表达了不屑，然后我对着他另一个脚踝开了一枪。他用歪斜的眼睛看着我，眼神里是无穷的仇恨，但是一言不发。

“船长，我怀疑这种拷问的有效性。”

“那你有更好的办法吗？”

埃曾看着马塔隆人坐在甲板上流血，却没有说一句话。

“你们这些蛇脑袋，关节可比我们人类多，”我说着，瞄准他左下膝盖，“但是我的弹药多得是。”我对着他左下膝盖开了一枪，等了一会儿，看到他还在无视我，于是又对右下膝盖开了一枪。

他靠在装着奇异物质的货柜上，两条腿摊在面前。穿甲弹已经打碎了他的骨头，他的腿下已经出现了一摊泛着光的黑色液体。

“回答我的问题，我就带你去找医生。”我说着，又瞄准了他的左上膝盖，“要不然，我就在你身上打完子弹，然后让你流血致死。”

伊诺克举起一只手，就好像能挡住下一发子弹一样。“等等！”见我犹豫了下，他又说道，“你关掉虹吸力场，就能切断奇异物质的供应，虫洞自然就会坍塌。”

我抬起手，对着装满奇异物质的货柜开了一枪。穿甲弹在静滞力场里闪着光，对货柜完全没有造成伤害，然后我接着用枪瞄准眼前的马塔隆人。

“不是那样的。”伊诺克说着，朝容器前面的控制台点了点头。“把第二个垂直的控制杆彻底拉下来……这样流速就能降到零。”

我走了过去，控制台上有很多垂直的控制杆。我刚伸手准备按下第二个控制杆，一只科萨人的大手冒了出来，把我的手挡了回去。

“不行！”格伦·维拉特关闭了隐身力场，出现在我旁边，另一只手里拿着一把大枪。

“我必须按下去！”我说着，用枪瞄准他的脸，心里非常清楚地球上几十亿人类在他心里也没三个科萨人重要。

“按下去，虫洞就会坍塌。”他说。

“就是要让虫洞坍塌啊！”

维拉特放开了我的手，然后看着远处的影子，完全不在意我的手枪还指着他的脸。他说：“你知道虫洞坍塌会发生什么？”

“什么？”

“会形成一个黑洞。”他看着我的眼睛说，“就在你可爱的地球边上！”

我转过头看着伊诺克·阿塔尔，他不敢直视我的眼睛，进一步证实了维拉特的警告。我抑制着心里的愤怒，走回他的身边，用枪顶住了他的脑袋，说：“给我个不打死你的理由。”

马塔隆人抬头看着我，喉咙里发出一阵阵咳嗽，这在马塔隆的语言里代表着嘲笑，简直就是想让我打死他，这也是他所期望的结果。一旦他死了，也就没人能帮我了。

“你隶属黑蜥部队！”

“当然了。”他说道，语气中带着马塔隆人式的狂热。

“维拉特，你知道怎么关了这东西吗？”

“不知道。”他说着从腰带上拿出一个小型追踪器，拿着它从装着奇异物质的货柜旁走开，好像在寻找什么。

“埃曾，给我过来！”我大喊道，对着货舱另一头的控制台点了点头。

“船长，我对这玩意可是一窍不通。”

“没事，你学得快。赶紧研究明白！”

他收起裂肉枪，然后从虹吸器之间的缝隙走向控制台。维拉特看着一台冷冻舱，手上端着枪，又看了一眼手中的追踪器。

“你能救他们吗？”我问道。

“当然可以救，但是他们现在非常虚弱。”

马维亚号突然晃了一下，船舱内嗡嗡作响，就好像被一只巨锤砸了一下。过了一会儿，又一声巨响响彻全船。三个科萨人的虹吸器越来越亮，为了给护盾供能，它们吸收的能量越来越多。

透过层层杂音，我的耳机里响起了亚斯的声音：“船长，我们到了。现在马上撤离！”

我看了眼维拉特，他肯定也听到了亚斯的话。

“要是他们现在就击毁货船，虫洞就会坍塌！”

“亚斯！”我对着通信器大喊，“停火！不要击沉马维亚号！让海军马上停火！”

“船长，能听到我说话吗？”亚斯的声音听起来就好像是来自很远的地方，“战巡舰已经就位。它正在攻击马维亚号！”

“不！马上停火！”

“他听不到你说话。”伊诺克 · 阿塔尔说。虹吸器造成了非常强的干扰。

我对维拉特说：“你能把信号传出去吗？”

“不太可能。”他说。货船又被击中了一次，虹吸器吸入更多能量补充护盾。

“虹吸器会超载吗？”我问。

“不会。它们会一直为护盾供能，直到飞船从里到外全部熔化。”

“然后虫洞就坍塌了。”我补充道。

“是的。”

蛇脑袋又笑了起来，我用 P-50 砸在他的脑袋上，终于让他瘫在了甲板上。

“你们人类还是有点脾气的，”维拉特说，“我喜欢。”

黑暗之中冒出一道闪光打在维拉特胸口，把他整个人打得飞了出去。他的枪和追踪器掉在地板上，整个人摔在甲板上。他躺在甲板上呻吟，青烟从护甲的破口上冒了出来，可以从破口里看到他的血肉和骨头。过了一会儿，荧光从治疗服里冒了出来，竭尽全力封住伤口。

来自黑暗中的突然袭击让埃曾躲到了一边，我马上反应过来我就是下一个目标，于是赶紧躲到了最近冷冻舱后面，第二发能量束打在了我刚才的位置。第三发从冷冻舱边上擦了过去，然后我的插件也确定了坦芬叛徒的位置。他就在我进入舱室的那条行车道上，他的行动和埃曾估计得一模一样，从我们过来的方向偷袭我们。我寻找埃曾的踪迹，想让他小心一点，但是根本找不到他。

“我能从另一边找到射击窗口，船长。”耳机里响起了埃曾镇定的声音。

“不行，”我低声说道，“你去把机器关了。我来对付他。”

“船长，请记住，他的战斗方式和我一样，动起手来和你不是一个风格。”

货船因为警醒号的炮击而不断颤抖，冲击波每隔几秒就会穿过护盾传到船身。随着虹吸器将越来越多的能量传送到护盾系统，亚斯的声音已经被干扰完全截断。维拉特说得没错，战巡舰也许不能摧毁护盾，但是这艘老旧的货船却从来没有设计承受如此多的能量。过不了多久，货船内部就会熔化。

我从冷冻舱面上偷偷瞄了一眼，看到一只纤细的手握着一把流线型的银色武器。我开了一枪马上后退，坦芬叛徒则用等离子武器还击，我趁机冲进埃曾刚才狙击马塔隆人的侧面入口。我跑到一半的时候，对着行车道随手开了一枪，试图压制坦芬人，让他乖乖待在掩体后面。等我跑到走廊，就背靠着舱壁瞄准拐角，等待着他自己现身，但是坦芬叛徒却藏了起来。

在我等他现身的时候，脑子里又想起了埃曾之前说过的话：他的战斗方式和我一样！

坦芬人的本能会让他发动突然袭击，待在原地根本做不到这一点。他之所以还没有出现是因为他已经从黑暗的走廊里完成了迂回。虹吸器的光亮刚好照在我身上，等他绕到我身后，我就是个活靶子。

我看了一眼维拉特，他仰面躺在甲板上，闭着眼睛，轻轻地呼着气。

“维拉特，你死了没？”我悄悄地问。

他咳了一口血，吐出两个字：“还没。”

“坦芬人要包抄我，我去追他。”

他转过头睁开眼睛，说：“别去找他，让他来找你。”

我把红外探测器的功率调到最大，确认坦芬人已经不在阴影中埋伏，然后就从走廊回到第一个交叉口。我的本能让我去找他，猎杀这位危险的猎手，但是维拉特的话让我选择了对面的走廊，和行车道拉开一定距离。我来到第一扇打开的加压门，然后摸索进一个房间，里面有一张冰冷的餐桌、座椅和配餐器。当我确认只有一条路进入餐厅之后，我就在入口静静等待，根本不敢探头，完全靠监听器探测接近的脚步声。

坦芬人的视力比人类优秀，在微光条件下更是如此，而且他们还有生物声呐作为辅助。我要是过早把头探出去，坦芬叛徒肯定能用声呐发现我，而我却根本发现不了攻击来自何方。我保持隐蔽，直到他找到一个面对虫洞控制室，不再注意我这边的伏击位置。

随着警醒号不停炮击马维亚号，冲击波造成的震动让监听坦芬人的脚步声格外困难。因为我的监听器已经放到最大接受音量，所以船上发出的异响都是一串音符，而地球海军的每发炮击都是一声震耳欲聋的鼓点。等待让我神经紧张，但是却看不到坦芬人的踪影，我不禁怀疑他是不是绕回控制室干掉了维拉特和埃曾，留我一个人在黑暗中像个傻瓜一样干等，浪费掉了拯救人类免受灭顶之灾的最后机会。

出于紧张，我不得不开始改变位置，但是脑内界面跳出了一条警报：

检测到非机械性间歇声频信号。

我悄悄命令道：增强这个信号，隔绝其他声频信号。

当插件隔绝了其他声音，我的周遭陷入一片宁静，耳朵中只有一个声音。那不是脚步声或者衣服摩擦的声音，那是一种呼吸声，稳定而缓慢，和埃曾使用狙击枪开火前的呼吸一模一样。这说明坦芬人离我很近，他在等待我自己暴露位置。

我把头探向门口，望着传来轻微呼吸声的方向，然后看到外面靠近舱壁的地方有一个红外信号蹲在那里。坦芬人端着枪瞄准着走廊的交汇处，任何想从行车道绕过去的人都会被他打到。

我慢慢地端起 P-50，如果他听到我的响动，就一定会快速反击。当我用枪对准他脑袋的时候，我犹豫了一下。如果埃曾不能研究出关掉虫洞的办法，那么这个坦芬叛徒就是我们唯一的希望。伊诺克 · 阿塔尔训练他使用赫拉尼人的隧道发生器。鉴于这位来自黑蜥部队的特工拒不坦白，埃曾会知道如何审讯自己的同胞。

我用枪瞄准坦芬人的武器然后开火。P-50 电磁加速的穿甲弹飞过他的脑袋，打穿了他的手，然后钻进了等离子手枪。能量武器在坦芬人的手里爆炸，把他炸得飞进了舱口。我冲上去用枪瞄准他的脑袋，只要他敢反抗我就一枪干掉他。但是他仰面朝天躺在甲板上，严重的烧伤让他呼吸困难，右手的指头也被炸没了。

“要是敢乱动，你就死定了。”

坦芬人放弃了抵抗，于是我抓着他没受伤的那条胳膊，半拖半拉地把他带回了控制室。维拉特坐了起来，一只手搭在枪上，胸口的荧光正在以惊人的速度重组受伤的组织。

“还以为……你被干掉了。”维拉特说。我把坦芬人甩到了甲板上，用 P-50 瞄准他的脑袋，而他则把受伤的手按在身体侧面止血。我说：“坦芬人很耐揍，但也不是无敌的。”

维拉特用枪瞄准我们的犯人，然后说：“你真以为那是个坦芬人？看仔细点。”

这个身材矮小的两栖生物穿着贴身的黑色连体服，衣服表面有一层金属质地的涂层，黑色的腰带上挂着长方形的东西，脚上穿着短靴。凸起的额头有一块集合着微缩科技的轻薄金属片，它从前额的生物声呐器官一直延伸到流线型脑袋的末端。

“你在说什么呢？”

“那才不是坦芬人。”维拉特说。

我的犯人死死地盯着我，让我不寒而栗。就算他现在已经受了伤，但是当我发现他并不是什么坦芬人的时候，心中的恐惧还是让我心脏停搏了一拍。

“这是个入侵者？”

“多看两眼吧，人类。”维拉特说，“然后祈祷以后不要遇到他们！”

“你怎么知道的？”

“我被击中的时候才发现的。”他盯着入侵者说，“整件事最不合理的部分就是马塔隆人能够使用赫拉尼人的科技。这对于他们来说太先进了。他们不可能教会人类使用这种技术，如果没有额外的帮助，就连我也教不了。我被击中的时候，看到了那把武器，才反应过来——

我们遇到了入侵者。”

“是他在教马塔隆人！”事情并不是我以前想的那样。我看着入侵者盯着我，他明显能听懂我们说的每一个字。他的表情中没有抗拒，没有恐惧，只有单纯的不屑。还没等我开始拷问他，埃曾就从另一头的控制台走了过来。

“船长，那有个……”当他看到被炸得黑乎乎的入侵者坐在甲板上的时候，就突然不说话了。虽然入侵者突出的右眼已经被炸黑，等离子造成的烧伤让他一直在颤抖，他肯定已经半瞎了，但他依然转头看向埃曾。

维拉特看了看埃曾，说：“他肯定知道。”

“埃曾？”我发现我的坦芬工程师有点不正常，他现在正死死盯着我脚边的入侵者，“这家伙是坦芬人吗？”

“不可能。她不可能……来自地球。”埃曾好像忽然有了语言障碍。

她？

雌性坦芬人必须待在地球上是有原因的。这不仅是因为银河系议会一直坚持所有雌性坦芬人留在地球上，更是因为她们不可信任。每十万雄性坦芬人中才有一个雌性，雌性坦芬人一直处于领导地位。她们的荷尔蒙能够控制雄性坦芬人，她们是坦芬人的女王和女族长，而男性不过是听从命令的工蜂罢了。

“小心点，”维拉特警告道，“他们在交流！”

“埃曾！”我的手指已经扣在了 P-50 的开火界面上。

他完全忽视了我，被女性入侵者的荷尔蒙彻底催眠，女性入侵者用自己的生物声呐发出连续的超声波指令。

“快给我醒醒！”我叫喊的同时，对我的插件发出了指令：

将声频扩展到坦芬超声波频率。

我的脑袋中回响着一种无法理解的旋律，这种旋律是单向的，只是从入侵者女王传向埃曾。他毫无抵抗力地站在她的面前，两手垂在身体两侧。我忽然想通了她对于埃曾有多危险，我根本不可能把她留给钛塞提人拷问。我用枪对准了她，但她一脚踹在我的手上，我的 P-50 飞到了舱室的另一头。还没等我反应过来发生了什么，她就跳起来，用难以想象的力道对着我的肚子又踹了一脚，我整个人向后飞了出去。她攻击时的力道让我无法相信她刚才还受了很重的伤。维拉特举枪准备开火，结果埃曾踩在枪管上，能量波打在了甲板上。维拉特太过虚弱，无法和被入侵者催眠的埃曾对抗，而埃曾却举着自己的裂肉枪，不知道在瞄准哪里。当入侵者冲向埃曾的时候，我希望他能转身开火，但是他待在原地，一动不动。

入侵者从埃曾手里拿过枪，边跑边瞄准。我滚到一边，等着她一枪打中自己，但是我并不是她的目标。她开了一枪，一发裂肉弹打中了伊诺克 · 阿塔尔的脑袋，这下就算是钛塞提人也不可能从他身上套出任何秘密了。我捡起躺在甲板上的 P-50，而入侵者已经躲到装着奇异物质的货柜后面去了。我跟在她后面，而埃曾还踩在维拉特的枪上，对自己刚才干了什么毫不在意。

我以为她会冲向虫洞控制器，因为埃曾的裂肉枪也无法穿透虹吸器周围的力场，但是她却跑向了最近的冷冻舱。我以为她打算用它做掩体，但是她却跳到上面，瞄准了里面的科萨人。

“不！”我终于明白她要干什么了。

她开了一枪，鲜血溅满了透明的舱壁。旁边的暗物质虹吸器开始闪出红色和橙色的闪电，一开始很微弱，但是越来越耀眼。现在共生的科萨人已经死了，虹吸器也要完蛋了。它开始逐渐失控，现在没人能够阻止失控的虹吸器炸毁马维亚号，然后虫洞坍塌，地球会被弹射出太阳系的宜居区。

“为什么？你为什么要帮助马塔隆人？”我质问道，用枪指着她。

“我们对你们做过什么？”

雌性入侵者从冷冻舱上跳了下来，用埃曾的枪碰了下腰带上的控制面板，“这和你们无关，”她用毫无感情的合成声音说，“这关乎我们自己！”

她朝着虹吸器走去，看着虹吸器对着甲板上的接收器放出耀眼的黄色光线。随着虹吸器越发不稳定，光线也从黄色变成红色。

“站住！”我说道，希望能从她嘴里套出如何解决眼前困局的办法。

入侵者女王转过头，用她完好的一只眼睛盯着我，然后把埃曾的裂肉枪扔到地上，看起来就好像要投降一样。她说：“我现在明白马塔隆人为什么讨厌你了。”

“和我们打交道没必要闹成这样子。”

“你为我们的敌人工作。”入侵者女王的口气中充满了一种让人不寒而栗的肯定，然后她趴下从静滞力场下面滚进了虹吸器和接收器中间的能量束中。一阵白光过后，她整个人都被分解了，宇宙中再也找不到她曾经存在的痕迹。我盯着眼前的能量束，无法相信发生的一切，然后转头看向其他人。埃曾双手抱头，双目紧闭，维拉特用枪撑着自己，努力想站起来。

“我实在想不通。”我说，“人类又不是他们的敌人。”

“他们说是，你们就是。”维拉特一脸阴郁地看着冷冻舱壁上的血迹，他的一个同胞刚刚死在里面，“特别是现在这种时候。”

“为什么说是现在？”

他看着我，疼痛让他弓起了背：“他们又打回来了。而且这次，他们还有盟友。”

我仔细回味着维拉特的话。看着死掉的马塔隆人，他躺在甲板上，大脑被打得粉碎，然后忽然把一切都想明白了。入侵者女王已经死了，我们所在的位置很快就会被一场暗物质爆炸吞噬，带走马维亚号上所有的秘密，入侵者女王知道的事情也将无从查清。

“入侵者和马塔隆人是盟友！”我大叫道，最终的真相让我惊讶不已。

入侵者女王通过帮助马塔隆人摧毁人类，换取他们的忠诚。因为马塔隆人自己无法摧毁人类，钛塞提人一直监视着他们。他们需要一个帮手，一个和钛塞提人实力相当的盟友。作为回报，马塔隆人出卖了联盟舰队。这也就是为什么入侵者能够破坏联盟舰队在曼娜西斯星团的传感器，并能在攻击前探明舰队的位置。马塔隆人损失的五艘战舰是为了保住自己的小秘密而献出的祭品，而且整个计划奏效了！相比于人类的毁灭和打败钛塞提人，五艘战舰简直是可以忽略不计的损失。

“马塔隆人和入侵者相差甚远。”维拉特说，“他们唯一的共同点就是有一个共同的敌人，单这一点就足以让他们成为天然的盟友。”

“等钛塞提人发现这事的时候，马塔隆人就死定了。”

“他们做不到，没有确凿的证据。入侵者女王一死，什么都没了。”

“等虹吸器一爆炸，坍塌的虫洞就会造成一个黑洞。这就是证据！”

“那不过是人类愚蠢的产物罢了。议会只会认为你们使用了自己不了解的科技，然后为此付出了惨痛的代价。没人会在意这事。”

“他们对入侵者的恐惧会让他们关心这事。”

维拉特咳出了一点血和荧光，然后说：“联盟舰队已经很累了。舰队的战斗力一年不如一年，入侵者非常明白这一点。他们上一次摧毁了所有想阻挡他们的人，很多文明不得不联合起来对付他们。这次情况不同了。他们已经有了盟友，而且对自己的敌人非常了解。他们不会给钛塞提人机会去说服其他观察者加入战斗。这一次，入侵者赢定了。”

暗物质虹吸器开始放出高频的噪声，传导能量的光束开始放出狂野的闪电，但是另外两台虹吸器却没有任何异样。

“地球怎么办？”

“一切都太迟了。”

“船长，”埃曾慢慢地恢复了意识，“我们……不需要关闭它。”

维拉特困惑地看着他：“现在根本关不掉这些虹吸器。”

我跑到埃曾面前，收起枪，晃动着他的肩膀说：“到底该怎么把它停下？”

他慢慢地眨了眨眼睛，说：“我们可以撤销它。”

“撤销什么？”我质问道，“你在说什么？”

他指了指远处墙边的控制台说：“奇点引导系统。”

我扛着他跑到了控制台前，说：“快告诉我怎么做！”

“把奇点拉回超空间，切断和太阳系的联系。”

“那就能阻止虫洞成型了？”

“不会。”埃曾说，“但是这就会变成一个单边的虫洞。虫洞只会在这边，不会出现在太阳系。”

控制界面上是众多相互联动的面板，上面有各种拉杆和按钮，而我根本看不懂这玩意。我问道：“按哪个？”

埃曾看着面板，拿不定主意：“船长，我也不确定。”

“蒙一个！”

他按住一个三维地平线，然后从界面的一头拖到了另一头。控制台上方有一个平面，从上面可以看到虫洞里面黑色的圆球已经开始缩小。虫洞入口周围聚在一起的同心圆开始逐渐扩张，位于太阳系一端的时空扭曲开始逐渐退散。

在我们身后，格伦 · 维拉特拄着自己的枪走到第二个冷冻舱，打开了上面的盖板，一股雾气从里面冒了出来。他并没有等待里面的人复苏，而是走到第三个冷冻舱，解放冻在里面的同胞。

“还要多久？”我看到马上就要自毁的暗物质虹吸器已经变成了暗红色。

“我也不知道，船长。”

维拉特打开第三个冷冻舱，大喊道：“凯德，你要是帮我把我的人弄出来，你还能跟我一起走。”

“埃曾？”我发现他一直盯着屏幕。聚在一起的同心圆突然像石头在水塘里激起的水波一样缓缓流动，然后开始慢慢退散。

“洞口已经消失了，船长。奇点已经退回了超空间。”埃曾指着另外一个屏幕上渐渐消失的一个被拉长的图像，它的形状看上去就好像是塞了很多石头的袜子，“它正在退回这边。”

我对着维拉特大喊：“我们过来了！”

第二个冷冻舱的科萨人睁开了眼睛，他浑身冰凉，意识模糊，当我把他拉出来的时候没有做任何反抗。他比人类更重，但是我还是把他扔到了肩膀上。维拉特太过虚弱，无法把另一个科萨人拖出冷冻舱。埃曾跳了过去，把科萨人拉着坐起来，然后就地一滚，让科萨人掉到了甲板上。

维拉特哼了一声，埃曾的粗暴动作让他非常不开心。

“一块淤青可比死了强。”我说。

“你的坦芬人能扛得动他吗？”维拉特问，完全忽视了埃曾的存在。

“我能拖着他走，船长。”

“我来抓另一只手。”我对维拉特说，“你的飞船在哪？”

“就在你登船的气闸附近。”他说，然后拿自己的枪当拐杖，慢慢走向车库门。

我跟在他后面，一边扛着科萨人，一边还得帮埃曾拖着另外一个科萨人。我们挣扎着穿过黑暗的走廊，虹吸器在身后发出一阵阵尖叫，闪电也变得越来越亮。

“你们这些科萨人需要减肥了。”我说。

“坚强点，人类。”他说着，一只手按在胸部靠边的位置，尽量不挡住为我们照亮前路的荧光。让我感到惊讶的是，荧光还在修复他的伤口。

警醒号的炮击还在继续，但是轰鸣声几乎被虹吸器的尖叫覆盖。现在一个船员都看不到了，他们要么已经逃走了，要么就是困在飞船其他部位，但是我们现在也帮不了他们。

“虹吸器爆炸半径有多大？”我问道，我能感觉到肩上的科萨人传来的寒气已经让我肩膀没了热度。

“大概等于一颗小型超新星。”

“爆炸会波及阿芙罗狄蒂号吗？”

“他们有护盾，”维拉特说，“这么远的距离上，他们能活下来。”

我们穿过一道装甲门，离开了核心装甲区。走廊里还躺着一打欧瑞斯雇佣兵，有些尸体上还着了火，刚好点亮了我们的路。

“你干的？”我问。

“我根本不喜欢杀人。我是追逐者，又不是杀手。生存是我们的负担。”

“你们的负担？”

“我找到那些失踪的人，他们还有可能活着。”他用一种近乎仪式性的语气说，“找不到他们，他们就死定了。”

“你阻止不了入侵者女王。”我以为他在悼念被入侵者打死在控制室的那个科萨人。

“一命一世界，他们都是我们的负担。”

我看着他的脸，明白他说的不仅是那个死去的科萨人，也是在悼念自己曾经的家园世界。在上一次入侵者战争中，他们为钛塞提人充当间谍，直面另一个银河超级文明的怒火，这让他们损失了一切。这也难怪他总是哭丧个脸！除此以外，我还发现他整个种族都饱受幸存者愧疚的煎熬，任何一个个体的死亡都是无法接受的损失。这就是为什么他是个幸存者，为什么他们会发明治疗服，为什么他要穿过整个银河系去救人。

我俩一言不发地穿过一道气闸，然后维拉特帮埃曾拖着另一个科萨人，而我肩上还扛着一个科萨人。等我一上船，就马上把科萨人扔在一边，跟在维拉特身后，看着他一瘸一拐地走向舰桥。

“我需要警告人类飞船！”我说道。

他一瘸一拐地走上驾驶平台，把自己的枪扔到一边，然后双手支在控制球上，用它们当支撑。他的飞船马上飞离了马维亚号，圆形的驾驶舱里留下了一道导航引导线。

警醒号就在 20 千米外，它看上去就是个长方形的装甲板，上层建筑的两侧全是低矮的圆形炮塔。它的主炮还在有序地开火，努力试图敲掉马维亚号的护盾，而飞船的副炮正在对着主炮攻击的位置倾泻火力。一波波能量弹幕洗刷着马维亚号的护盾，照亮了飞船的船身，但是却没有显出任何受损的迹象。

另外三艘海军战舰在距离战巡舰较远的地方和超级撒拉逊级舰队交火。现在对方整支舰队都从虫洞入口掉头。要么是地球海军的舰队让他们放弃了进攻，要么就是他们发现奇点挡住了出口。不管什么原因，势单力薄的海军舰队遭到了敌人的沉重打击。

重型驱逐舰雾岛号丧失了动力，进入了漂流状态。等离子火焰从它的船体外壳里冒了出来，最后一门主炮偶尔能开火。它的护盾和推进系统都已经失灵，而且整个超级撒拉逊舰队都在对它集中火力，它已经时日无多，但是却没有看到它开始发射逃生舱。

德里号和拿骚号正在驶离雾岛号，它俩一边开火一边撤退。领头的超级撒拉逊级已经从雾岛号身边擦肩而过，集中火力对付剩余的护航战舰。它俩的护盾还能工作，但德里号右舷已经冒出了等离子火焰，拿骚号的一个炮塔已经被打成了废铁。

现在只有警醒号还毫发无损，它专门负责攻击马维亚号，而它的护航舰队则负责牵制超级撒拉逊级舰队。马维亚号的下方是之前脱离编队拦截银边号的巡洋舰。他们现在还在射程之外，但是已经减速转向进入一条截击航线，目标直取警醒号。藏在警醒号之后的是银边号，它的位置刚好不会挡住战舰的射击，而且还能保持近距离，我们要是穿着战斗服脱离马维亚号，它刚好能把我们接走。

“快发警告吧！”我们已飞出马维亚号的护盾，维拉特就让我赶快发出警报。

我走上驾驶平台，说：“我是西瑞斯 · 凯德，呼叫所有地球海军战舰和银边号。马维亚号马上就要变成一颗超新星。赶快撤离该星系！”

列娜 · 福斯的脸出现在剑桥上，“这里是地球海军警醒号，呼叫西瑞斯 · 凯德，地球安全了吗？”

“地球安全了，但是我们现在很危险！”

她的脸上闪过一丝如释重负的表情：“干得漂亮，西瑞斯。警醒号结束通话。”

列娜的脸消失之后，维拉特说：“还有一条信息。”

亚斯的脸冒了出来：“船长，你在哪呢？”

“我在维拉特的船上。赶紧离开这儿，随便挑个方向，直接飞一个光年，千万别停下。我们会找到你的。”我看了维拉特一眼，“没问题吧？”

“如果他现在就走的话。”他同意我的说法，然后他的飞船从警醒号边上擦了过去。我们一转眼就飞到了银边号后面，速度保持得刚刚好。

“我要走了。”亚斯说完就进入超光速状态飞走。

我对着维拉特微微一笑。

“航向确认。”他说道，这再次证明了他能够轻松获取我们的自动导航信息。

不远处的警醒号停止了开火。它慢慢转了 30 度，然后进入超光速状态，剩下的两艘护卫舰也跟在它的后面。现在只有雾岛号的残骸还在接受超级撒拉逊级的火力洗礼。

“你能帮帮它吗？”我对着危在旦夕的雾岛号点了点头。

“没有时间了。”

“那些分裂分子的战舰知道接下来会发生什么吗？”

“我还没告诉他们呢！”维拉特好奇地转过头，“要我给他们说一声？”

“算了，让他们烧死好了。”这种距离上，就算护盾工作正常，分裂分子的舰队也不能在马维亚号的爆炸下捡回一条命。“附近还有其他飞船吗？”我好奇独眼巨人号是不是还在这。

“没有了。”

“很好，咱们快跑吧！”

维拉特的船转向银边号离开的方向，然后升起它长矛一样的超光速泡泡，带着我们飞向安全的地方。过了几分钟，在杜拉尼斯 B 星附近爆发了一次超新星爆炸，马维亚号、32 艘超级撒拉逊级巡洋舰还有雾岛号的残骸都被蒸发得无影无踪。

十五个小时后，映射空间内所有的媒体都捕捉到了这次爆炸，他们舒舒服服地待在阿芙罗狄蒂号和其他十几艘船上观看了这次爆炸。分裂分子的领导人惊讶地看着自己的舰队去驱逐一支地球海军舰队，结果最后却在一道白光中全军覆没。对许多人来说，这是一场灾难，它代表着多年的计划和大量的资金投入付诸东流，而且地球海军很快就会发动报复打击。

对于曼宁 · 苏洛 · 兰斯福德三世来说，他现在正穿着色彩艳丽的外骨骼享受生活，爆炸的闪光意味着交战双方马上就会发来大量武器和飞船订单。眼前这支舰队的覆灭对分裂分子来说是一次打击，但是他知道，其他的舰队正在对映射空间内孤立的地球海军前哨站发动突袭。鉴于实际星际距离，杜拉尼斯 B 星事变的消息要过好几个月才能传到他们的耳朵里，到那时候人类已经陷入了内战的火海。

他的豪华游艇停靠在阿芙罗狄蒂号的专用码头上，一个人看着远处的超新星爆炸渐渐消散，心中因为未来骤增的订单而感到欣喜不已。

维拉特的飞船从杜拉尼斯双星飞到一光年外只花了几秒钟。等银边号到了的时候，两个被绑架的科萨人已经恢复力气可以吃喝，但是其他的事情就做不了。

维拉特和银边号的左舷气闸对接，他急于甩掉我们，然后带着自己的两名同胞回家。至于他们的家在何方，我可能永远都不会知道了。科萨人是独居的种族，这可能和他们的历史有很大关系。我可以想象在远古时期，孤独的猎人们在他们家园世界的平原上游荡的样子。现在，他们在银河系中游荡，心中满是孤独和悔恨，思念着早已不存在的家乡。

维拉特在气闸旁仔细地打量着我。让我感到惊讶的是，他胸口的伤口几乎复原完毕，治疗服开始修复破损的胸部装甲。对于这些游荡在银河系中的独行客来说，他们与主流文明自我隔绝，这些治疗服是他们自力更生的最伟大的成就。我非常想弄一件给自己穿。

“你找到了我的族人，”维拉特说，“履行了自己的诺言。”

“你也没有食言。多谢你能相信我。”

“你算是人类的典型代表吗？”

“我能代表其中一部分吧！”

他陷入了沉思，一句话也不说。最后，他说：“科萨人朋友不多。”

“这我可不信，你这人还挺好玩的。”

维拉特的脸上依然毫无表情。他顽强得就像是一头戈森长须鲸，但也不是拒人于千里之外。

“我会建议和地球建立联系。”

这还真是一个惊喜。我说：“你不是说人类都是原始的野蛮人吗？”

“你们确实都是原始的野蛮人，但是我们也曾经和你们一样，甚至比你们还野蛮。”他稍微犹豫了一下，“总有一天，我们能了解彼此。”

“地球欢迎科萨大使。”

实际上，只要和科萨人建立外交关系或者建立盟友关系，地球议会肯定会高兴得晕过去。毕竟勇敢的科萨人有几百万年的历史，科技远远领先于人类，不受任何人的约束，而且现在他们还很讨厌马塔隆人。

维拉特伸出双手，手掌朝上，脑袋微微向前，然后点了点头。我不太确定这个动作的具体含义，但是我猜是表示对我足够的信任并显示自己没带武器。我也做了同样的动作。他黑色的脸上没有任何表情，我也不知道这是否是正确的回应，但是他最起码没有对我冷嘲热讽，所以我估计他认为我是在努力试图尊重他的风俗习惯。

我跟着埃曾走进了气闸，然后我回头对着这位科萨人的追踪者说：“你要是有空回来了……”维拉特按了一下墙上的控制面板，气闸应声关闭。“记得来找我。”只有关闭的金属舱门听到了我的后半句话。

“我猜他不喜欢我。”埃曾说。

“他并不了解你。”

埃曾走向打开的外闸门，然后说：“船长，关于入侵者女王控制我这件事，我感到很抱歉。”

我拍了拍他的肩膀说："别担心，埃曾，女人永远能给我们带来麻烦。就从这一点上来说，你和人类没区别。"

"船长，你没必要借这机会侮辱我。"他说道，银边号的气闸在我们身后关闭。

09 乌拉尔四号星

地球海军补给基地

小熊星座外部地区，乌拉尔星系

0.78 个标准地球重力

距离太阳系 746 光年

1256 名士兵

列娜让我对马维亚号的覆灭做一个报告。警醒号和两艘护卫舰已经撤退到了最近的海军基地，这里是位于小熊星座外部和中部地区之间的小型补给基地。当我到达这里的时候，拿骚号和德里号已经停在地面进行维修作业。但是这个基地没有维修港口，能完成的工作并不多。警醒号还停在轨道上，刚好处于地面老旧的火力掩护之内。因为传唤我的人是一名地球海军的军官，而不是我在地球情报局的主管，我也不用编新的幌子欺骗亚斯和埃曾。等我们着陆之后，他俩留在飞船上，我一个人穿过寒冷的停机坪，走过一排长方形的库房和增压房间，向着拿骚号进发。

为了修补受损的船体和拆除前部炮塔，这艘驱逐舰周围架满了移动吊臂。炮塔厚重的装甲像锡纸一样被撕开，但是其他的武器系统看起来还完好无损。新的炮塔要花好几个月才能从地球运来，然后还得找个合适的港口才能把它装上去。在这之前，乌拉尔四号星上的基地能做的就是保证拿骚号的气密性，根本无法确保它的战斗力。

德里号的情况就截然不同了。它停在两千米外的地方，船体被火焰烧得黝黑。它的主武器系统已经瘫痪，一台姿态控制引擎被打了个大洞。多亏了时空扭曲装置的冗余设计，才让它能够从杜拉尼斯 B 星撤离，不至于给雾岛号陪葬。它现在像一具焦黑的尸体躺在停机坪上，旁边只有一台吊臂和几辆地面车辆，这说明海军决定集中力量先让它的姐妹舰恢复运作。

在拿骚号后部登舰坡道下面，两名民联军的士兵检查了我的证件，然后给我做了个基因扫描，确认了我的身份。

“他们在等你，长官。左舷，D 区 46 号。”一名士兵说，“你需要带路吗？”

“我认识路。”我说着，走上了坡道。

我顺着左舷走廊一直向前，从满是船员和基地工作人员的走廊中穿过，已经超负荷工作的工程人员监督着他们进行维修工作。甲板上到处都是烧毁的面板、线缆和维修工具，维修机器人切除扭曲的舱壁，然后船员们会把能用的备用件换上去。虽然看上去乱糟糟的，但是却井然有序，让拿骚号尽快返回太空是当务之急。

当我来到 D 区 46 号的时候，一名持枪的民联军士兵带着我穿过军官餐厅。里面现在摆满了显示器，上面显示的是警醒号传来的有关乌拉尔星系的传感数据，战术人员坐在临时组装的控制终端前监视着任何异常波动。舱室的中间有一块黑色的幕布，在它的另一边就是临时指挥中心。当我穿过幕布之后，就再也听不到维修飞船的噪声和指挥中心的说话声，这说明他们在这安装了一个声波抑制器。

列娜 · 福斯穿着一件没有军衔的黑色连体服，她的身边站着两名高级军官。一名军官身材较胖，头发灰白，肩章上有四道杠。另外一名年轻军官身材高大，一脸胡子。在他们的身边还有一个身材矮小的家伙，他穿了一件宽松的海军兜帽夹克。四个人站在一幅全息投影前，上面显示的是我们在猎户座旋臂的当前位置。

列娜对我点了点头说："西瑞斯，很高兴见到你。"她指了指另外两名军官，说："这是警醒号的雷纳尔船长和拿骚号的指挥官德索萨。"两名军官对我点了点头。矮个子的家伙转过身，露出一张钛塞提人的脸，列娜补充道："我相信你已经见过观察者司亚尔了。"

"是的，"我并没有试图掩饰我的惊讶之情，"我还以为你在曼娜西斯星团呢！"

"我之前确实在那儿。"司亚尔说话的时候没有动嘴。海军夹克里肯定藏了一个翻译器，"鉴于杜拉尼斯星系所发生的一切，我必须回来一趟。"

我疑惑地看着列娜，好奇钛塞提人是如何这么快就知道这消息的。巡洋舰要花几个月的时间才能把这事上报地球，然后再花两年，所有的海军舰船才能知道杜拉尼斯 B 星到底发生了什么。

"司亚尔过来找我，"列娜解释道，"很明显科萨人已经通知了钛塞提人。"

"是吗？"科萨人也许并不是完全信任钛塞提人，但是没有人比他们更痛恨入侵者。如果入侵者卷土重来，那么科萨人只能选择再次和钛塞提人合作。

"我们检测到一个很特别的爆炸。"司亚尔说，"只有科萨人的飞船才会发生这种爆炸。我们当然会很好奇其中缘由。"

"那是当然，暗物质虹吸器炸起来真是壮观。那是入侵者女王的错，是她把它炸了，不过是马塔隆人偷了虹吸器。"

"科萨人也是这么说的。"司亚尔说。

列娜一脸好奇地看着我，这说明司亚尔并没有告诉她全部实情。“钛塞提人同意替我们送一份报告去地球，然后通知映射空间内所有的基地。”

“那还真是谢谢他们了。”我很惊讶他们居然还会帮我们的忙。

“我们在多个世界上检测到了战斗的迹象。”司亚尔说，“在人类活动空间内检测到针对地球海军的攻击。”

“突然袭击。”雷纳尔船长说，“他们趁我们的飞船关闭护盾的时候发动突袭。有些飞船停在地面，有些停在轨道上。”

列娜指了指全息投影。投影显示了以地球为中心，直径大约两千四百光年的球形空间。红色的接敌标记到处都是，大多数都在核心星系空间之外。她补充道：“正如你看到的，进攻正在蔓延。”

“钛塞提的飞船要多久才能通知所有海军单位？”我问道。

“你们所有的基地一周之内都能收到通知。”司亚尔说。

“这样难道不会违反准入协议第四条吗？”

“有关发展的规定确保了每个种族都能按照自己的方式发展，凯德船长。虽然它禁止高等文明加速低等文明发展，但是代为传递已经掌握的信息不违反这一基本规定。不管怎样，出于集体安全的考虑，我们的援助还是有一定法理依据的。”

这都是太空律师们的废话，但是他说的却是事实。在准入协议浩瀚的法条和术语中，他们用一个又一个特殊案例和资质向我们证明，钛塞提人是银河系中最了解准入协议的种族。这大概是因为准入协议有一半都是他们写的吧！

“人类的内战又怎么会影响到银河系的集体安全呢？”我问。

“只要牵扯到入侵者，就会影响到集体安全。”司亚尔说，“你们已经受到了来自马塔隆人和入侵者的威胁。我们不过是减轻这一影响造成的后果而已，当然，除非有人公然质疑我们的行动，不然我们也不会直接公布事情细节。”

“你也知道这是马塔隆人干的好事？”我松了一口气，“你会好好收拾他们吧？”

“我们现在知道的事情，”司亚尔小心翼翼地说，“和我们能向银河系议会证明的事情并不一样。”

“但是蛇脑袋们出卖了你们的舰队！”

“你和科萨人都是这么说的。”他的措辞还是很小心，“就算我们相信你，我们的一些盟友也不会相信你们。他们还需要进一步的证据。”

“因为他们已经厌倦了封锁入侵者。”我想起了维拉特有关联盟舰队日渐虚弱的警告，“而且他们都想退出。”

“他们确实已经疲惫不堪，但是也怀疑你们这种发展水平的种族为什么能引起入侵者的注意。他们不会理解马塔隆人的心理，不会理解马塔隆人为了消灭你们居然会出卖联盟舰队。银河系议会已经对入侵者实行了两千年的封锁，很多人认为这已经够久了。他们认为现在是该谈判的时候了。”

“但是你们并不想谈判？”列娜问。

“入侵者永远都是个威胁。这是他们天性使然。但是，我们不可能单独行动，这就是为什么我们提供给你们的未授权支援都必须保密。”

“我见过你们的分析设备。”我说，“你们就不能去杜拉尼斯星系找点证据，然后大家一起吊死那群蛇脑袋吗？”

“杜拉尼斯 B 星轨道上现在有个黑洞，”司亚尔说，“无论过去那儿有什么证据，现在都被黑洞吞掉了。任何有用的线索都找不到。”

“你不能让马塔隆人出卖了你们的舰队之后，还能逍遥法外吧？”

“不能让入侵者或者马塔隆人知道我们已经对他们的同盟有所察觉，如此一来也能为我们带来优势。对于马塔隆人来说，他们后期派往联盟舰队的增援都会被调配到不重要的地区。”

“那入侵者呢？格伦 · 维拉特认为他们卷土重来了。”

“我们还不清楚他们的具体目标。我们在积攒力量，之后会重建对曼娜西斯星团的封锁，然后再考虑这个问题。”

“你们不是还有伪装技术吗？”

“不幸的是，这些技术已经不如以前有效了。”

“所以蛇脑袋这次还是赢了。”我说，“你们在一旁袖手旁观，而我们陷入了内战，马塔隆人得到了入侵者的帮助。”如果要我形容眼前的局势，那就是从“糟糕”变成了“我们完蛋了”。

“只要事关银河系的安全，我们就不会袖手旁观。”司亚尔说，“但如果事关你们的内战，除非你们的行为危及自己的存亡，否则银河系议会也不会进行干预。我们能做的也就是实施禁航令，从而确保你们的种族延续。”

“那就意味着接下来的一万年里我们都无法进行星际航行。”

“这让你们能够成熟起来。”司亚尔说，“不幸的是，马塔隆人利用了这一点，对于人类来说，唯一同等文明级别下的战斗就是内战。你们邻居的技术水平都在你们之上，你们无法和他们开战，议会也不会允许这种一边倒的战争出现。从科技水平和空间距离来说，你们唯一可行的冲突模式就是内战。技术的差距和距离是主要的限制因素，所以早期星际文明之间很少爆发冲突。在我们的银河系中，星际文明间几乎不可能爆发战争。”

“是吗？”德索萨指挥官一脸不信的表情。

“两个文明不可能同时在银河系的同一个区域出现。势均力敌的战争在星球上爆发的概率要大于在太空中爆发的概率，这是因为前者的社会都是同时出现和发展的。当然了，针对你们当前的情况，最佳解决方案还是在你们自己手中。先学会和自己人友好相处，然后你们加入银河系议会之后才能和其他人友好相处。”

“这一点上我完全同意。”列娜说道。旁边两位海军军官一言不发地点了点头。

“你嘴上说银河系的和平问题，”我说，“但是你们和入侵者打了几千年了。”

“此话不假。”司亚尔说，“只有两个超级发达的文明都发展出了相近的科技水平和远距离旅行技术之后，才有可能爆发星际冲突。这种情况由不得我们选。通常来说，这种程度的文明已经学会避免冲突，但是，入侵者是个例外，所以他们才会如此危险。”

我第一次在司亚尔的语气中体会到了不确定的意味。我说：“你觉得入侵者能赢吗？”

“他们有两千多年的时间进行准备，研究我们，发现我们的长处和弱点，以及寻找自己的盟友。如果你和科萨人说的都是实话，那么马塔隆人能为入侵者在全银河系范围内搜集情报，他们在以前完全做不到这一点。”

“在我看来，这是个收拾马塔隆人的好理由。”我说。

“等我们有了证据，就会上报议会，然后进行集体决议。很多议会成员都想和入侵者和谈，如果我们贸然行动，他们肯定会反对我们。他们想要和平，哪怕这种和平会在未来给我们带来大麻烦。”

“看来我们又要孤军奋战了。”我生气地说。

“并不完全如此。”列娜意味深长地看了一眼司亚尔，说道，“我们已经和钛塞提人达成了协议。”

“哪种协议？”

“作为观察者，”她说，“他们在和所有文明交流的过程中必须保持中立。他们也不会为马塔隆人或者我们提供特殊待遇。”

“鉴于马塔隆人在为他们的敌人工作，想做到这一点很难吧？”

司亚尔说："银河外交是一件非常复杂的事情，凯德船长。我们在这方面已经保持了几百万年的成功纪录了。"

这大概是钛塞提人说得最正确的事情了。他们确实是操纵银河事务的大师，这是他们最擅长的事情。

"他们得看上去非常公正，才能保证议会对钛塞提人的信任。"列娜说，"但是公正不代表中立。"

透过她的语气、眼神，以及两名海军军官的举动，我意识到这句话非常重要。我问道："有什么区别吗？"

司亚尔说："我们还不能向议会证明马塔隆人和入侵者结盟，但是我们相信马塔隆人希望通过与他们合作，进而摆脱联盟。为了做到这一点，他们必须打败我们。"

"你们可是个热门目标。"我也同意他的说法。

列娜补充道："因为马塔隆人成为入侵者的间谍，所以我们将以非公开的方式进一步加强与钛塞提人的合作。"

"哦，是吗？"我小心翼翼地问道。

我可以透过她的眼神看出她非常激动，毕竟钛塞提人现在自己也受到了直接威胁，不然也不会对我们如此信任。

"我们将继续对马塔隆人的动向保持高度关注。"列娜说，"钛塞提人会和我们分享相关情报。如果我们被抓到了，那么难免会受到指责，但是议会知道我们和马塔隆人关系紧张。我们承担钛塞提人无法承担的风险，因为我们无须保持中立。没人会在意我们做些出格的事情。"

"然后马塔隆人会把我们暴揍一顿。"

"那就别被抓到呗！"她笑了笑，说："对于其他问题，比如说映射空间内的入侵者问题，我们可能也会进行调查。"

"只要我们继续让大家以为公正的钛塞提人与这事无关，傻事都是我们这些原始的人类干的？”

“是的。作为回报，钛塞提人会积极支持我们加入银河系议会。”

“还有 49 年呢！”

“从宇宙的层面来说，这点时间很快就会过去。”司亚尔说，“协议第四条不允许我们公开协助你们的文明发展，但是你们遇到问题的时候，我们会提供解决方案。我们不会给你们太难的东西，你们研究明白这些解决方案只不过是个时间问题。”

这听起来就是他们和科萨人的交易的简化版，格伦 · 维拉特的祖先为了这笔交易丢掉了自己的家园世界。这笔交易对于钛塞提人来说非常有利，但是我怀疑列娜根本就没意识到其中的风险。人类可能是个充满活力的年轻种族，但是我们的力量还是很薄弱，在这场古老的银河系超级势力的权力斗争中，我们不过是无足轻重的小卒。我们要是选错了边，那么我们根本无法控制，甚至无法预测最后的结果会有多么可怕。

“那就是说我们能拿到暗物质虹吸器和跨银河飞行装置了？”我问道。

“不，”司亚尔说，“那些礼物可藏不住。”

“但是科萨人拿到了这些东西。”

“他们曾经是议会的成员，当时他们的家园世界遭到了入侵，其他世界也受到了攻击。他们的情况完全符合协议第四条所提到的特殊情况。银河系的集体安全受到了威胁，而向他们转交这些技术能让很多文明受益。当时与现在的情况是截然不同的。”

“那笔交易让科萨人一无所有。”我说，“我们干吗要冒这个险？”

列娜直勾勾地盯着我说：“因为地球议会希望如此。”

“我明白你在担心什么，凯德船长。”司亚尔说，“我们当时没法帮助科萨人。我们当时在为自己的存亡而战。战争结束后，我们为他们建造了一个新的家园世界，它从各个方面来说都是最完美的。”

“但是他们都死了。”

“西瑞斯！”列娜怒吼道。

“是的。”司亚尔说，“他说得没错。我们永远无法补偿科萨人做出的牺牲。我们之所以帮助他们，是因为我们知道科萨人会抗争到底，而入侵者不会允许有人反抗他们。科萨人早晚会被消灭。实际上，是我们让他们逃过被灭绝的命运。”

一阵诡异的沉默笼罩了会议室。

最后，我打破了沉默，“所以我们赌上一切去帮助你们，你们又要赌上什么呢？”

列娜狠狠地盯着我，但什么话都没说。

“你们的家园世界距离我们不到二十光年。”司亚尔说，“如果我们被消灭了，你们又能有多少胜算呢？”

司亚尔简直就像一条志留纪的鳗鱼一样狡猾，但是他说得没错。不管我们是否愿意，我们和他们都在一艘船上，因为地球就在他们的势力范围之内。也许正因为如此，入侵者女王才会说我们为她的敌人服务。她知道我们距离钛塞提人的势力范围很近，这一点上我们毫无选择，但是我们的情况可能更糟。我们可能和马塔隆人是邻居，而银河系议会根本不存在，或者我们在曼娜西斯星团忍受入侵者的统治。

“我明白了。但是你所谓的解决方案又指的是什么？”

列娜举起一个小型储存光盘说：“比如说这个，可以穿透马塔隆人皮肤护盾的技术。过几个月，你就能拿到全新的 P-50 弹药，到时候你打他们的皮肤护盾就跟撕纸玩一样。”

我喜欢这东西，但是几个反护盾弹头还不足以让整个人类文明都铤而走险，于是我问：“这就没了？”

“还有些其他方面的支援，”列娜意味深长地看着我，但是很明显我的保密级别还不足以让我知道详情，“但是保密非常重要。”

我从她的口气就知道地球议会已经做出了最终决定，我只有到了必要时刻才能知道协议的其他内容。当然，这还得取决于我能不能活到那一天。我问道：“那我现在要干什么？”

“告诉我们你知道的一切。”列娜说。

“我非常好奇有关入侵者女王的情况。”司亚尔说。

埃曾其实能告诉他更多关于入侵者女王的事情，但是鉴于钛塞提人曾经抽空过他的大脑，我怀疑他是否愿意帮助他们。我说道：“入侵者女王是故事的结尾。”

“此话不假。”司亚尔努力克制着自己的好奇心，“麻烦你从头开始说。”

“一切从卡瑞利欧—尼斯开始，”我说，“那是个肮脏的星球，遍地都是真菌，气候糟糕得一塌糊涂，而且上面全是巨型虫子。”

图书在版编目（CIP）数据

地球使命 /（澳）史蒂芬 · 伦内贝格著；秦含璞译. — 北京：北京理工大学出版社，2020.8

（映射空间）

书名原文：In Earth’s Service

ISBN 978-7-5682-8430-1

Ⅰ. ①地… Ⅱ. ①史… ②秦… Ⅲ. ①幻想小说 – 澳大利亚 – 现代 Ⅳ. ①I611.45

中国版本图书馆CIP数据核字（2020）第 077054 号

北京市版权局著作权合同登记号　图字：01-2019-6133

出版发行 /北京理工大学出版社有限责任公司
社　　址 /北京市海淀区中关村南大街5号
邮　　编 /100081
电　　话 /（010）68914775（总编室）
（010）82562903（教材售后服务热线）
（010）68948351（其他图书服务热线）
网　　址 /http://www.bitpress.com.cn
经　　销 /全国各地新华书店
印　　刷 /三河市华骏印务包装有限公司
开　　本 /880毫米 × 1230毫米　1/32
印　　张 /11.5
字　　数 /270千字
印　　数 /1 ~ 6000
版　　次 /2020年 8 月第 1 版　2020年 8 月第 1 次印刷
定　　价 /49.80元

责任编辑 /高　坤
文案编辑 /高　坤
责任校对 /杜　枝
责任印制 /施胜娟
排版设计/飞鸟工作室